MARLENE FARO
Kalter Weihrauch

KLOSTERGEHEIMNISSE Am ersten Wochenende im Advent wird in einem Wald hinter dem beliebten Weihnachtsmarkt am Wolfgangsee eine tote junge Frau gefunden. Offenbar war sie Novizin im nahen Kloster. Gerichtsmedizinerin Lisa Kleinschmidt stellt fest, dass die Leiche nicht nur Spuren schwerer Mißhandlungen aus der Kindheit aufweist, sondern auch ein körperliches Merkmal, das alle im Team zutiefst schockiert. Und die Tote stammte aus einer ungarischen Grenzstadt, wo in den Bordellen die Wünsche der Gäste aus dem Westen erfüllt werden. Chefinspektor Artur Pestallozzi muss voller Widerwillen in einer Welt ermitteln, die schlimme Erinnerungen an seine Kindheit weckt. Da passiert ein zweiter Mord, um die Hände des Opfers ist ein Rosenkranz geschlungen. Hat jemand eine Rechnung mit der Kirche zu begleichen? Oder sollen Morde im Rotlichtmilieu verschleiert werden? Eine alte Ordensfrau gibt endlich den entscheidenden Hinweis, der zunächst völlig unglaublich klingt …

Marlene Faro, geboren und aufgewachsen in Wien, arbeitete jahrelang als freie Journalistin für internationale Magazine wie Stern, Geo oder Cosmopolitan und verfasste Reisereportagen, Porträts und Interviews. 1996 landete sie mit ihrem ersten Buch »Frauen die Prosecco trinken« einen Bestseller, der verfilmt wurde. Es folgten weitere Romane sowie der Erzählband »Alte Schachteln«, ein Reisebuch über Kärnten und eine Geschichte der Frauenheilkunde. Sie lebt heute abwechselnd in Wien und im Salzkammergut. »Kalter Weihrauch« ist ihr zweiter Kriminalroman.

Bisherige Veröffentlichungen im Gmeiner-Verlag:
Blutiger Klee (2012)

MARLENE FARO
Kalter Weihrauch
Roman

Ausgewählt von
Claudia Senghaas

Personen und Handlung sind frei erfunden.
Ähnlichkeiten mit lebenden oder toten Personen
sind rein zufällig und nicht beabsichtigt.

Besuchen Sie uns im Internet:
www.gmeiner-verlag.de

© 2013 – Gmeiner-Verlag GmbH
Im Ehnried 5, 88605 Meßkirch
Telefon 0 75 75/20 95-0
info@gmeiner-verlag.de
Alle Rechte vorbehalten
1. Auflage 2013

Lektorat: Claudia Senghaas, Kirchardt
Herstellung: Mirjam Hecht
Umschlaggestaltung: U.O.R.G. Lutz Eberle, Stuttgart
unter Verwendung eines Fotos von: © Tiago Ladeira – Fotolia.com
Druck: GGP Media GmbH, Pößneck
Printed in Germany
ISBN 978-3-8392-1453-4

Für Heinz
(»Scho wida«, wie Inspektor Krinzinger sagen würde)

Wir gehören nicht der Nacht
und nicht der Finsternis.
Thessaloniker 5, 5

Die Stimmen waren so quälend laut, ganz besonders die der Frauen. Schrill und kreischend, alkoholgeschwängerte Atemwolken, die aus offenen Mündern entwichen. Jedes Lachen eine rotierende Kreissäge in seinem Kopf. Gerade hatte einer einen Witz erzählt, andere würden folgen, jeder zotiger als der vorher. Das würde noch Stunden so weitergehen, bis nach Mitternacht. Immer lustig, immer fidel. Er wusste nicht, wie er es ertragen sollte. Nicht einmal der Anblick der vielen Kinder konnte ihn noch trösten, besänftigen. Er fühlte sich wund, inwendig und außen wund, als ob man ihm die Haut abgezogen hätte. Aber man durfte ihm nichts anmerken. Das war seine einzige Chance. »Noch eine Runde für alle, und nicht am Schnaps sparen!«, grölte jemand. Er kannte die Stimme. Es war seine eigene.

I

Der Schnee fiel, wie vom Fremdenverkehrsverein bestellt. Glitzernd weiße Flocken rieselten vom Himmel auf den Weihnachtsmarkt, senkten sich auf die Dächer der hölzernen Buden und auf die gestrickten Mützen der Besucher. Kinder streckten ihre kleinen rosa Zungenspitzen hervor, um sie zu erhaschen und ihr Schmelzen zu fühlen. Die Welt lag da wie von Puderzucker bestäubt.

Krinzinger stand auf dem Kirchenplatz, gleich vor der Krippe mit den geschnitzten Hirtenfiguren direkt unter dem sanft glimmenden Stern von Bethlehem, der zum Glück noch mit altmodischen Glühbirnen zum Leuchten gebracht wurde und nicht mit diesen kalt gleißenden Ökoscheinwerfern, die die EU vorschrieb. Mitten im Geschehen stand er, auch wenn das sonst keiner merkte, und hatte alles im Griff. Sogar die gefühlten 10.000 Touristen, die an diesem ersten Adventwochenende über den Ort hereinbrachen, jeden Kitsch mit spitzen Entzückensschreien bedachten und erstaunlicherweise auch kauften (die zuckergussverzierten Lebkuchenengel der Loibnerin zum Beispiel, die so hart waren, dass jedes Jahr mehrere Zahnkronen darin abbrachen), um sich sodann den dampfenden Punschständen zuzuwenden. ›Feurige Liebe‹ war in diesem Jahr der Renner, ein ebenfalls von der geschäftstüchtigen Loibner Hanni ersonnenes Gebräu aus viel Wasser, wenig Amaretto und ordentlich Schnaps, das vor dem Servieren mit einem Streichholz in Brand gesetzt wurde, sodass bläuliche Flämmchen in den Henkelbechern züngelten. Was wiederum Jauchzen und Kreischen hervorrief. Vor allem die Damen waren schon in bester Stimmung.

Krinzinger zog den Inhalt seiner Nase hoch. Zum Glück war seine Frau nicht in der Nähe, sondern machte sich gerade am Stand mit den gestrickten Socken wichtig. Die hasste dieses Geräusch nämlich abgrundtief und bedachte ihn dann immer mit einem bösen Blick. Er beschloss, eine weitere Runde zu drehen. Zwar war er heute Abend nicht im Dienst, ausnahmsweise, aber ein Inspektor und Amtsorgan war eben immer auf der Hut, sozusagen. Einer wie er, Bezirksinspektor Krinzinger, hatte niemals wirklich frei. Ein Ort war ihm anvertraut mit all seinen Bewohnern und mit seinen Gästen, die aus der ganzen Welt kamen, um sich von der Schönheit der Landschaft und der Musik Mozarts betören zu lassen. Plötzlich fühlte Krinzinger eine Regung aufsteigen, die sich wie Wohlbehagen, ja beinahe wie Stolz anfühlte. Oder war es doch nur der Kaiserschmarrn vom Mittagessen, der so wohlig seinen Bauch füllte? Nix da, das war schon Stolz. Stolz war er auf seine Heimatgemeinde und auf sich selber. Und auf alle rundherum, von denen ein paar gewiss nicht zu seinen Freunden gehörten. Aber vor ein paar Jahren hatten sie sich zusammengehockt, endlich einmal waren alle an einem Tisch gesessen und hatten auf das ständige Hickhack, auf den Neid und auf die ewige Konkurrenz untereinander – welcher war der schönste Ort am See, welcher war am berühmtesten -, vergessen, alle rauften sie sich um den Mozart, dabei hatte der nie auch nur einen Fuß ins Salzkammergut gesetzt. Als ob das von Bedeutung gewesen wäre! Manche Touristen, und gar nicht so wenige, hielten den Wolfgang Amadeus sowieso bloß für den Erfinder der Nougatmarzipankugel. Jedenfalls, sie hatten sich also zusammengehockt, die Herren Bürgermeister und die Herren Manager von den Fremdenverkehrsbüros, die von den Trachtenvereinen und von den Musikkapellen, die Wirte und die Hotelbesitzer. Na ja, ein paar Weiberleut waren auch dabei gewesen, die mussten ja schließlich die Arbeit machen. Die Köpfe hatten geraucht, und die Schnapserln waren gekippt worden, ein paar Mal hätte es beinahe eine Rauferei gegeben. Und dann hatten sie den Weihnachtsmarkt erfunden, jawohl! Das hatte zunächst nach keiner weltbewegenden Idee ausgeschaut, Weihnachtsmärkte gab es ja mittlerweile wie Rosinen im Schmarrn, jedes Kuhdorf stellte ein paar Standeln auf und verkaufte Honig, Kerzen und die windschiefen Strohsterne der Volksschulkinder. Aber plötzlich waren alle Gemeinden rund um den See wie elektrisiert gewesen, als ob sie aus dem Winterschlaf erwacht wären, der sie alljährlich im Spätherbst erfasste. Denn das konnten sich die in der Stadt ja gar nicht vorstellen, wie das war am Land, wenn der Winter von November bis April über den Häusern und den Berggipfeln lag wie eine dunkle feuchte Tuchent. Nur Kälte und Dunkelheit rundum. Einmal war er, Krinzinger, zwei Wochen lang durch den Ort gestapft auf seiner täglichen Runde, mit tropfender Nase, und keine Menschenseele war ihm entgegengekommen, nicht einmal ein Hund. Doch dann hatte es auf einmal etwas gegeben, worauf man sich freuen konnte, wenn die Sommersaison vorbei war und der Nebel über den See gekrochen kam wie in einem Vampirfilm. Lachen und Geselligkeit, Punschhütten und Geigenmusi, Zimtsterne und Kletzenbrot. Freche kleine Ziegen für die Kinder zum Streicheln. Mit Lichterketten festlich geschmückte Dampfer, die durch das dunkle Wasser pflügten und die golden schimmernden Orte miteinander verbanden. Überall flackerten und knisterten offene Feuer, Kohlenstücke in gusseisernen Körben und Holzstämme, die langsam zu Asche verglosten. Tannen und Fichten standen an jeder Ecke, aber nicht so aufgemotzte wie in den Kaufhäusern, sondern schlichte frischgeschlägerte Bäumchen aus dem Wald, die sich nur mit ihrem Duft schmückten. Das Beste aber war die Laterne. Fast 20 Meter hoch schaukelte sie weit draußen auf dem See und leuchtete wie eine Sternschnuppe vom Himmel, die mit ihrem Schein die Gesichter der Menschen am Ufer zum Leuchten brachte und ihre Herzen wärmte. Nie gab es Raufhandel, auch wenn der Punsch floss. Von dem er heute Abend übrigens erst eine einzige Probe gekostet hatte, auch das gehörte nämlich unbestreitbar zu den Amtshandlungen eines wachsamen Inspektors. ›Feurige Liebe‹ von der Loibner Hanni war ja wirklich ein fürchterliches Gebräu, aber der Mandarinenpunsch … Krinzinger beschloss, sich noch einen Henkelbecher voll zu genehmigen, am besten von der Christine. Die schöpfte ihm immer eine Extraportion Mandarinenspalten aus dem Kessel, nach denen er dann voller Wonne fischen konnte, so wie nach den Kandiszuckerkieseln im Hustentee seiner Kindheit. Krinzinger zog seine wattierte Jacke stramm und setzte sich in Bewegung, fein ausgewogen nach allen Seiten grüßend. Servus, Lois. Habedieehre, Schorsch. Hallo, Suse. Der Herr Bürgermeister samt Gattin und quengelnden Enkelkindern kam ihm entgegen, die Ziegen wollten offenbar nicht mehr gestreichelt werden. Italiener kreisten ihn kurzfristig ein, die Frauen trugen Pelzmäntel, die verteufelt echt aussahen. Er linste kurz hinüber zum Socken-Stand, aber seine Frau war zum Glück in ein Verkaufsgespräch vertieft, die sah es nämlich gar nicht gern, wenn er der hübschen Christine seine Aufwartung machte. Lachen und Klirren, Schwaden von Glühwein und Duftwolken von kandierten Mandeln umgaben ihn – und ein leises Zirpsen. Oder war es ein Rufen gewesen? Ein erstickter Schrei? Ein Laut war jedenfalls an sein Ohr gedrungen, der seltsamerweise eine angstvolle Reaktion bei ihm ausgelöst hatte. Krinzinger fühlte, wie sich sein Magen zusammenzog. Er blieb stehen und sah sich um, ein kompaktes Hindernis inmitten der drängelnden und schubsenden Menge. Und dann sah er sie: eine Touristin, die offenbar soeben die Böschung heraufgeklettert war, die sich hinter dem Musikpavillon zu einem Wäldchen absenkte. Das Wäldchen übte leider eine magische Anziehungskraft auf Umweltverschmutzer aus. In Sommernächten war es die Dorfjugend, die sich in seinem Dickicht vergnügte und leere Bierflaschen, Red-Bull-Dosen und Zigarettenstummel zurückließ, während des Weihnachtsmarktes wurde es dann noch schlimmer. Dabei hatte die Gemeinde extra mobile Toilettenhäuschen aufstellen lassen, vor denen unentwegt Schlangen von Frauen anstanden, die Männer schlugen sich einfach in die Büsche. Doch wenn die Warteschlangen zu lang wurden und der Punsch einfach zu viel gewesen war, dann … der arme Dragan musste dann immer am nächsten Morgen mit der Schaufel anrücken. Aber die Frau, die offenbar durch knietiefen Schnee gewatet war – ihre Hosenbeine waren von Eiskristallen überzogen –, sah nicht aus, als ob sie sich über mangelnde Hygiene beschweren wollte. Ihr Gesicht war kreidebleich, ihre Augen waren weit aufgerissen und ihr Mund war geöffnet, als ob sie um Luft ringen würde. Gleich würde sie zu schreien beginnen, weshalb auch immer. Krinzinger setzte sich in Bewegung. Er rempelte sich den Weg zum Musikpavillon frei, Besucher wichen kopfschüttelnd zur Seite, ein Mann schimpfte hinter ihm her, der sich seinetwegen Punsch auf den Anorak geschüttet hatte. Alle hielten ihn offenbar für einen Betrunkenen, der dringend frische Luft brauchte. Endlich war er beim Musikpavillon angelangt, die Frau starrte ihm leintuchblass entgegen und streckte die Hände nach ihm aus.

»Da, da, da hinten …« Sie wies hinter sich, aber sie blickte sich nicht um, als ob ein nicht beschreibbares Grauen in ihrem Rücken lauern würde. Krinzinger beschloss, sich nicht mit langem Nachfragen aufzuhalten. »Bleiben Sie ganz ruhig da stehen«, befahl er der Frau, dann wälzte er sich über die Böschung und versank sofort bis zu den Knien im Schnee. Schnee rieselte von den Zweigen, die er streifte, und sickerte in seinen aufgestellten Jackenkragen. Das lärmende Treiben vom Weihnachtsmarkt wurde schlagartig gedämpft durch die dichten Nadelbäume, das Licht versickerte in seinem Rücken. Stille und ein gespenstisches Gefühl von Einsamkeit umgaben ihn, er hörte sich selber keuchen. Zum Glück war es eine helle Nacht, übermorgen würde Vollmond sein. Krinzinger hielt inne und lauschte, sein Herz pumperte. Wohin sollte er sich wenden, das Wäldchen war ja nun wirklich kein unüberschaubares Terrain, und dennoch gab es ein halbes Dutzend mögliche Verästelungen und Fußstapfen, die vor ihm lagen. Er entschied, den eingesunkenen Spuren im Schnee zu folgen, die ihm von schräg rechts entgegenkamen. Ob die verwirrte und geschockte Frau aus dieser Richtung gestolpert gekommen war? Hoffentlich! Er spürte, wie plötzlich Groll und Ärger ihn packten. Auf was hatte er sich da bloß eingelassen, wieso hatte er sich von einem hysterischen Weibsbild so ins Bockshorn jagen lassen? Kreuzteufel, er konnte nur inständig hoffen, dass niemand die Szene beobachtet hatte, sonst würde er morgen wieder einmal das Gespött im Wirtshaus sein. Wie immer, wenn er sich ... die Fußstapfen wurden weiter, als ob jemand in großen Schritten durch den Schnee gerannt wäre oder es wenigstens versucht hätte. Sie führten ihn scharf um die tiefhängenden Zweige einer uralten Fichte – und dann sah er es. Sie. Er sah sie. Liegen im Schnee. Der Mond schien.

Krinzinger ging in die Knie. Eigentlich beugte er nur ein Knie und stützte sich darauf. Eine Frau lag auf dem Rücken vor ihm, eingesunken und wie verschmolzen mit dem Schnee. Eine reglose junge Frau in einem weißen Kleid, das ihr bis zu den Knöcheln reichte. Eine Braut! Eine Braut, dachte er. Eine Braut, Herr im Himmel! Lass es nicht die Vroni sein! Die hatte doch am vergangenen Wochenende geheiratet! Aber die Vroni und der Patrick waren auf Hochzeitsreise in der Dominikanischen Republik, es konnte also nicht die Vroni sein. Danke, lieber Gott, ihre Mutter hätte das nicht überlebt! Krinzinger stierte vor sich hin, sein Gehirn war wie aus Watte. Vielleicht war ja alles bloß ein Albtraum. Gleich würde er zu Hause in seinem Bett aufwachen, fröstelnd, und die Steppdecke würde wieder einmal auf den Boden gerutscht sein. Er wartete, mindestens fünf Herzschläge lang, aber nichts geschah, nur der Schnee wurde zu Wasser in seinem Hemdkragen. Der Mond schien. Die Frau lag da.

Er rappelte sich wieder hoch. Was war er nur für ein schlechter Polizist! Vielleicht war die junge Frau ja gar nicht tot, sondern war in den Wald gerannt und ohnmächtig geworden. Aus Liebeskummer. Frauen neigten bekanntlich zu den seltsamsten Handlungen. Und er ging in die Knie, statt sie zu retten. Aber er fühlte, dass es sinnlos war, auch wenn er noch nicht einmal ihren Puls kontrolliert hatte. Er machte zwei vorsichtige Schritte, dann stand er neben ihrem Kopf. Er beugte sich hinab und versuchte, seine Finger an ihren Hals zu legen, der von einem weißen Kragen eingeschnürt war. Kalt, eisig kalt, nicht einmal ein Flattern. Ihre Augenlider waren halb geschlossen, ihr Gesicht war wächsern bleich unter der gebräunten Haut, die nass war vom Schnee. Sie trug eine Art Kopftuch, das verrutscht war. Und dann wurde ihm plötzlich klar, dass es keine Braut war, die vor ihm lag. Sondern ... Krinzinger machte einen so jähen Schritt zurück, dass er beinahe gestrauchelt wäre, im letzten Moment klammerte er sich an einem schwankenden Zweig fest. Es war noch viel schlimmer. Es war einfach unbegreiflich. Noch Jahre später würde ihm der Schweiß ausbrechen, wenn er an jenen Augenblick im Schnee zurückdachte. Er holte tief Luft und fühlte sich zum ersten Mal zu alt für seinen Job. Damit wollte er einfach nichts mehr zu tun haben. Aus, basta! Er wollte nur weg.

Er hastete den Weg zurück, den er gekommen war. Die Stimmen wurden lauter, er erklomm die Böschung auf allen vieren. Menschen standen um die Touristin, die ihm den Rücken zuwandte und in hohem schrillem Tonfall berichtete, offenbar hatte sie den ersten Schock bereits überwunden. Ein Mann schickte sich an, über den Abhang in das Wäldchen zu klettern. Krinzinger hob die Hand.

»Halt!«

Er war selbst verblüfft, wie gebieterisch er klang. Solch eine Geste war ihm noch nie gelungen, in all den Jahren nicht. Aber alle hielten inne, sogar die Frau verstummte. Die Gesichter wandten sich ihm zu, verblüfft, sensationslüstern, zum Widerspruch bereit. Jetzt durfte ihm kein Fehler unterlaufen. Wenn es ihm jetzt nicht gelang, Autorität zu zeigen, dann würden die ersten Schaulustigen innerhalb weniger Minuten sämtliche Spuren zertrampeln, und das Chaos würde ausbrechen. Der Schweiß rann ihm über den Rücken, aber seine Stimme klang fest.

»Ich bin Bezirksinspektor Krinzinger. Leider besteht die Möglichkeit, dass es in dem Wald hinter mir einen Unfall mit Todesfolge gegeben hat. Das Gebiet ist ab sofort gesperrt. Jeder, der es zu betreten versucht, macht sich strafbar und hat mit einer sofortigen Anzeige zu rechnen.«

Die Leute glotzten ihn an. Eine Frau zog ihre beiden Kinder weg, dafür drängelten andere nach. Krinzinger nestelte sein Handy aus der Jackentasche und hoffte, dass das Zittern seiner Hände in der Dunkelheit nicht auffallen würde. Sein Kollege Gmoser, der heute Abend Dienst hatte, meldete sich nach dem dritten Klingeln.

»Poli...«

»Ich bin's, Krinzinger. Du musst sofort herkommen, zum Musikpavillon beim Weihnachtsmarkt. Und gib allen anderen Bescheid, egal ob sie Bereitschaft haben oder nicht. Wir brauchen jeden Mann.«

»Aber wieso ...«

»Frag nicht! Sofort!«

Er beendete das Telefonat. So hatte er noch nie mit dem Gmoser gesprochen. Die Menschen wurden immer mehr, offenbar verbreitete sich die Nachricht vom grausigen Fund gerade wie ein Sternschnuppenregen zwischen den Ständen. Krinzinger stellte sich so breitbeinig in den Schnee, wie es der Schwarzenegger Arnold in seinen Filmen immer gemacht hatte. Conan der Barbar! So einen hätte er jetzt brauchen können an seiner Seite! Einen, der ohne Furcht und ... und dann wusste er plötzlich, wen er anrufen, wen er um Hilfe bitten musste. Die Erleichterung durchflutete ihn so überwältigend wie das Aufrichten nach dem Holzhacken. Er warf der drängelnden Menge einen Blick zu, der das Tuscheln und Murren schlagartig dämpfte. Dann holte er wieder sein Handy hervor und klickte sich durchs Menü. Über ein Jahr war es her, dass er diese eine Nummer gespeichert hatte, dass er diese ruhige, gelassene Stimme gehört hatte. Krinzinger drückte die Wähltaste. Herrgott, mach, dass er abhebt!

*

Die Autos draußen vor den Fenstern pflügten durch den braunen Matsch, der am Nachmittag noch weißer Schnee gewesen war, wenigstens eine Viertelstunde lang. Es klang, als ob sie durch Brei fahren würden. Leo Attwenger knackte mit den Fingerknöcheln, diese Unart konnte er sich einfach nicht abgewöhnen. Besonders wenn er grantig war. Wie heute, an diesem Freitagabend, das erste Adventwochenende hatte gerade begonnen. Am Domplatz würde es jetzt schon hoch hergehen, bei Glühwein und heißen Maroni und Schmalzbroten mit ordentlich Zwiebel obendrauf. Nur er hockte hier in diesem trostlosen Kabuff, das sich Büro nannte, und musste noch Dienst schieben bis um zehn. Dem Chef ging es allerdings auch nicht besser, der saß im Nebenzimmer und brütete über Stapeln von Unterlagen, die die Svetlana vom Übersetzungsbüro am Vormittag gemailt hatte. Ein prominenter Anwalt war erdrosselt worden, der sich auf Geschäfte mit der Russenmafia eingelassen hatte. Illegale Wettbüros, wo vor allem Zuwanderer aus dem Osten zockten. Die Stadtverwaltung versuchte zwar, das Problem in den Griff zu bekommen, aber der mit allen Wassern gewaschene Winkeladvokat hatte immer wieder ein Schlupfloch gefunden, durch das die Betreiber entwischen konnten. Einstweilige Verfügung, Einspruch, Anzeige auf freiem Fuß, haha. Die Kellner in den Cafés mit den fensterlosen Hinterzimmern lachten den Kollegen vom Referat für Geldwäsche und vom Büro für Bekämpfung der organisierten Kriminalität frech ins Gesicht. Und der prominente Anwalt war in seinem pompösen Büro am Salzachkai gesessen und hatte ganz unverhohlen mit seinen Beziehungen bis in die höchsten Petersburger Kreise geprahlt und mit seinen Jagdausflügen zum Ural. Aber dann hatte er den Hals offenbar nicht voll genug kriegen können oder ein wenig zu laut geprotzt, das hatten die Herren nicht gern, die sich die teuersten Penthäuser und Villen zulegten so lässig wie ein kleiner Kriminalbeamter ein Paar neue Laufschuhe. Die knallten ganz im Ernst Koffer voller Geld auf den Tisch, wenn ihnen eine Immobilie ins Auge stach, das hatte ihm der Eugen erzählt, der ins Maklergeschäft eingestiegen war. Und wehe dem, der nicht verkaufen wollte! Jedenfalls, der feine Herr Anwalt war vorige Woche in seinem Mercedes Coupé in der Tiefgarage unter dem Kapuzinerberg gefunden worden, mit einem hässlich dünnen Stück Draht um den Hals. Kein schöner Tod. Na ja, das Sterben war nie schön, wenn man keine kleinen Ganoven provozierte, sondern die Herren in Designerklamotten. Die italienische Mafia war in den letzten Jahren dazu übergegangen, lästig gewordene Mitglieder und Informanten nicht mehr in frischem Beton zu versenken, sondern mit einem Filetiermesser zu zerschnetzeln, schön langsam bei lebendigem Leib. Jedenfalls, das Video aus der Überwachungskamera war natürlich verschwunden gewesen, und die Parkwächter hatten nichts gesehen und gehört, logo. Und jetzt plagten sie sich damit herum, wenigstens einen Schimmer von Licht in das Geflecht aus Briefkastenfirmen und verschlüsselten Dateien im Büro des Anwalts zu bringen, während andere Punsch schlürften und heiße Maroni in sich hineinstopften und die aufgedrehte Stimmung zum Anbaggern nützten. Oder sich anbaggern ließen. Wie die Sandra zum Beispiel. Dabei hatte die Sache mit der Sandra so vielversprechend begonnen. Im vergangenen Monat hatten sie sich kennengelernt, beim Jazzfest in der Altstadt. Die Sandra war genau sein Typ, vollbusig und dunkelhaarig und kein bisschen zickig. Eine langjährige Beziehung war ihr gerade in die Brüche gegangen, und jetzt war sie nicht im Geringsten an einer festen Bindung interessiert, darüber hatte sie ihn gleich beim ersten Mojito informiert. Wunderbar, so was hörte er gern. Guter Sex und keinerlei Verpflichtung – Sandra, ich liebe dich. Aber auf die Frauen war eben kein Verlass. Schon nach zwei Wochen hatte sie ihn mit ständigen Lamentos genervt. Was machen wir am Wochenende, sehen wir uns, nie hast du Zeit für mich! Und natürlich hatte sie ihn heute Abend zur Eröffnung vom Adventmarkt schleifen wollen, aber er war im Dienst, sorry. Das hatte ebenso natürlich zu einer heftigen Diskussion geführt, die mit der trotzigen Ankündigung von der Sandra geendet hatte:

Gut, dann geh ich eben mit meinen Freundinnen! Gut, dann geh halt, hatte er zurückgeblafft. Und jetzt hockte er da und konnte sich nur zu gut ausmalen, wie drei aufgekratzte späte Girlies mit lächerlich blinkenden roten Zipfelmützen auf dem Kopf durch die Getreidegasse flanierten und sich von Italienern anquatschen ließen, die wieder einmal in Horden in Salzburg eingefallen waren. Na dann, viel Spaß, Mädels!

Leo streckte sich, dann öffnete er die Schreibtischschublade, wo sich die Müsliriegel befanden. Leer, auch das noch. Im Nebenzimmer klingelte das Handy, dann hörte er, wie der Chef jemanden begrüßte, sehr freundlich. Leo beschloss, sich draußen am Automaten im Gang einen Choco grande zu holen. Nach gewissenhaftem Testen aller zur Auswahl stehenden Heißgetränke war er nämlich zu dem Ergebnis gelangt, dass der Choco grande ...

»Leo, es gibt Arbeit!«

Der Chef stand im Türrahmen und schlüpfte bereits in sein Jackett. Artur Pestallozzi trug immer die gleiche Kluft: schwarze Jeans und gestreiftes Hemd, ein graues Sakko darüber. Das stand ihm gar nicht so schlecht, Leo besaß die Größe, das neidlos anzuerkennen. Aber dieser unmögliche Wintermantel, der aussah wie vom Caritas-Basar! Ein zerknautschtes Ungetüm, das sogar Columbo in den Altkleidersack gestopft hätte. Bloß, wie brachte man diese Tatsache seinem Chef bei? Der noch dazu ein wirklich netter Kerl war. Leo seufzte.

»Gibt es ein Problem?« Pestallozzi hielt inne.

Leo schüttelte eilig den Kopf und sprang auf. »Ganz im Gegenteil! Ich bin so was von froh, dass wir rauskommen! Wohin müssen wir?«

»Zum See.«

Leo erstarrte mitten in der Bewegung. »Zum See?«

»Zum See. Der Krinzinger hat angerufen!«

»Der Krinzinger?«

Leo verspürte immer ein heißes, zorniges Kribbeln im Nacken, wenn Verdächtige durch ständige Wiederholungen Zeit zu schinden versuchten. Wo waren Sie gestern Abend? Gestern? Kennen Sie diesen Mann? Diesen Mann? Und jetzt klang er selbst wie ein Echo im Wald. Aber es war ihm einfach so herausgerutscht. Vor einem Jahr im Sommer hatte ihr bislang spektakulärster Fall genauso begonnen. Mit einem Anruf vom Krinzinger bei der Salzburger Mordkommission. Auch damals waren sie zum See beordert worden und dort ...

»Komm, Leo, wir haben keine Zeit«, unterbrach Pestallozzi sein Erinnern. »Ich erzähl dir im Auto Genaueres. Viel weiß ich aber auch noch nicht.«

Leo schnappte sich seinen Wintermantel, anthrazitgrauer Tweed, eng geschnitten, kniekurz, ein wirklich großzügiges Geschenk von der Mama zu seinem letzten Geburtstag, und sie hasteten zum Aufzug. In der Tiefgarage ließen sie sich in den Skoda fallen, Leo gab bereits Gas, während Pestallozzi noch am Sicherheitsgurt nestelte. Eigentlich hätten sie schon längst Anrecht auf ein neues Modell gehabt, aber es musste ja gespart werden, damit die maroden Banken im Land mit Milliarden gesponsert werden konnten! Doch diese Ungerechtigkeit konnte zum Glück mit schnittigem Fahren wieder ausgeglichen werden. Leo stieg aufs Gaspedal, der Chef warf ihm einen warnenden Blick zu. Hinaus auf die Alpenstraße, wo die Autokolonnen durch den Matsch zockelten. Die ganze Stadt schien auf den Beinen zu sein, alles bewegte sich in Richtung Altstadt und Domplatz, über den Straßen prangten die Lichterketten der Weihnachtsbeleuchtung. Aber sie mussten hinaus aus dem Trubel, über die Salzachbrücke und hinauf in die Hügel. Leo konzentrierte sich auf den Verkehr. Endlich lag die Stadt hinter ihnen wie eine funkelnde Christbaumkugel, dann wurde es immer dunkler längs der Straße, nur der Mond schimmerte zwischen Wolkenfetzen. Der Chef sah zum Fenster hinaus.

»Der Krinzinger hat eine tote Frau gefunden«, sagte Pestallozzi endlich, gerade als sie durch Hof fuhren. »In einem kleinen Wald hinter dem Weihnachtsmarkt. Das heißt, eigentlich hat eine Touristin die Frau gefunden.«

»Scheiße«, sagte Leo spontan.

Eine tote Frau. Auf dem Weihnachtsmarkt. Frauenmorde waren das, was sie alle am meisten verabscheuten. Nein, Mord an Kindern war das Allerschlimmste. Aber Mord an Frauen kam gleich danach. Und jetzt hatten sie also eine tote Frau, noch dazu am Weihnachtsmarkt. Halleluja, das würde ein beschaulicher Advent werden!

»Ist sie ermordet worden?«

»Das kann der Krinzinger noch nicht sagen. Sie liegt im Schnee, aber ohne äußere Anzeichen von Gewalt.«

»Na hoffentlich keine Gräfin!«

Das sollte natürlich ein Scherz sein, eine Anspielung darauf, wie sie im letzten Sommer den alten Baron Gleinegg … aber der Scherz kam nicht gut an, das spürte er selber.

»Sorry«, sagte Leo. »Ich hab's nicht so gemeint.«

»Schon gut«, sagte Pestallozzi. »Nein, es ist keine Gräfin. Es ist noch viel …«, er suchte nach Worten, das kam bei ihm nur selten vor, »… noch viel ungewöhnlicher. Es ist eine Nonne, sagt der Krinzinger.«

»Eine Nonne?« Leo starrte den Chef an.
»Schau nach vorn«, sagte der.

Schnee wirbelte im Licht der Scheinwerferkegel, die Landschaft und selbst die Straße leuchteten weiß wie frischgewaschene Wäsche, nur die Fahrrinnen waren dunkelbraun. Der Fuschlsee war hinter Gestöber verborgen, dann kamen der Wald und endlich die lange Kurve hinunter nach St. Gilgen. Der See lag vor ihnen, eine Ahnung in der Dunkelheit, an seinen Ufern gesprenkelt von Lichtern, die sich ab und an zu Orten zusammenballten. Leo musste plötzlich an die Modelleisenbahn denken, die ein alter Nachbar vor vielen Jahren auf dem Dachboden aufgebaut gehabt hatte. Der Nachbar war schon lang tot. Die Jahreszeiten waren von ihm stets aufs Neue liebevoll dekoriert worden, und ganz genauso hatte die Winterlandschaft ausgesehen, durch die dann eine altmodische Lok gerattert war. Miniaturhäuschen und Watteschnee, winzige Tannen und Lichterketten mit Lämpchen so klein wie Hagelzucker. Aber natürlich keine Frau, die …

Sie fuhren nun bereits am Ufer entlang, dicht neben dem Wasser, das sich schwarz-silbrig kräuselte. Rechts ragten Felsen hinauf zum Zwölferhorn, die mit Drahtgittern gegen Steinschlag gesichert waren. Wie schnell das Leben doch vorbei sein konnte. Ein Felsbrocken, der auf das Autodach polterte, und schon verriss man das Lenkrad und landete im eiskalten Wasser. Im kalten Wasser wie der Edi im letzten Sommer. Pfhhhh, Leo versuchte, sich zu entspannen. Was der Chef da so knapp von sich gegeben hatte, das ließ auf eine lange Nacht schließen, die vor ihnen lag. Andererseits, vielleicht war die Nonne ja auch bloß gestolpert. Spazieren gegangen, ausgerutscht und gestolpert. Und der übereifrige Krinzinger hatte natürlich gleich ein riesen Tamtam inszeniert, der hatte ja sonst nichts zu tun in seinem Dorf hinter den sieben Bergen bei den sieben Zwergen. Genau, so war es gewesen. Bestimmt. Hoffentlich! Leo ruckelte auf dem Sitz herum.

Abersee und Gschwendt und die große Kurve an Strobl vorbei. Und dann bogen sie auch schon von der Bundesstraße ab runter in den Ort. Der Parkplatz zur rechten Hand war so überfüllt wie vor einem Fußballmatch, die Straße links und rechts zugeparkt von Bussen mit ausländischen Kennzeichentafeln. Kolonnen schoben sich dem Ortskern entgegen, Männer trugen ihre Kinder auf den Schultern, freiwillige Helfer in knallorangen Westen versuchten, Ordnung in das Chaos zu winken. Einer kam ihnen mit ausgestreckter Hand entgegen, er sah erschöpft und überfordert aus.

»Sie können da nicht durchfahren!«

Pestallozzi hielt seinen Ausweis aus dem Beifahrerfenster. »Mordkommission Salzburg. Chefinspektor Artur Pestallozzi und das ist mein Kollege Leo Attwenger. Der Inspektor Krinzinger hat uns …«

Der Mann wurde sofort freundlicher. »Tut mir leid. Endlich seid's da! Bei uns ist die Hölle los, die Leute sind wie die Ameisen, der Krinzinger weiß schon nicht mehr, wie er …«

»Und wie kommen wir jetzt am besten zum Krinzinger?«

Der Mann sah sich um, ihr Wagen war mittlerweile regelrecht eingekeilt. Leo wollte schon nach dem Blaulicht greifen, aber Pestallozzi hielt ihn mit einer Handbewegung zurück. Nur jetzt keine Panik verursachen.

Tausende Menschen drängten sich in den engen Gassen rund um den Kirchenplatz, von denen die meisten hoffentlich noch nicht wussten, was der Krinzinger da im Schnee bewachte. Und so sollte es bleiben, möglichst lang. Zum Glück waren jetzt weitere Gestalten in orangen Westen aufgetaucht, die Männer besprachen sich kurz, dann begannen sie, eine Schneise freizuwinken und freizuboxen. Ein mühseliges Unterfangen, die Besucher wollten nicht weichen, eine Faust knallte aufs Dach des Skoda, und ein Familienvater schimpfte wütend zum Fenster herein. Nach 100 Metern kamen sie endlich zu einer Stelle, an der eine dunkle Allee von der Hauptstraße abbog. Einer der Männer beugte sich wieder zu Pestallozzi.

»Da müssts runter bis zum Platz vor der Hauptschule. Von dort geht ein Weg zum Pavillon. Das letzte Stück müssts zu Fuß gehen, das ist heute einfach nicht anders möglich!«

»Danke, passt schon!«

Sie rollten durch die dunkle Allee und parkten sich vor dem langgestreckten Gebäude ein, unzählige leere Fahrradständer waren in den Boden gerammt. Dunkelheit umgab sie beim Aussteigen, doch der Schattenriss der Häuser in Richtung See war gesäumt von einem flackernden Licht, als ob es dahinter brennen würde. Sie bogen auf den einzig möglichen Pfad ein, der zur Ortsmitte führte, Pestallozzi vorneweg, Leo hinterdrein. Schon nach wenigen Schritten versank er im knöcheltiefen Schnee, verdammt, darauf war er natürlich nicht vorbereitet gewesen, auf so eine Expedition in der Pampa. Die Raulederboots würden das bestimmt nicht überstehen. Und wer ersetzte einem dann den Schaden, bitteschön?

Der Pfad mündete in einen Weg, der sich abwärts durch Hecken wand, schon konnte man das Gedränge auf der Uferpromenade erkennen und eine plumpe Gestalt, wie ein Legomännchen, die vor dem Musikpavillon stand und mit den Händen fuchtelte. Sie hielten auf die Gestalt zu, so schnurgerade und entschlossen, dass die Menschen wie von selbst zur Seite wichen.

»Krinzinger!«, rief Pestallozzi.

Einen Moment lang hatte Leo den Eindruck, dass das Legomännchen auf den Chef zustürzen und ihm um den Hals fallen wollte. Doch dann entschied sich Krinzinger für schlichtes Salutieren. Pestallozzi klopfte ihm auf die Schulter.

»Grüß dich, Friedl! Gut, dass du uns gleich verständigt hast. Das war bestimmt kein leichtes Stück Arbeit, die Leute in Zaum zu halten, ausgerechnet heute! Wo ist der Fundort?«

Bezirksinspektor Gottfried Krinzinger deutete auf die Böschung hinter ihm. »In dem Wald gleich da unten. Der Gmoser hält Wache.«

»Dann wollen wir uns das einmal anschauen. Leo, du bleibst da und sorgst für Ruhe.«

Leo schluckte seine Enttäuschung hinunter. Na gut, wenn der Chef es so wollte, dann würde er eben hier Wache schieben, statt seinen messerscharfen Verstand zur Verfügung zu stellen. Aber es sollte ihm keiner zu nahe kommen! Er pflanzte sich vor den Gaffern auf und verschränkte die Arme.

Krinzinger und Pestallozzi kletterten den Abhang hinab. Sie bahnten sich ihren Weg durch den Schnee, der stellenweise schon ganz zertrampelt war. Das Schneetreiben ist eine Katastrophe, dachte Pestallozzi. Jeder Fußabdruck ist längst zugeweht, die von der Spurensicherung werden ordentlich fluchen. Er versuchte, exakt in die Stapfen von Krinzinger zu treten, das war das Mindeste, was er tun konnte. Und dann waren sie neben der alten Fichte angelangt. Gmoser stand da und salutierte, Pestallozzi nickte zurück. Stille umfing die drei Männer. Krinzinger lief der Rotz aus der Nase, er wischte ihn mit dem Handrücken fort. Pestallozzi machte einen vorsichtigen Schritt nach vorn und beugte sich über die Tote. Ihr Gesicht erinnerte ihn an ... an ein Bild? An diese mexikanische Malerin, genau, wie hatte sie bloß geheißen. Kahlo, Frieda Kahlo. Mit ihren schwarzen Augenbrauen und ihrer dunklen Haut. Oder nein, sie erinnerte an eine Ikone. An die Madonnen, die auf russischen Heiligenbildern prangten. Seltsam. Tot war sie und dennoch schien sie unversehrt, nur ihr Kopftuch war verrutscht. Dieses Kopftuch und das lange weiße Gewand dazu ...

»Sie ist so jung«, sagte Pestallozzi langsam. »Ich bin mir nicht sicher, ob sie eine Nonne ist. Vielleicht eine Novizin? Hier gibt es doch ein Frauenkloster in der Nähe, oder?«

»Genau, Richtung Mondsee«, sagte Gmoser schnell, auch wenn er wusste, dass er damit Krinzinger zuvorkam und ihn brüskierte. Aber er wollte einfach seine eigene Stimme hören, nachdem er fast eine Stunde lang mutterseelenallein im Mondlicht neben der Toten gestanden war. Davon würde er noch lang träumen.

»Gibt es eine Abgängigkeitsanzeige?«

Gmoser hielt jetzt lieber den Mund, Krinzinger schüttelte den Kopf. Dann wurde ihm bewusst, dass Pestallozzi ihnen ja den Rücken zuwandte.

»Bis jetzt jedenfalls noch nicht. Die leben dort ganz für sich, von denen hört und sieht man nichts. Außer im Klosterladen, da gibt's Honig und Kerzen zum Kaufen.«

Pestallozzi nickte, aber er wandte den Blick nicht ab. Was ist dir nur zugestoßen, dachte er und war erstaunt, wie leicht ihm diese Zwiesprache fiel. Er bemühte sich doch immer um Distanz zu den Opfern. Aber diese junge Frau … du bist einen langen Weg gekommen, du bist nicht von hier. Aber wir werden herausfinden, was geschehen ist, versprochen. Pestallozzi holte tief Luft. Warum war er plötzlich so verbittert? Weil er selbst vor vielen Jahren in einen Klosterkindergarten hatte gehen müssen? Und nicht daran zurückdenken konnte, ohne dass Übelkeit über ihn kam? Aber so eine persönliche Betroffenheit durfte ihm einfach nicht in die Quere kommen, das konnte er sich nicht durchgehen lassen. Er richtete sich wieder auf und wandte sich den beiden Beamten zu.

»Ist die Spurensicherung schon unterwegs?«

Krinzinger nickte eifrig. »Ich hab gleich angerufen, wie, wie …« Er hielt inne, das Duwort machte ihm doch noch ordentlich Schwierigkeiten. Vor einem Jahr war es ganz leicht gewesen, als sie den Fall Gleinegg zu einem Abschluss gebracht hatten und zusammengesessen waren bei heißem Tee und sogar einem Schnaps. Aber jetzt? Andererseits, der Chefinspektor war wirklich ein anständiger Kerl, nicht so ein arroganter Pimpf wie manche Kollegen, die einem auf den Seminaren über den Weg liefen. Krinzinger setzte neuerlich an: »… wie du es mir gesagt hast. Und dann habe ich auch noch die Gerichtsmedizin informiert. Die haben gesagt, dass sie die Frau Doktor Kleinschmidt schicken.«

»Sehr gut. Dann können wir hier im Augenblick nicht mehr tun. Außer natürlich das Gelände absichern, so gut wie möglich. Wie lang wird der Rummel da draußen noch gehen?«

Krinzinger sah wenig glücklich drein. »Normalerweise sollte um neun Uhr Schluss sein. Aber wir drücken halt immer ein Auge zu. Von den Punschständen sind die Leut ja kaum wegzukriegen. Und die Unsrigen sind froh, wenn sie ein Geschäft machen. Das ist schon wichtig für den Ort.«

»Kommen auch Händler von auswärts?«

»Ein paar. Aber das Meiste machen die Frauen bei uns da in der Gegend. Marmeladen und Socken und solche Sachen halt. Und der Lois stellt immer seine Schnitzereien aus, die gehen weg wie die warmen Semmeln.«

Pestallozzi nickte. »Na gut, dann werden der Leo und ich einmal zu diesem Kloster schauen. Wo ist das genau?«

»Auf der Bundesstraße Richtung Mondsee, so ungefähr 20 Minuten. Auf der rechten Seite.«

Sie stapften zurück, Gmoser musste weiter Wache halten. Leo sah ihnen erwartungsvoll entgegen. »Die von der Spurensicherung kämpfen sich gerade durch. Und die Lisa ist auch schon unterwegs.«

»Ich weiß. Wir zwei fahren jetzt zum Frauenkloster Richtung Mondsee. Friedl, du leitest hier den Einsatz. Wir sehen uns dann spätestens morgen wieder. Alsdann!«

Krinzinger salutierte, Leo wollte den Weg hinauf zur Hauptschule einschlagen, aber Pestallozzi hielt ihn zurück. »Komm, wir drehen noch eine Runde zwischen den Standeln. Ich möchte mir anschauen, wie es da so zugeht.«

Der Schnee fiel immer dichter, die Flocken schienen wässriger geworden zu sein. Erste Pfützen bildeten sich zwischen den Ständen. Sie bogen auf die Hauptstraße ein, die vom Musikpavillon zum Kirchenplatz führte, zwei große schlaksige Männer, die wie Fremdkörper zwischen all den Familien und händchenhaltenden Paaren wirkten. Kinder bissen in rote Äpfel, die klebrig von Zuckerglasur waren, es roch nach frischgeschlägerten Nadelbäumen und nach offenen Feuerstellen, die meisten Erwachsenen hielten dampfende Henkelbecher in den behandschuhten Händen. Vor der Kirche hatte sich ein Kreis von Schaulustigen gebildet, in der Mitte standen drei Männer in Lederhosen und gestrickten Kniestrümpfen und bliesen mit aller Kraft in meterlange Alphörner, es klang ein wenig nach Schiffsuntergang. Pestallozzi und Leo blieben stehen und blickten über die Köpfe hinweg. Weihnachtsstimmung wie aus dem Bilderbuch, wie aus einer Hansi-Hinterseer-Show. Aber auch ohne die tote junge Frau im Wald würde ich mich nicht wirklich freuen können, dachte Pestallozzi, als er in die lächelnden Gesichter rundum blickte. Weil mir immer noch eine Geschichte hinter dem schönen Schein einfällt. Und hier ist es auch nicht anders. Vor ein paar Jahren war eine Familie aus Wien mit ihren zwei Buben extra zum Adventmarkt am See angereist. Die Kinder waren an der Bundesstraße entlanggelaufen, ein Autofahrer war zu schnell gefahren und hatte sie erwischt. Einer der Buben war sofort gestorben, der andere war schwer verletzt auf der Fahrbahn liegen geblieben. Und der Autofahrer war einfach weitergefahren und hatte dann eilig seinen Wagen im Heuschober versteckt. Nach tagelangen Ermittlungen hatten ihn die Kollegen endlich aufgespürt. Der Lenker war zu drei Monaten Haft verurteilt worden, aber das war ihm und seinem Anwalt noch immer zu viel gewesen. Schließlich war das Urteil zu 720 Euro Geldstrafe herabgemildert worden. 720 Euro Strafe für ein sterbendes Kind, das einer einfach hatte liegen lassen. Aber tollpatschige Bankräuber, die mit einer Schreckpistole herumfuchtelten und ohne Beute davonliefen, bekamen gnadenlos fünf Jahre Haft und mehr aufgebrummt. So war das. Er hatte selbst keine Kinder, aber er mochte sich nicht vorstellen, was in ihm vorgegangen wäre nach so einem Schandurteil. Das noch dazu eine Frau gefällt hatte. Was ist bloß los in diesem Land, dachte Pestallozzi. In meinem Land. Und wieso macht es mir so zu schaffen? Werde ich vielleicht doch depressiv? Oder einfach nur alt?

Ein Ellbogen bohrte sich gegen seine Rippen, Leo neben ihm wippte ungeduldig auf und ab. Pestallozzi nickte dem Jüngeren zu, und sie drängten sich wieder durch die Menge. Gleich neben der Kirche war ganz eindeutig der beliebteste Punschstand vom ganzen Markt aufgebaut, wo sich das obere Dutzend der Gemeinden am See drängte. Die Männer trugen teure Lodenmäntel, Brokatdirndln blitzten unter den Umhängen der Frauen hervor. Eine hübsche Blondine stand hinter den Kesseln und schäkerte und lachte. Sie gingen vorüber, die Unterhaltung der gutgelaunten Runde perlte ohne die kleinste Pause weiter, und dennoch konnte Pestallozzi die Blicke in seinem Rücken spüren. Die da standen waren einflussreich genug, um bestimmt schon Bescheid zu wissen über den Fund im Wald. Aber keiner würde sich hervordrängen und mit Fragen auf sich aufmerksam machen. Eine tote junge Frau – Schlimmeres konnte einer Gemeinde, die vom Fremdenverkehr lebte, nicht widerfahren. Und alle Ehefrauen würden einen Herzschlag lang ihre Männer prüfend ansehen und inständig hoffen, dass sie alles, nun ja, wenigstens fast alles von ihnen wussten. Aber es ist doch eine Nonne, dachte Pestallozzi. Oder eine Novizin, wie auch immer. Er kannte ja noch nicht einmal ihren Namen. Sie stapften zurück durch den Schnee zur Hauptschule hinauf, der Skoda war von glitzernden Eiskristallen überzogen. In seinem Inneren war es so kalt wie in einem Grab. Ob ich mir wenigstens die nassen Socken ausziehen soll, dachte Leo. Meine Füße sind ja wie Eisklumpen.

»Soll ich fahren?«, fragte Pestallozzi. Aber Leo schüttelte nur heftig den Kopf. So ein Jammerlappen war er nun wirklich nicht, dass er den Chef ans Lenkrad gelassen hätte. Sie fuhren durch die Allee und hinauf auf die Bundesstraße, das Gedränge hatte zum Glück schon ein wenig nachgelassen. Dann wurde es wieder dunkel, Wald säumte die Straße zu beiden Seiten. Leo schwieg und wartete auf Anweisungen.

»Irgendwo da vorn muss es nach rechts gehen«, sagte der Chef endlich. Noch ein Kilometer und dann bog eine schmale Straße den Berg hinauf. Die Fahrbahn war nicht vom Schnee geräumt, sie holperten und rutschten dahin, Leo fluchte lautlos. Wenn sie jetzt steckenblieben, dann war das Schlamassel perfekt. Der Skoda quälte sich die Serpentinen hoch, fast wären sie an dem großen dunklen Anwesen vorbeigefahren. Im letzten Moment entdeckte Pestallozzi Lichtschein hinter einem Fenster. Leo trat auf die Bremse, der Skoda drehte sich beinahe um seine eigene Achse. Dann kam er endlich dicht an einem Graben zum Stehen.

»Passt schon«, sagte Pestallozzi. »Da kommt heute sicher niemand mehr vorbei.«

Sie stiegen aus, die Dunkelheit war wie ein klammer Mantel, der sich um sie legte. Der Mond war hinter Wolken verschwunden. Sie stemmten sich mit gebeugten Rücken gegen die Kälte, Pestallozzi hielt auf die düstere Front zu. Endlich konnten sie ein hölzernes Tor erkennen, das keinen Griff aufwies, nur ein eiserner Ring hing an seinem rechten Flügel. Gruselig. Leo sah den Chef an, und der nickte. Er ergriff den eisernen Ring und ließ ihn gegen das Tor poltern, es klang, als ob dahinter bloß Leere wäre. Dann standen sie im Schnee und – nichts geschah. Scheiße, dachte Leo. Warum konnten sie an diesem verdammten See nie zu einem normalen Tatort gerufen werden? Wo er sich auf sicherem Boden fühlte? Zu einem Fitnessstudio, zum Beispiel. Oder in eine Disco, noch besser. Eine Disco, jawohl. Dort würde er heute Nacht noch hingehen, und wenn es vier Uhr in der Früh werden würde. Ins ›Take five‹, dort hatte er sich schon viel zu lang nicht mehr blicken lassen. Wummernde Bässe und ein ordentlicher Gin Tonic an der Bar, das hatte er sich 100-prozentig verdient nach diesem Irrwitz. Nach diesem …

Der Chef griff nach dem Ring und ließ ihn neuerlich fallen, das Dröhnen hätte Tote zum Leben erwecken können. Nur diese Schwestern schienen mit Stöpseln in den Ohren zu schlafen. Oder gerade auf Knien zu rutschen. Oder was immer man so trieb hinter solchen Mauern. Er legte jedenfalls keinerlei Wert darauf, Näheres darüber zu erfahren. Sie lauschten beide, endlich schienen Schritte näherzukommen. Dann waren die Schritte ganz nah, ein rostiges Schieben ertönte, und ein Fenster öffnete sich in dem hölzernen Portal, Leo hätte beinahe laut gelacht. Sie konnten das Gesicht hinter dem Fenster nicht erkennen, nur das Funkeln von Brillengläsern.

»Ja bitte?«, fragte eine Frau, ganz eindeutig war es die Stimme einer älteren Frau.

»Grüß Gott, Schwester«, sagte Pestallozzi. »Ich weiß, dass wir Sie zu einer sehr ungewöhnlichen Stunde stören. Ich bin Chefinspektor Artur Pestallozzi aus Salzburg, und das ist mein Kollege Leo Attwenger. Leider hat es unten am See einen Todesfall gegeben, und es könnte sein, dass er mit Ihrem Haus zu tun hat. Wir müssen mit der Frau Oberin sprechen.«

Die Frau blieb still. Vielleicht betet sie ja, dachte Leo. Oder überlegt, ob sie die Hunde aus dem Zwinger lassen soll. So einer traue ich alles zu.

»Ich werde die Schwester Superior holen«, sagte die Frau endlich und schob das Fensterchen wieder zu. Ihre Schritte verhallten.

»Na super«, sagte Leo. Mittlerweile sahen sie beide aus wie Schneemänner, nur die Karottennasen fehlten noch. Außerdem musste er pinkeln, das fiel ihm gerade ziemlich dringend auf. Na super.

Endlich waren wieder Schritte zu hören, offenbar näherten sich diesmal zwei Frauen, eine trat ziemlich energisch auf. Dann wurde ganz unerwartet eine niedrige Tür geöffnet, die in das Holzportal eingelassen war. Eine Frau, ganz in Weiß gekleidet, stand in einem dämmrigen Gang und machte eine knappe Handbewegung. »Sie sind von der Polizei, hat man mir gesagt. Bitte treten Sie ein.«

Sie folgten ihrer Einladung, die mehr wie eine Anweisung klang, beide mussten sie sich bücken. Dann standen sie ebenfalls in dem hohen gewölbeartigen Gang, in dem es so kalt war, dass ihr Atem noch immer zu Wolken gefror. Ein Schatten an der Wand huschte davon. Die Schwester ging ihnen voran und öffnete eine weitere Tür, ihre Schritte hallten auf dem Fliesenboden. Sie betraten einen kleinen Raum, dessen einziges Fenster vergittert war. Ein abgenutztes Sofa stand an der Wand, ein Holzsessel gegenüber. Auf einem Tischchen lagen Broschüren offenbar frommer Art. Es roch nach Kräutertee.

»Bitte«, sagte die Frau erneut und wies auf das Sofa. Sie setzten sich der Frau gegenüber.

»Es tut uns leid, dass wir Sie zu so später Stunde noch stören müssen«, sagte der Chef neuerlich. Manches Mal war seine unerschütterliche Geduld einfach unerträglich, Leo wagte sich das kaum einzugestehen. Er jedenfalls hätte ganz bestimmt einen anderen Ton angeschlagen in diesem Kammerl, das aussah wie ein Verhörzimmer in der Ukraine. Und ein Männerklo gab es 100-prozentig auch nicht in diesem Kasten. Leo fühlte das Unheil nahen.

»Wir haben gerade zur Nacht gebetet«, sagte die Frau. Ihr Alter war schwer einzuschätzen, irgendwo in diesem Niemandsland zwischen 50 und 100. Man bekam ja auch nur ihr Gesicht zu sehen und ihre Hände, alles andere war unter Bahnen von Stoff begraben. Bestimmt trug sie darunter drei Lagen warme Wäsche. Und trockene Socken.

»In einem Wald unten am See, gleich beim Weihnachtsmarkt, wurde die Leiche einer jungen Frau gefunden«, sagte Pestallozzi. »Über die Todesursache wissen wir noch nichts, es hat jedenfalls keine sichtbare Gewaltanwendung stattgefunden. Die junge Frau trug ein bodenlanges weißes Kleid, das dem Ihren sehr ähnlich ist, und eine Art Kopftuch. Könnte es sein, dass sie aus diesem Kloster gekommen ist? Vermissen Sie eine der Schwestern? Oder vielleicht eine Novizin?«

Die Frau, die eine Schwester ›Supirior‹ oder so ähnlich war, wirkte vollkommen gefasst. Sie sah auf das Kruzifix, das der einzige Schmuck in diesem Zimmer war, dann sah sie wieder den Chef an.

»Unsere Postulantin Agota hat das Kloster gestern Abend offenbar verlassen. Wir haben ihre Abwesenheit erst heute früh beim Morgengebet entdeckt.«

»Eine Postulantin ist …?«

»Das Vorstadium bis zur Aufnahme als Novizin. Beide Seiten sollen die Möglichkeit haben, sich zu prüfen. In unserer Gemeinschaft dauert es mindestens fünf Jahre, bis wir die endgültigen Gelübde der Armut, der Keuschheit und des Gehorsams ablegen.«

»Kommt es öfter vor, dass eine Schwester oder eine Postulantin das Haus verlässt?«

»Man muss normalerweise um Erlaubnis ansuchen.«

»Aber kann man einfach so gehen? Ich meine, ist das Tor versperrt?«

»Doch, selbstverständlich gelangt man nach draußen, wenn man es möchte. Wir sind ein Kloster und kein Gefängnis.«

»Ah ja.« Pestallozzi dachte nach, die Frau sah ihm dabei zu.

»Und haben Sie daran gedacht, irgendwo nachzufragen? Eine Abgängigkeitsanzeige zu erstatten? Waren Sie denn nicht beunruhigt?«

Ein Hauch von Unbehagen wurde auf dem Gesicht der Frau sichtbar. »Natürlich haben wir uns Sorgen gemacht. Aber wir wollten die Angelegenheit innerhalb unserer Gemeinschaft regeln.«

»Natürlich. Wie so vieles, was innerhalb der Kirche geregelt wird.«

Leo starrte den Chef an, so einen sarkastischen Tonfall hatte er noch nie von ihm gehört. Die Tante in Weiß sah auch ganz schön schmallippig drein.

»Was können Sie uns über diese Agota sagen?«, fuhr der Chef in betont neutralem Ton fort. »Wir wissen natürlich noch nicht mit Gewissheit, ob es sich bei der Toten um dieselbe Person handelt.«

Die Superior wirkte endlich betroffen. »Sie ist erst im vergangenen Jahr in unser Haus gekommen, aus Ungarn. Unser Orden organisiert dort Hilfsprojekte für junge Frauen aus ... hauptsächlich aus Romafamilien.«

Frieda Kahlo, dachte Pestallozzi. Ein Gesicht wie die Madonnen auf alten Ikonen. Das war also des Rätsels Lösung. Die junge Frau war eine Roma gewesen. Oder eine Zigeunerin, wie man sie früher genannt hatte. In den Wirtshäusern gab es noch immer Zigeunerschnitzel mit viel Paprika auf den meisten Speisekarten. Aber wie bist du bloß auf einen Weihnachtsmarkt im Salzkammergut geraten? Tot im Schnee? Er wollte sich nicht vorstellen, wie fremd sich diese Agota gefühlt haben musste.

»Ist Agota ihr richtiger Vorname?«

Die Frau nickte. »Den Namen, den wir als Schwester tragen, wählen wir in unserem Orden erst bei der Einkleidung, bei der endgültigen Weihe.«

»Und ihr Familienname lautet?«

»Da müsste ich die Akten einsehen, die Schwester Teresa verwahrt. Sie ist leider krank, eine schwere Grippe, ich würde sie jetzt nur ungern stören.«

Pestallozzi nickte wieder sehr bedächtig. »Dann will ich das fürs Erste so zur Kenntnis nehmen. Wir werden wiederkommen, wenn wir mehr über den Tod der Frau wissen. Es wird aber unumgänglich sein, dass jemand aus Ihrem Haus sie identifiziert.«

»Ich stehe jederzeit zur Verfügung. Wir werden für ihre Seele beten.«

Pestallozzi ließ den Blick durch das kahle Zimmer wandern. Bitte jetzt kein Geplänkel mehr, dachte Leo inbrünstig. Und sein Flehen wurde erhört, vielleicht gab es ja doch ein höheres Wesen. Der Chef stand auf, die Schwester erhob sich ebenfalls. Wie eine nächtliche Prozession schritten sie wieder zum Ausgang, die Superior vorneweg. Sie öffnete die Tür, Schnee wurde hereingeweht. Der Chef zögerte ganz kurz, dann entschied er sich offenbar gegen einen Händedruck.

»Danke für das Gespräch. Sie werden von uns hören.«

Ein Muskel im Gesicht der Schwester zuckte, vielleicht sollte das ja ein Lächeln sein. Die Tür schloss sich, und sie standen wieder in der Finsternis, Leo verschwand ohne weitere Erklärungen hinter einer Schneewechte. Minuten später saßen sie im eiskalten Skoda und rieben sich die Hände.

»Zurück?«, fragte Leo, seine Zehen waren bestimmt schon zwetschkenblau.

»Zurück«, sagte Pestallozzi. »Genug für heute. Um diese Zeit macht es keinen Sinn mehr, Fragen zu stellen.«

Mitternacht war längst vorüber, als sie hinunter nach Salzburg fuhren. Das Glitzern der festlichen Weihnachtsbeleuchtung war verschwunden, die Stadt lag da wie ein riesiger dunkler Ameisenhaufen. Schneeflocken wirbelten im Licht der Straßenlaternen. Leo setzte den Chef vor dessen Haustür ab, eine knappe Viertelstunde später war er selber endlich, endlich zu Hause. Das ›Take Five‹ konnte ihm gestohlen bleiben. Er stellte sich unter die Dusche, das heiße Wasser brannte auf seiner Haut. Plötzlich fiel ihm die Sandra ein. Wo die wohl gerade steckte? In einem fremden Bett womöglich? Aber es war ihm egal, ehrlich. Nach so einer Nacht war er nur froh, dass keine Frau und keine Freundin auf ihn warteten, die ihn mit Fragen löchern konnten. Leo ging schlafen.

*

Unfassbar, wie die armen Frauen das aushielten. Die Regalbetreuerinnen oder wie das hieß, und die an der Kassa. Dieses pausenlose Gedudel. *Jingle bells, jingle bells, jingle all the way, oh what fun it is to ride ...* Sie hätte jetzt schon schreien können, dabei war sie erst seit fünf Minuten in diesem Laden. Und natürlich war wieder einmal alles umgeschlichtet worden. Wo in der vergangenen Woche noch die Shampoos gestanden waren, baumelten jetzt Zahnbürsten, und das Waschpulver war überhaupt unauffindbar.

Lisa Kleinschmidt bugsierte den Einkaufswagen um eine Ecke und stieß prompt mit einer anderen Frau zusammen, die sie böse anfunkelte. »Verzeihung«, hörte sie sich murmeln, dabei hätte die andere doch genauso Grund gehabt, sich zu entschuldigen. Aber die rauschte nur vorbei in ihrem silbernen Steppmantel mit dem falschen Fuchspelzkragen, die dumme Gans. Wenigstens stand sie jetzt endlich vor dem Regal mit den Feinwaschmitteln, die angeblich jeden Fleck entfernen konnten, sogar bei dreißig Grad. Bloß in ihrer eigenen Waschmaschine funktionierte das nie. Irgendetwas mache ich falsch, dachte Lisa, nicht nur bei der Waschmaschine. Irgendwie wächst mir alles über den Kopf, ganz besonders die Miriam. Und jetzt kommt auch noch Weihnachten, du lieber Himmel! Früher hatte sie dieses Fest so geliebt. Als die Miriam noch klein war, hatten sie zusammen gebastelt und sogar Kekse gebacken. Die Kekse waren meist ziemlich krümelig ausgefallen, aber sie hatten doch köstlich geschmeckt. Sogar der Georg hatte daran geknabbert, dabei hielt er ihnen doch ständig Vorträge über die Gefahren von raffiniertem Zucker für den Zahnschmelz. Dann war der Max zur Welt gekommen und hatte schon als Baby jeden Morgen im Dezember mit seinen dicken Fingerchen andächtig ein Fenster im Adventkalender geöffnet. Und dann hatte sich der Georg in die Gundula verliebt, seine Sprechstundenhilfe, und alles war auseinander …

Plötzlich fiel ihr der Mann auf, der sie offenbar schon seit Minuten beobachtete, verstohlen zwischen den Weichspülerflaschen hindurch. Ein Detektiv, der sie für eine Ladendiebin hielt? Oder ein Verrückter? Egal, sie hatte sowieso bereits viel zu lang getrödelt und bittersüße Erinnerungen hochsteigen lassen wieder einmal. Im Institut wartete der Leichnam einer Frau auf sie, das war entschieden wichtiger. Der Leichnam einer blutjungen Frau, die höchstwahrscheinlich aus einem Kloster stammte. Oder womöglich gar von dort geflüchtet war. Gab es denn überhaupt keinen sicheren Ort mehr auf dieser Welt für ein junges Mädchen? Nicht einmal mehr hinter dicken Klostermauern? Obwohl, dort wahrscheinlich am allerwenigsten, sie brauchte nur an die Berichte über Kinderheime zu denken, die seit Monaten das Land erschütterten, und schon bekam sie Kopfschmerzen. Ob die Tote im Schnee so ein Fall werden würde? Artur trommelte bestimmt schon mit den Fingern, das einzige Zeichen von Nervosität, das er sich ab und zu gestattete. Und sie stand hier und grübelte über Fleckenprobleme und schwelgte in Selbstmitleid, statt ihn zu unterstützen. Sie schnappte sich einen Karton und warf ihn zu all dem anderen Kram in den Einkaufswagen, dann stellte sie sich an der Kassa an. Die Frau hinter dem Förderband lächelte wie ein Roboter. Du Tapfere, dachte Lisa und lächelte zurück.

Rudolph, the red nosed reindeer ... Sie flüchtete aus dem Laden.

*

Pestallozzi hätte sich gern einen Kaffee geholt, aber er zog es vor, in seinem Büro zu bleiben und mit den Fingern zu trommeln. Denn direkt vor seiner Tür begann der Horror. Das gesamte Gebäude war weihnachtlich geschmückt, aber im dritten Stock hatte eine Wahnsinnige gewütet: Gerda Dörfler, um präzise zu sein, die Sekretärin vom Präsidenten. Jedes Jahr Ende November schleppte sie in einer Nacht-und-Nebel-Aktion ihren privaten Vorrat an Girlanden aus Plastikzweiglein, mit Kunstschnee besprühten Bäumchen und Weihnachtsmännern mit Wackelkopf in die Alpenstraße, um die Räume der Mordkommission *ein bisschen gemütlich zu gestalten*, wie die Dörfler das nannte. Das Abspielen von Weihnachtslieder-CDs hatte ihr der Präsident gottlob untersagt, sonst wären die Krankenstände in die Höhe geschnellt wie damals bei der Vogelgrippe. Vier Wochen lang musste man jetzt durchhalten, dann würden die Räume wieder so kahl und nüchtern sein, wie es dieser Abteilung zustand, alles andere war einfach nur eine lächerliche Fassade. Der Tod in seinen scheußlichsten Formen war ihr täglich Brot, seines und das seiner

Kollegen, darüber half auch eine blinkende Girlande über dem Kaffeeautomaten nicht hinweg, den er jetzt nur zu gern aufgesucht hätte. Verdammte Gerda! Andererseits, die Gerda Dörfler war wirklich eine herzensgute Person, die ihre bescheuerte Aktion nur freundlich meinte. Es war bestimmt nicht einfach, als alleinlebende Frau tagein, tagaus Protokolle mit grausamsten Details zu bearbeiten und sich die rüden Sprüche der Männer anzuhören. Und dann nach Hause zu gehen und sich vor den Fernseher zu setzen. Oder zu kochen. Oder zu sporteln. Was immer sie alle in dieser Abteilung eben versuchten, um den Kopf von den Bildern des Tages zu leeren. Er selbst hatte es schon lang aufgegeben, mit irgendwelchen Tricks zur Ruhe zu kommen. Das funktionierte ja doch nicht. Nie. In der vergangenen Nacht hatte ihn das Gesicht dieser jungen Frau verfolgt, egal, ob er die Augen geschlossen gehalten hatte oder nicht. Irgendwann in den frühen Morgenstunden hatte sich das Gesicht endlich in ein graues Flimmern aufgelöst, und er war eingenickt, wenigstens für knapp zwei Stunden. Für seine Verhältnisse war das ein geradezu sensationell langer Schlaf gewesen. Und jetzt saß er da und starrte wieder auf dieses Gesicht, diesmal allerdings in der Realität, nämlich auf den Fotos der Spurensicherung. Eine Postulantin namens Agota höchstwahrscheinlich, fast 100-prozentig. Denn er nahm nicht an, dass außer dieser Agota noch eine andere junge Frau in Nonnentracht am See entlangspaziert war. Eine junge Frau aus Ungarn. Vermutlich eine Roma. Ungarin, zukünftige Nonne, Roma. Warum nicht gleich eine Besucherin vom Mars? Sie war ihm so fremd, er erkannte keinen Anknüpfungspunkt. Natürlich, die üblichen Suchabläufe würden gestartet werden,

Europa war ja mittlerweile vernetzt bis ins hinterste Moldawien. Aber wo mit dem Fragen beginnen? Im Kloster? Er fühlte, wie sich sein Magen zusammenzog. Bei den Schwestern? Mit ihren raschelnden Kleidern und ihren derben Haferlschuhen? Mit ihren glatten Gesichtern und den Haaren, die straff unter der Haube verschwanden? Nie wieder war er einer von ihnen nahegekommen. Nie wieder, seitdem er als Vierjähriger schluchzend seiner Mutter übergeben worden war, an der Pforte vom Kindergarten der *Unbeschuhten Schwestern vom blutenden Herzen Jesu*. So hatten die geheißen, ganz im Ernst! Aber wie hießen eigentlich die Schwestern vom Kloster, in dem diese Agota gelebt hatte?

Pestallozzi setzte sich mit einem Ruck gerade. Endlich, es war, als ob er sich durch Spinnweben gekämpft hätte seit gestern Abend. Er wollte einfach wissen, was dieser jungen Frau zugestoßen war, selbst wenn es, was höchst unwahrscheinlich war, kein Verbrechen gewesen sein sollte, das zu ihrem Tod geführt hatte. Er schlug mit der flachen Hand auf die Tischplatte, dann stand er auf und ging zu der Tür, die ins Nebenzimmer führte und heute ausnahmsweise noch geschlossen war. Er öffnete die Tür, Leo äugte gerade in eine Tüte mit getrockneten Früchten, der Bursche achtete wirklich auf seine Gesundheit.

»Auf geht's«, sagte Pestallozzi. »Leo, es gibt Arbeit! Als Erstes schau, dass du möglichst viel Material über diesen Orden bekommst. Wie heißen die, zu welcher Gemeinschaft gehören die, sind das Benediktinerinnen oder Zisterzienserinnen oder was es da sonst noch alles gibt. Dann recherchier im Internet das ganze Drumherum. Wie spricht man die eigentlich an, Oberin, Äbtissin, was ist so eine Schwester Superior genau, et cetera et cetera. Und dann natürlich, ganz wichtig, wie schaut es um die Zuständigkeit aus. Gibt es womöglich irgendwelche Kirchenrechtsparagraphen, hinter denen die sich verstecken können? Ich möchte bei unserem nächsten Besuch dort nicht wie ein Idiot dastehen.«

Leo sah drein, als ob er auf Stanniolpapier statt auf eine gedörrte Marille gebissen hätte. Morgen war Sonntag, er hielt es ganz eindeutig für übertrieben, bereits mit Ermittlungen zu beginnen, wenn noch nicht einmal feststand, dass die Frau im Schnee überhaupt ermordet worden war.

»Hat die Lisa schon ein Ergebnis?«, wagte er sich vor.

»Sie hat noch nichts von sich hören lassen. Aber es ist ja erst früher Vormittag.«

Der Chef würde nie etwas auf Lisa kommen lassen, völlig zu Recht übrigens, die Lisa war eine super Gerichtsmedizinerin und eine wirklich nette Frau noch dazu. Außerdem nicht einmal unsexy, dabei ging sie auch schon auf die Vierzig zu. Und so unglaublich gewissenhaft und immer darauf bedacht, nur ja kein Fitzelchen zu übersehen. Aber man konnte es auch übertreiben.

»Vielleicht ist es ja ein Aneurysma gewesen«, bemerkte Leo lässig. Manchmal musste man dem Chef und der Gerichtsmedizin ein wenig auf die Sprünge helfen, auch wenn einem das selten Lob einbrachte.

Der Chef sah auch prompt ärgerlich drein. »Sollte es sich um ein Aneurysma handeln, dann wird es die Lisa bestimmt ...«

Ein Klopfen an Pestallozzis Bürotür unterbrach ihr Geplänkel, dann flog die Tür auf, und eine Person betrat mit hörbar selbstbewussten Schritten den Raum. Sekunden später stand auch schon Polizeidirektor Grabner höchstpersönlich vor ihnen, den alle nur *Präsident* nannten. Leo ließ geistesgegenwärtig seinen Früchtemix in der Schublade verschwinden. Seitdem der Präsident von seiner Gattin auf Diät gesetzt worden war, waren kein Dürüm und kein Packerl Mannerschnitten vor ihm sicher.

»Ah, da seid's ja!«

Grabner ließ sich schweratmend auf den zweiten Sessel in dem kleinen Raum fallen, Pestallozzi blieb am Fenster stehen. Selbstverständlich wurde man normalerweise nicht von Polizeidirektor Grabner aufgesucht, sondern in sein Büro beordert, in den eleganten, repräsentativen Raum mit Biedermeierschreibtisch, Lederdrehsessel dahinter und einem Paul Flora an der Wand. Aber ebenso selbstverständlich hatte sich die Gerda Dörfler ebendiesem Raum ganz besonders liebevoll gewidmet. Sogar eine Krippe hatte die Dörflerin aufgebaut. Dem Grabner, einem altgedienten Sozi, war das furchtbar peinlich. Aber er brachte es nicht übers Herz, seine treue Sekretärin in die Schranken zu weisen. Stattdessen hielt er sein Büro in den betreffenden Wochen die meiste Zeit über sorgfältig verschlossen und wanderte durchs Haus, ein heimatloser Weihnachtsflüchtling. Jetzt sah er sich in Leos Reich um, das er gerade zum ersten Mal in all den Jahren betreten hatte. »Nett haben Sie's hier, Attwenger.«

Leo nickte wenig überzeugt.

»Und überhaupt kein, nun ja, weihnachtlicher Schmuck, wie ich sehe. Hat die Gerda auf euch vergessen?« Grabner klang ehrlich interessiert.

»Ich bin Moslem. Deshalb!«

Leo sah seinen obersten Vorgesetzten todernst an, der machte den Mund auf und nur ganz langsam wieder zu.

»Attwenger! Das habe ich ja gar nicht gewusst! Sie sind Moslem? Von Geburt an oder sind Sie übergetreten? Das ist ja ein völlig neuer …«

Pestallozzi hielt es für an der Zeit, einzuschreiten. »Verzeihung, aber das war ein dummer Scherz von meinem Mitarbeiter. Attwenger ist natürlich kein Moslem, sondern nur ein Wurschtl.«

Leo grinste schief, Grabner reagierte zum Glück nicht ungehalten. »Ah ja, natürlich. Das hätte mich auch sehr verwundert. Nun ja, also, apropos Religion. Wie schaut das denn mit dieser toten Nonne aus? War das jetzt ein Mord oder nicht? Was sagt denn die Doktor Kleinschmidt?«

»Frau Doktor Kleinschmidt steht bereits im Seziersaal. Wir erwarten jeden Augenblick einen ersten Bericht.«

Also das musste man dem Chef lassen, er putzte einen zwar manchmal ganz schön zusammen, aber er ließ einen nie im Regen stehen. Leo beschloss wieder einmal, ein besserer Mensch zu werden, genauso wie Artur Pestallozzi. Dumme Scherze würde er fortan …

»Bis jetzt haben die Schmierfinken von der Presse ja noch gar nicht richtig losgelegt«, polterte Grabner. »Die Geschichte wird überall nur im Chronikteil gespielt. Frauenleiche beim Weihnachtsmarkt, als ob da eine zu viel Glühwein in sich hineingeschüttet hätte. Aber ihr wisst's, was los sein wird, wenn die herausfinden, dass das eine Nonne war. Dann …«

»Eine Postulantin, höchstwahrscheinlich jedenfalls.«

Grabner wedelte ungeduldig mit der Hand. »Eine Postulantin, auch nicht besser. Also, Pestallozzi, Ihnen ist ja klar, was das bedeutet. Dann ist die Kacke am Dampfen, wie unsere Freunde von drüber der Grenze so schön sagen. Das ist doch ein gefundenes Fressen für die Revolverblätter. Grad jetzt, wo die ganzen Missbrauchsfälle in Ordensinternaten auffliegen, einer nach dem anderen. Apropos, könnte es da auch in unserem Fall eine Querverbindung ...«

Das Klingeln seines Handys enthob Pestallozzi einer Antwort, wenigstens für den Augenblick. Er blickte auf das Display und begab sich ohne ein weiteres Wort der Erklärung in sein eigenes Büro. Leo und Grabner starrten ihm hinterher, dann blickten sie sich ratlos an.

»Also was eine Querverbindung betrifft, so haben wir noch keine diesbezüglichen Hinweise«, informierte Leo den Präsidenten. Aber der sah nicht drein, als ob er das besonders erhellend finden würde. Endlich kam Pestallozzi zurück. »Das war die Lisa Kleinschmidt. Ich schaue kurz zu ihr rüber.«

Leo sprang auf und wollte schon nach seinem Mantel greifen, aber Pestallozzi hielt ihn mit einer Handbewegung zurück. »Leo, du bleibst da und kümmerst dich um die Informationen, um die ich dich vorhin gebeten habe. Die sind wirklich wichtig.«

Leo plumpste auf seinen Sessel zurück. Das wurde ja immer besser. Jetzt sollte er also ganz im Ernst hier in diesem Kabuff zurückbleiben und Informationen über irgendwelche alten Schachteln zusammenkratzen, die sich die Zeit mit Beten und frommem Singsang vertrieben? Und dafür machte er jede Woche Karate?

Der Präsident erhob sich. »Tja, dann geht ja endlich etwas weiter. Pestallozzi, Sie erstatten mir Bericht, wenn Sie zurück sind!« Damit wandte sich Grabner der Tür zu, im letzten Moment drehte er sich noch einmal um. »Das Büro vom Herrn Kardinal hat mich übrigens schon kontaktiert, ich konnte dann sogar ein paar Sätze mit ihm persönlich sprechen. Er legt Wert auf allergrößte Diskretion. Sollte es Fragen, nun ja, besonderer Art geben, dann wenden Sie sich damit direkt an mich, und ich werde sofort zu ihm durchgestellt. Bis später also!«

Die Tür schloss sich. Leo kramte die Tüte mit dem Früchtemix wieder hervor und hielt sie dem Chef unter die Nase, aber der schüttelte nur gedankenverloren den Kopf. Fragen besonderer Art ... auch Grabner verstand es, eine Pointe zu setzen.

*

Autokolonnen wälzten sich durch die trostlose Durchzugsstraße, die hinauf zur Klinik führte, wo sich neben anderen Abteilungen auch das Gerichtsmedizinische Institut befand. Graubrauner Matsch spritzte unter den Reifen nach links und rechts weg. Eine Frau stand schimpfend am Gehsteigrand und putzte an ihrem Mantel herum, dessen Saum von schmutzigen Tropfen gesprenkelt war, der Übeltäter war längst weitergeprescht. Männer standen rauchend vor einem Wettcafé. Rote Lämpchen blinkten über dem Eingang, die konnten gleich auch als Weihnachtsbeleuchtung durchgehen, wie passend.

Ich hätte doch mit dem Auto fahren sollen, dachte Pestallozzi, meine Schuhe sind schon wieder ganz durchnässt. Aber er brauchte es so sehr, ein paar Kilometer zu Fuß durch die Stadt zu laufen, nachzudenken und allein zu sein. Es ist die verzeihliche Eitelkeit einsamer Menschen zu denken, sie wären mit ihrer Einsamkeit ganz allein auf der Welt. Diesen Spruch hatte er einmal gelesen, auf irgendeinem Kalenderblatt, der hatte ihm gut gefallen.

Und jetzt ging er hinauf zur Klinik, stapfte durch Matsch und Pfützen. Die Lisa war auch so eine, die ihre Ruhe brauchte. Die Menschenansammlungen lieber aus dem Weg ging. Das brachte einem schnell den Ruf ein, arrogant zu sein. Distanziert. Die hielt sich wohl für was Besseres! Und er konnte sie nicht einmal in Schutz nehmen. Denn das hätte das Getuschel nur angefacht. Der Pestallozzi und die Kleinschmidt, na, ihr wisst's schon. Zwei stille Wasser, die sich gefunden haben. Solche Gerüchte waren genauso untilgbar wie Verleumdungen im Internet, sie klebten an einem bis in alle Ewigkeit. Nicht, dass es so schlimm gewesen wäre, mit Lisa in Verbindung gebracht zu werden! Ganz und gar nicht! Aber eben nicht auf solche …

Er passierte die Einfahrt zur Klinik am Pförtnerhaus vorbei. Das Gelände war wie ein Park angelegt, auf einer Bank saß eine Gestalt, dick eingemummt, und hielt eine feurige Rede vor unsichtbaren Zuhörern. Gleich dahinter ragte das Gebäude der Psychiatrie in die schneegraue Luft. Pestallozzi bog nach links, überquerte einen fast leeren Parkplatz, dann war er im Gerichtsmedizinischen Institut angelangt. Durch das Foyer und die Stufen in den Keller hinunter, wo sich der große Seziersaal und die kleineren Räume für die detaillierten Analysen und Untersuchungen befanden. In Krimis konnte man ja immer lesen, wie ekelig die Luft an einem solchen Institut war, und wie die Polizeibeamten kaum zu atmen wagten. Aber Pestallozzi hatte es nie so empfunden, in jedem Krankenhaus fand er die Geruchsmelange von Essen, Desinfektionsmitteln und Urin viel schlimmer.

Kajetan, Lisas Assistent, kam ihm entgegen, er wirkte sonderbar verlegen und aufgeregt zugleich. »Die Frau Doktor wartet schon auf Sie, Herr Chefinspektor!«

»Danke, ich kenne ja den Weg.«

Die Tür stand offen, und er konnte sie bereits aus der Entfernung sehen, Lisa Kleinschmidt stand über ein Mikroskop gebeugt. Er klopfte an den Türrahmen, und sie blickte auf, dunkelblonde Stirnfransen fielen ihr ins Gesicht, sie blies sie nach oben weg. Lisa Kleinschmidt war eine der angesehensten Gerichtsmedizinerinnen des Landes, aber sie sah aus wie eine eifrige Studentin auf dem Weg zur nächsten Vorlesung.

»Hallo, Artur!« Sie kam ihm entgegen und klopfte ihm freundschaftlich auf den Oberarm. »Na, schon in Vorweihnachtsstimmung?«

Sie lachten beide und zogen Grimassen.

»In diesem Jahr sind die ersten Lebkuchen schon im August in den Supermärkten aufgetaucht. Einfach verrückt!« Frau Doktor Kleinschmidt rollte mit den Augen.

»Wem sagst du das. Bei uns wütet die Gerda Dörfler, du weißt schon, die Sekretärin vom Grabner. Der dritte Stock schaut aus wie eine Kripperlschau in Las Vegas.«

Sie lachten wieder. Es war nur harmloses Geplänkel, aber sie brauchten es beide, bevor sie sich gleich wieder einmal gemeinsam über einen toten Körper beugen würden. Warum ihn Lisa wohl gebeten hatte, allein zu kommen, bevor sie mit dem Sezieren begann? Pestallozzi fühlte, wie eine unbehagliche Erwartung über ihn kam. Bestimmt nicht, damit sie ihm unter vier Augen etwas Erfreuliches berichten oder zeigen konnte.

»Also dann, Artur!«

Lisa fühlte seine Unruhe, er brauchte gar nicht zu drängen. Sie machten die paar Schritte zu dem großen Nirosta-Tisch, auf dem die junge Frau lag.

»Sie war nicht länger als zwei, vielleicht drei Stunden

tot, wie sie der Krinzinger gefunden hat«, sagte Lisa. »Die Totenstarre setzt bei dieser Kälte ja verlangsamt ein, und auch die Totenflecken am Rücken und am Gesäß haben sich noch vollständig umlagern lassen. Aber ich glaube nicht, dass sie dort im Wald auch getötet worden ist.«

Der Körper der Frau war bis zum Schlüsselbein mit einem Tuch bedeckt, das gleißende Licht eines Deckenstrahlers war direkt auf ihr Gesicht gerichtet. Er sah sie zum ersten Mal in dieser Deutlichkeit. Sie erschien ihm noch jünger als in der vergangenen Nacht und beinahe schön. Ja schön. Abweisend und sanft zugleich und unendlich erschöpft, dunkle Ringe lagen unter ihren Augen, die jetzt geschlossen waren. Lisa beugte sich über den Tisch und zog vorsichtig ein Lid nach oben.

»Sie ist mit allergrößter Wahrscheinlichkeit erstickt worden, das lässt sich aus den Einblutungen in den Augäpfeln schließen. Bestimmt wird auch ihre Lunge überbläht sein, da weiß ich in der nächsten Stunde mehr. Und dann sind da noch diese Abriebstellen, wenn man ganz genau schaut. Komm näher, Artur.«

Er beugte sich ebenfalls über das kalte Gesicht. Auf den Wangen waren schwache Spuren zu erkennen, wie von einem groben Stoff, der ein Muster auf der zarten Haut hinterlassen hatte. Möglicherweise ein Kissen, das der jungen Frau aufs Gesicht gedrückt worden war, bis sie die Besinnung verlor.

»Offenbar war sie nicht betäubt, sondern hat sich ordentlich zur Wehr gesetzt«, sagte Lisa, sie richteten sich beide wieder auf. »Hautfetzen habe ich keine unter ihren Nägeln finden können, bei diesem Wetter sind ja alle vermummt bis über die Ohren. Aber Spuren von einem grobfasrigen grünen Stoff, ich würde mal sagen, dass es Loden sein könnte. Ich habe die Probe schon ins Labor geschickt, allerdings wird das noch bis Montag dauern, bis sich die jemand anschaut.«

Loden. Grüner Loden. Auf Teneriffa wäre das bestimmt eine Spur zum Täter gewesen, aber im Salzkammergut? Pestallozzi versuchte, nicht allzu enttäuscht dreinzuschauen. Er wusste, welche Mühe Lisa sich gab, die hier stand an diesem ersten Adventsamstag, um eine junge Frau zu sezieren, statt mit ihren Kindern durch die geschmückten Gassen der Altstadt zu bummeln.

»Danke, Lisa, gut gemacht«, sagte Pestallozzi. »Vielleicht lässt sich der Lodenstoff ja näher bestimmen und man kann auf einen Hersteller schließen. Das würde uns schon ein ordentliches Stück weiterbringen. Ich gehe jetzt zurück ins Präsidium und …«

»Artur, das war noch nicht alles.«

Er hatte es geahnt. Befürchtet. Lisa hatte ihn nicht nur wegen ein paar Fasern von grünem Loden gebeten, zu kommen. Sie sah ihn an und wollte etwas sagen, aber dann schluckte sie nur. Er fühlte, wie Kälte über seinen Rücken kroch wie ein kurzer Schüttelfrost. Sie hatte sich wieder über die Tote gebeugt und zog nun langsam und vorsichtig das Tuch vom Körper. Kaltes Deckenlicht floss über nackte Haut. Er hätte sich gern abgewandt, aber das war unmöglich. Wenn Lisa das alles aushielt, dann würde er auch nicht kneifen. Niemals.

Sie standen nebeneinander und blickten auf den nackten Körper der jungen Frau. Der jungen *Frau*? Er hatte gewusst, dass es so etwas gab, aber er hatte es noch nie mit eigenen Augen gesehen. Einen Hermaphroditen. Einen Zwitter. Einen transsexuellen Menschen. Das Gesicht einer Frau auf den ersten Blick, mit dunklen Augenbrauen und einem üppig geschwungenen Mund. Perfekt geformte Brüste. Eine schmale Taille. Und ein daumengroßer Penis, der zwischen ihren – seinen – Schenkeln lag. Er hörte sich selber Luft holen, einen Atemzug lang, vor Überraschung und vor einem Gefühl wie ... Erschrecken, er schämte sich selbst dafür.

»Der Körper weist Vernarbungen im Analbereich auf«, sagte Lisa. »Offenbar ist sie schon als Kind vergewaltigt worden. Ich sage jetzt einfach mal *sie*. Die runden Narben auf den Armen stammen wahrscheinlich von Zigaretten, die man auf ihr ausgedrückt hat. Mehr kann ich noch nicht sagen.«

Sie schwiegen beide. Draußen vor dem Seziersaal erklangen Schritte und entfernten sich wieder, zum Glück. Irgendwo weit weg war jetzt Advent. Und die ersten Besucher standen bestimmt schon rund um die Punschstände und prosteten einander mit Glühwein zu, bissen in Brezeln und Lebkuchen, kauften Barbiepuppen und Play-Stations für ihre Kinder. Und planten das Weihnachtsmenü. Karpfen oder gefüllte Gans? Beinahe wurde ihm schlecht. Lisa zog das Tuch wieder hoch und bedeckte damit den Körper und das Gesicht der jungen Frau.

»Sei nicht böse, dass ich dich gebeten habe, allein herzukommen, Artur. Ich weiß, dass du genug zu tun hast. Aber ich wollte einfach ...«

Ich wollte jemanden an meiner Seite haben, der meine Gefühle teilt, wenigstens für ein paar Minuten. Dann bin ich wieder die kühle Medizinerin, die mit ruhiger Hand den ersten Schnitt setzen wird. Aber das zuzugeben, wäre ihr schrecklich unprofessionell erschienen.

Was wir Menschen doch alles aushalten, dachte Pestallozzi. Nur ich kann wenigstens nach Hause gehen und die Tür hinter mir zumachen. Aber Lisa muss sich um ihre Kinder kümmern, kochen, Hausaufgaben kontrollieren und, das Anstrengendste von allem, lustig sein. Draußen auf dem Gang waren wieder Schritte zu hören, aber diesmal entfernten sie sich nicht. Kajetan steckte den Kopf zur Tür herein: »Können wir dann anfangen, Frau Doktor?«

»Fünf Minuten noch, bitte!«, rief Lisa. Kajetan entfernte sich wieder, dann war es still im Saal.

»Aber, aber ...« Er stotterte herum, in seinem Kopf war nur Verwirrung. »Aber wieso ist sie, ich meine er, ich meine ... wieso liegt sie jetzt als Frau vor uns? Wäre es nicht logischer gewesen, also ich meine ...« Er verstummte, nichts war logisch, keine Frage erschien angemessen vor diesem toten jungen Menschen.

Lisa sah ihn an. Siehst du, schien ihr Blick zu sagen. Verstehst du mich jetzt? Warum ich für ein paar Minuten darüber reden wollte, nicht allein sein wollte? Auch wenn es uns beiden, dir und mir, und schon gar nicht dieser Agota noch helfen wird?

»Vermutlich werden wir nie erfahren, wie sie auf die Welt gekommen ist«, sagte Lisa und hielt ihre Hand schützend wie eine Muschel über das Geschlecht von Agota, »und ob schon ein Penis ausgebildet war. Vielleicht war bei der Geburt aber auch nur eine Art vergrößerter Klitoris zu sehen, die erst in der Pubertät zu wachsen begonnen hat. Es gibt so viele unterschiedliche Formen von Transsexualität.«

Er versuchte sich vorzustellen, wie das sein musste, wenn plötzlich, ausgerechnet in der Pubertät, solch eine erschreckende Verwandlung ihren Anfang nahm. Die Scham, das Schweigen. Es musste die Hölle sein, er fand kein anderes Wort dafür.

»Vielleicht hat sie ja sogar Glück gehabt«, sagte Lisa neben ihm. Er starrte sie an, ratlos, erschrocken. Lisa war so eine sensible Frau und Kollegin, wie konnte sie da von Glück sprechen?

Sie verstand ihn sofort. »Das war jetzt missverständlich ausgedrückt, entschuldige bitte, Artur. Aber ich wollte nur sagen, dass ihr wenigstens die Operationen erspart geblieben sind, mit denen so viele immer noch gequält werden. Noch immer wird diesen Menschen viel zu früh einfach ein Geschlecht aufgezwungen, werden aus Hodensäcken künstliche Scheiden geformt, oder wird ihr Penis amputiert. Fast nie werden sie gefragt, was sie selber sein wollen. Das wenigstens ist dieser Agota erspart geblieben, man hat nicht an ihr herumgeschnitten. Wenigstens das.«

Draußen auf dem Gang waren Schritte zu hören, sie holten beide tief Luft.

»Wann kannst du mir einen ersten Bericht geben?«, fragte Pestallozzi. Eine routinemäßige Frage, die ihm wie ein Rettungsanker erschien, um in den Alltag zurückzufinden.

»Am Nachmittag, der Kajetan macht extra Überstunden.«

Er wandte sich zum Gehen, aber eine letzte Frage schoss ihm noch durch den Kopf. »Diese Verbrennungen, können ihr die auch im vergangenen Jahr zugefügt worden sein?«

Lisa schüttelte sehr entschieden den Kopf. »Das sind alte Verletzungen.«

Pestallozzi hob die Hand zum Gruß, dann ließ er sie wieder fallen. Er verließ den Seziersaal, der kahle Park vor dem Institut erschien ihm plötzlich als ein tröstlicher Ort.

*

Leo stand am Kaffeeautomaten und schlürfte seinen unvermeidlichen Choco grande. Dazu hielt er einen Stapel ausgedruckter Seiten in der Hand, mit denen er Pestallozzi zuwinkte, sobald der aus dem Aufzug getreten war.

»Unglaublich, was die für Namen haben! Dienerinnen vom blutenden Lamm. Unbeschuhte Schwestern vom durchbohrten Herzen Jesu. Und was glaubst du, Chef, wie unsere Tanten im Wald heißen? Na?«

Leo strahlte wie ein Quizmaster. Dann sah er Pestallozzi forschend ins Gesicht und verstummte. Er folgte dem Älteren in sein Zimmer, Pestallozzi schloss die Tür. »Gleich Leo, gleich!«

Er musste unbedingt die Schuhe wechseln, zum Glück hatte er noch ein Paar alte Sneakers in der untersten Schublade. Leo wechselte unbehaglich von einem Fuß auf den anderen. Schlechte Neuigkeiten, das war immer so, wenn der Chef eine Miene wie ein Pokerspieler aufsetzte.

»Kein Aneurysma?« Ein kleiner Scherz war ja wohl erlaubt, um die Stimmung aufzulockern. Aber Pestallozzi schüttelte nur den Kopf.

»Kein Aneurysma. Diese Agota ist erstickt worden. Und offenbar misshandelt worden während ihrer Kindheit.«

Er bückte sich, um die Schuhbänder zuzubinden, sorgfältig und konzentriert, als ob er sich ablenken wollte, wenigstens ein paar Augenblicke lang. Das war noch nicht alles gewesen, was es über diese Agota zu berichten gab, das dicke Ende kam sicher noch. Leo stellte den Pappbecher auf dem Schreibtisch ab. Misshandelt, scheiße. Aber was konnte einer Frau in Nonnentracht sonst noch zugestoßen sein? Eine Vergewaltigung?

»Ist sie …?«

Pestallozzi schüttelte den Kopf. »Nein, sie ist nicht vergewaltigt worden. Wenigstens nicht gestern und auch nicht in letzter Zeit. Hoffentlich. Sie ist überhaupt keine richtige ... Diese Agota war ein Hermaphrodit. Ein Zwitter. Brüste und ein Penis.«

Er hatte sich wieder aufgerichtet, jetzt saß er da, die Unterarme auf den Oberschenkeln abgewinkelt. Leo starrte auf den Chef. In diesem Seminar für Kommunikationsmanagement oder so ähnlich im vergangenen Frühjahr hatte der geschniegelte Vortragende Floskeln für jede Gelegenheit gewusst, ganz besonders für den Umgang mit Presseleuten. »Unter Berücksichtigung aller Tatsachen kann man davon ausgehen ...«, »In Anbetracht der Lage ist nicht auszuschließen ...«. Ha, den hätte er jetzt gern gesehen, diesen Schnösel mit der Gelfrisur, was dem jetzt wohl für ein Kommentar eingefallen wäre. Brüste und ein Penis! Leo versuchte einen Moment lang, sich dieses Bild ganz konkret vorzustellen. Aber er spürte nur, wie der heiße Schokodrink in seinem Magen ...

»Leg mir alle Unterlagen über dieses Kloster auf den Schreibtisch«, sagte der Chef. »Ich gehe jetzt rüber zum Grabner. Und Leo, kein Wort zu niemandem. Auch nicht zum Krinzinger, falls der anrufen sollte, verstanden?«

Leo nickte heftig, aber Pestallozzi war schon aufgestanden und zur Tür hinaus.

*

Sie saßen sich gegenüber, Pestallozzi hatte Bericht erstattet. Der Präsident sah ehrlich betroffen drein.

»Na gute Nacht«, sagte Grabner endlich. »Das wird dem Herrn Kardinal nicht schmecken.«

Es klopfte, dann wurde die Tür einen Spaltbreit geöffnet. »Nicht jetzt«, dröhnte Grabner, die Tür wurde eilends wieder geschlossen. Der Präsident schob einen Stapel Papiere von links nach rechts, dann fegte er ein unsichtbares Staubkorn von der blankpolierten Schreibtischplatte. Alt ist er geworden, dachte Pestallozzi. Eigentlich hätte Grabner in diesem Jahr in die wohlverdiente Pension gehen sollen, seine Gattin hatte sogar schon eine Kreuzfahrt in die Karibik gebucht gehabt. Aber dann hatte es wieder einmal einen Korruptionsskandal in Wien gegeben, der das feine Geflecht aus Postenschacher und Parteibuchwirtschaft an empfindlicher Stelle durchlöchert hatte. Der präsumtive Nachfolger Grabners war still und leise in der Privatwirtschaft verschwunden, zu einem Security-Unternehmen, und die Frau Minister hatte höchstpersönlich angerufen und den Herrn Polizeipräsidenten gebeten, doch noch ein Jahr länger im Amt zu bleiben. Ein Ersuchen, dem Grabner seufzend nachgekommen war, aber alle im Haus wussten, dass er insgeheim unendlich froh war, noch nicht als Nobelrentner über die Weltmeere schippern zu müssen. Und doch, die Müdigkeit war seinem gebeugten Rücken anzusehen. Gleich nach diesem Gespräch würde er im Büro des Kardinals anrufen müssen, kein angenehmer Job. Pestallozzi räusperte sich.

»Jaja, schon gut«, sagte Grabner. »Also, wenn ich das recht verstehe, dann ist da eigentlich ein Mann in diesem Frauenkloster gewesen. Als angehende Nonne getarnt, oder etwa nicht?«

»So kann man das nicht ausdrücken«, sagte Pestallozzi heftig.

»Und wie soll man es denn sonst ausdrücken? Können Sie sich vorstellen, was das für Schlagzeilen geben wird?«

Sie funkelten sich einen Moment lang an, dann starrten sie beide zum Fenster hinaus in das Schneegraupeln, das wieder eingesetzt hatte und die Umgebung – die Autos, die Passanten, die Ketten der Weihnachtsbeleuchtung – in einem schmutzigen Grau erstickte. Wenn wenigstens Frühling wäre, dachte Pestallozzi. Dann hätte diese Agota nicht auch noch frieren müssen. Aber es war ein unsinniger Gedanke, das wusste er selber.

»Pestallozzi«, sagte Grabner endlich, »Sie sind mein bester Mann. Vergessen Sie alles, was auf Ihrem Schreibtisch herumliegt, und klären Sie mir diese, dieses, diesen ...«, der Präsident suchte nach Worten, dann gab er es auf, »... diesen Fall. Mit der allergrößtmöglichen Diskretion, aber das brauche ich Ihnen ja nicht extra zu sagen. Das wär's dann wohl fürs Erste.«

Grabner nickte seinem Chefinspektor zu, die Unterredung war beendet. Aber Pestallozzi hatte noch ein Anliegen. »Sie haben vorhin im Zimmer vom Leo etwas von Fragen der besonderen Art gesagt, die der Kardinal erwähnt hat. Was hat er damit gemeint?«

Grabner seufzte und musterte seine Fingernägel. »Das weiß ich auch nicht so genau. Irgendetwas mit Schwarzarabien.«

»*Schwarzarabien?*«

»Jetzt schauen Sie mich nicht so an, Pestallozzi! Ich weiß auch nicht mehr. Der Herr Kardinal hat nur gesagt, wenn es Fragen zu *Schwarzarabien* geben sollte, dann möchte er das wissen. Ich habe nicht nachgefragt, er war offensichtlich sehr in Eile. Aber das wird sich ja wohl klären lassen!«

Grabner sah jetzt betont forsch drein, Pestallozzi nickte. »Ich werde mich darum kümmern.«

»Ausgezeichnet. Also dann!«
Pestallozzi ließ den Präsidenten bei seiner Krippe zurück.

*

Der Schneefall hatte endlich aufgehört. Das Salzkammergut trug Breughel-Farben, Ockergelb und Schlammbraun entlang der Straße, von Weiß bedeckt die Hänge unter einem grauen Himmel. ›Heimkehr der Jäger‹ hieß das Gemälde von Pieter Breughel, über das sie vor vielen Jahren in der Deutschstunde eine Bildbeschreibung hatten machen müssen. Pestallozzi war kein Mensch, der sich groß für Malerei interessierte, aber dieses Bild war in seinem Gedächtnis haften geblieben. Diese Kälte und das Gefühl von unendlicher Niedergeschlagenheit, das es verströmte. Die Jäger, die nach Hause kamen ohne Beute, das Hunderudel mit hängenden Köpfen. Im vorletzten Sommer war er bei einem Wien-Aufenthalt sogar extra ins Kunsthistorische Museum gegangen, wo das Original in einem dieser prachtvollen Säle hing. Aber es waren so viele Japaner davor gestanden, dass er es nur aus der Entfernung hatte betrachten können. Und jetzt fuhr er selbst durch eine solche Landschaft, ein Jäger mit leeren Händen. Denn er wusste nicht, wo beginnen. Dort, wo er wohl anfangen musste mit dem Fragen, war ihm einfach alles verhasst. Das fromme Getue. Die klamme …

Das Handy läutete, er nestelte es aus seiner Sakkotasche. Leo ging eine Spur vom Gas.

»Ja hallo!«

»Artur, ich weiß, ich bin spät dran!« Lisa entschuldigte sich immer, selbst wenn sie einen freien Nachmittag geopfert hatte, um im Seziersaal zu stehen. »Also, du bekommst natürlich noch den detaillierten Bericht. Aber ich sage dir jetzt schon einmal das Wichtigste in aller Kürze. Sie ist erstickt worden, wie ich angenommen hatte, obwohl ihr Zungenbein noch intakt war. Und wir haben in ihrer Lunge Partikel gefunden, die offenbar von dem Gegenstand stammen, der ihr aufs Gesicht gepresst worden ist. Es könnten zum Beispiel Kräuter sein, Genaueres wissen wir hoffentlich am Montag. Und sie hatte einen Bruch des Oberarms, der nicht versorgt worden ist. Aber das muss schon vor Jahren passiert sein. Könnte von einer Abwehrbewegung stammen. Mehr an Hinweisen auf Misshandlungen habe ich nicht finden können, als ich dir schon gesagt habe. Aber das reicht ja auch wohl.«

Sie klang jetzt müde und erschöpft.

»Danke.« Mehr fiel ihm einfach nicht ein. Was hätte er auch sagen sollen? Lisa, geh nach Hause, leg die Beine hoch und vergiss das alles?

»Danke dir, Lisa«, sagte er nochmals. »Ich gebe Bescheid, wann ich mit einer Schwester kommen werde für die Identifizierung. Ruh dich jetzt aus, das hast du dir verdient.«

Sie schnaufte. »Bis dann, Artur.«

Dann knackte es im Handy. Leo sah ihn fragend an.

»Diese Agota hat Partikel in ihrer Lunge, die von Kräutern stammen könnten«, sagte Pestallozzi und schob das Handy wieder in die Sakkotasche.

»Als Kind hab ich immer Thymiantee trinken müssen, weil ich so oft Bronchitis gehabt habe«, sagte Leo. »Und genauso hat es doch gestern in diesem Verhörkammerl gerochen, in diesem Kloster. Wie nach Hustentee.«

Pestallozzi nickte. Ihm selbst war das gar nicht aufgefallen. Ob sein Geruchssinn durch die Kälte beeinträchtigt gewesen war? Oder hatte ihn die Klosteratmosphäre so sehr abgelenkt, dass er dieses Detail nicht wahrgenommen hatte? Jedenfalls gut, dass er …

»Gut, dass ich dich dabei habe«, sagte Pestallozzi. Leo nickte cool, aber er freute sich wie ein Schneekönig.

Sie bogen von der Bundesstraße ab und fuhren zur Polizeistation unten am See. Ein Plakat an einem der Stämme der Platanenallee lud ein zur Gemeindeversammlung am nächsten Montag, dann waren sie auch schon daran vorbeigefahren. Die ersten Besucher spazierten bereits durch den Ort, obwohl nur wenige Stände geöffnet hatten, und labten sich mit heißem Tee und frischen Brezeln. Sonnenstrahlen kämpften sich durch die graue Wolkendecke und ließen das Wasser glitzern, das gegen die Uferpromenade schwappte. Sie stiegen aus, als gerade die Kirchenglocken zu läuten begannen. Pestallozzi sah zu den Fenstern über der Polizeistation hoch, aber die waren leer und schmutzig. Offenbar war die Wohnung nicht wieder vermietet worden seitdem …

Krinzinger stand im Türrahmen und rieb sich die Hände. »Kalt heute, was? Ich hab schon Tee gekocht!«

Sie folgten ihm in sein Reich, denn als dieses empfand es ihr Gastgeber ganz eindeutig. Alles war ordentlich aufgeräumt, zwei Sessel waren vor dem größeren Schreibtisch bereitgestellt. »Bitte, Kollegen, nehmt's Platz! Der Gmoser ist gerade auf Inspektionstour. Der Wald, ich meine, der Tatort ist ja seit gestern abgesperrt, aber wir passen trotzdem auf, dass sich da nicht ein paar von den Gaffern umschauen wollen!«

Sie setzten sich, Krinzinger stellte zwei Henkelbecher mit heißem Wasser und Teebeuteln vor sie hin. »Milch und Zucker? Vielleicht einen Schuss Schnaps zum Aufwärmen?«

Aber Pestallozzi und Leo schüttelten nur den Kopf, Krinzinger ließ sich endlich ebenfalls auf seinem Drehsessel hinter dem Schreibtisch nieder. »Das war vielleicht eine Nacht! Ich bin erst um vier ins Bett gekommen!«

Leo ließ seinen Teebeutel kreisen und verkniff sich jeden Kommentar.

»Wir waren ja gestern noch im Kloster, der Leo und ich«, sagte Pestallozzi. Er hielt den heißen Becher mit beiden Händen. »Die junge Frau ist mit fast 100-prozentiger Sicherheit eine Postulantin, also so eine Art Novizin aus diesem Haus. Sie kommt aus Ungarn und heißt Agota mit Vornamen. Mehr werden wir in einer Stunde wissen, davon gehe ich jedenfalls aus. Und sie ist erstickt worden, höchstwahrscheinlich mit einem Kissen. Mit einem Kissen, das mit getrockneten Kräutern gefüllt war.«

»Maria und Josef«, sagte Krinzinger. Dann schwieg er und versuchte offensichtlich sein Bestes, diesen Schwall an Informationen zu verdauen.

»Kommen die Schwestern eigentlich zur Kirche?«, fragte Pestallozzi. Die Glocken hatten endlich aufgehört zu läuten.

»Nie«, Krinzinger schüttelte den Kopf. »Die haben dort oben ihre eigene Kapelle. Aber unser Pfarrer fahrt manchmal hinauf, zu den hohen Feiertagen, und feiert mit ihnen die Messe.«

»Was ist denn das für einer, euer Pfarrer?«

»Eigentlich ein ganz netter Kerl. Ein bissel jung halt. Und von drüben kommt er, aus Polen. Aber man muss heutzutage ja froh sein, wenn man überhaupt noch einen Pfarrer hat in der Gemeinde für die Taufen und die Hochzeiten. Und für die Begräbnisse natürlich. Und für die Gottesdienste am Sonntag. Bei uns ist die Kirche immer gesteckt voll.«

Pestalozzi nickte. »Eine brave, anständige Gemeinde also, die du da hast, Friedl. Gibt's eigentlich auch ein Bordell in der Gegend?«

Krinzinger war sichtlich erschrocken über den Themenwechsel. »Also, na ja, bei uns da direkt eigentlich nicht, aber hinter Ischl, da gibt's das Roxy, das fallt aber zum Glück nicht mehr in unseren Bereich.«

»Und was gibt's da alles so?«

»Na alles halt. Ich mein, Frauen halt. Ich war ja noch nie dort. Nicht einmal bei einer Razzia.« Bezirksinspektor Gottfried Krinzinger knöpfte sich den obersten Knopf seiner Uniformjacke auf.

»Auch aus dem Osten, nehme ich mal an?« Pestalozzi blieb hartnäckig und völlig gelassen.

»Genau, aus dem Osten, hab ich jedenfalls gehört. Früher hat es dort auch Negerinn…, ich meine, Schwarze gegeben, aber dann war da so eine Geschichte, dass die nicht ganz freiwillig gearbeitet haben. Jetzt haben die aus Ischl ein Auge darauf.«

Und die aus dem Osten arbeiten natürlich freiwillig im Roxy, dachte Pestalozzi. Weil das so ein toller Job ist. Aber er wollte seine Erbitterung nicht am braven Krinzinger auslassen, der schwitzte sowieso schon Unbehagen und Entrüstung aus allen Poren. Wie alle braven Ehemänner, wenn das Thema Prostitution zur Sprache kam. Am Stammtisch war das natürlich was anderes.

»Nichts für ungut, Friedl«, sagte Pestallozzi, »ich weiß, dass dir meine Fragen komisch vorkommen. Aber mir geht so einiges durch den Kopf.«

»Versteh schon«, sagte Krinzinger und versuchte, möglichst verständnisvoll dreinzuschauen. Wie lang will der Chef hier noch unsere Zeit verschwenden, dachte Leo. Der Krinzinger hat doch keine Ahnung von Tuten und Blasen. Der schafft's gerade noch, eine Wirtshausrauferei zu schlichten. Aber für alles andere ...

»Sag mal, Friedl, weißt du, was Schwarzarabien sein könnte?«, fragte Pestallozzi.

»Freilich. Das weiß doch jeder!«

Wie bitte? Leo hätte sich beinahe am heißen Tee verschluckt. Er selbst hatte auf Anweisung vom Chef dieses verdammte Schwarzarabien noch gegoogelt, bevor sie losgefahren waren. Ohne jedes Ergebnis, niente, nixda, starten Sie eine neue Suchanfrage. Und ausgerechnet der Krinzinger ...

»Komm, hilf uns auf die Sprünge«, sagte der Chef.

Krinzinger setzte sich gerade hin, endlich fühlte er sich wieder sicherer. »Also, ihr wisst's doch, wenn man auf der Uferstraße Richtung Mondsee weiterfahrt, dann kommt diese Halbinsel, wo jetzt der Campingplatz ist. Und zu der sagen eben alle Schwarzarabien. Das war schon immer so. Angeblich, weil da vor 100 Jahren die jungen Leut nackt im See gebadet haben und in der Sonne gelegen sind. Das war ja damals richtig skandalös. Nicht alle natürlich, aber ein paar halt. Und die waren dann so schwarz wie die Murln. Ich meine, wie die Araber. Seitdem heißt das bei uns Schwarzarabien.« Krinzinger nahm einen Schluck Tee, aber er war noch nicht fertig. »Und ausgerechnet dort wollen's jetzt ein Hotel bauen, so einen riesengroßen Kasten. Luxuskategorie! Die Pläne sind schon fertig. Dafür ist extra eine Umwidmung gemacht worden, weil normalerweise darf am Ufer ja nix mehr gebaut werden. Aber wenn so viel Geld im Spiel ist, dann geht auf einmal alles. Und jetzt sind alle ganz narrisch im Ort. Ein paar glauben halt, dass jetzt endlich das große Geld auch zu uns kommen wird, so wie nach Kitzbühel. Und die ganzen reichen Russen! Sogar der Abramowitsch war schon einmal da und hat einen Kaffee getrunken, das ist sogar in den Zeitungen in Wien gestanden. Aber die anderen wollen das ums Verrecken nicht. Weil sie Angst haben, dass dann alles anders wird, und unser schöner See kaputtgemacht wird. Am Montag gibt's eine öffentliche Gemeindesitzung, da wird's hoch hergehen.«

»Und wo wird die sein?«

»Im Pfarrsaal, weil so viele Leut kommen wollen!«

»Ah ja«, Pestallozzi nickte. »Jetzt wissen wir mehr, danke, Friedl.«

Sie schwiegen alle drei, nur die Heizung knackte. Draußen fuhr ein Auto vor, wahrscheinlich Gmoser, der von seiner Inspektionstour zurückkehrte.

»Also dann, wir werden jetzt zum Kloster fahren, der Leo und ich«, sagte Pestallozzi und stand auf. Krinzinger erhob sich ebenfalls.

»Kann ich mal aufs Klo?«, fragte Leo.

»Die Tür gleich neben dem Eingang.«

Leo verschwand, sicher war sicher. Dann stapften sie zum Auto, Krinzinger stand im Türrahmen. Pestallozzi drehte sich noch einmal um. »Und wem gehört dieses sogenannte Schwarzarabien?«

Krinzinger grübelte, dann starrte er Pestallozzi an. Er

schien selbst verblüfft über seine Antwort: »Dem Kloster! Ja genau, dem Kloster!«

Leo rollte mit den Augen, aber Pestallozzi winkte nur zum Abschied, so freundlich wie immer.

*

20 Minuten später standen sie wieder vor dem hölzernen Tor. Bei Tageslicht sah das Anwesen entschieden weniger unheimlich aus, aber auch nicht gerade einladend, ganz bestimmt nicht. Das Kloster der ›Schwestern vom Heiligsten Herzen Mariä‹ hätte dringend eine Renovierung gebraucht, das war mit bloßem Auge zu erkennen. Ein tiefer Riss zog sich durch die Mauer, das Dach des Gebäudes dahinter war von Moos überwuchert. Leo ließ den eisernen Ring gefühlvoll gegen das Holz scheppern, er wollte auf keinen Fall der Sündenbock sein, wenn dieser alte Kasten plötzlich einstürzte. Schon nach wenigen Augenblicken waren Schritte zu hören, diesmal wurden sie nicht behandelt wie Bittsteller im Schnee. Das kleine Fenster wurde nur kurz zur Seite geschoben, dann öffnete sich auch schon die Tür. Eine Schwester stand im Rahmen, zum Glück nicht die alte Fuchtel von gestern Abend, sondern eine junge Frau, ebenfalls ganz in Weiß gekleidet. Leo starrte sie interessiert an. Was die wohl dazu bewogen hatte, der Welt und den Männern zu entsagen? Womöglich eine Lesbe? Oder gar eine zweite Agota, die …

Die junge Frau trat einen Schritt zurück. »Wir haben Sie schon erwartet. Ich soll Sie gleich zu unserer Mutter Oberin führen!«

Sie betraten wieder den kalten Gang, in den sich ein paar Sonnenstrahlen gestohlen hatten. Heute wurden sie also nicht in das ukrainische Verhörkammerl gebeten, sondern bekamen sogar einen Klosterrundgang geboten. Leo sah sich nach allen Seiten um, der Chef war schon ein paar Schritte voraus. Sie folgten dem Gang, zu dessen Linken sich hinter blankgeputzten Scheiben ein Garten befand, der jetzt fast gänzlich vom Schnee zugedeckt war. Auf den Büschen lagen dicke weiße Hauben, eine Krähe stakste dazwischen herum. Es roch wie in der Kirche und erstaunlicherweise nach gebratenen Zwiebeln. Offenbar ernährten sich auch Klosterschwestern von deftigen Gerichten.

Sie waren nun am Fuß einer steinernen Treppe angelangt, die Schwester stieg hinauf, sie folgten ihr. Heiligenbilder hingen an der Wand, so dunkel von der Zeit, dass kaum mehr ein Motiv zu erkennen war. Nur einmal ein bleicher Körper, der von Speeren durchbohrt war. Leo schauderte es. Die Frauen, die er kannte, schmückten ihre Wohnungen mit gerahmten Postern oder mit kitschigen Masken aus dem Venedigurlaub. Na ja, auch nicht viel besser.

Im ersten Stock war der Fliesenboden mit einem ausgetretenen roten Läufer belegt, der ihre Schritte dämpfte. Die Fenster gingen auf die Straße hinaus, Leo registrierte es mit Erleichterung. Wenigstens waren sie nicht in die Katakomben hinabgestiegen, oder wie man das nannte. Eine Tür mit Doppelflügeln bildete das Ende des Ganges. Die Schwester bedeutete ihnen zu warten. Sie klopfte an die Tür, öffnete sie einen Spaltbreit und sagte ein paar leise Worte. Dann öffnete sie den rechten Flügel: »Bitte treten Sie ein.« Die Tür wurde hinter ihnen geschlossen.

Der Raum war groß und hell – und wunderbar warm. Vollbestückte Buchregale bedeckten seine Wände. Ein

Schreibtisch stand vor dem Fenster, auf dem sich Zeitschriften und Papierstapel türmten, ein altmodischer großer Computer surrte leise. Hinter dem Schreibtisch hatte sich eine Frau erhoben. Sie war in mittleren Jahren, ihr Gesicht sah ziemlich energisch, aber nicht unfreundlich aus. Ihre hellen Augen musterten die Besucher eingehend, das Haar war vollständig unter der weißen Haube verborgen, ihr Gewand von einer breiten Schärpe gegürtet. Pestallozzi streckte die Hand aus, die Frau ergriff sie.

»Ich bin Chefinspektor Artur Pestallozzi von der Mordkommission Salzburg, und das ist mein Kollege Leo Attwenger. Grüß Gott, Frau Oberin.«

Die Frau schüttelte ihnen beiden die Hand, dann wies sie auf die Sessel vor ihrem Schreibtisch. Alle drei nahmen Platz.

»Ich habe eigentlich gedacht, dass die Schwester von gestern Abend die Oberin dieses Klosters gewesen ist«, sagte Pestallozzi.

»Das war ein Missverständnis«, unterbrach ihn die Frau. »Sie haben gestern Abend mit Schwester Benedikta gesprochen, die meine Stellvertreterin ist. Man wollte mich nicht mehr behelligen, weil ich mich nicht wohlgefühlt habe. Wir haben in der vergangenen Woche fast alle die Grippe gehabt. Es tut mir leid, dass meine Mitschwestern die Lage nicht ganz richtig eingeschätzt haben.«

»Ah ja«, sagte Pestallozzi.

Du schaust mir aber höchst gesund aus, dachte Leo. Er sah sich unauffällig im Zimmer um, es wirkte so harmlos wie das Zimmer in irgendeiner WG. Einer Senioren-WG natürlich, mit dem ganzen Bücherkram und dem Kruzifix in der Ecke. Aber nicht ungemütlich.

»Wie viele Schwestern leben in diesem Haus?«

»Unsere Gemeinschaft umfasst derzeit 15 Schwestern, mich eingeschlossen. Zwei davon werden ständig auf unserer Pflegestation betreut.«

»Sind Sie ein Orden, der nur betet? Oder wird hier auch gearbeitet? Entschuldigen Sie, dass ich diese Fragen stelle. Aber ich muss mir ein Bild machen.«

»Ich habe kein Problem damit, Herr Pestallozzi. Wir beten *und* wir arbeiten. Wir betreiben eine kleine Landwirtschaft. Früher haben wir sogar Kühe gehabt, und Schwester Benedikta ist mit dem Traktor gefahren, aber das mussten wir schon vor Jahren aufgeben, da ist es uns nicht besser ergangen als vielen anderen Bauern. Aber wir haben noch immer unseren Gemüsegarten und unsere Blumen im Sommer. Außerdem führen wir einen Laden, der zweimal in der Woche geöffnet ist und zum Glück sehr gut angenommen wird. Da werden Kerzen und Marmeladen verkauft, die wir selbst herstellen. Und wir bieten, allerdings nur in einem sehr beschränkten Rahmen und nur für weibliche Gäste, die Möglichkeit zu Einkehrtagen an.«

»Ah ja.«

Pestallozzi betrachtete den Heiland am Kreuz. Die Zeit des verbindlichen Plauderns war vorüber. Auch die Frau wappnete sich, es ging wie ein unmerkliches Beben durch ihren Körper.

»Frau Oberin, Sie wissen ja, weshalb wir hier sind«, sagte Pestallozzi. »Die junge Frau wurde bereits obduziert, und es steht nun fest, dass sie erstickt worden ist. Wir müssen davon ausgehen, dass es sich um die Postulantin Agota aus Ihrem Haus handelt. Können Sie mir Näheres über sie sagen?«

Die Frau hatte die Hände gefaltet. Einen Moment lang dachte Leo, dass sie gleich zu beten anfangen und womöglich erwarten würde, dass sie mit einstimmten. So wie beim Tischgebet in frommen Familien. Na, da würde sie ihr blaues Wunder erleben! Aber die Frau hielt nur einen Augenblick inne und schloss die Augen, dann sah sie wieder den Chef an.

»Das ist ein entsetzliches Geschehen für uns alle«, sagte die Frau, die also die Chefin von diesem Haus war. »Wir sind tief erschüttert, was unserer Schwester widerfahren ist. Wir haben seit Ihrem Besuch gestern für ihre Seele gebetet.«

»Wir bedauern Ihren Verlust«, sagte Pestallozzi, »und noch viel mehr bedauern wir, dass diese junge Frau ihr Leben verloren hat. Was können Sie uns also über sie berichten?«

Für jeden Außenstehenden hätte Pestallozzi so höflich wie immer geklungen, aber Leo bemerkte sehr wohl den kalten Unterton, der sich in die Stimme vom Chef eingeschlichen hatte. Diese Oberin sollte nicht mehr allzu lang versuchen, sie mit Floskeln abzuspeisen. Spuck endlich aus, was du weißt, dachte Leo. Sonst wird es hier sehr bald ziemlich ungemütlich.

»Ich habe alle Unterlagen über Agota Lakatos für Sie vorbereitet«, sagte die Oberin und schob ein Blatt Papier über den Tisch. »Alles, was wir haben. Es ist allerdings nicht sehr viel. Agota ist im vorigen April zu uns gekommen, aus einem kleinen Ort gleich hinter der ungarischen Grenze. Wir führen dort eine Betreuungsstelle für junge Frauen, die Hilfe brauchen.«

Pestallozzi nahm das Blatt und reichte es an Leo weiter.

»Nehmen Sie oft Frauen aus Ungarn bei sich auf?«

Die Oberin schüttelte den Kopf. »Es war zum ersten Mal. Aber Schwester Annunziata, die dieses Projekt leitet, hatte eindringlich darum gebeten. Sie hat gemeint, dass Agota ...«, sie suchte nach Worten, »... dass Agota gefährdet sei.«

»Gefährdet? Wie meinen Sie das?«

Die Frau im weißen Habit bedachte Pestallozzi mit einem schwer zu deutenden Blick. »Wir kümmern uns in den Ländern des ehemaligen Ostblocks um junge Frauen, die einen Weg aus allerbitterster Armut heraus suchen. Und oft genug, viel zu oft, führt sie diese Suche geradewegs in die Prostitution. Ich muss Ihnen ja wohl nichts über die Probleme des Schlepperunwesens und des Frauenhandels erzählen, Herr Pestallozzi. Wir tun, was wir können, aber es ist bestenfalls ein Tropfen auf den heißen Stein, wie es so schön heißt. Schwester Annunziata führt das Haus bereits seit neun Jahren und hat schon einiges bewirken können. Aber oft muss sie einfach ...« Die Oberin hielt inne, blickte auf den Computerbildschirm und schien für einen Moment weit weg zu sein. Als ob sie die Geschichten ordnen wollte, die sie hätte erzählen können und nun entscheiden musste, wie viel sie preisgeben wollte. »Aber oft muss sie einfach hinnehmen, dass ihr die Mädchen wieder entgleiten. Wir können Hilfe nur anbieten, wir können sie nicht durchsetzen oder jemandem aufzwingen.«

Sie schwieg und sah wieder ihre Besucher an, ein Anflug von Zorn und Erbitterung schien über ihr Gesicht zu huschen.

»Und Agota ...«, sagte Pestallozzi.

»Agota war so ein Mädchen. Sie ist aus einer Großfamilie gekommen und hat schon als Kind zum Einkommen beitragen müssen. Zuerst durch Betteln, soviel ich weiß, und dann ist ihr das Los eines Mädchens in einem solchen Milieu nicht erspart geblieben. So hat sich auch der Kontakt zu unserer Beratungsstelle und zu Schwester Annunziata ergeben. Wir bieten den jungen Frauen Beistand und medizinische Versorgung an.«

»Aber wieso ist sie hierher gekommen, in dieses Haus?« Pestallozzi blieb hartnäckig. Leo hätte nur zu gern mit dem Kopf gewackelt, um seine angespannten Nackenmuskeln zu lockern. Sag endlich, was du weißt, dachte er. Sonst sitzen wir noch um Mitternacht hier, der Chef gibt niemals klein bei.

Die Oberin sah jedenfalls nicht drein, als ob sie über diese Fragen erfreut schien. »Schwester Annunziata hat mich inständig darum gebeten. Sie hat gemeint, dass Agota eine Rückzugsmöglichkeit brauchen würde, wenigstens für eine begrenzte Zeit. Ich habe ihrer Bitte entsprochen, weil ich Schwester Annunziata sehr schätze und ihr Urteilsvermögen in höchstem Maß respektiere.«

Die Oberin hatte das Kinn einen Millimeter erhoben, es sah nicht arrogant aus, aber sehr entschlossen. Leo musste plötzlich an die Schwäne denken, die im Sommer ihre Jungen so vehement beschützten, wenn ihnen die Touristen zu nahe kamen. Die spreizten auch die Flügel und …

»Wollte Agota Nonne werden?«

Die Frau gestattete sich ein Lächeln. »Das glaube ich nicht. Man sollte nie das Leben im Kloster in Erwägung ziehen, weil das Leben draußen zu mühsam oder zu bitter erscheint. Das ist der absolut falsche Weg. Aber sie hat diese Zeit gebraucht, um sich zu sammeln und zur Ruhe zu kommen, das war ihr deutlich anzumerken. Auch wenn sie sehr verschlossen war.«

»Die Schwester gestern hat mir aber gesagt, dass sie eine sogenannte Postulantin war. Also im Vorstadium einer ...«

»Ich weiß, was eine Postulantin ist, Herr Pestallozzi. Nein, Agota Lakatos hat sich nicht auf ein Leben im Kloster vorbereitet. Aber sie hat unter uns wie eine Postulantin gelebt. Ich habe das auf meine Kappe genommen.«

Eine entschlossene Frau, dachte Pestallozzi. Er spürte, wie der Widerwillen, der seinen Magen umkrampft hielt, seitdem sie wieder dieses Haus betreten hatten, sich ein ganz klein wenig lockerte. Zum Glück hatte es vorhin nach Zwiebeln gerochen und nicht nach angebranntem Grießbrei. Wie damals im Kindergarten. Ob diese Frau es wohl geduldet hätte, dass man Kindern ...

»Jemand muss Agota Lakatos identifizieren«, sagte Pestallozzi. »Wollen Sie selbst oder soll jemand aus Ihrem Haus ...«

»Ich werde das selbstverständlich selbst übernehmen.«

»Nun, dann würde ich Sie jetzt ersuchen, uns nach Salzburg zu begleiten.«

Jetzt?, dachte Leo. Heute noch? Und es ist ja noch nicht einmal der allergrößte Knaller angesprochen worden! Das Gesicht dieser Oberin hätte er nämlich nur zu gern gesehen, wenn sie erfahren würde, dass diese Agota gar keine richtige Frau ... oder wusste sie das sowieso? Leo hüstelte übertrieben laut, um den Chef auf seine Unterlassung aufmerksam zu machen, aber der reagierte nicht.

Die Oberin hatte sich nach einem kurzen Zögern erhoben und griff nach einer abgewetzten Ledermappe.

Ihre Besucher standen ebenfalls auf. An der Tür hing ein dunkler Wetterfleck, den sich die Frau um die Schultern legte. »Ich bin bereit.«

Pestalozzi öffnete die Tür und sie traten hinaus auf den Gang. Die junge Schwester erhob sich von einer Bank, auf der sie offensichtlich gewartet hatte. Es war so kalt, dass ihre Nasenspitze ganz rot war. Was sie nur umso hübscher aussehen ließ. Schade, dachte Leo. Wenn du mir rechtzeitig begegnet wärst, dann wärst du jetzt bestimmt nicht ... Er lächelte der jungen Schwester zu, aber die sah nur die ältere Frau an.

»Roswitha, ich werde für zwei oder drei Stunden weg sein«, sagte die Oberin. »Bitte sag Schwester Benedikta Bescheid.«

Die junge Frau neigte den Kopf und deutete eine Bewegung wie einen Knicks an. Sie gingen an ihr vorüber, Leo drehte sich noch einmal um, aber Roswitha hielt den Kopf gesenkt. An der Pforte wartete bereits eine Schwester mit Brille auf sie, es war nicht auszumachen, ob es die Schwester war, die gestern Abend im Schneetreiben das Schiebetürchen geöffnet hatte. Sie verließen das Kloster und traten hinaus in einen kalten Nachmittag, der Schnee knirschte unter ihren Schuhen. Pestalozzi führte ein kurzes Handygespräch, offenbar kündigte er der Gerichtsmedizin ihr Kommen an. Leo setzte sich ans Steuer, Pestalozzi hielt der Oberin die Tür zum Rücksitz auf, dann nahm er neben Leo Platz. Sie fuhren langsam bergab, der See lag vor ihnen wie ein riesiges dunkles Auge. Endlich bogen sie auf die Uferstraße ein, die in die Bundesstraße münden würde. Verschneiter Wald gab nur ab und zu den Blick aufs Wasser frei.

»Hier in der Nähe soll ja demnächst ein großes Hotel gebaut werden«, sagte Pestallozzi und sah zum Seitenfenster hinaus.

»Die Zeiten ändern sich«, sagte die Oberin nach einer langen Pause.

»Tempus fugit«, sagte Leo. Ha, jetzt würden die Augen machen! Tempus fugit, die Zeit flieht, das hatte er aus der Zitatensammlung, die er sich erst unlängst in der Buchhandlung in der Kaigasse zugelegt hatte. Denn er setzte seinen Vorsatz, sich weiterzubilden, gewissenhaft in die Tat um. Leo linste erwartungsvoll zum Chef hinüber. Der schmunzelte und schüttelte nur ganz leicht den Kopf. Aber überrascht war er, das konnte man sehen. Leo schaltete höchst zufrieden in den nächsten Gang.

Sie schwiegen bis Salzburg. Was sollte man mit einer Oberin auch plaudern?

Leo fuhr durchs Pförtnertor auf das Klinikgelände, Pestallozzi hatte nur kurz seinen Ausweis zum Fenster hinausgehalten. Der Park schien ihm noch leerer als gestern zu sein. Normalerweise waren am Wochenende die Bänke dichtbesetzt von Menschen, die Kranke in einem der Pavillons besuchen kamen und noch eine letzte Zigarette rauchen oder einfach tief durchatmen wollten, bevor sie sich mit fröhlicher Miene in die Zimmer begaben. Aber heute war es hier so still und verwaist wie auf einem Friedhof.

Leo parkte den Skoda vor der Gerichtsmedizin und versuchte, einen Blick vom Chef zu erhaschen. Aber der schien völlig konzentriert zu sein auf das, was nun kommen würde. Sie betraten das Haus und stiegen in den Keller hinunter, Kajetan stand schon neben der Tür vom Seziersaal. Als er die Oberin in ihrem weißen Habit erblickte, senkte er sichtlich voller Unbehagen den Kopf.

Mir geht es ja auch nicht besser, dachte Leo. Jetzt werde ich zum ersten Mal sehen, was der Chef mir schon erzählt hat. Und das ausgerechnet, wenn eine Nonne neben mir steht. Wenigstens wurde die Leiche nicht erst aus einem Kühlregal geholt, wie ein Schinken aus der Tiefkühltruhe, sondern sie lag schon auf dem großen Nirosta-Tisch in der Mitte des Raumes, alle Lampen und Spots waren aufgedreht. Kajetan stellte sich an die linke Längsseite, die Oberin schräg gegenüber, wo der Kopf unter dem Tuch sein musste, Pestallozzi war neben ihr. Leo hielt sich bescheiden im Hintergrund. Er musste nicht überall dabei sein.

Kajetan blickte zuerst prüfend auf die Frau und sah dann Pestallozzi fragend an. Der nickte. Kajetan zog das Tuch vorsichtig vom Gesicht der Toten. Ihr Gesicht hatte nun nicht mehr den Braunton des ersten Tages, sondern es schimmerte wächsern wie Perlmutt. Ein Reif im Haar hätte ihr gut gestanden, wie den ägyptischen Prinzessinnen, die auf Reliefs seit 1000 Jahren schliefen.

Die Oberin sah auf die Tote hinab, dann nickte sie Pestallozzi kurz zu. Sie hob ihre rechte Hand und machte das Kreuzzeichen über Agota. Dann senkte sie den Kopf, offenbar zu einem stillen Gebet. Kajetan hielt noch immer das Tuch leicht angehoben über Agotas Brust. Schließlich wandte sich die Oberin Pestallozzi zu. »Sie ist es. Das ist Agota Lakatos.«

Sie wollte offenbar den Raum wieder verlassen, doch Pestallozzi blieb an dem Seziertisch stehen. »Das ist noch nicht alles, Frau Oberin. Ich möchte Ihnen noch etwas zeigen.«

Sie hielten alle den Atem an, wenigstens kam es Leo so vor. Die Oberin stand sehr aufrecht, sie wirkte gefasst, aber auch ein klein wenig überrascht und, ja, beinahe neugierig. Wenn sie das alles nur spielt, weil sie sowieso schon Bescheid weiß, dann ist sie besser als die meisten von diesen Tussis in den Vorabendserien, dachte Leo. Er schluckte. Er wusste ja, was kommen würde.

Kajetan zog ganz langsam das Tuch von Agotas Körper. Über die Brust und den Bauch hinab, über den Nabel bis zu den Schenkeln. Der riesige Schnitt, den Lisa Kleinschmidt der Toten zugefügt hatte, war säuberlich vernäht worden und leuchtete bläulichrot auf der bleichen Haut. Dann legte er das Tuch sanft über Agotas Knien ab.

Es war so still, dass sie draußen das Flattern einer Krähe hören konnten, die auf dem Sims zu landen versuchte. Leo wagte nicht, die Oberin anzuschauen. Er wusste überhaupt nicht, wohin er schauen sollte, wo seine Augen Halt finden sollten. Denn das Bild war so ... so unendlich traurig. Er hätte am liebsten geheult. Er, Leo Attwenger, der härteste Kerl der Mordkommission. Er starrte auf seine Schuhspitzen und beschloss, nicht mehr aufzublicken. Jedenfalls nicht mehr in diesem Raum.

Die Stille hielt an. Kajetan fixierte stoisch einen Punkt an der gegenüberliegenden Wand. Die Oberin stand noch immer sehr aufrecht. Das war grausam von mir, dachte Pestallozzi. Sie mit drei Männern im Raum an diesen Tisch zu bringen. Er setzte zum Sprechen an, aber die Frau kam ihm zuvor.

»Das habe ich nicht gewusst«, sagte die Oberin der Schwestern vom Heiligsten Herzen Mariä. »Davon habe ich nichts gewusst.«

»Sie hatten keine Ahnung?«

Sie schüttelte den Kopf, dann sah sie Pestallozzi an, ihre Augen funkelten. »Wir fordern keine Leibesvisitation. Man muss sich nicht nackt ausziehen, wenn man ins Kloster gehen will.«

»Und Schwester Annunziata? Glauben Sie, dass die etwas wusste? Agota war doch ihr Schützling!«

Der Anflug von Zorn in der Stimme der Oberin war schon wieder verflogen. Sie sah plötzlich sehr müde aus. »Schwester Annunziata hat mir keine Mitteilung über die ... diese Besonderheit von Agota gemacht. Ich kann nicht für sie sprechen. Ich weiß nicht, wie viel sie wusste.«

Pestallozzi nickte Kajetan zu, und der zog wieder das Tuch hoch, bis es auch das Gesicht von Agota bedeckte.

»Möchten Sie vielleicht ein Glas Wasser«, fragte Pestallozzi, »oder einen Kaffee? Wir können bestimmt im Büro von Frau Doktor Kleinschmidt ...«

Aber die Oberin schüttelte nur den Kopf. »Ich würde gern nach Hause zurückkehren, wenn Sie nichts dagegen haben.«

Sie stiegen wieder die Treppe hoch, sehr langsam, Leo war das Schlusslicht. Kajetan war im Seziersaal zurückgeblieben, um Agota wieder in ihrem Kühlfach zu verstauen. Leo stellte seinen Jackenkragen hoch und kramte nach den Autoschlüsseln. Beim Skoda wollte er schon zuvorkommend die Tür zum Rücksitz öffnen, aber Pestallozzi hielt ihn mit einer Handbewegung zurück. »Leo, ich komme nicht mit. Du fährst die Frau Oberin ins Kloster zurück. Wir telefonieren dann morgen.«

Leo erstarrte. Er und die Nonne? Ganz allein? Das konnte ihm der Chef doch nicht antun! Lieber würde er auf der Stelle bei der Verfolgung eines flüchtigen Ladendiebs in die eiskalte Salzach springen! Er warf Pestallozzi einen flehentlichen Blick zu, doch der beachtete ihn nicht einmal.

»Aber ich muss dich sowieso noch ins Präsidium bringen, Chef. Da kannst du doch gleich mit uns …«

Pestallozzi schnitt ihm das Wort ab. »Ich komme nicht mit, weil ich noch zu tun habe. Also du fährst zurück wie besprochen.«

Die Oberin stieg auf der Beifahrerseite ein, Pestallozzi beugte sich zu ihr hinab. »Danke, dass Sie uns geholfen haben. Ich weiß, dass das keine leichte Stunde für Sie war. Aber jetzt haben wir endlich endgültige Gewissheit. Wir werden uns auf jeden Fall noch mit Schwester Annunziata unterhalten müssen. Sie hören von mir.«

Die Oberin nickte Pestallozzi zu, der die Wagentür schloss. Leo startete den Skoda und preschte zur Einfahrt hinunter. Er riskierte einen verstohlenen Blick auf seine Mitfahrerin. Die sah nicht aus, als ob sie große Lust auf ein Gespräch haben würde. Danke, Allmächtiger!

Pestallozzi stand vor dem Eingang zur Gerichtsmedizin, beinahe hätte er die Hand gehoben, um zu winken, im letzten Moment hielt er sich zurück. Manche Gesten passierten einem wie automatisiert, auch zu den unpassendsten Gelegenheiten. Kalt war es, er sah zum Himmel hinauf, der sich nun schon rasch verdüsterte. Pestallozzi knöpfte seinen Wintermantel zu und schlenderte zum Hauptweg hinunter. Alle Bänke waren leer, nur vor der Psychiatrie standen zwei eingemummte Gestalten und rauchten, die Glut ihrer Zigaretten leuchtete wie Glühwürmchen in der Dämmerung.

Er hätte jetzt auch gern geraucht. Ob er die zwei Vermummten um eine Zigarette anschnorren sollte? Aber dann würde sich womöglich ein Gespräch ergeben, über Krankheit im schlimmsten, über Fußball im besten Fall, und beides ertrug er heute nicht mehr. Er setzte sich auf eine Bank und vergrub die Hände in den Taschen. Wann war er so grausam geworden? Was machte dieser Fall mit ihm? Kaum betrat er ein Kloster, war er ein anderer und kein besserer, das bestimmt nicht. Und alles weil ... weil er als Kind verbranntes Grießkoch hatte essen müssen? Wie alle anderen im Kindergarten, den die Schwestern in der schwarzen Tracht geführt hatten? Gleich neben der Volksschule und dem Carolineum, dem Nobelgymnasium, in das nur die angesehensten und reichsten Familien der Stadt ihre Söhne schickten. Und wohin ihn auch seine eigene Mutter hatte schicken wollen. Aber das hatte er erst viel später erfahren. Um im Carolineum aufgenommen zu werden, musste man zuvor den sündteuren Kindergarten und dann die hauseigene Volksschule besucht haben. Seine Mutter war nach der Arbeit im Supermarkt extra seinetwegen noch putzen gegangen, das hatte er als Kind natürlich nicht gewusst. Er und seine kleine Schwester Moni hatten nur mitgekriegt, dass die Mutter noch müder als sonst war. Und dass immer diese mürrische Nachbarin kam, um sie ins Bett zu bringen. Und er hatte jeden Morgen in diesen Kindergarten gehen müssen, der ihm schon nach wenigen Tagen verhasst gewesen war. Wer fürchtet sich vorm schwarzen Mann? Ha! Er und alle anderen Kinder dort hatten sich nur vor schwarzen Frauen gefürchtet. Und ganz besonders vor der einen, die so sanft lächelte, wenn die Mütter kamen, um ihre Kinder abzuholen. Aber wenn sie mit ihnen allein war ...

Am schlimmsten waren immer die Mittagessen gewesen. Was auf den Tisch kommt, muss aufgegessen werden, Amen. Herr, segne unser Mahl. Seid froh, dass ihr nicht wisst, was Hunger ist! Und jedes Mal waren ein paar von ihnen übrig geblieben und mussten sitzenbleiben, weil sie die Pampe auf dem Teller einfach nicht hinunterwürgen konnten. Am schlimmsten war es gewesen, wenn es Grießkoch gab, das fast immer verbrannt roch und schmeckte. Grießkoch war eine heikle Sache, das musste man schön umrühren und aufpassen, damit sich der Grieß nicht am Boden vom Reindl anlegte, das wusste er von seiner Mutter. Aber das Grießkoch im Kindergarten ... dem blassen Clemens mit den vielen Sommersprossen war das genauso widerstanden, mit zusammengepressten Lippen war der neben ihm gesessen, oft stundenlang, da kannten die Schwestern kein Erbarmen. Und einmal war es der Schwester mit dem sanften, gütigen Lächeln, das sie sich immer für die Mütter aufsparte, zu dumm geworden. Sie hatte den Clemens an den Haaren gepackt, seinen Kopf zurückgebogen und ihm einen vollen Suppenlöffel hineingeschaufelt. Der Clemens hatte gehustet und gewürgt, und dann hatte er sich übergeben, über das ganze kalte Grießkoch, das noch auf dem Teller war. »Das wirst du jetzt aufessen, so kommst du mir nicht davon«, hatte die Schwester geschrien und den Löffel wieder in das Erbrochene getaucht. Der Clemens war ganz weiß im Gesicht geworden. Und er selbst, er war auf diese Schwester Ehrentrudis – genau, so hatte sie geheißen, er wusste es plötzlich wie gestern – zugestürmt und hatte auf ihr schwarzes Kleid eingetrommelt, wenn er irgendwo ein Stück Haut erwischt hätte, dann hätte er bestimmt hineingebissen, aber die Schwester Ehrentrudis war ja vollkommen in ihren Habit eingewickelt gewesen, zum Glück für ihn und für sie. Ein riesiges Durcheinander war entstanden, Kotze hatte über sie alle gespritzt, der Clemens hatte sich nämlich noch einmal übergeben müssen. Andere Schwestern waren herbeigelaufen, ihn hatte man dann in ein Kammerl gesperrt und eine halbe Stunde später seiner Mutter übergeben, die ihre Arbeit im Supermarkt hatte unterbrechen müssen. »So ein Kind können wir nicht länger in unserer Gemeinschaft dulden. Ihr Sohn übt einen sehr schlechten Einfluss auf die anderen Kinder aus.«

Seine Mutter hatte ihn an der Hand genommen und war mit ihm nach Hause gegangen, still und müde hatte sie gewirkt, das wusste er heute noch, aber sie hatte nicht mit ihm geschimpft. Er mochte sich gar nicht vorstellen, wie mühsam das ganze Durcheinander für sie gewesen sein musste als alleinerziehende Mutter. Alle Arbeit umsonst, um dem Sohn die bestmögliche Ausbildung zu bieten. Alles neu organisieren müssen, einen Platz im städtischen Kindergarten auftreiben. Aber er hatte nie wieder zu den schwarzen Frauen gehen müssen und seine Schwester Moni auch nicht.

Pestallozzi merkte plötzlich, dass ihm eisig kalt war. Er stand auf und stampfte ein paarmal fest auf, um das Blut in seinem Körper wieder zum besseren Zirkulieren zu bringen. Zeit, endlich mit den Erinnerungen abzuschließen, die da seit vorgestern in ihm hochstiegen. Ein paar Löffel Grießkoch, die man ihnen hatte in den Mund zwingen wollen. Anderen war hinter Klostermauern Schlimmeres widerfahren.

*

Sonntag, der Tag des Herrn. Lisa Kleinschmidt sah auf den niederen Couchtisch in ihrem Wohnzimmer, der mit einem leeren Teller, einer halbvollen Kaffeetasse und einem hochstieligen Glas gedeckt war. Neben dem Glas stand eine leere Piccoloflasche Prosecco. Sie hatte sich heute einmal ein ausgiebiges, ja geradezu festliches Frühstück gegönnt, ausnahmsweise. Denn so stand es doch immer in den Frauenzeitschriften: *Gönnen Sie sich etwas Besonderes, decken Sie den Tisch auch dann festlich, wenn Sie allein sind!* Und, was sollte das bringen? War man dann fröhlicher, wenn man den Lachs allein futterte? Schwachsinn, sie schob den Teller heftig von sich. Aus dem Nebenzimmer war Rumoren zu hören, Max schickte sich offenbar endlich an, den Hamsterkäfig zu putzen und mit frischem Zeitungspapier auszulegen, wie an jedem Wochenende. Natürlich würde sie ihm dabei helfen, aber ein klein bisschen sollte er schon auch selbst beisteuern. Gestern Abend hatte sie ihm wieder einmal eine ordentliche Standpauke gehalten. »Du hast dir so sehr ein Haustier gewünscht. Also dann halte jetzt auch dein Versprechen und kümmere dich darum. Ein Hamster will nicht nur gestreichelt werden, der braucht auch ein sauberes Zuhause!« Der Max hatte gottergeben genickt und war in sein Zimmer getrottet, mit Walter im Arm. Und die Tür hatte er zugemacht, zum ersten Mal. Sie war dagesessen und hatte auf die Tür gestarrt. Und auf die Türe von Miriam, die war offen gestanden, weil Miriam noch bei einer Freundin war. Um neun war die Tür noch immer offen gewesen. Und um zehn. Und um zehn nach zehn. Dann hatte sie ihre 16-jährige Tochter auf dem Handy angerufen, wenigstens hatte die abgehoben. »Sag einmal, weißt du eigentlich, wie spät es ist?

Und was haben wir ausgemacht, kannst du dich daran vielleicht noch erinnern? Zehn Uhr! Zehn Uhr allerspätestens! Also sei so gut und ...« Sie hatte geklungen wie ihre eigene Mutter vor mehr als einem Vierteljahrhundert. Irgendwann um elf herum war die Miriam dann endlich aufgetaucht und sofort in ihrem Zimmer verschwunden, natürlich ohne ein Wort der Erklärung oder gar der Entschuldigung. Sie selbst war noch am Computer gesessen und hatte Websites zum Thema Transsexualität durchforstet, keine Lektüre, die einem das Einschlafen erleichterte. Die vielen Leidensgeschichten, die sich hinter den Statistiken verbargen. Die hilflosen Eltern. Die Kinder, die aufwuchsen und ahnten, spürten, wussten, dass sie anders waren. Die Operationen.

Sie schloss die Augen. Sie hätte jetzt gut noch einen zweiten Prosecco vertragen können. Aber sie wollte nicht wie eine einsame Frau vor der Flasche sitzen, wenn Miriam endlich zum Frühstück erscheinen würde. Ob sie jetzt schon die erste Kerze auf dem Adventkranz anzünden sollten? Oder erst am Abend? Früher hatten sie immer gemeinsam den Adventkranz mit roten Bändern und Schneeflocken aus Watte verziert, aber sie konnte sich nur zu gut vorstellen, wie ihre Tochter auf so ein Vorhaben reagieren würde. Ihre Tochter, um die sie sich solche Sorgen machte. Irgendwie entglitt ihr Miriam. Sie hatte nie zu den Müttern gehört, die sich brüsteten, die *Freundinnen* ihrer Töchter zu sein. Die *über alles* mit ihren Töchtern sprachen, angeblich auch über Allerintimstes, einfach eine grässliche Vorstellung. Aber Miriam zog sich seit ein paar Monaten so sehr von ihr zurück, dass es wirklich wehtat. Gerade jetzt, wo es so viele Gefahren gab, vor denen sie doch gewarnt werden musste. All die Perverslinge, die in Internet-Chats nur auf ihre Chance lauerten, sich an verunsicherte Mädchen heranzumachen. Und gerade jetzt hatte sie auch noch diese Agota auf dem Tisch liegen. Dieses Mädchen, das ein halber Mann war. Das nicht viel älter war als ihre Tochter, nur ein paar Jahre vielleicht. Aber das jünger gewesen war als Miriam, als ihm Unvorstellbares angetan wurde. Das in einem Kloster Schutz gesucht hatte. Und dann ... Ob sie Cordula anrufen sollte? Ob ihr die weiterhelfen konnte? Cordula und sie hatten gemeinsam mit dem Medizinstudium begonnen, aber dann hatte sich die Freundin nach dem ersten Semester völlig überraschend für eine Karriere bei der Polizei entschieden und war dort bei der Meldestelle für Kinderprostitution und Sextourismus gelandet, einer der allerhärtesten Abteilungen. Vor zwei Jahren war sie einmal bei Cordula ins Büro geschneit, einfach so, voll guter Laune, sie hatte im Haus zu tun gehabt. Cordula und ihre Kollegen waren vor einem flimmernden Bildschirm gesessen, nach einer Razzia, und hatten gerade eine neue Diskette eingelegt. »Lisa, schau dir das nicht an, ich komme gleich runter in die Cafeteria«, hatte Cordula gesagt. Aber sie war dagestanden wie angewurzelt. Auf dem Bildschirm war nur das Gesicht eines Kindes zu sehen gewesen, es war nicht einmal ganz eindeutig gewesen, ob Bub oder Mädchen. Fünf Jahre alt vielleicht, ein kleines pausbäckiges Gesicht. Das Kind hatte mit weitaufgerissenen Augen in die Kamera gestarrt, dann hatte es sich im Raum umgeschaut, als ob es ein Versteck suchen würde, wo es sich verkriechen konnte. Aber es war nur ein schmuddeliges zerwühltes Bett in dem Zimmer gestanden. Und dann war die Türe aufgegangen...

Später waren sie dann in der Cafeteria gesessen, und Cordula hatte einen Milchkaffee getrunken, ihr selbst war so elend gewesen, dass sie nicht einmal einen Schluck Wasser hätte hinunterwürgen können. »Wieso tust du dir das an?«, hatte sie Cordula nach langen Minuten gefragt. Und Cordula, die nicht verheiratet war und auch nie einen Freund gehabt hatte, wenigstens keinen, von dem irgendjemand wusste, hatte nur mit den Schultern gezuckt. »Ich muss einfach!« Dabei hatten sie es dann belassen. Sie hatte nicht weitergefragt. So oft stellen wir keine Fragen, dachte Lisa. Weil wir ahnen, dass wir die Antwort gar nicht hören, gar nicht wissen wollen.

Aus dem Nebenzimmer ertönte ein Poltern, dann ein Quieken. Lisa stand auf, um wenigstens Walter den Hamster zu retten.

*

Der Vormittag zog sich wie Strudelteig. Unglaublich, was so ein Tod an Ermittlungen und Arbeit auslöste! Liste und Aufgabengebiete der katholischen Frauenorden. Kindesmissbrauch und Prostitution beim Nachbarn Ungarn. Und jetzt auch noch die Grundstücksgeschäfte der Kirche in Österreich, der Chef wollte einfach über alles Bescheid wissen. Einmal steckte ein Kollege den Kopf zur Tür herein: »Kommst eh zum Nikolopunsch vom Grabner?« Aber Leo nickte nur unwirsch, dann starrte er wieder auf den Bildschirm. Ihm brummte ja jetzt schon der Schädel, und dabei war noch nicht einmal Mittagspause. Und am Nachmittag wollte der Chef allen Ernstes zu dieser Gemeindeversammlung fahren, als ob sich dort der Nonnenmörder tummeln würde!

Endlich war Mittag. In der Kantine gab es Gulasch mit Nockerln, nicht gerade sein Lieblingsessen, vor allem, wenn man die Nockerln von seiner Mama kannte. Und dann setzte sich auch noch diese Cordula an seinen Tisch, die nie lächelte und sich offenbar für etwas Besseres hielt. Mahlzeit! Das war nicht sein Tag. Leo knackte mit den Fingern. Cordula sah ihn an, als ob er der Chef einer Schlepperbande wäre. Leo verzog sich wieder in sein Büro.

*

Um vier fuhren sie endlich hinaus zum See, es war schon fast dunkel. »Der Krinzinger wartet vor dem Pfarrsaal auf uns«, war alles, was Pestallozzi sagte. Der Postbus nach Ischl zockelte natürlich wieder durch die Kurven, aber Leo machte kurzen Prozess und überholte todesmutig. Dann war da noch so ein roter Warmduscher, der wurde ebenfalls mit links überholt, na ja, eigentlich schnitt er ihn, der Fahrer blinkte wütend auf, aber Leo grinste nur. Wenn der Chef jetzt nicht neben ihm gesessen wäre, dann hätte er diesem Fuzzi den Stinkefinger gezeigt. Mindestens. Oder aber, besser noch, das Blaulicht rausgeholt und …

»Kommt gar nicht in Frage«, sagte der Chef und grinste ebenfalls. Verdammt, der konnte ja wirklich Gedanken lesen! Oder war das jetzt ein Bluff gewesen?

Am Platz vor der Kirche schien sich bereits der halbe Ort zu drängen. Ein jüngerer Mann im schwarzen Anzug mit weißem Stehkragen stand mitten unter den Leuten und schüttelte Hände und grüßte nach allen Seiten. Das war offenbar der Pfarrer aus Polen, von dem Krinzinger erzählt hatte. Krinzinger selbst stand vor dem Eingang zum Pfarrsaal und sah unbestreitbar wichtig aus.

»Da seid's ja, Kollegen! Drinnen ist schon fast alles besetzt, aber ich hab uns ein paar schöne Plätze reserviert, damit's auch alles gut sehen könnt's.« Krinzinger strahlte wie vor einer Operettenpremiere vom ›Weißen Rössl‹.

»Ist das der Pfarrer, von dem du uns erzählt hast?« Pestallozzi wies mit dem Kinn auf den umringten Mann.

»Genau, das ist unser Pfarrer Darius. Soll ich euch vorstellen?«

Pestallozzi schüttelte den Kopf. »Später vielleicht.« Plötzlich begann er übers ganze Gesicht zu strahlen. »Frau Luggauer, Sie schauen ja aus wie ein Lausbub!«

Katharina Luggauer fuhr sich lachend und ein bisschen verlegen durch ihr weißes Haar, das jetzt ganz kurzgeschnitten war. Weg war der lange Zopf, den sie ein Leben lang wie eine Krone um den Kopf gewickelt getragen hatte. »Ach, hören S` auf, Herr Chefinspektor, ich bin eine alte Frau. Schön, dass Sie wieder einmal da sind! Obwohl Sie ja bestimmt wegen …«

Der Satz blieb unvollendet, sie wussten beide, dass er nicht zum Vergnügen hier war.

»Und wie geht es Ihrer Nichte, der Anna?«

Die alte Frau sah einen Augenblick lang wehmütig drein, dann lächelte sie schon wieder. »Die Anna ist in Berlin, die hat ein Stipendium bekommen. Ich bin so stolz auf sie.«

Pestallozzi und die alte Frau sahen sich an. So vieles hätte es noch zu fragen und zu berichten gegeben, aber dies war eindeutig nicht der richtige Augenblick dafür.

»Wenn es Ihnen recht ist, Frau Luggauer, dann schaue ich einmal auf einen Besuch vorbei«, sagte Pestallozzi.

»Immer, Herr Chefinspektor. Sie sind mir immer willkommen!«

Sie verabschiedeten sich voneinander, dann betraten Krinzinger, Pestallozzi und Leo den Pfarrsaal. Köpfe drehten sich in ihre Richtung, das Stimmengewirr senkte sich kurzfristig zum Tuscheln, dann redeten wieder alle durcheinander. Auf dem Podium saßen bereits drei Männer, der in der Mitte trug eine Lodenjoppe. »Das ist unser Bürgermeister«, informierte sie Krinzinger und deutete ungeniert mit dem Zeigefinger auf den Mann. »Der ist eigentlich recht in Ordnung. Aber ob er sich gegen das ganze Spekulantenpack wird durchsetzen können, wer weiß …« Krinzinger sah drein wie ein düsteres Orakel, dann holte er ein Säckchen mit Krachmandeln aus seiner Uniformtasche und deutete auf drei leere Stühle in der vorletzten Reihe. »Das sind unsere. Gmoser, mach Platz.« Gmoser, der ganz am Rand saß, stand eilfertig auf und sie zwängten sich an ihm vorbei. Wie auf Kommando klopfte der Bürgermeister energisch auf den Tisch: »Sind jetzt endlich alle da? Können wir anfangen?«

Pestallozzi drehte sich um. Hinter der letzten Sitzreihe standen die Menschen dichtgedrängt bis zum Ausgang. Eines der Gesichter erkannte er sofort, das war doch der streitbare Loibnerbauer, der sich gerade den Hut in den Nacken schob und auf einem Zahnstocher kaute. Na, das würde kein Zuckerschlecken für den Herrn Bürgermeister werden, Pestallozzi beneidete den Mann nicht um den Job. Zwei junge Frauen standen nebeneinander, eine kam ihm ebenfalls irgendwie bekannt vor. Die andere trug ein T-Shirt unter dem lässig geöffneten schwarzen Anorak. *Schlampe* stand auf dem T-Shirt, in knallorangen Buchstaben. Die junge Frau zwinkerte ihm zu und ließ eine

Kaugummiblase zerplatzen. Pestallozzi sah lieber wieder zum Podium.

»Also, ihr wisst's ja alle, worum's geht«, sagte der Bürgermeister. »Deshalb ...«

»Um die Verschandelung von unserem schönen Ort!«, rief eine alte Frau mit Kopftuch. Kichern lief durch die Reihen, aber auch zustimmendes Gemurmel. Der Bürgermeister hob die Hände. »Aber, aber, liebe Mitbürger. Wir wollen doch heute einen konstruktiven Abend verbringen. Deshalb habe ich auch Herrn Architekt Nikolaus Turnauer gebeten, uns das umstrittene Projekt noch einmal in all seinen Facetten vorzustellen, damit wir anschließend konstruktiv darüber diskutieren können. Herr Georg Öttinger vom Umweltreferat wird ebenfalls ein paar Worte sprechen.«

»Aber konstruktiv, bitte!«, rief einer. Alle lachten. Der Bürgermeister schwitzte jetzt schon. Ganz im Gegensatz zu dem Mann zu seiner Linken, der sich nun erhob. Ein schöner Mann, dachte Pestallozzi und war selbst verblüfft über sein Urteil. So etwas hatte er sich noch nie über einen Mann gedacht. Und dieser Nikolaus Turnauer wusste ganz offensichtlich Bescheid über die Wirkung seines Aussehens, er stand da, lässig, braungebrannt und selbstbewusst, strich sich die schwarzen Haare zurück, die sich ziemlich lang in seinem Nacken kräuselten und von ganz wenigen grausilbrigen Fäden durchzogen waren. Er trug Jeans und ein blendendweißes Hemd unter dem Tweedsakko, die Uhr an seinem Handgelenk war das gleiche sündhaft teure Modell, das auch Edelzuhälter zu tragen pflegten. Der weibliche Anteil des Publikums war völlig in seinen Bann gezogen, die Männer starrten ihn widerwillig-fasziniert an.

»Hat die Tochter vom reichsten Baumeister in der ganzen Gegend geheiratet, vom alten Kresnik«, informierte sie Krinzinger, er bemühte sich nicht besonders, seine Stimme zu dämpfen. »Holt sich alle großen Aufträge, der Lackaff. Aber ich beneid' ihn nicht. Für so viel Erfolg muss in vielen Darmschlingen stecken.« Krinzinger hielt ihnen die Krachmandeln unter die Nase, doch Pestallozzi und Leo lehnten dankend ab.

Der Lackaffe hielt jedenfalls eine glänzende Rede. »Wichtige Aufwertung des Potentials Landschaft … bedeutsame Investition in die Zukunft unserer Kinder … Schaffung von Arbeitsplätzen in diesen schweren Zeiten … eine Chance, die wir nicht verpassen dürfen.« Als er geendet hatte und sich lächelnd umsah, applaudierte zumindest die Hälfte des Publikums. Dich bringt nichts so leicht ins Schwitzen, dachte Pestallozzi.

»Danke, Niki, danke dir!« Der Bürgermeister war wieder aufgestanden. »Also ich glaube, ich kann im Namen der überwiegenden Mehrheit unserer Gemeinde …«

»Gar nix kannst du!«, rief ein weißhaariger alter Mann in der ersten Reihe. »Schau dir doch die ganzen Orte an, die zubetoniert worden sind mit lauter so Luxuskobeln. Geh durch Kitzbühel, da graust's einem doch, wenn man …«

»Aber dafür machen die ganzen reichen Russen dort Urlaub! Und Chinesen kommen auch schon, die haben wirklich noch Geld in den Taschen! Nicht so wie die Unsrigen oder die Deutschen, die müssen doch jetzt jeden Cent umdrehen! Damit's den Griechen und den anderen aus der Patsche helfen können!«

»Weit hammas gebracht mit der EU! Die ist unser Sargnagel, das sag ich euch!«

»Lernt's Chinesisch und Russisch, das sind die Märkte der Zukunft!«

»Ja, damit dann lauter Schlitzaugen da bei uns durch den Ort laufen!«

»Dawai, dawai, ura, ura, Frau komm!«

»Geh, gib a Ruh, Loibner, das ist doch kein konstruktiver Diskussionsbeitrag!«

»Ah, sagst jetzt auch schon konstruktiv wie der Herr Bürgermeister? Brauchst vielleicht für dein' Badesteg eine Bewilligung, damit …«

»Hört's auf, ihr zwei!«

»Ruhe!«

Der Bürgermeister hatte sich zu seiner vollen Größe aufgerichtet, allmählich kehrte wieder Stille im Saal ein. Turnauer zu seiner Linken saß lässig zurückgelehnt da, die Hände im Nacken verschränkt, und schien sich prächtig über den Tumult zu amüsieren. Der Mann zur Rechten vom Bürgermeister sah hingegen ziemlich sorgenvoll drein.

»Also man merkt, dass zu diesem Thema noch nicht alle Standpunkte ganz ausdiskutiert worden sind. Deshalb möchte ich jetzt auch den Georg Öttinger, unseren Umweltreferenten, bitten, dass er noch ein paar Worte dazu sagt. Georg, du bist dran.«

Der Mann rechts vom Bürgermeister erhob sich. Sein Gesicht war sonnenverbrannt wie bei einem passionierten Bergsteiger, sein rötlichblondes Haar kringelte sich zu kurzgeschnittenen Löckchen. Er sah aus, als ob er gern über die Felder und durch den Wald wandern würde mit einem Hund an seiner Seite.

»Liebe Mitbürger und Mitbürgerinnen!«, sagte der Mann. »Glaubt's mir, ich kenne alle eure Bedenken und Sorgen. Mir liegt der Landschaftsschutz unserer Gemeinde genauso am Herzen wie euch allen. Aber wir müssen auch vorausschauend denken, da muss ich dem Niki einfach Recht geben. Die Arbeitsmöglichkeiten in der Region werden immer weniger, die Jungen wandern ab. Und so ein Hotelressort würde halt nicht nur fast 90 neue Arbeitsplätze bringen, sondern auch das ganze Umland beleben. Lasst's euch das noch einmal in aller Ruhe durch den Kopf gehen. Ich garantiere euch, dass jede nur erdenkliche Auflage punkto Umweltschutz eingehalten wird, das hat uns die Astoria Holding bereits schriftlich zugesichert. Ihr könnt's mich beim Wort nehmen.«

Der Mann setzte sich wieder, beifälliges Gemurmel war zu hören. Dann flammte die Diskussion wieder auf, wurde heftig, ja hitzig, es redeten fast nur die Männer. Manche nickten, manche schüttelten resigniert den Kopf. Dieses Projekt wird einen Riss durch die Gemeinde gehen lassen, dachte Pestallozzi. Aber so schien es überall auf der Welt zu sein. Im Namen von Fortschritt und Profit wurden die alten Strukturen beiseite gefegt wie Dachbodengerümpel. Und wenn man …

Der weißhaarige alte Mann in der ersten Reihe war aufgestanden, es wurde augenblicklich mucksmäuschenstill im Saal. Nur Krinzinger raschelte mit der Zellophanhülle der Krachmandeln. »Das ist unser Altbürgermeister«, flüsterte Krinzinger.

»Ich weiß schon, das Hotel wird kommen«, sagte der alte Mann. Er hatte sich zum Saal umgedreht, die Männer auf dem Podium schienen ihn nicht zu interessieren. »Das wird sich nicht mehr verhindern lassen. Aber ich möchte euch bitten, gebt's Acht auf unseren Ort. So vieles verschwindet gerade, was nie mehr zu ersetzen sein wird. Könnt's euch noch erinnern, wie das früher war? Wie noch keine Shoppingcenter und noch keine Baumärkte auf unseren Wiesen gestanden sind? Wie's noch keine Zäune gegeben hat rund um die Häuser, und wie niemand die Tür zugesperrt hat, wenn er weggegangen ist? Und heute? Heute sitzt jeder für sich in seiner Burg, mit Gegensprechanlage und Alarmanlage und was weiss der Teufel noch für einem Zeug! Sogar die Kirche muss der Herr Pfarrer jetzt absperren bei Tag, damit nix gestohlen wird! Weit haben wir's gebracht! Und es wird nicht besser werden, mit so einem Kasten für die reichen Leut schon gar nicht! Das wollt ich euch nur noch einmal gesagt haben!«

Der Altbürgermeister setzte sich wieder, nestelte ein Stofftaschentuch aus seiner Hosentasche und fuhr sich damit über die Stirn. Der ganze Saal schaute betroffen drein, nur Nikolaus Turnauer auf dem Podium blickte betont lässig auf seine Armbanduhr.

»Dank dir für deine offenen Worte, Vinzenz.« Der regierende Bürgermeister war wieder aufgestanden und nickte dem alten Mann in der ersten Reihe respektvoll zu. »Ja, das war wirklich ein wichtiger Abend für unsere Gemeinde. Jeder hat seine Position kundtun können. Ich denke, es wird das Beste sein, wenn wir die Versammlung auf Jänner vertagen. Bis dahin …«

»Bis dahin habt's alles schon unter Dach und Fach gebracht!«, rief der Loibner von hinten. Aber niemand stimmte ihm zu. Die Leute waren müde geworden und wollten ganz offensichtlich nach Hause gehen.

»Also wir sehen uns dann wieder im Jänner. Die Ankündigung wird wie immer rechtzeitig am Gemeindeamt ausgehängt werden. Ich wünsch euch allen noch einen schönen Abend und eine gute und sichere Heimfahrt.«

Einen Augenblick herrschte Stille, dann klatschten einige wenige. Alle standen auf, rückten mit den Sesseln und fuhren in die Jackenärmel. Gmoser, Krinzinger, Pestallozzi und Leo drängten nach draußen, eingekeilt zwischen den schwatzenden Ortsbewohnern. Pestallozzi nickte dem Loibnerbauer freundlich zu, der nickte gnädig zurück. Die junge Frau, die ihm so bekannt vorgekommen war, schob sich vorbei und strahlte ihn an: »Guten Abend, Herr Chefinspektor!« Pestallozzi lächelte überrascht und grüßte zurück. Woher kannte er sie bloß? So viele Gesichter zogen an ihm vorbei, so viele Namen. Früher hatte es ihm allerdings keine Probleme gemacht, sich alles zu merken. Tja.

Auf dem Kirchenplatz standen kleine Gruppen zusammen, es hatte wieder zu schneien begonnen. Leo schaute sehnsüchtig zum Weihnachtsmarkt hinüber, wo es nach Zuckerwatte und heißen Würsteln roch. Aber das wäre kein passender Abschluss für diesen Abend gewesen, das war sogar ihm klar. Noch dazu, wo sie keinen Schritt weitergekommen waren im Fall der erstickten Nonne, er hatte jedenfalls nicht die allerkleinste Schwingung gespürt in diesem Pfarrsaal. Aber es hatte gutgetan, für eine Stunde von ganz anderen Problemen zu hören.

Der weißhaarige alte Mann war neben ihnen stehengeblieben, und Krinzinger nahm Haltung an. »Darf ich vorstellen! Unser ...«

»Ihr seid's also die Herren von der Mordkommission«, sagte der Altbürgermeister. »Wegen der toten Nonne aus dem Kloster. Hoffentlich findet's ihr den bald, der das getan hat. Weil jetzt werden wieder alle spucken auf unsere Kirche und über die Pfarrer herziehen. Aber mit den Muftis traut sich das keiner. Da ziehen alle den Schwanz ein, wenn's um den Islam geht.«

Der Altbürgermeister nickte ihnen zu und schlurfte langsam davon. Beim Gehen musste er sich auf einen Stock stützen. Krinzinger hob die Schultern und grinste schief: »Er nimmt sich halt nie ein Blatt vor den Mund, der Vinzenz!«

Der Architekt Turnauer schlenderte lässig vorüber, die jungen Frauen lächelten ihm fast alle zu. »Servus, Niki!« – »Bist am Samstag wieder im Stamperl?« – »Kommst auch zum Festl von der Gloria?«

Nikolaus Turnauer grüßte nach allen Seiten wie ein Popstar, dann stieg er in den schwarzen BMW, der gegen jede Vorschrift schräg vor dem Eingang zum Friedhof geparkt war. Leo starrte ihm finster nach. Kotzbrocken! Ein Jammer, dass man dem nicht den Mord an der Nonne anhängen, äh, nachweisen konnte! Das wäre nämlich ...

»Servus, Schorsch!«, grüßte Krinzinger gerade. »Das sind meine Kollegen von der Mordkommission aus Salzburg, und das ist der Georg Öttinger!«

Pestallozzi nickte dem Mann freundlich zu: »Sie haben es bestimmt nicht leicht!«

Der Mann lachte. »Das kenne ich nicht anders!« Dann wurde er wieder ernst: »Und Sie beide beneide ich auch nicht um Ihre Arbeit! Gibt's schon eine Spur wegen der toten Nonne?«

Pestallozzi schüttelte den Kopf, dann sah er Georg Öttinger abwägend an. »Aber wir können wirklich jeden Hinweis gebrauchen. Diese Halbinsel Schwarzarabien, wo das Hotel gebaut werden soll, gehört doch dem Kloster. Hat es da schon irgendwelche Zwischenfälle oder Drohungen gegeben? Von militanten Umweltschützern vielleicht? Oder von Nachbarn, die um ihre Ruhe fürchten?«

Öttinger schüttelte ebenfalls den Kopf, sehr entschieden. »So was gibt's bei uns da nicht. Auch wenn es heute im Pfarrsaal manchmal hoch hergegangen ist, deswegen bringt doch keiner jemanden um. Schon gar nicht eine Nonne. Mit dem Hotel hat das 100-prozentig nichts zu tun.« Er schüttelte nochmals den Kopf, allerdings schien er doch auch nachdenklich geworden zu sein. Dann hellte sich sein Gesicht auf: »Servus, Kathi! Bist auch da?«

Georg Öttinger und Katharina Luggauer begannen ein Schwätzchen, Pestallozzi und Leo verabschiedeten sich von den Kollegen. Sie stapften zum Skoda, natürlich ohne vorher noch am Weihnachtsmarkt die Würstel zu recherchieren.

»Den Ausflug hätten wir uns sparen können«, sagte Leo missmutig.

Pestallozzi sah erstaunt drein. »Also ich habe diesen Abend hochinteressant gefunden. Du etwa nicht?«

Aber es kam nur ein Schnauben als Antwort. Was der Chef für einen interessanten Abend hielt, du lieber Himmel, dachte Leo. Oder sollte er etwas übersehen haben?

*

Sie hatte die Berge so satt! Und das ganze Drumherum! Die Dirndln und die Lederhosen, das Gejodel und Gedodel! Wie satt sie das alles hatte! Aber jetzt glomm ein Licht am Ende des Tunnels, endlich, endlich! Die Kellnerin Suse stemmte sich gegen das Schneetreiben, schräg vornüber gebeugt wanderte sie die Bundesstraße entlang. Autos preschten vorbei und spritzten Dreckfontänen gegen ihre Beine, die in Jeans und Stiefeln steckten, aber keiner hielt an. Im Sommer wäre das garantiert anders gewesen, aber hallo, wenn sie mit ihren knappsten Shorts und einem Top da entlanggelaufen wäre. Dann hätten sie sich alle eingebremst, die Möchtegernkavaliere, und ihre lauen Späßchen gerissen. Darf ich Sie ein Stück mitnehmen, schönes Fräulein? Sie schüttelte sich unter ihrem Anorak.

Na ja, nicht alle im Ort waren ganz so schlimm. Der Loibner zum Beispiel war eigentlich ein richtig netter Kerl, wenn man sein ewiges Poltern ignorierte. Und der Bürgermeister war auch in Ordnung, vor allem, weil er immer so ein schönes Trinkgeld neben dem Teller liegenließ. Und der Öttinger Georg war überhaupt ein richtiger Gentleman. Aber die anderen? Die ihr in den Ausschnitt glotzten und auf den Hintern paschten, als ob sie ein Stück Vieh wäre beim Almabtrieb! Und wenn ihre Frauen dabei waren, dann behandelten sie einen wie Dreck. Wie eine Schlampe. Die Marion hatte schon recht, dass sie dieses T-Shirt trug. Auch wenn das dem Ricardo, dem Pächter vom Tankstellen-Café, gar nicht recht war, diesem Heuchler. Immer sollte man den Männern schöntun, das war gut fürs Geschäft, aber wenn sich dann eine auf die Brust knallte, was Sache war, dann war es auch wieder nicht in Ordnung. Die Marion, das war schon eine! Die Kellnerin Suse lachte in sich hinein, während sie durch den Schneematsch stapfte. Die war immer für einen kleinen Skandal gut! Wie heute, als die Frau Vizebürgermeister an ihr vorbeigerauscht war und nur einen eiskalten Blick auf das Schlampen-T-Shirt geworfen hatte. Und was hatte die Marion da frech gemurmelt, so ganz verächtlich, aber laut genug, dass es alle Umstehenden hören konnten? »Jaja, schau nur. Aber dein Mann liegt bei mir im Bett, und ich mach die Sachen mit ihm, für die du dir zu fein bist.« Der brave Loibner hatte dreingeschaut, als ob ihm ein Kalb mit drei Köpfen begegnet wäre, so schockiert war er gewesen, und alle anderen hatten jetzt wieder was zu tratschen im Wirtshaus. Ob die Marion nicht schön langsam den Bogen überspannte? Wie lang würden sich die Ehefrauen aus dem Ort ihre Frechheiten noch gefallen lassen? Na ja, ihr konnte das egal sein. Suse zog sich das gestrickte lila Band tiefer in die Stirn. Sie hatte ja jetzt einen dicken Fisch an der Angel! Unglaublich, in was sie da hineingestolpert war! Am Anfang war es nur so ein Flirt gewesen wie immer. Aber dann ... Natürlich war er verheiratet. Und würde sich nie scheiden lassen, da brauchte sich eine wie sie keine Hoffnungen zu machen. Aber sie hatte einen Trumpf in der Hand. Und was für einen! Zuerst hatte sie die Anzeichen gar nicht richtig gedeutet, aber seit voriger Woche wusste sie es mit 100-prozentiger Sicherheit! Diesen Trumpf würde er ihr ablösen müssen um gutes Geld. Und dann würde sie zurückgehen nach Schwerin, nach Mecklenburg. Und vielleicht ein eigenes kleines Café aufmachen. Oder eine Bar. Jedenfalls auf dem flachen Land, wo es nach Meer roch und nicht nach Kuhmist. Wo keine düsteren Bergriesen einem die Luft zum Atmen raubten. Wo niemand jodelte! Genau, in ihrer Kneipe würde absolutes Jodelverbot herrschen! Sie blieb stehen und sah zum Himmel hinauf, aber es kam ihr nur weißes Gestöber entgegen. Alles wird gut, dachte Suse. Alles wird gut.

Sie hatte gar nicht bemerkt, dass ein Auto neben ihr angehalten hatte. Einen Moment lang spürte sie ihr Herz erschrocken pochen, aber dann wurde die Tür geöffnet und der Fahrer beugte sich zu ihr herüber. »Komm, ich nehm dich ein Stück mit bei dem Sauwetter!«

»Ah, du bist's«, sagte Suse. Sie stieg ein und zog sich das lila Band vom Kopf.

II

Dienstagvormittag, und sie waren schon wieder im Kloster. Im großen Zimmer der Oberin, um genau zu sein. Die Oberin hatte in den vergangenen zwei Nächten nur wenig geschlafen, das war ihr deutlich anzusehen. Denn eine Oberin konnte natürlich nicht mit Makeup tricksen oder den Rougepinsel schwingen, so wie die Sandra das immer getan hatte in der Früh. Dazu hatte sie endlos lang an ihren Augenbrauen herumgezupft und anschließend ihre Wimpern getuscht. Während er schon ganz zappelig gewesen war und ins Bad wollte. Aber die Sandra hatte sich nicht aus der Ruhe bringen lassen. Du kannst ruhig neben mir pinkeln, das stört mich nicht, hatte sie ihn gleich zu Beginn ihrer Beziehung wissen lassen. Aber ihn hätte es sehr wohl gestört. Genauso wie die Art, mit der sie sich nicht nur in seinem Badezimmer, sondern in seiner ganzen Wohnung breitmachte und alles mit Beschlag belegte. Sogar die Reindln in der Küche hatte sie umgeschlichtet. Als ob sie schon ein Ehepaar wären, das den gemeinsamen Bausparvertrag abstottert! Na ja, von der Sandra hatte er gottlob seit Tagen nichts mehr gehört, vielleicht hatte sie ja wirklich einen Neuen aufgegabelt beim Adventmarktbummel. Auch gut, er weinte ihr bestimmt keine Träne nach. Andererseits, die Wohnung war schon sehr leer und still, wenn er spät am Abend nach Hause kam. Gerade jetzt, wo er all diese Bilder mit sich herumschleppte. Von dieser Agota, die ... Und die anderen, die plötzlich hervorgekrochen kamen, er wusste selbst nicht, warum und woher. Von der Irene, die in der

Volksschule neben ihm gesessen war. Mit den blutig abgebissenen Fingernägeln. Die Irene, die in der Pause immer so kokett gewesen war. Viel zu kokett für eine Siebenjährige, das fiel ihm jetzt gerade auf. 30 Jahre danach! Nur wenn ihr Vater draußen vor dem Schultor gestanden war und auf sie gewartet hatte, dann war die Irene richtig verfallen. Der Vater war so ein Ungustl gewesen, der immer Zuckerln dabeigehabt hatte. Aber keines von den Kindern hatte seine Zuckerln haben wollen. Nur die Irene, die hatte immer mit diesem Vater nach Hause gehen müssen. Wo war eigentlich die Mutter gewesen? Komisch, an die konnte er sich überhaupt nicht erinnern. Und einmal, im Fasching, da hatte die Lehrerin mit ihnen dieses Spiel gespielt, bei dem man mit verbundenen Augen Obst in einem Sackerl greifen und erraten musste. Die Irene hatte nach einer Banane gegriffen und war völlig ausgezuckt. Das fiel ihm plötzlich wieder ein, als ob es erst gestern gewesen wäre. 30 Jahre lang hatte er nicht mehr daran gedacht. Er selbst und die anderen Kinder waren mit offenen Mündern dagestanden und hatten die schluchzende Irene angestarrt. Jetzt stell dich nicht so an, hatte die Lehrerin zur Irene gesagt. Und erst heute wurde ihm klar, was damals …

Irgendwo im Haus schlug eine Tür, Leo schreckte hoch. Der Chef und die Oberin führten schon die ganze Zeit eine leise Unterhaltung, und er hatte völlig den Faden verloren. Das durfte ihm nicht wieder passieren. Leo spitzte die Ohren.

»Darüber grüble ich seit vorgestern«, sagte die Frau in dem weißen Kleid gerade. »Nein, mir ist nichts aufgefallen. Nachträglich kann man sich natürlich vieles einbilden. Ihre Stimme war sehr dunkel und irgendwie heiser.

Aber dies ist ja kein Haus, in dem viel gesprochen wird.« Sie gestattete sich ein kleines Lächeln, und Pestallozzi lächelte zurück.

»Nur einmal, da hat sie ...« Die Oberin zögerte, dann entschloss sie sich zum Weitersprechen. »Da hat sie ganz plötzlich zu singen begonnen, draußen im Küchengarten, wo unsere Schwester Benedikta ihre Kräuterbeete angelegt hat. Schwester Benedikta hat sie natürlich sofort zur Ruhe ermahnt, Singen ist uns nur während des Gottesdienstes gestattet. Aber ich weiß noch, dass mich die wenigen Takte ihres Liedes sehr berührt haben.« Sie sah auf ihre Hände, die gefaltet auf der Schreibtischplatte lagen. »Damals habe ich mir gedacht, sie könnte wirklich eine Bereicherung für unseren kleinen Chor sein. Aber sie hat während der Andachten nie mitgesungen, sondern ist immer mit gesenktem Kopf ganz hinten in der Bank gesessen.«

»Haben Sie schon mit den anderen Schwestern über Agota gesprochen? Sie darüber informiert, was mit ihr ...« Pestallozzi suchte nach Worten, den richtigen Worten hier in diesem Zimmer mit dem Gekreuzigten an der Wand. Aber die Oberin kam ihm zuvor. »Über ihren Körper, das meinen Sie doch? Nein, das habe ich nicht. Nicht aus Prüderie, falls Sie das annehmen. Sondern aus ...«, nun war sie es, die nach Worten suchte, »aus Respekt. Anders kann ich es nicht ausdrücken. Ein Mensch wie Agota hat ganz bestimmt ein Leben lang Getuschel ertragen müssen, das wollte ich ihr wenigstens nach dem Tod ersparen. Aber wir haben uns gestern nach der Vesper zusammengesetzt, und ich habe alle Mitschwestern gebeten, mir ihre Beobachtungen und Gedanken zu Agota mitzuteilen. Es hat nicht den geringsten Hinweis erbracht.«

»Konnte man sich denn mit ihr überhaupt verständigen? Hat sie genug Deutsch gesprochen?«

»Durchaus. Ein sehr reduziertes Deutsch natürlich, das durchsetzt war mit …«, die Oberin suchte nach Worten, »… das durchsetzt war mit derben Ausdrücken. Man muss berücksichtigen, in welchem Umfeld sie aufgewachsen ist.«

Sie schwieg wieder, und Pestallozzi wartete ab. Die Frau ihm gegenüber hatte bestimmt im ganzen vergangenen Jahr nicht so viel sprechen und preisgeben müssen wie in den letzten Tagen. Und sie war in einer Situation, die ihr so fremd sein musste wie ihm das Leben in einem Frauenorden. Sie mussten beide Geduld miteinander haben.

Die Oberin sprach endlich weiter: »Agota war sehr still und scheu. Aber um sie war auch etwas Wildes, etwas …« Sie blickte Pestallozzi an, als ob sie sein Verständnis erheischen wollte. »Um sie war auch etwas Obszönes, ich kann es nicht anders formulieren. Mir fehlt einfach das richtige Wort. Wenn Sie sie gekannt hätten, dann wüssten Sie vielleicht, was ich meine. In ihren Gesten, in ihrer Ausstrahlung. Oder vielleicht habe ich es auch nur so empfunden, weil ich der Welt draußen doch schon entwöhnt bin. Auch wenn ich keine weltfremde Nonne bin, wie Sie das bestimmt annehmen. Ich habe jahrelang in einem Hospiz unseres Ordens gearbeitet. Aber jemand wie Agota ist mir noch nie begegnet. Sie war wie ein wildes Kind, das stillhält, weil es weiß, dass es dafür Essen und ein warmes Bett bekommt.«

Sie schwieg und blickte auf ihre Hände, die gefaltet auf der Tischplatte lagen. Ein Ring schmückte ihre rechte Hand, die Oberin berührte ihn ganz leicht. Es war, als ob sie Kraft schöpfen würde aus dieser kleinen Geste.

»Das war bestimmt nicht immer leicht für Sie und Ihre Mitschwestern«, sagte Pestallozzi leise. »Hat es irgendwelche Vorfälle rund um Agota gegeben?«

»Dass sie einmal im Garten gesungen hat, habe ich ja schon erzählt. Für ein Frauenkloster ist das schon Skandal genug.« Die Oberin lächelte plötzlich die beiden Männer an, beinahe verschwörerisch, die grinsten überrascht zurück. Das ist ja gar nicht einmal so eine Schreckschraube, dachte Leo.

»Und ihr Betragen bei Tisch war, nun ja, gewöhnungsbedürftig, in den ersten Wochen jedenfalls. Man hat gemerkt, dass sie bereits großen Hunger erlebt hat. Wir mussten ihr beibringen, dass es nicht mehr nötig ist, Brot zu … zu horten. Einige Schwestern hat Agotas Benehmen doch etwas irritiert. Aber ich habe mit allen Gespräche geführt und bin auf sehr viel Verständnis gestoßen.«

»Gab es eine Schwester, die Agota eher reserviert gegenübergestanden ist?«

Die Oberin zögerte kurz, dann verschloss sich ihr Gesicht. »Nein, ganz bestimmt nicht!«

»Und gab es eine Schwester, zu der Agota besonderes Vertrauen gefasst haben könnte?«

»Sie hat Schwester Agnes in der Küche geholfen. Ich hatte den Eindruck, dass die beiden sehr gut miteinander auskamen. Schwester Agnes ist schon über 80, sie hat viele Jahre in unserer Missionsstation in Uganda gearbeitet. Ihre Rezepte sind manchmal ein wenig exotisch, aber sie betreut die Küche wirklich mit Umsicht. Schwester Agnes ist eine große Stütze für unser Haus. Und auch Agota hat sich bei ihr offenbar wohlgefühlt.«

Pestallozzi nickte und klappte den Spiralblock zu, auf dem er ab und zu gekritzelt hatte. Leo hatte es immer noch nicht durchschauen können, nach welchen Gesichtspunkten sich der Chef Notizen machte. Am Schluss hatte er jedenfalls immer alle Fakten parat, einfach phänomenal!

»Was Ihr Haus in Ungarn betrifft, so ...«, begann Pestallozzi.

»Ich habe bereits mit Schwester Annunziata gesprochen«, sagte die Oberin. »Sie kann jederzeit anreisen, um für eine Befragung zur Verfügung zu stehen.«

»Danke, aber das wird nicht nötig sein«, wehrte Pestallozzi liebenswürdig ab. »Mein Kollege und ich werden uns vor Ort umsehen und dort auch mit Ihrer Mitschwester sprechen.«

Leo starrte den Chef an. In Ungarn? In der Puszta? Musste das wirklich sein? Die Oberin schien genauso verblüfft zu sein und, man sah es ihr deutlich an, nur mäßig erbaut von dieser Idee. Pestallozzi schien das alles nicht zu bemerken.

»Nun, selbstverständlich liegt es in Ihrem Ermessen, ob Sie diese Fahrt unternehmen wollen«, sagte die Frau endlich. »Wir haben nichts zu verbergen. Ich werde Schwester Annunziata Ihr Kommen ankündigen.«

»Vielen Dank.«

Pestallozzi stand auf, Leo sprang ebenfalls in die Höhe. Die Frau hinter dem Schreibtisch erhob sich langsam. Plötzlich merkte man ihr die Jahre und das Amt an, die auf ihr lasteten. Die Welt da draußen war in die Stille dieses Hauses eingebrochen, Gewalt und Mord und Sexualität. Aber erzählt nicht die Bibel von gerade diesen Themen, dachte Pestallozzi, während er der Oberin ins Gesicht blickte. Diese Frau wird es jedenfalls aushalten, was auch ans Licht kommen mag. Denn Schmutz wird aufgewirbelt, selbst wenn man in einem klaren Wasser zu stochern beginnt.

Gemeinsam schritten sie langsam zur Tür. Draußen auf dem Gang wartete bestimmt noch immer Roswitha in der Kälte. Leo ließ die verspannten Muskeln kreisen und straffte seinen Oberkörper. Nicht dass Roswitha ihm bisher auch nur einen Blick geschenkt hätte, aber man musste einfach für alles gewappnet sein. Warum die bloß ins Kloster gegangen war? Um sich hier zu vergraben, bei lebendigem Leib, zwischen lauter …

»Wäre es möglich, mit Schwester Agnes zu sprechen?«, fragte Pestallozzi. Es war natürlich nur eine Frage aus Höflichkeit.

»Selbstverständlich.« Die Oberin wollte gerade den Flügel der Doppeltür öffnen, aber Pestallozzi hielt sie mit einer Handbewegung zurück. Die Ordensfrau und sein jüngerer Kollege starrten ihn an.

»Wenn Sie mir jetzt ganz spontan einen Satz, nur einen einzigen Satz, zu Agota sagen müssten, wie würde der lauten?«

Sie sah ihn an, abwehrend, beinahe entrüstet. Dann ließ sie sich auf den Gedanken ein, man merkte es ihrem Gesicht an, das immer sanfter wurde. »Ich würde sagen«, sagte die Oberin, »dass eine große Traurigkeit um diese Agota war. Aber sie hat nicht … sie hat nicht um sich selbst getrauert.«

Sie wartete nicht ab, ob Pestallozzi mit dieser Antwort zufriedengestellt war, sondern öffnete die Tür. Roswitha erhob sich prompt von ihrer Bank.

»Roswitha, bitte führe die Herren zu Schwester Agnes in die Küche. Und richte ihr aus, dass ich darum ersuche, alle Fragen mit größtmöglicher Offenheit zu beantworten.«

Roswitha neigte den Kopf, und die Oberin wandte sich wieder ihren Besuchern zu. »Ich hoffe, unser Gespräch konnte Ihnen helfen. Wir werden Sie und Ihre Arbeit in unsere Gebete einschließen.« Sie blickte beiden Männern mit erhobenem Kinn ins Gesicht, selbst Leo verzog keine Miene. Dann schloss sich die Tür wieder hinter ihren Rücken.

Sie folgten Roswitha, die mit so einem leichten Schritt voranging, als ob sie kaum den Boden berühren würde. Ihre eigenen Schritte hallten auf den steinernen Fliesen. Einmal wurde eine Tür einen Spaltbreit geöffnet und sofort wieder geschlossen. Leo rollte mit den Augen. Bestimmt eine Nonne, die jetzt zwölf Vaterunser betete, weil Männer in Jeans und nicht in so lächerlichen Nachthemden den geheiligten Klosterboden betreten hatten.

Roswitha führte sie die steinerne Treppe hinab und den langen Gang entlang. Der Schnee in dem kleinen Innenhof war zu einer von Krähenfüßen gesprenkelten Decke zusammengesunken. Die Luft war so kalt, dass ihr Atem bereits wieder zu Wölkchen gefror. Dafür kam ihnen plötzlich ein Duft entgegen, der überraschend köstlich und warm in ihre Nasen stieg. Roswitha ging auf eine Rundbogentür am Ende des Ganges zu. Dahinter konnte sich alles verbergen, der Keller der Hexe oder die Werkstatt der Engel. Roswitha öffnete die Tür, und sie betraten ein Gewölbe, das aussah wie die Küchen in den altmodischen Puppenstuben. Hölzerne Regale voll Geschirr säumten die Wände, geblümte Vorhänge umrahmten die beiden Fenster. Büschel von getrockneten Kräutern hingen von der Decke, Brotscheiben lagen in Körbchen zum Servieren bereit. Auf einem Herd, der bestimmt schon eine Antiquität war, simmerte es in einem Topf mit dunkelblauem Deckel. Eine kleine Frau im weißen Ordenshabit stand mit dem Rücken zu ihnen über eine Doppelspüle aus Steingut gebeugt und schälte Äpfel. Für die ausgehungerte Agota muss das hier der Himmel auf Erden gewesen sein, dachte Pestallozzi.

»Schwester Agnes hört schon sehr schlecht«, sagte Roswitha mit einem entschuldigenden Lächeln. Es war der erste Satz, den sie zu ihnen sprach. Sie ging auf die kleine Frau in dem bodenlangen Gewand zu, berührte sie sanft an der Schulter und flüsterte einige Sätze dicht an ihrem Ohr. Die Frau wandte sich um und griff nach einem karierten Tuch, mit dem sie ihre Hände trocknete. Pestallozzi ging langsam auf sie zu. Sie war so klein, dass sie ihm gerade bis zur Brust reichte, und trug eine Schürze, die nicht im Nacken verknotet, sondern über der Brust mit Sicherheitsnadeln festgesteckt war. Ihr freundliches Gesicht ähnelte einem runzligen, von der Sonne gedörrten Apfel, ihre Augen blickten ihnen neugierig entgegen. Schwester Agnes, die viele Jahre lang in Uganda gelebt hatte, ließ sich ganz bestimmt nicht von zwei fremden Männern einschüchtern.

Pestallozzi lächelte ihr zu. »Grüß Gott, Schwester! Wir wollen Sie keinesfalls stören bei Ihrer Arbeit, aber wir brauchen Ihre Hilfe. Sie wissen ja bestimmt, was vor einigen Tagen unten am See passiert ist, was dem jungen Mädchen aus Ihrem Haus zugestoßen ist. Und deshalb hat uns die Frau Oberin zu Ihnen geschickt, weil Sie doch mit der Agota zusammengearbeitet haben.« Er brachte kein Anliegen vor, sondern ließ der Frau Zeit, sich zu sammeln und selbst einen Schluss zu ziehen. Sie sah ihn an, und Traurigkeit tilgte jäh die Erinnerung von Sonne aus ihrem Gesicht.

»Ja, die Agota«, sagte Schwester Agnes. »Die hat mir in der Küche geholfen, fast ein Jahr lang.« Sie schwieg.

»Wie war sie denn so?«, fragte Pestallozzi sanft.

»Willig und brav. Sehr hilfsbereit, ich hab nur zu deuten brauchen, schon hat sie die schweren Schneidbretter geschleppt und abgewaschen. Die Agota war wirklich eine große Hilfe für mich.«

Pestallozzi nickte bedächtig. »Das glaube ich Ihnen, Schwester. Sie müssen eine Menge Arbeit haben. Für wie viele Schwestern kochen Sie denn eigentlich?«

»Wir sind 15 im Haus. Zwei liegen ja auf unserer Pflegestation, die brauchen ein ganz besonderes Essen. Die Schwester Hortensia kann fast nur mehr Apfelkompott essen. Und Erdäpfelpüree. Sonst koche ich halt, was der Garten und die Vorratskammer hergeben. Heute gibt es Linseneintopf.«

Sie ging langsam und gebeugt zum Herd und nahm den Deckel von dem großen Topf, Duftschwaden stiegen mit dem Dampf auf.

»Das riecht ja köstlich«, sagte Pestallozzi, Leo nickte eifrig. »So gut riechen Linsen normalerweise aber nicht. Ich hab die gar nicht gern gehabt als Kind.«

Die alte Frau lächelte verschmitzt. »Da ist auch Curry drinnen, das macht den besonderen, feinen Geschmack. Und natürlich ein Schuss Essig. Und ein Schwartl vom Speck, das muss sein. Die Benedikta wird sich natürlich wieder beschweren wegen dem Curry, die hat es nicht so gern, wenn ich *afrikanisch* koch, so nennt sie das immer. Aber unserer Frau Oberin schmeckt es. Möchten Sie probieren?«

»Sehr gern!«

Sie bekamen beide einen Löffel und kosteten. Das simple Linsengericht schmeckte vorzüglich, Leo hätte den ganzen Topf leerlöffeln können.

»Wunderbar! Sie sind ja eine richtige Künstlerin am Herd, Schwester Agnes! Und die Agota …«

»Ach, die Agota! Immer hungrig war sie halt! Immer hat sie Hunger gehabt! Aber damit war sie ja nicht allein auf der Welt.«

»Da haben Sie ganz bestimmt recht! Und sonst, ist Ihnen irgendetwas an ihr aufgefallen? Hat sie sich hier geborgen gefühlt? Oder hat sie vor irgendetwas Angst gehabt? Was denken Sie, Schwester Agnes?«

Die alte Frau wandte sich abrupt ab und begann, Besteck aus einer Lade zu räumen, sodass sie ihr Gesicht nicht mehr sehen konnten.

»Ich glaube schon, dass sie sich bei uns wohlgefühlt hat«, sagte Schwester Agnes. »Wir haben ja nicht viel über sie gewusst, nur, dass sie aus Ungarn gekommen ist, von der Schwester Annunziata. Sie hat nicht viel gesprochen. Aber hier bei mir in der Küche ist sie gern gewesen, ich glaube, dass ich das sagen kann.«

»Das kann ich mir gut vorstellen«, sagte Pestallozzi und ließ den Blick durch den warmen Raum wandern. »Sie trocknen hier auch Kräuter, Schwester?«

Sie freute sich sichtlich über diese Frage. »Wohl, und alle sind aus unserem Garten. Manche nehm ich zum Kochen, andere für Tee und Umschläge, und dann brauchen wir natürlich ganz viel davon für unsere Kräuterkissen.«

Still war es im Raum, nur der Linseneintopf blubberte auf dem Herd. Leo stand der Schweiß auf der Stirn. Wie es die beiden Frauen nur unter ihrer dicken wollenen Tracht aushielten? Unter den Hauben? Unmenschlich war das, wie bei den Saudifrauen, die im August vollverschleiert durch die Getreidegasse spazierten. Und jetzt unterhielt sich der Chef auch noch völlig überflüssigerweise in seiner gemächlichen Art über Rezepte und Kräuter. *Kräuter?* Leo war plötzlich wieder hellwach.

»Das da ist Thymian.« Die alte Schwester deutete gerade auf ein vertrocknetes Büschel. »Und das da Salbei. Das ist ein Allheilmittel für alles, das hat schon unsere gute Hildegard von Bingen gewusst. Und dann natürlich Fenchel und Lorbeer und Tausendguldenkraut. Und zum Inhalieren ...«

»Was nehmen Sie eigentlich für die Kräuterkissen, Schwester?«, unterbrach sie Pestallozzi freundlich. »Werden die hier angefertigt? Sie führen doch einen eigenen Laden im Kloster, oder?«

»Ja, aber der ist jetzt geschlossen. Nur am Dienstag und am Freitag haben wir geöffnet. Und jetzt im Advent auch am Samstag, weil die Leute so gern unseren Honig und die Kerzen kaufen. Wollen Sie einen Blick reinmachen, Herr ...?«

»Pestallozzi«, sagte Pestallozzi. »Und das ist der Leo, mein Kollege. Wir würden uns sehr gern Ihren Laden anschauen, Schwester. Natürlich nur, wenn es keine Umstände macht.«

»Das geht sich schon noch aus vor dem Mittagessen. Roswitha, du passt mir gut auf die Linsen auf, ja? Immer umrühren, damit nichts anbrennt!«

Roswitha, die mit gesenktem Kopf ihrem Gespräch gelauscht hatte, ging zum Herd und griff nach einem hölzernen Riesenlöffel. Damit nichts anbrennt ...

»Gibt es bei Ihnen manchmal auch Grießkoch?«, fragte Pestallozzi. Die Frage war ihm einfach so herausgerutscht. Leo starrte ihn mit großen Augen an. Grießkoch? Der Chef stellte ja öfters komische Überlegungen an, aber das war wirklich schräg! Oder hatte er selbst irgendeine Kleinigkeit übersehen? Überhört? Spielte Grießkoch in diesem mysteriösen Fall eine Rolle?

»Freilich, das gibt's oft bei uns! Immer am Abend, mit Zimt und Zucker!«

»Ah ja!« Der Chef nickte gedankenvoll. Leo beschloss, dass er noch heute Abend *Grießkoch* googeln würde.

Schwester Agnes holte einen Schlüsselbund vom Haken neben der Tür, und sie verließen die Küche, Leo drehte sich natürlich noch einmal um. Sie folgten Schwester Agnes durch den Gang und an dem Kammerl vorbei, in dem sie in der eisigkalten Freitagnacht gesessen waren, zweimal um eine Ecke, dann durch eine Tür, die aufgesperrt und wieder zugesperrt wurde. Vielleicht hätten sie ja ein Wollknäuel mitnehmen und abwickeln sollen, um zurückzufinden, aber endlich waren sie am Ziel. Schwester Agnes öffnete eine hölzerne Tür, und sie standen in einem hellen Raum, in dem es intensiv nach Bienenwachs roch. Leo musste beinahe niesen, so sehr kitzelte es ihn in der Nase.

Auf einem langen Tisch in der Mitte waren Pyramiden aus Marmeladengläsern aufgebaut, deren Schildchen ganz offensichtlich mit der Hand beschriftet worden waren. In den Regalen an der Wand lagerten Hunderte von Kerzen, die mit frommen Sprüchen und einem Bildchen der Jungfrau Maria geschmückt waren. Vor den Fenstern standen Körbe voller Kissen und Säckchen. Pestallozzi griff nach einem, das in lilafarbenem Kreuzstich bestickt war, und hielt es sich unter die Nase. Es roch wie die Wiesen seiner Kindheit im späten August.

»Das hilft gegen Erkältung«, sagte ihre Begleiterin. »Da sind Spitzwegerich, Thymian und Holunderblüten drinnen. Und das da ist mit Augentrost gefüllt, wenn man müde ist und einem die Augen brennen.«

Die Kissen knisterten in der Hand. »Und das da, wofür ist das gut?«

»Das legt man sich ins Bett, wenn man unruhig ist und keinen Schlaf findet. Da hab ich Hopfen und Steinklee und Eisenkraut hineingetan. Und ein bisschen Lavendel.« Die alte Schwester sah zu dem großen Mann auf, geduldig und freundlich.

»Die würde ich gern kaufen«, sagte Pestallozzi. »Von jedem Kissen eines. Wie viel kostet das?«

»Wir bitten nur um eine freiwillige Spende.«

Pestallozzi holte einen Schein aus seiner Hosentasche und reichte ihn der Schwester. »Oh, vergelt's Gott!« Sie ließ den Schein unter ihrer Schürze verschwinden.

»Dann wollen wir Sie jetzt aber nicht mehr länger aufhalten, Schwester! Sie müssen sicher in die Küche zurück! Vielen Dank, dass Sie uns alles gezeigt haben!«

Schwester Agnes nickte ihnen zu und ging zu einer zweiten massiven Holztür, die offenbar direkt ins Freie führte. Zum Glück mussten sie also nicht noch einmal durchs Kloster pilgern. Leo fühlte schon wieder ein Kitzeln in seiner Nase, jetzt hatte er sich auch noch einen Schnupfen geholt. Kein Wunder in diesen eiskalten Mauern!

Sie traten durch die Tür nach draußen, wo himmlischer Sonnenschein sie empfing. Leo hätte am liebsten einen Hüpfer gemacht und mit den Armen gerudert. Wenn er jetzt an diese blasse Roswitha dachte und die ganzen anderen, die in diesem dunklen klammen Gemäuer schmachteten! Herrgott, was war er froh, dass er hier draußen sein durfte!

Pestallozzi drehte sich noch einmal zu der kleinen Frau im Türrahmen um. »Gibt es vielleicht irgendeinen Hinweis, den Sie uns auf den Weg mitgeben können, Schwester? Etwas, das uns weiterhelfen könnte?«

Schwester Agnes hatte die Tür schon halb geschlossen, nun hielt sie inne und musste blinzeln, als sie gegen die Sonne blickte. Leo versuchte, sich diese hutzelige, kleine alte Frau mitten im schwärzesten Afrika vorzustellen, in einer Krankenstation, umlagert von Rebellen. Es machte ihm zu seiner Verblüffung keinerlei Schwierigkeiten.

»Wer sich bemüht, gut zu sein, der wird immer auch die Kraft des Bösen spüren«, sagte Schwester Agnes. »Aber wir dürfen nicht zu viel grübeln. Verlassen Sie sich einfach auf unseren Herrn im Himmel.« Sie wischte ein unsichtbares Staubkorn von ihrer Schürze, dann blickte sie wieder auf. »Auf Wiedersehen, Herr Pestallozzi! Auf Wiedersehen, junger Mann! Gott schütze Sie beide!« Dann schloss sich die Tür, und ein Schlüssel wurde umgedreht.

Sie gingen zum Wagen zurück, die Sonne war wie ein warmes Bad, das alle Muskeln lockerte und die trüben Gedanken der letzten Tage wegspülte. Sie stiegen ins Auto, Leo startete und drehte sich zurück, um zu wenden, Pestallozzi drehte ein knisterndes Kräuterkissen in seinen Händen.

»Also, schräg waren die schon, aber eigentlich auch ganz … ganz okay«, sagte Leo und stieg vom Gas, der Skoda hatte auf dem Schnee zu schlingern begonnen.

Sie fuhren in Serpentinen den Berg hinab, über dem See lag dichter Nebel. Schade, gleich würden sie darin eintauchen, wie bei einer Flugzeuglandung, wenn man vom Urlaub im Süden kam und knapp vor Salzburg in die Wolken sank.

»Ja, höflich waren sie«, sagte Pestallozzi, »bestimmt. Aber die hätten noch mehr erzählen können. Vor allem diese Schwester Agnes.«

»Glaubst du, dass sie mehr über diese Agota gewusst hat?«, fragte Leo. »Ich meine, darüber, dass ... na ja, du weißt schon.« Er verstummte. Für manche Dinge gab es einfach keine Worte, die einem leicht über die Lippen kamen.

Pestallozzi wiegte nachdenklich den Kopf. »Ich glaube nicht. Und wenn ja, dann wäre es mir einfach ... einfach nicht richtig erschienen, sie so direkt danach zu fragen. Vor uns allen.« Er seufzte und schwieg. Leo wandte den Kopf und sah den Chef besorgt an. Er hatte ihn noch nie seufzen gehört. Na ja, jedenfalls schon sehr lang nicht mehr.

»Zurück nach Salzburg. Diese Kissen müssen ins Labor«, sagte Pestallozzi. Dann wurden sie vom Nebel verschluckt.

*

Sie sah ihnen nach vom Fenster im ersten Stock, zu dem sie gehastet war, nachdem die beiden Männer endlich den Laden verlassen hatten. Zum Glück waren die Gänge und das Stiegenhaus menschenleerer gewesen, und niemand war ihr begegnet und hatte sich über ihr seltsames Betragen gewundert. Wo sie doch sonst immer die

Stillste und Gefügigste war. Endlich fuhren sie davon, die beiden Männer, die das Böse hereintrugen wie den Schnee, der von ihren Schuhen fiel. Der Jüngere mit seinen begehrlichen Blicken, die auf ihr ruhten und die Hitze des Widerwillens in ihr hochsteigen ließen. Und dieser Ältere, der so sanft und höflich tat, dass er sogar die Mutter Oberin damit zu täuschen schien. Aber sie waren beide Abgesandte des Bösen, darüber konnte kein Zweifel bestehen. Des Bösen, das mit dieser Agota in die stillen Mauern gekommen war, wo sie selbst Zuflucht gefunden hatte vor der Welt da draußen, die ihr immer nur Angst eingeflößt hatte und Abscheu. Mit der Nacktheit, die einen überall ansprang: von Plakatwänden, aus der Zeitung, aus dem Fernseher, mit den unflätigen Sprüchen, die aus allen Mündern quollen. Sie hatte sich die Ohren zugehalten und die Augen zusammengepresst und hatte sich dafür verspotten lassen müssen. Aber sie hatte keinen Frieden gefunden, nur manchmal für eine gestohlene Viertelstunde in der Franziskanerkirche. Und dann hatte sie ihren Weg eingeschlagen und war hierhergekommen. Ihre Eltern waren so entsetzt gewesen, dass sie sich ihnen seither wie entfremdet fühlte. Hatten die denn nicht gespürt, wie glücklich sie war mit ihrer Entscheidung? Dass sie den einzigen Weg ging, der ihr möglich schien, um die Ahnung des Bösen um sich herum zu ertragen? Der sie hierhergeführt hatte, wo sie zum ersten Mal in ihrem Leben glücklich war? Bis diese Agota gekommen war mit ihrem dunklen Gesicht wie die verdammten Seelen auf den alten Gemälden, die zum Himmel flehten. Mit ihrem verschlagenen Lächeln, das immer nur im Rücken der Schwestern aufblitzte. Mit den obszönen Gesten, über die alle hinweggesehen hatten, alle, bis auf Schwester Benedikta. Bei Tisch hatte sie gefressen wie ein Schwein und sogar gerülpst, dafür wurde man in anderen Orden an den Tisch der Oberin zitiert und musste als Zeichen der Reue und der Buße den Boden küssen. Aber die Ehrwürdige Mutter hatte es stillschweigend hingenommen. Als ob sie verhext gewesen wäre. Genauso, jetzt hatte sie es zu denken gewagt, das entsetzliche Wort. Diese Agota war eine Hexe gewesen. Deshalb hatten alle auch nur ganz verstohlen über sie getuschelt. Über diese Person, die von drüben gekommen war, wo der Antichrist so lang sein Zepter geschwungen hatte. Aus Ungarn. Wo sich Schwester Annunziata um Frauen kümmerte, die ihre Seelen längst dem Teufel verpfändet hatten. Für eitlen Tand und das Gegrabsche von Männern auf ihren nackten Leibern. Denn das war es doch, was diese verlorenen Seelen wollten, sich in Wollust suhlen. Zum Unterschied von Schwester Annunziata, die sie bisher nur ein einziges Mal gesehen hatte, als die für eine Woche zurück in die Heimat gekommen war, ließ sie sich da nichts vormachen. Eine irregeleitete Seele, die immerzu von armen Geschöpfen und Opfern schwätzte. Aber eine anständige Frau würde lieber im Feuer verbrennen als zur Hure zu werden. Das hatte auch Pater Anselm gesagt, damals im Religionsunterricht. Alle anderen im Klassenzimmer hatten gekichert, aber sie hatte ihn verstanden. Und dann hatte Pater Anselm sie zum Bibelkreis mitgenommen. Und endlich war sie nicht mehr allein gewesen. Ein junger Mann war neben ihr gesessen, der schon zweimal Exerzitien auf sich genommen hatte wegen der sündigen Gedanken, die ihn quälten. Da war so ein stummes Verstehen gewesen, so eine Nähe, keine wollüstige Berührung würde dem je nahekommen können. Der junge Mann war dann zum Theologiestudium nach Wien gegangen, und sie selbst hatte die Kraft gefunden, endlich den ihr vorbestimmten Weg einzuschlagen. Und jetzt hatte diese Agota alles kaputtgemacht. Oder es wenigstens versucht. Aber es war ihr nicht gelungen. Jemand hatte ihrem sündigen Leben ein Ende gesetzt. Nie wieder würde sie ganz hinten in der Bank sitzen beim Gebet und dreinschauen, als ob sie das alles nichts anginge. Nie wieder würde sie es wagen, ihre heisere Stimme zum Gesang zu erheben, einfach so, mitten im Garten, und es war ganz bestimmt kein Kirchenlied gewesen. Jetzt war sie im Fegefeuer, wo sie hingehörte. Der Herr hatte seine schützende Hand über dieses Haus gehalten.

Sie bekreuzigte sich. Das Auto der beiden Polizisten war längst zwischen den Bäumen verschwunden, sie musste schauen, dass sie in die Küche kam. Schwester Roswitha raffte ihren langen weißen Rock und eilte die Stufen hinunter und über den langen Gang zurück.

*

Den ganzen Vormittag über war der Nebel wie eine dicke Einbrennsuppe über dem See und allen Gemeinden rundherum gelegen. Aber jetzt begann das Grau aufzureißen, und die blauen Flecken wurden immer größer. Krinzinger seufzte voller Erleichterung. Endlich! Endlich wieder einmal ein paar Sonnenstrahlen! Die nicht nur ihm guttaten. Sondern auch allen anderen im Ort, er kannte ja ihre Gesichter von Kindheit an und konnte darin lesen, mehr als sich die meisten von ihnen vorstellen konnten. Mehr, als ihnen bestimmt lieb gewesen wäre.

Die Sonne brach hinter einer Wolke hervor und ließ das Wasser und den Schnee am Hang hinter der Kirche, wo bis vor ein paar Jahren noch ein altmodischer Schlepplift für die Kinder gewesen war, funkeln. So schön war die Gegend, so wunderschön, und alle Fremden glaubten immer, dass es wie ein einziger großer Urlaub sein musste, da zu leben. Wie in Disneyland, so stellten sich die meisten Touristen den Alltag in den vielbesungenen Orten vor. *Im Weißen Rössl am Wolfgangsee, da steht das Glück vor der Tür* ... ha! Als ob es da keine Krankheit und keinen Tod geben würde. Keine Scheidungen. Keinen Hader und keine Zwietracht. Und die Sachen, die viel schlimmer waren, weil sie im Verborgenen geschahen. Die Menschen hatten ihre Sorgen und ihren Kummer genauso wie die in der Stadt, aber dazu mussten sie auch noch andauernd gut drauf sein wie die Sepplfiguren aus einem Heimatfilm – das erwartete sich der Gast eben in einer berühmten Fremdenverkehrsgemeinde. Ob es dieser Zwiespalt war, an dem so viele zerbrachen? Denn die Leut hier brachten sich um wie die Fliegen, aber das stand natürlich in keinem von den bunten, glänzenden Fremdenverkehrsprospekten zu lesen. Nur im Bundesland Kärnten, wo die meisten Sonnenstunden der ganzen Republik Österreich gezählt wurden und wo die Madln nit nein sagen konnten, haha, und deshalb so viele uneheliche Kinder geboren wurden, dort war die Selbstmordrate noch höher. Das hatte er, der Krinzinger, einmal in einer Studie gelesen. Denn er machte sich schon seit Langem so seine Gedanken.

Am gefährdetsten waren die, die immer am lautesten lachten. Allweil lustig, allweil fidel. Das hätte er, der kleine Inspektor Krinzinger, sich natürlich nie auf einer von den Fortbildungsschulungen zu sagen getraut. Wo es um *Prävention* und *Vermeidungsstrategien* und lauter solche Sachen ging, und die gscheiten Vortragenden mit ihren Overheadfolien herumfuchtelten. Aber er hatte seine Erfahrungen. Wie die mit dem Taglöhner Lenz, seinem alten Schulfreund, den alle nur ›Lauser‹ gerufen hatten. Der am Stammtisch immer der Lustigste von allen gewesen war, der sein Hütl immer so schneidig schief getragen hatte und die besten Witze erzählen konnte. »Was ist der Unterschied zwischen einem Neger und einem Autoreifen?«, hatte der Lenz die Touristen an der Theke vom Schlosswirt gern gefragt (natürlich nur, wenn die keine Neger waren). Und hatte auch gleich die Antwort gewusst: »Wenn ein Autoreifen in Ketten gelegt wird, dann stimmt der keine Gospels an! Haha!« Und alle hatten sich auf die Schenkel geklopft (nur einmal war eine Frau Professor aus Wien richtig wütend geworden und hatte dem Lenz sogar mit einer Anzeige gedroht). Und dann hatte der Lenz an einem Nachmittag im vergangenen Februar den Stutzen genommen und war hinauf zu seiner Alm gegangen. Und hatte es wenigstens richtig gemacht. Nicht so wie die Deppen aus der Stadt, die sich ein Kinderspielzeug von Pistole an die Schläfen setzten – und dann gab's nur eine Riesensauerei, und sie mussten gefüttert werden und Windeln tragen für den Rest ihres jämmerlichen Lebens. Der Lenz hatte es richtig gemacht, wie ein Jäger eben. Den Stutzen unterm Kinn angesetzt und zack, vorbei war's. Brief hatten sie keinen gefunden, aber das hätte dem auch nicht ähnlich geschaut, so ein wehleidiges Gewäsch. Jedenfalls, aus war's gewesen mit dem ›Lauser‹. Oder die Loidl Annemarie, die immer so freundlich in ihrem Handarbeitsgeschäft an der Hauptstraße gestanden war zwischen den Garnknäueln und den Westen mit dem hochkomplizierten Zopfmuster, die nie geheiratet, sondern zusammen mit ihrer Mutter und einer älteren Schwester gelebt hatte. Und dann hatte die Mutter sie am Dachboden gefunden, die Annemarie hatte sich mit einem Wäschestrick aufgehängt, fein säuberlich, ganz ohne Blut und Sauerei. Und genauso sauber hatte sie vorher noch alles in Ordnung gebracht und vorbereitet, sogar ein Dirndl mit frischgestärkter Bluse und gebügelter Schürze war auf ihrem Bett gelegen. So eine Nette war die Annemarie gewesen, so eine Stille. Nie hatte sie sich beklagt. Und dann ... er hatte ihr jedenfalls nicht helfen können, wie denn auch.

Die Sonne war überraschend warm geworden. Krinzinger blieb stehen und zog ein zerknülltes kariertes Stofftaschentuch aus seiner Jackentasche und wischte sich damit über die Stirn. Und jetzt gab es wieder einen, der ihm ordentlich Sorgen machte. Einen, der immer viel zu laut lachte. Runden für alle zahlte. Allweil lustig, allweil fidel. Aber wie düster seine Augen blieben, auch wenn er sich bei jedem Witz auf die Schenkel klopfte. Er, der Krinzinger, hatte es gesehen. Aber was sollte er tun? Ob er ...

Die Sonne wurde wieder von Wolken verdunkelt, Krinzinger bog von der Uferpromenade zum Hauptplatz ab. Jetzt, unter der Woche, spazierten nur wenige Besucher zwischen den Standeln vom Weihnachtsmarkt herum, die Händler lehnten gelangweilt in ihren Häuschen, die Loibner Hanni winkte ihm einladend zu. Krinzinger winkte zurück. An so einem Tag voll dunkler Gedanken hätte er sogar zu einem Becher ›Feurige Liebe‹ nicht nein gesagt. Aber das war natürlich ausgeschlossen.

Dienst war Dienst und Schnaps war Schnaps. Krinzinger stapfte seufzend weiter. Nix wie zurück zum warmen Posten, wo der Gmoser bestimmt wieder in Magazinen blätterte, statt sich die neuen Richtlinien aus dem Innenministerium zu Gemüte zu führen. Damit ihnen bei der nächsten Kontrolle ...

»Na, Krinzinger, gehst wieder spazieren?« Dröhnendes Gelächter folgte, Krinzinger schrak zusammen. Die hatten ihm gerade noch gefehlt! Vor dem Gemeindeamt standen sie alle: der Bürgermeister, der Vizebürgermeister, der Öttinger und dieser Lackaffe, der Turnauer. Und der Herr Pfarrer. Und noch zwei andere, die er nicht kannte. Offenbar hatte es eine Sitzung gegeben, von der er nichts wusste. Auch recht. Krinzinger lachte gutmütig, wie es von ihm erwartet wurde, und stapfte auf die Runde zu.

»Na, Friedl, ziehst deine Runde? Hast alles im Griff?« Der Bürgermeister klopfte ihm jovial auf den Rücken und wandte sich an die beiden Fremden, die offenbar aus der Stadt gekommen waren, das sah man ihren Schuhen an. »Das ist unser Inspektor, der Gottfried Krinzinger. Unser bester Mann.« Die Männer nickten Krinzinger herablassend zu.

»Also, ich muss dann los!« Nikolaus Turnauer wippte ungeduldig, alle Köpfe wandten sich ihm wieder zu, Krinzinger registrierte es mit Erleichterung. Er hasste es, im Mittelpunkt zu stehen, er fühlte sich dann immer noch linkischer als sonst. Der Turnauer allerdings genoss das Interesse an seiner Person, und zwar bei jeder Gelegenheit. Einmal war er am Sonntag nach der Kirche ins Wirtshaus gekommen und hatte alle wissen lassen, dass er in der vergangenen Nacht gekotzt hatte wie ein Reiher, weil er Muscheln in diesem Nobelrestaurant in Fuschl gegessen hatte. Und alle hatten gelacht, grad, dass sich der Turnauer nicht verbeugt hatte für seine Darbietung. So einer war das. Jetzt klimperte er ungeduldig mit den Autoschlüsseln.

»Alsdann, ich muss wirklich fahren! Ich muss schließlich noch was arbeiten heute!«

Gelächter war die Antwort.

»Pass nur auf, dass du dich nicht übernimmst!«

»Ah, nennt man das jetzt Arbeit? Im Stamperl sitzen und Schmäh führen?«

Der Turnauer lächelte säuerlich. »Na ja, wenn ihr wirklich glaubt's, dass man ein Unternehmen wie meines vom Stamperl aus führen kann ... ihr könnt's es ja gern probieren!«

»*Dein* Unternehmen?«

Da hatte sich der Vizebürgermeister jetzt aber weit aus dem Fenster gelehnt. Das Gelächter drohte zu verebben, alle wirkten plötzlich angespannt, nur die zwei Fremden blickten ratlos. Die wussten ja auch nicht, dass der Turnauer Niki nur ein fescher Architekturstudent gewesen war, der mit seinem alten Cabrio um den See gebrettert war, bis er die Gigi an Land gezogen hatte, die Tochter vom alten Kresnik, der bei jedem Bauvorhaben von hier bis Gastein die Finger drinnen hatte. Der Vizebürgermeister wechselte unbehaglich von einem Fuß auf den anderen.

»Also, das war jetzt ... ich wollt natürlich nur sagen, dass ...«

»Schon gut!« Turnauer grinste, es sah ziemlich verächtlich aus. Mit dem Monatseinkommen vom Vizebürgermeister, der in Wirklichkeit ein kleiner Nebenerwerbsbauer war, bezahlte einer wie er grad mal ein Abendessen in Fuschl. Wo schon der Charles übernachtet hatte mit der Camilla. Der Vizebürgermeister konnte ihn mal.

»Ja dann, wir müssen alle wieder an die Arbeit!« Der Bürgermeister war nicht umsonst gewählt worden, seine verbindliche Art hatte schon so manche Gemeinderatssitzung vor einem turbulenten Ende bewahrt. »Damit was weitergeht. Mit der neuen Bodenmarkierung an der Bundesstraße. Deshalb sind ja heute extra die Kollegen vom Straßenamt da.« Er nickte den beiden Männern zu, die keine Hiesigen waren.

Alle murmelten beifällig. Die Kreuzung an der Ortsausfahrt war eine ständige Gefahrenquelle, wo es immer wieder zu Unfällen kam.

»Wird aber auch Zeit!«

»Wohl, wohl!«

»Und wann soll die kommen? Heuer noch?«

Der Bürgermeister grinste in die Runde. »Ihr kennt's doch alle den Witz, oder? I werd's nimmer erleben, sagt der alte Pfarrer. Aber meine Kinder!«

Alle grölten, sogar der Herr Pfarrer rang sich ein Lächeln ab. Dann trollten sie sich, jeder schlug eine andere Richtung ein. Der Bürgermeister verschwand mit den beiden Männern im Gemeindeamt. Krinzinger stapfte weiter, an der Kirche vorbei und durch die Platanenallee. Das Gelächter der Männer schallte noch in seinen Ohren. Allweil lustig, allweil fidel. Seine Sorgen waren nicht kleiner geworden.

*

Er stand im Weinkeller und hielt eine Flasche Zweigelt in der Hand. Schon seit Minuten stand er so da und starrte auf das Etikett. Als ob er erstarrt wäre. Zu Eis gefroren. Der Keller war seine einzige Rückzugsmöglichkeit in diesem Haus. Dabei wartete man oben auf ihn. Und auf die Flasche. Denn sie hatten wieder einmal Gäste. Das war gut fürs Geschäft. Und natürlich für seine eigene Karriere. Kontakte pflegen. Verbindungen knüpfen. Seine Frau war eine wahre Meisterin in diesem Fach. Heute Abend hatte sie groß aufgekocht. Hirschbraten, vom Hausherrn höchstpersönlich erlegt, mit Knödeln und selbstgepflückten Preiselbeeren, die Gäste aus dem Rheinland waren ganz aus dem Häuschen. Dass es so was noch gab! So viel unverfälschte Gastlichkeit! Solch eine gelebte Nähe zur Natur! Jetzt musste nur noch mit dem Dessert alles klappen, ein guter Kognak zum Nachspülen, und dann stand einem Geschäftsabschluss für die nächste Saison, den sie so dringend brauchten, nichts mehr im Wege. Denn die Zeiten wurden immer härter, auch wenn sich alle etwas vormachten und einander ins Gesicht logen, dass sich die Balken bogen. Aber der Betrieb schrammte schon die ganze Zeit am Abgrund entlang. Und er musste durch den Ort gehen und grinsen und so tun, als ob alles paletti wäre. Lang würde er das nicht mehr durchhalten. Nicht wegen dem Betrieb, der war ihm scheißegal. Schon lang. Der hatte von Anfang an seiner Frau gehört, und das hatte sie ihn auch keine Sekunde lang vergessen lassen. Aber ...

Er schloss die Augen. Und sah wieder ihr Gesicht. Er hatte ja nicht einmal ihren Namen gewusst. Aber jetzt kannte er ihn. Und würde ihn nicht mehr vergessen. Bis zu seinem letzten Atemzug. Agota. Das hatte der Pfarrer erzählt, ganz unter dem Siegel der Verschwiegenheit natürlich. Denn die Zeitungen hatten noch nichts berichtet von dem wahren Hintergrund der toten Frau am See. Die Polizei hatte eine Nachrichtensperre verhängt, auch das hatte der Pfarrer ihnen erzählt. Der wusste offenbar noch mehr, aber er hatte bloß so herumgedruckst. Die Nachrichtensperre würde jedenfalls nicht mehr lang halten. Und dann würden alle kein anderes Thema kennen. Und er würde mittendrin sitzen am Stammtisch und bedeutsam nicken müssen. Und dabei war er es gewesen, der … Er stöhnte, es war ein Laut, der gut zu dem Kellergewölbe passte. Als ob man ihn hier unten in Ketten gelegt hätte. Als ob …

Rasche, energische Schritte erklangen oben an der Tür, dann war die Stimme seiner Frau hören, klar und deutlich, obwohl sie nur zischte: »Was ist, bist eingeschlafen da unten?« Dann entfernten sich ihre Schritte wieder. Und spätestens beim Eintritt ins Stüberl mit dem warmen Kachelofen würde sie wieder ihr freundlichstes Gesicht aufgesetzt haben. »Mein Mann kommt gleich. Für besondere Gäste muss es halt ein besonderer Wein sein, das braucht Zeit!« Und alle würden lachen, und wieder einmal würde sie ihn gerettet haben.

Er klemmte sich die Flasche unter den Arm und griff nach einer zweiten. Ja, sie waren ein saugutes Team. Eingespielt bis zur Perfektion. Nie sah man die Risse, die Sprünge. Nicht einmal ihre allerbesten Freunde vom Golfklub ahnten, wie es hinter der Fassade aussah. Obwohl, lang würde das nicht mehr gut gehen. Wenn er an ihren letzten Urlaub dachte … Seither war aus den Rissen eine Kluft geworden. Ein Abgrund. Er schloss die Augen, so sehr überwältigten ihn die Scham und der Hass. Er sah wieder den Swimmingpool mit den knallbunten Schirmen rundherum vor sich. Die Kinder im

Wasser. Die jungen Kellnern, die Drinks servierten. Er war nur dagelegen mit seiner verspiegelten Sonnenbrille. Und seine Frau hatte in Magazinen geblättert. Und dann hatte sie ihn plötzlich so seltsam angesehen, es war ihm vorgekommen wie eine kleine Ewigkeit, aber sie hatte kein Wort gesagt. Und dann war sie aufgestanden und ins Wasser gegangen. Er hatte ihr nachgeschaut, ihre Figur war wirklich noch schwer in Ordnung. Na ja, sie hatten ja auch keine Kinder. Und dann hatte er auf das Heft geblickt, das aufgeschlagen auf ihrer Liege lag, irgend so ein Frauenmagazin.

MEIN MANN IST SCHWUL.

Das war in Balkenlettern quer über die Doppelseite gestanden. MEIN MANN IST SCHWUL. Die Hälfte aller schwulen Männer ist verheiratet oder lebt in Partnerschaft mit einer Frau, das war darunter gestanden. Mehr hatte er nicht mehr lesen können. Er hatte geglaubt, sein Herz würde aussetzen. Er hatte kaum Luft bekommen. Dann hatte er zu seiner Frau im Schwimmbecken geschaut, aber die hatte ihre Längen gezogen, ohne ihn eines Blickes zu würdigen. Und dann war sie wieder aus dem Wasser gestiegen und hatte sich abgetrocknet. Sie hatten kein Wort gesprochen. In seinen Ohren war so ein Pochen gewesen, so musste es sein kurz vor einem Herzinfarkt. Beim Abendessen waren sie sich schweigend gegenübergesessen, aber das war keine Ausnahme gewesen, so war es bei ihnen fast immer. Und in der Nacht hatte er sie dann gevögelt. Richtig durchgevögelt. So wie noch nie zuvor. Es hatte ihm beinahe Spaß gemacht. Schwul, ja? Das hätte er ihr am liebsten ins Gesicht geschrien. Aber seine Frau war nur dagelegen wie ein Stück Holz. Dann war er von ihr runtergerollt und hatte sie seither nicht mehr angerührt. Kein einziges Mal. Sie lebten nebeneinander her wie ... wie Marionetten. Perfekt aufeinander abgestimmte Marionetten. Jetzt gleich im Stüberl würden sie wieder das glückliche Paar sein, von allen beneidet. Er würde den Wein mit großem Getue entkorken und verkosten, seine Frau würde das warme Soufflee aus der Küche bringen, mit den funkensprühenden Wunderkerzen obendrauf, das war jedes Mal aufs Neue ein Riesenhallo. Ein echter Kracher.

Er klemmte sich die Flaschen unter den Arm und stieg die Kellertreppe hinauf. Oben drehte er das Licht ab und schloss die Tür. Dann ging er auf die Stube zu, wo ihre Gäste lachten.

III

Eine Schale mit roten Äpfeln und Walnüssen, eine weiße Kerze im Fenster und ein Teller mit Lebkuchen auf dem Tisch. Lisa Kleinschmidt seufzte. So hätte sie ausgesehen, ihre höchstpersönliche Weihnachtsdekoration. Schlicht und puristisch. Wie das der Heimatdichter Peter Rosegger in den Erinnerungen an seine Kindheit in der Steiermark immer geschildert hatte. Obwohl, damals war man nicht puristisch gewesen, sondern einfach arm. Bitterarm. Und ein paar selbstgebackene Lebkuchen waren schon eine Sensation gewesen. Und nicht wie heute überkandidelter Schnickschnack, mit dem die hauptberuflichen *Gastgeberinnen* in den Hochglanzmagazinen ihre Kaminsimse behübschten.

Jedenfalls, auf dezentes Dekorieren konnte man sowieso vergessen mit einem bastelwütigen Fünfjährigen unter dem gleichen Dach. Max hatte im Kindergarten bereits Dutzende Zeichnungen vom Nikolo angefertigt und die Wohnung damit geschmückt, außerdem ein Kilo Orangen mit Gewürznelken durchbohrt, der Saft war natürlich auf den Teppich getropft. Jetzt saß er am Tisch und malte hochkonzentriert seinen Brief ans Christkind. Mehrere dunkle Knödel befanden sich schon auf dem Zeichenblatt, sie stellten dar:

a) ein Playstation Starter Set mit x-box,
b) die dazugehörige live card plus headset (was immer das sein sollte, aber alle anderen Kinder im Kindergarten besaßen es angeblich bereits) sowie
c) eine Tankstelle von Playmobil.

Jetzt verpasste er gerade einem roten Knödel den letzten Schliff, der von einer grüngetüpfelten Masche geziert wurde. Und was soll das sein, hatte sie argwöhnisch gefragt.

Ihr Sohn hatte sie listig angegrinst: »Das soll nur eine kleine Überraschung sein, die ich mir noch vom Christkind wünsche! Nur eine gaaanz kleine!«

Sie hatte einfach lachen müssen. So ein Schlingel, dieser Max, so ein Lausbub! Sie hätte in diesem Moment so gern irgendjemanden gehabt, mit dem sie ... ach was. Vor Jahren hatte ihr eine Freundin, die Therapeutin war, von den alleinerziehenden Müttern erzählt, die zu ihr in die Praxis kamen, sofern sie sich das überhaupt leisten konnten. Und weißt du, was denen am meisten zu schaffen macht, hatte ihre Freundin Barbara sie gefragt. Denen fehlt jemand, mit dem sie sich über die Kinder freuen können. Ganz im Ernst. Nicht die Sorgen sind das Problem, die meistern eh alles allein, sondern dass nie jemand da ist, mit dem sie ganz spontan ihre Freude teilen können. Das macht diese Frauen am traurigsten. Eigentlich irgendwie komisch, findest du nicht? Und sie, die verheiratete Lisa Kleinschmidt, hatte nur den Kopf geschüttelt. Aber heute hätte sie jeder Einzelnen von diesen Frauen am liebsten die Hand geschüttelt. Ich bin eine von euch, hätte sie ihnen gesagt. Ich weiß so gut, was in euch vorgeht.

Na ja, wenigstens hielten ihre Kinder sie offenbar für eine Millionärin. Denn nicht nur Max hatte eine Wunschliste ans Christkind, die zusammenaddiert die Stromrechnung für zwei Monate ergab, sondern auch Miriam wünschte sich natürlich nicht bloß ein Paar warme Socken wie der Peter Rosegger früher. Ein neues Notebook, bitteschön, und Carving-Ski, diese Kleinigkeiten hatte ihre

Tochter sie ganz lässig beim Frühstück vorige Woche wissen lassen. Das Notebook soll dir gefälligst dein Vater schenken, hatte sie geantwortet. Ihr heftiger Ton hatte ihr noch in derselben Sekunde leidgetan. Der schenkt mir eh schon das neue Smartphone, hatte die Miriam zurückgeblafft und war zur Tür hinaus. Komisch, im Werbefernsehen war das Frühstück immer die fröhlichste Tageszeit, alle lachten und plauderten und aßen, ohne zu meckern, gesunde Haferflocken mit Beeren und Vitaminen. Nur in ihrer eigenen kleinen Familie funktionierte das nie, ständig zankten die Kinder, oder ein Häferl fiel um, oder ein Handy klingelte. Wie jetzt zum Beispiel ihres. Sie blickte auf das Display, und die Neugier ging sofort in Freude über, sie registrierte es mit einem angenehmen Kribbeln im Bauch. »Artur, was für eine ...«

»Lisa«, sagte Artur Pestallozzi, der immer so höflich war und nie jemandem ins Wort fiel. »Wir brauchen dich. Es gibt die nächste Tote am See. Eine junge Frau, sie ist offenbar erdrosselt worden. Der Krinzinger hat mich gerade angerufen.«

Es traf sie wie ein Faustschlag. Nie wurde es Routine. Im Gegenteil, es wurde immer schlimmer. Gänsehaut lief über ihren Rücken, ihr Magen fühlte sich innerhalb von Sekunden an wie ein verknäultes Tau.

»Ich komme«, sagte Lisa Kleinschmidt.

»Gut. Wir geben dir noch genauer Bescheid, wenn wir selbst mehr wissen. Es soll irgendwo am Ufer sein, außerhalb vom Ort. Ich melde mich.« Er legte auf.

Sie saß da und starrte auf ihren Computerbildschirm, auf dem gerade die neuesten Wetternachrichten aufblinkten. Vor der Ostküste der Vereinigten Staaten baute sich ein Hurrikan auf. Für ganz Europa wurde neuerlich heftiger Schneefall vorhergesagt, in Frankreich waren bereits Menschen erfroren. Sie musste unbedingt die wattierten Stiefel nehmen und den Mantel mit der Kapuze. Und sie musste Miriam und Max beibringen, dass ihre Mutter sie allein lassen würde, wieder einmal. Zum Glück war noch eine ganze Auflaufform mit Lasagne im Tiefkühlfach. Die konnte sie rasch in den Herd schieben. Und sie musste wieder einmal bei ihrer Nachbarin klingeln und Frau Reber bitten, ob sie nicht für ein Stündchen herüberkommen und Max beim Zubettgehen beaufsichtigen könnte. Sie stand auf, ging zu ihrem Sohn und wuschelte ihm durchs Haar, aber Max ließ sich nicht ablenken, der Brief ans Christkind wurde gerade mit dottergelben Sternen verziert. Dann ging sie zum Zimmer von Miriam, klopfte an die Tür und öffnete sie, auf ein freundliches ›Herein‹ hätte sie lang warten müssen.

»Ja?« Ihre Tochter klang so unwirsch, wie sie es erwartet hatte.

»Ich muss noch einmal weg, es tut mir leid. Aber ich stelle gleich eine Lasagne ins Rohr und dann frage ich noch Frau Reber, ob sie kommen kann.«

»Jaja, schon gut.« Ihre Tochter blickte von dem Magazin hoch, in dem sie gerade geblättert hatte. »Geh ruhig. *Meine Mutter, die Karrierefrau.*« Und sie wandte sich wieder betont gelangweilt ihrem Heft zu.

Lisa Kleinschmidt schloss leise die Tür. Es war so schrecklich, dass sie es nicht einmal zu denken wagte. Obwohl sie es natürlich gerade dachte, hier und jetzt in diesem Augenblick. Dass sie froh war, wenn sie fortkam von zu Hause.

*

Sie kamen mit Verspätung zum See, Grabner hatte Pestallozzi noch zu einer Unterredung zitiert, die hauptsächlich aus beredtem Schweigen und zornigem Kopfschütteln bestanden hatte. Was sollte man auch sagen? Das Inferno stand unmittelbar bevor, da halfen keine Nachrichtensperre und kein Appell an die Medien mehr. Zwei ermordete junge *Frauen* – denn sie alle beteten zu jeder möglichen höheren Macht, dass Agotas Geheimnis gewahrt bleiben würde – in unmittelbarer Nähe von weihnachtlicher Vorfreude und leuchtenden Kinderaugen. Das Wort war noch nicht gefallen, aber es würde innerhalb der nächsten Stunden zum ersten Mal in Balkenlettern zu lesen sein: *Serienkiller! Serienkiller im Salzkammergut!* Seit Hannibal Lector war das Wort zum Garant für Auflagensteigerung und Quotenoptimierung geworden. Die Reporter würden Zeilen voller Betroffenheit formulieren, aber ihre Herausgeber und Chefredakteure würden sich die Hände reiben. Nur klammheimlich natürlich.

Leo setzte den Blinker, ausnahmsweise, und lenkte den Skoda auf den Parkplatz neben dem Gemeindebad, auf dem der Schneematsch mittlerweile knöchelhoch schwappte. Polizeiautos standen kreuz und quer und zeugten von der Hektik, die ausgebrochen war, nachdem der Anruf eingegangen war. Ein junges Pärchen hatte beim Spazierengehen die Leiche gefunden und nach dem ersten entsetzten Schrecken den Polizeinotruf gewählt. Zum Glück. Viele andere hätten sich davongemacht. Jetzt standen die beiden abseits und klapperten mit den Zähnen, Krinzinger stand neben ihnen. Als er Pestallozzi erblickte, kam er eilig auf ihn zu.

»Die Frau Doktor Kleinschmidt ist schon unten.« Er schluckte und sah zu Boden. »Bei der Suse.«

»Bei der Suse?« In Pestallozzis Hinterkopf begann es leise zu klingeln.

»Die Suse vom Tankstellencafé. Im Sommer hat sie immer im Espresso auf der Promenade gekellnert. Aus Schwerin war sie. So a nettes Mädl.« Krinzinger räusperte sich, dann wies er zum Ufer hinunter. »Dort unten liegt sie.«

Sie stellten die Jackenkrägen hoch und vergruben die Hände in den Taschen, so stapften sie nebeneinander durch den Matsch. Auf der Bundesstraße waren es nur ein paar vereinzelte Flocken gewesen, aber nun war es wieder ein richtiges Gestöber geworden, man konnte kaum zwei Meter weit sehen. Verfluchtes Wetter, dachte Pestallozzi. Als ob es mit dem Mörder im Bunde wäre. Oder mit den Mördern. Oder der Mörderin. In seinem Kopf wirbelte alles durcheinander, er hasste diesen Fall. Der möglicherweise gar nicht *ein* Fall war. Sondern ... Und jetzt wehte auch noch der verdammte Schnee alle Spuren zu. Wie vor fünf Tagen, als der Krinzinger die Agota gefunden hatte. Verfluchtes Wetter! Dabei war er sich immer so überlegen vorgekommen, wenn andere über das Wetter jammerten. Was in Salzburg ja ziemlich oft vorkam. Aber er hatte es immer irgendwie tröstlich gefunden, dass noch niemand das Wetter zu beherrschen vermochte. Nicht einmal die Amerikaner und Chinesen mit ihren Flugzeugen, mit denen sie immerhin schon Gewitterwolken sprengen konnten. Aber den Winter vertreiben? Und jetzt saute ihnen der Schnee alles zu und half dem Täter womöglich beim ...

Sie tauchte so unvermutet in dem Schneetreiben auf, dass er beinahe erschrak. Aber zum Glück verbarg seine gesteppte Jacke jedes Zusammenzucken. Lisa kniete neben einem dunklen Bündel im hellen Schnee, es sah aus wie ein altes Gemälde. Wie eine der Heiligen, die sich über einen Siechen beugt. Was für lächerliche Gedanken mir doch manchmal durch den Kopf gehen, dachte Pestallozzi. Dann tauchten plötzlich weiße Gestalten auf, die Kollegen von der Spurensicherung in ihren Schutzanzügen. Ihre Gesichter waren bleich und verfroren. Einer hielt ihm ein durchsichtiges Nylonsäckchen entgegen. »Wir haben alles so gelassen, wie man sie gefunden hat, Artur. Damit du einen Blick darauf ... auf alles werfen kannst. Nur in ihre Anoraktaschen haben wir schon geschaut. Ein Smartphone und ein Personalausweis, ein Labello und ein Schlüsselbund mit so einem kleinen Plastikschuh als Anhänger. Kein Geld, aber vielleicht hat sie ja etwas in den Hosentaschen. Wir wollten sie noch nicht umdrehen oder hochheben.«

Pestallozzi nahm die Tüte und reichte sie an Leo weiter. »Dank dir, Klaus. Leo, nimm dir mal das Handy vor, am besten im Auto. Schau dir die letzten Anrufe an.«

»In Ordnung. Ich versuch's mit einem jail break«, sagte Leo lässig. Er warf nur einen ganz kurzen Blick auf die Tote, dann stapfte er davon und versuchte, sich seine Erleichterung über den Auftrag im warmen Auto nicht anmerken zu lassen. Pestallozzi ließ sich neben Lisa auf die Fersen nieder. Klaus von der Spurensicherung holte einen Block hervor.

»Susanne Kajewski, geboren am 1.4.92 in Schwerin. Das ist drüben, im ehemaligen Ostdeutschland, jetzt ist es Mecklenburg-Vorpommern, ein deutsches Bundesland. Lebt schon seit über zwei Jahren hier. Arbeitete als Kellnerin, das wissen wir vom Krinzinger. Teilt sich, oder besser gesagt, teilte sich eine Wohnung mit einer gewissen Marion Kaserer aus Salzburg. Die haben wir noch nicht ...«

»Danke!« Pestallozzi hob die Hand, der Kollege verstummte. Sie waren alle an seine Marotten gewöhnt. Wenn er jetzt Ruhe haben wollte, auch gut. Keiner von ihnen beneidete ihn um die Leitung in diesem Fall.

Suse. Suse aus Schwerin. Plötzlich sah er sie wieder vor sich, die hübsche junge Frau. Ich komme aus Schwerin ... Das hatte sie im vergangenen Sommer erzählt, als er und Leo in das kleine Espresso gekommen waren. Bei uns gibt es kaum noch Arbeit, deshalb bin ich hierher gekommen. Hierher. Aus Schwerin, das bestimmt noch um einiges weiter weg war als die ungarische Grenze. Pestallozzi versuchte, sich eine Europakarte vorzustellen. Zwei junge Menschen, die es in die Fremde verschlagen hatte, und die beide den Tod gefunden hatten, einen grausamen, gewaltsamen Tod. In dieser Winterlandschaft, mitten im Advent. Aber wo war der Zusammenhang, wo war ...

»Artur«, sagte Lisa leise, »wir sollten weitermachen. Das Schneetreiben wird immer stärker.« Er nickte, und sie fegte behutsam die Kristalle fort, die sich als weiße Schicht über das Bündel gelegt hatten. Das Gesicht der jungen Frau war bläulich verfärbt, die Augen waren nur halb geschlossen. Die Zunge ragte wie eine angeschwollene dicke Made aus dem Mund. Ein lilafarbenes Fleeceband lag lose um den Hals, der von einem bräunlichen Würgemal gezeichnet war. Die hübsche Suse. Was für ein Segen, dass kein Mitglied ihrer Familie in der Nähe war. Der gesteppte blaumetallicglänzende Anorak war zugezippt bis über die Brust hinauf. Die Hände hielten eine Kette aus braunen Holzperlen, die außerdem mehrmals um ihre Gelenke geschlungen war. An der Kette hing ein Kreuz. Pestallozzi beugte sich näher.

»Genau«, sagte Klaus, »wir wollten, dass du das so siehst und nicht nur auf den Fotos. Es ist ein Rosenkranz.«

Pestallozzi hatte ein Gefühl, als ob ihm mitten im Schneegestöber der Schweiß ausbrechen würde. Ein Rosenkranz! Zuerst eine Tote aus einem Kloster und jetzt eine ermordete junge Frau, die einen Rosenkranz in den Händen hielt. War hier ein Wahnsinniger am Werk, der eine Rechnung mit der Kirche zu begleichen hatte? Oder war es gar jemand aus der Kirche selbst? In seinem Kopf hämmerten die Fragen.

Lisa hatte begonnen, den Rosenkranz vorsichtig aus den steifen Händen zu lösen.

»59 Perlen«, sagte Klaus, als Lisa die Kette in die Plastiktüte gleiten ließ, die er ihr hinhielt. »Ein Rosenkranz hat 59 Perlen.«

Pestallozzi registrierte die sachliche Bemerkung mit einem kurzen Erstaunen. Was der Klaus alles wusste! Dann wandte er sich wieder Lisa zu. »Kannst du mir schon mehr sagen?«

Sie legte eine Hand im dünnen weißen Chirurgenhandschuh auf die Schulter von Suse Kajewski, es war eine behutsame Geste, die ihr ähnlich sah. »Du kannst davon ausgehen, dass sie erdrosselt worden ist. Mit diesem Stirnband, das noch immer um ihren Hals liegt. Der Täter oder die Täterin hat es vermutlich um die eigene Hand geschlungen und mindestens einmal gedreht. Ich glaube fast, dass das von hinten geschehen ist. Aber dazu muss ich sie auf dem Tisch haben.«

»Und wie lang ist das her, was meinst du?«

Sie sahen sich an, und Lisa lächelte, wie um Verständnis heischend, es war eigentlich nur ein Zucken ihrer Mundwinkel. »Du weißt, dass ich dazu nur eine Vermutung äußern kann, Artur. Jedenfalls zum jetzigen Zeitpunkt. Aber sie liegt schon seit über 20 Stunden hier, das steht fest. Ich würde sagen, dass sie zwischen vorgestern Abend und gestern früh getötet und hier abgelegt wurde. Aber das ist nur eine erste grobe, sehr vage Schätzung.«

Vorgestern Abend! Da waren sie bei der Gemeindeversammlung wegen dem Hotelneubau gewesen! Und zwei kecke junge Frauen waren hinter ihm im Saal gestanden. Die eine hatte dieses T-Shirt getragen, auf das alle starrten. Und die andere war Suse gewesen, jetzt wusste er es wieder. Natürlich, Suse, die ihn wiedererkannt hatte! »Guten Abend, Herr Chefinspektor!« So freundlich war sie gewesen, so jung und hübsch und lebensfroh. Und dann war sie nach draußen gegangen, und er hatte sofort wieder auf sie vergessen. Suse aus Schwerin. Pestallozzi stand langsam auf. »Danke, Lisa.«

Klaus räusperte sich. »Können wir dann?«

Pestallozzi nickte. Die Kollegen von der Spurensicherung waren abwartend vor einer windschiefen Hütte aus dunkelgrauen Holzplanken gestanden, jetzt setzten sie sich wieder in Bewegung.

»Wo sind wir hier eigentlich genau?«

»Das ist das Freibad, hier ist im Sommer die Hölle los. Na ja, sozusagen. Ich bin sogar schon ein paarmal dagewesen mit meinen Buben. In der Hütte da hinten werden im Winter die Liegen gestapelt.« Klaus wies auf die dunkelgrauen Planken. Hierher würde er mit seinen Söhnen so bald nicht wieder kommen, das stand fest.

»Brauchst du noch etwas? Können wir dir helfen?«

Pestallozzi sah Lisa an, aber die schüttelte nur den Kopf. »Ich komme schon zurecht. Morgen hast du meinen Bericht.« Sie nickten sich zu, und er ging langsam über die Wiese zum Auto zurück. Die Welt versank im Schnee. In einem Krimi, der in Grönland spielte, hatte er einmal gelesen, dass die Eskimos, zu denen man ja jetzt Inuit sagte, über 20 Wörter für Schnee hatten. Oder noch mehr. Aber er wusste nur eines. Schnee. Schnee. Verdammter Schnee. Und irgendwo in einer warmen Stube saß einer und lachte sich ins Fäustchen. Obwohl, das war ein schiefes Bild. Denn wie sollte man im Leben noch einmal lachen können, nachdem man einem anderen Menschen so Entsetzliches angetan hatte?

Leo saß im Skoda, die Standheizung lief. Die Plastiktüte mit dem Personalausweis von Susanne Kajewski, dem Labello und dem Schlüsselbund lag auf Pestallozzis Sitz, er hob sie auf, als er die Tür öffnete. Dann ließ er sich auf den Sitz fallen und wandte sich Leo zu, der mit lässigen Bewegungen seiner behandschuhten Hände über das Display eines pink glitzernden Smartphones strich. Suse Kajewski hatte offenbar Metallicfarben geliebt.

»Hast du schon was rausgefunden?«, fragte Pestallozzi. Technische Spielereien überließ er nur zu gern dem Jüngeren. Der nickte und zappte weiter durchs Menü.

»Massen von Apps zu Mode und Schminktipps und lauter so Zeug. Und Lokale, davon hat sie mindestens 50 gespeichert. Und ...«

»Und ihre Anrufe, hast du die schon gecheckt!«

»Bin grad dabei! Also, jede Menge Anrufe nach Deutschland, vor allem nach Schwerin. Ich hab gerade die Vorwahl überprüft, wie du gekommen bist, Chef! Und vor drei Tagen hat sie dann den ganzen Vormittag telefoniert, zwei Nummern in Wien hat sie gleich ein paarmal hintereinander angerufen! Und die Nummern gehören zu, warte mal, das hab ich gleich ...« Leo fuhr sich konzentriert mit der Zungenspitze über die Lippen, dann hob er plötzlich den Kopf und starrte Pestallozzi an.

»Na, sag schon!«

»Zu Abtreibungsambulatorien!« Leo hielt dem Chef das pinkfarbene Smartphone direkt unter die Nase, damit der ihm auch ja glaubte. »Diese Suse hat Ambulatorien für Schwangerschaftsabbruch angerufen!«

*

Alle glaubten, dass sie mehr über den Tod wusste. Es war wie eine unsichtbare Wand, die zwischen ihr und den anderen Menschen stand, sie empfand es immer wieder so, wenn das Gespräch auf ihren Beruf kam. Sie sind wirklich Gerichtsmedizinerin? Sie sezieren Leichen? Ist das denn nicht gruselig? Sie wusste dann nie eine Antwort, sondern stotterte herum, versuchte es zu erklären. Nein, es war nicht schauerlich. Die Toten lagen still und voller Würde vor ihr, alle Angst war von ihnen abgefallen, alle Gemeinheit und alle Kleinkariertheit, die sie vielleicht im Leben gequält hatte. Und sie erzählten von sich. Wie sie die Jahre, die ihnen vergönnt gewesen waren, zugebracht hatten. Wie sie sich ernährt hatten. Wie viele Zigaretten sie geraucht hatten. Ob sie sich mit Alkohol getröstet oder mit Härterem Mut gemacht hatten. Ob sie Kinder geboren hatten.

Lisa Kleinschmidt sah zu Kajetan hin, der gerade die Instrumente säuberte, Wasser plätscherte in die Nirosta-Wanne. Dann sah sie wieder auf die junge Frau, die vor ihr lag, der Längsschnitt über ihren weißen Körper war vernäht, sie war bereit für ihren letzten Weg. Ihre Schwester aus Berlin würde kommen und Susanne Kajewski abholen, mühsamer Papierkrieg war zu erledigen, all die Dinge, die für die Hinterbliebenen Last und Stütze zugleich waren. Die Schwester hatte nicht allzu betroffen gewirkt, sondern eher ärgerlich, hatte Artur erzählt. Mit der Suse wird es einmal ein schlechtes Ende nehmen, das habe ich immer gewusst, hatte sie gesagt. Sie ist ja auch nur meine Halbschwester gewesen, wir haben nicht besonders viel Kontakt gehabt. Von einer Schwangerschaft hatte sie nichts gewusst. Und jetzt musste sie extra anreisen, ausgerechnet vor Weihnachten. Das schien auch eine Gemeinsamkeit zwischen den beiden Opfern Agota Lakatos und Susanne Kajewski zu sein. Dass keine verzweifelten Angehörigen zu besänftigen waren, die wie von Sinnen waren vor Schmerz, sondern dass niemand sie zu vermissen schien. Suse, ich hätte dir ein anderes Leben gewünscht, dachte Lisa Kleinschmidt. Mit viel mehr Liebe. Ob du deinem Kind eine gute Mutter geworden wärst? Wenn du dein Kind überhaupt bekommen hättest? Suse Kajewski hatte ja schon bei Abtreibungsambulatorien in Wien angerufen, auch das hatte Artur ihr erzählt. Was war die richtige Entscheidung, wenn man allein war und schon mit dem eigenen Leben kaum zu Rande kam? So viele Kinder wurden einfach in die Welt gesetzt und dann vernachlässigt oder sich selbst überlassen. Die junge Tante aus dem Kindergarten vom Max hatte ihr einmal voller Zorn von Knirpsen berichtet, die mit pitschnassen Windeln in der Früh gebracht wurden, weil niemand die Zeit hatte, sie auf den Topf zu setzen. Die völlig verstört waren, weil sie am vergangenen Abend allein vor dem Fernseher gesessen waren und mit offenem Mund irgendeinen Gruselfilm gesehen hatten. Die zugedröhnt waren von Psychopharmaka und Beruhigungstropfen, nur damit sie Ruhe gaben. Aber kann man denn da nicht das Jugendamt einschalten, hatte sie naiv gefragt. Und die junge Tante hatte nur den Kopf geschüttelt. Die sind doch total überlastet, die kommen nicht einmal, wenn ein Kind immer wieder blaue Flecken hat. Da muss schon eines halb tot sein, bis etwas passiert. Genau, so war es. Erst vor drei Monaten hatte sie selbst solch ein Opfer auf dem Tisch liegen gehabt, ihr bislang schlimmster Fall von Kindesmisshandlung. 206 Knochen halten den menschlichen Körper zusammen, und fast alle 206 Knochen waren im Körper dieses Säuglings zerbrochen gewesen. Das kleine Mädchen hatte sich angefühlt wie ein Sack voller Wäscheklammern.

Lisa Kleinschmidt sah auf den Körper, der vor ihr lag. Ein Tattoo schmückte den Oberarm von Suse Kajewski, ein verschlungenes Gebilde, das offenbar eine Rose darstellen sollte. Schlampig gestochen. In ein paar Jahren wäre die Rose nur mehr ein dunkler Klumpen gewesen. Denn das bedachten so viele nicht, die sich Rosen, Ranken und Namen in die Haut ritzen ließen. Dass ihre Haut altern und schlaff und faltig werden würde, und all die Rosen, Ranken und Namen dann ausschauen würden wie zerronnen. Geschäftstüchtige Hautärzte boten bereits jetzt Laserbehandlungen zu ihrer Beseitigung an, in ein paar Jahren würde das ein Bombengeschäft sein. Für diese Rose aber …

»Na, Frau Doktor, was wird Ihnen das Christkindl bringen?«

Kajetan lächelte sie an, er trocknete sich gerade die

Hände ab. Sie lächelte zurück, dankbar für seine Freundlichkeit. »Ich weiß nicht. Ich hab eigentlich gar keinen Wunsch.«

»Das sagt meine Freundin, die Manuela, auch immer. Aber wehe, ich hätt dann kein Packerl für sie!«

Genau so war das, sie mussten beide lachen. Dann deckten sie Susanne Kajewski zu.

*

Der Nikolopunsch beim Grabner war natürlich offiziell abgesagt worden. Diesen Gefallen würden sie der Presse nicht machen und den Schreiberlingen selbst die Schlagzeilen liefern: *Salzburger Mordkommission vergnügt sich bei Punsch und Keksen, während ein Serienmörder sein Unwesen treibt!* Denn die Worte *Serienmörder* und *Serienkiller* prangten bereits in Balkenlettern auf den Titelseiten aller Zeitungen im Land und wurden sogar von den Fernsehreportern genüsslich ausgesprochen. Agota wurde natürlich als ›Nonne‹ bezeichnet, über ihre körperliche Besonderheit war, was für ein Segen, immer noch nichts durchgesickert. Es reichte auch so für seitenlange Berichterstattung. Endlich war wieder einmal richtig was los, nicht nur die ewigen Politaffären und Schmiergeldskandale, die jedem schon zum Hals hinaushingen. Ein grausamer, sadistischer, eiskalter, perfider Mörder trieb sein Unwesen, der noch dazu offensichtlich eine Rechnung mit der Kirche zu begleichen hatte. Danke, Herr im Himmel, für diese Fügung!

Sie standen alle im Zimmer vom Grabner und hielten jeder ein Glas mit Punsch in der Hand. Denn das jährliche Nikolotreffen war natürlich nur offiziell abgesagt worden, inoffiziell hatte der Präsident alle Mitarbeiter in sein Büro gebeten, um die Lage zu besprechen. Und so standen sie jetzt zusammen, in den Händen die Gläser mit dem lauwarmen Punsch, die Vanillekipferln von der Gerda Dörfler standen unberührt auf der Anrichte von Tannenzweiglein umkränzt. Es herrschte eine Stimmung wie bei einem Leichenschmaus, aber bei einem Leichenschmaus für einen Menschen, den man gemocht hatte, dachte Pestallozzi. Denn er hatte schon Gelage nach einem Begräbnis erlebt, die geradezu …

»Wollen Sie vielleicht nicht doch ein Kekserl probieren, Herr Chefinspektor?« Gerda Dörfler stand vor ihm und hielt ihm einen Teller unter die Nase, auf dem liebevoll mit Marmeladeklecksen dekorierte Haselnussbusserln lagen, ihre ganz besondere Spezialität.

»Natürlich, sehr gern, Frau Dörfler!« Er lächelte sie an und nahm sich gleich drei Stück, die Kollegen um ihn taten es ihm nach. Die Dörfler schüttelte den Kopf. »Schrecklich, was da passiert ist! Und noch dazu gerade jetzt, vor Weihnachten! Die Menschen haben einfach keinen Respekt mehr! Vor gar nix!«

Sie nickten alle bedächtig in der Runde und bissen in die Kekse, die wirklich vorzüglich waren, dann ging die Dörfler weiter, um ihre Haselnussbusserln auch den anderen anzubieten. Pestallozzi nahm einen Schluck vom Punsch. Schade, dass Lisa nicht mehr da war, der hätten ein wenig Ablenkung und ein paar Haselnussbusserln gut getan. Sie hatte nur auf einen Sprung vorbeigeschaut, und sie hatten noch einmal über das Ergebnis der Obduktion von Susanne Kajewski gesprochen. Die hatte allerdings keine Überraschung gebracht. Susanne Kajewski war mit ihrem Stirnband erdrosselt worden, und sie war schwanger gewesen im dritten Monat. Und sie hatte um ihr Leben gekämpft, unter ihren Fingernägeln hatten sich eindeutige Spuren feststellen lassen, die gerade ausgewertet wurden. Immerhin, besser als der grüne Loden unter den Nägeln von Agota, der sie keinen Schritt weitergebracht hatte. Zu Agota hatte Lisa auch sonst keine guten Nachrichten für ihn gehabt. Die Partikel in ihrer Lunge waren nicht mehr eindeutig zu bestimmen gewesen, und die Abriebspuren auf ihrer Wange konnten zwar von einem Kräuterkissen stammen, wie er sie im Klosterladen erstanden hatte, aber auch von irgendeinem anderen ähnlich gewebten Stoff. Jeder Anwalt würde aus solchen Indizien Hackschnitzel machen. »Tut mir leid, Artur!«, hatte Lisa gemurmelt, als ob das alles ihre Schuld wäre. Er hatte ihr noch kurz vom Kloster und der Oberin erzählt, dann war Lisa auch schon wieder davongehastet, der Max brauchte dringend Buntpapier und Goldfolie für eine Weihnachtsbastelei.

»Und, hast schon eine Spur?«, fragte Habringer.

Pestallozzi schüttelte den Kopf. Der Habringer war ein altgedienter Kollege, einer von den Stillen, die sich nicht um jeden Preis nach oben boxen wollten auf der Karriereleiter. Vor dem brauchte man nicht den Superman zu spielen.

»Eigentlich wollte ich ja gerade mit dem Leo nach Ungarn fahren. Wo diese Agota her ist, ihr wisst's schon. Aber dann ist das mit der zweiten Toten passiert, mit dieser Suse, die aus Deutschland gekommen ist. Ich finde einfach die Klammer nicht. Falls es überhaupt eine gibt.«

Ein junger Kollege räusperte sich. Es war gar nicht so leicht, vor den alten Hasen das Wort zu ergreifen. Aber wenn man dazugehören wollte, dann musste man auch auf sich aufmerksam machen. Quendler hieß er, Tobias Quendler, das fiel Pestallozzi zum Glück wieder ein, als er in das aufgeregte Gesicht blickte.

»Vielleicht haben die von den Zeitungen ja ausnahmsweise doch einmal recht. Und es ist jemand, der einen Hass auf die Kirche hat. Warum sollte man sonst einer Frau, die man erwürgt hat, einen Rosenkranz in die Hand drücken?«

Pestallozzi wiegte nachdenklich den Kopf. »Und was, wenn es ein Trittbrettfahrer ist? Einer, der sich den Tod von dieser Agota hat zunutze machen wollen? Um damit von seinem wirklichen Motiv abzulenken?«

Der junge Kollege nickte möglichst cool, so, als ob er das selbstverständlich ebenfalls längst bedacht, aber wieder verworfen hätte. Heute würde er jedenfalls den Mund nicht mehr aufmachen. Dafür grübelte der Habringer laut weiter: »Könnt's nicht sein, dass die erste, diese Nonne oder was immer die war, also dass die aus dem Kloster geflohen ist? Und dass man sie dann eingeholt und zum Schweigen gebracht hat? Wegen was auch immer? Gründe gäb's ja genug, wenn man liest, was in den kirchlichen Internaten alles los war. Haben diese Schwestern eigentlich auch was mit Kindern zu tun?«

»Die kümmern sich um junge Frauen, um Prostituierte in ehemaligen Ostblockländern.«

»Na, da hast du's doch! Wer weiß, was diese, wie heißt sie gleich, diese Agota alles mitgekriegt hat!«

»Das ist mir zu einfach«, sagte Pestallozzi. Er verstummte, weil er über sich selbst verblüfft war. So dezidiert hatte er das bisher noch nicht einmal gedacht. *Das ist mir zu einfach.* Dabei wäre es doch die Lösung gewesen, die ihm noch vor Kurzem am meisten entsprochen hätte. Sadistische Klosterschwestern, die eine Mitwisserin kaltblütig zum Schweigen brachten. Aber diese Theorie wollte ihm einfach nicht ...

Der junge Kollege nahm Haltung an, auch Habringer rückte ein wenig zur Seite. Der Präsident war zu ihnen getreten, ebenfalls mit einem Glas in der Hand. »Na, wie schaut's aus? Gibt's endlich was Neues?« Privates Weihnachtsgeplauder stand heute nicht auf der Tagesordnung.

Die Runde blickte auf Pestallozzi, keiner beneidete ihn um diese Situation.

»Wir haben gerade den Stand der Ermittlungen besprochen. Ich bin mir nicht einmal noch sicher, ob die beiden Fälle miteinander verknüpft sind. Derzeit haben wir kaum Anhaltspunkte dafür, außer diesem Rosenkranz. Die junge Frau, die erdrosselt worden ist, war schwanger. Ende der zwölften Woche. Morgen befragen wir ihre Arbeitskollegin, mit der sie zusammengewohnt hat, die ist gerade in Innsbruck. Aber wie passt das alles zu der Toten aus dem Kloster? Über die wir ja Bescheid wissen. Wo soll da der Zusammenhang sein? Wir tappen noch völlig im Dunkeln.«

Grabner sah wenig erfreut drein, kein Wunder. Tobias Quendler schnaufte. Also, das hätte er jetzt bestimmt anders formuliert als dieser Pestallozzi. Nicht so direkt. Positiver in jedem Fall.

Grabner schwieg, dann legte er Pestallozzi eine Hand auf die Schulter. »Kollege, kann ich Sie kurz unter vier Augen sprechen?«

»Selbstverständlich.«

Sie gingen ins Nebenzimmer, das normalerweise das Reich von Grabners Sekretärin, der Dörfler, war. Die anderen sahen ihnen nach, voller Erleichterung, dass sie zurückbleiben durften bei Punsch und Keksen. Der Präsident ging zum Fenster und blickte hinaus, dann wandte er sich zu Pestallozzi um, der neben dem Schreibtisch mit dem blühenden Weihnachtskaktus stehengeblieben war.

»Also, Pestallozzi, es ist nämlich so …« Er verstummte, offenbar war die Neuigkeit keine allzu erfreuliche. Pestallozzi stand gelassen da, aber sein Rücken schmerzte. Unten, wo die Lendenwirbel waren. Und im Nacken. Eigentlich überall.

»Es ist einfach kein Weiterkommen in diesem Fall. In diesen *Fällen*, muss man ja jetzt schon sagen. Es geht einfach nichts weiter!« Grabner polterte drauflos, um sein Unbehagen zu überspielen. Mit irgendetwas würde er gleich herausplatzen, das ihm peinlich war. Nach langen Jahren der Zusammenarbeit kannte Pestallozzi alle Taktiken seines Vorgesetzten.

»Ich wollte mit Leo gerade nach Ungarn fahren, als …«

»Ja ja, schon gut, ich weiß, dass Sie nicht untätig herumsitzen, Pestallozzi. Jedenfalls, Sie können sich ja vorstellen, was bei mir los ist! Oder nein, das können Sie sich nicht vorstellen! Nicht einmal Sie! Aber fragen Sie die Dörfler! Im Stundentakt kommen die Anrufe! Das Büro vom Herrn Kardinal. Die Frau Minister. Die Fritzen von der Presse sowieso. Es geht zu wie im …«

»Wir tun unser Bestes, Herr Polizeidirektor!«

»Aber das ist eben nicht genug! Und deshalb …« Grabner funkelte Pestallozzi wütend an, als ob der die Schuld an dem ganzen Schlamassel tragen würde. Dabei war ihm das alles nur furchtbar peinlich. Gleich musste er seinem besten Mann eine vor den Latz knallen, dass sogar der stets besonnene Pestallozzi schlucken würde.

»Das Ministerium will einen Profiler schicken!« So, ein Anfang war gemacht.

»Ah ja!« Pestallozzi blieb völlig ungerührt.

Aber das dicke Ende kam ja noch, Grabner fuhr sich mit den Fingern zwischen Hals und Hemdkragen. Furchtbar, wie heiß es in diesem Zimmer war. Kein Wunder, dass bei der Dörfler jedes Unkraut blühte wie im Palmenhaus.

»Es ist übrigens der Woratschek!«

»Der Woratschek?« Pestallozzi starrte seinen Chef an. »Doch nicht *der* Woratschek, der ...«

»Genau der! Der Woratschek, der ...« Sie sahen sich an und verstanden sich auch ohne Worte. Der Speichellecker. Der Arschkriecher. Dr. Clemens Woratschek. Der arrogante Pimpf, den sie im vergangenen Jahr nur mit Müh und Not losgeworden waren. Der zurück nach Wien beordert worden war, als der vormalige Herr Minister seinen Hut nehmen musste und keine schützende Hand mehr über seinen Günstling halten konnte. Sie hatten seitdem nichts von ihm gehört, und ausgerechnet jetzt musste ...

Grabner seufzte tief und schwer. »Er hat Kurse gemacht, war sogar ein halbes Jahr in Amerika auf einer FBI-Akademie. Die Frau Minister ist höchst angetan, dass wir jetzt auch so einen Experten haben. Glauben Sie mir, Pestallozzi, ich habe wirklich alles versucht, um die Sache abzubiegen, aber da war nichts zu machen. Der Woratschek ist schon im Anmarsch. Er hat sogar auf einem eigenen Büro bestanden, aber das ist auf keinen Fall machbar, wir platzen ja jetzt schon aus allen Nähten. Das habe ich auch der Frau Minister in aller Deutlichkeit gesagt. Aber wir müssen ihm wenigstens einen eigenen Schreibtisch zur Verfügung stellen. Ich habe mir gedacht, wir setzen ihn zum ...«

Pestallozzi ließ den Grabner reden. Sein Rücken fühlte sich an, als ob er gleich in lauter einzelne Wirbel zerbrechen würde. Der Woratschek, diese Laus! Der hatte ihm gerade noch gefehlt. Gerade in diesem Fall, der ihm vorkam, als ob er nur in grenzenlosem Nebel herumtappen würde. Und jetzt auch noch die Ratschläge von einem *Profiler*! Das war ein schwarzer Advent in diesem Jahr.

*

In dieser Wohnung war schon lang kein Fenster mehr geöffnet worden, die zwei Zimmer hätten endlich wieder einmal gut durchgelüftet gehört. Es roch nach getragener Wäsche, die achtlos auf Stühlen und dem Boden lag, nach kalter Pizza und nach den vollen Aschenbechern, die überall im Raum standen. Marion Kaserer, die nunmehr einzige Bewohnerin, saß ihnen gegenüber auf einem ungemachten Bett und zerdrückte gerade einen Zigarettenstummel in einer Teetasse. Ihr Gesicht war bleich und verquollen, die Haare hatte sie zu einem achtlosen Knoten im Nacken zusammengedreht. Der Lack auf ihren Fingernägeln war abgesplittert, auf den Resten kaute und zupfte sie herum, wenn sie sich nicht gerade eine neue Marlboro light anzündete. Wie eben gerade.

»Frau Kaserer«, sagte Pestallozzi, »Sie sehen aus, als ob Sie schon lang nichts mehr gegessen oder etwas Warmes getrunken hätten. Wollen wir nicht in ein Gasthaus gehen und eine Suppe essen? Das würde Ihnen gut tun, bestimmt.«

Aber die Kaserer schüttelte nur den Kopf. »Ich geh da nicht raus. Ganz sicher nicht. Damit mich alle anstarren? Und ich hab eh keinen Hunger.« Sie inhalierte so tief, dass kaum Rauch wieder zwischen ihren Lippen auftauchte. Leo wäre trotzdem so furchtbar gern aufgesprungen und hätte die Fenster aufgerissen. Aber dann wäre es nur noch kälter und ungemütlicher in diesem Horrorkabinett geworden. Besser, sie brachten die Sache hinter sich und machten, dass sie wieder die Tür von außen schließen konnten. Ihm kratzte jedenfalls jetzt schon der Hals. Leo schluckte.

»Also«, fing Pestallozzi von Neuem an, »Sie haben die Suse bei der Gemeindeversammlung zum letzten Mal gesehen. Und sie hat Ihnen nicht gesagt, ob sie noch etwas Bestimmtes vorhatte oder jemanden treffen wollte?«

Wieder Kopfschütteln, die Kaserer starrte auf den Boden. »Die wollt nur nach Hause. Die war einfach hundemüde. Dabei hat der Weihnachtsmarkt erst begonnen. Aber am Tag musst im Geschäft stehen und am Abend dann am Stand vom Ricardo Punsch und Würschteln verkaufen. Und immer gut drauf sein. Das schlaucht.« Sie hatte sogar auf die Zigarette in ihrer Hand vergessen, gleich würde die Glut ihre Finger erreichen. Leo hüstelte, aber die Kaserer reagierte nicht. Ihre Finger waren auch so blaurot, als ob ihnen ein bisschen Hitze nichts anhaben könnte. Ob das vom vielen Abwaschen kam, vom Spülwasser, in das die Kaserer bestimmt schon 100 000 Gläser getaucht hatte?

»Und die Suse hat wirklich keinen Freund gehabt? So ein hübsches Mädel?«

Die Marion schnaufte verächtlich. »Hübsch! Hübsch! Freilich war sie hübsch! Als Serviererin musst was gleichschauen. Aber deswegen kriegst noch lang keinen Freund, einen richtigen, mein ich. Alle wollen's nur das eine. Und dann kennt dich keiner mehr. Oder glauben Sie vielleicht, dass einer von den Jungen da, die einmal einen Hof oder ein Hotel oder sonstwas erben werden, eine von uns nach Haus bringen darf? Ha!« Die Kaserer lachte endlich einmal, aber es klang alles andere als fröhlich. Wenigstens hatte sie sich warmgeredet. »Die Jasmin, eine Freundin von mir, hat das einmal probiert. In die hat sich der Lukas vom Sonnhof drüben in Hallstatt so verschaut, dass er sie sogar geheiratet hat. Die Jasmin hat geglaubt, sie hat das große Los gezogen. Aber dann ist sie von allen behandelt worden wie eine Aussätzige. Was willst denn überhaupt da, du hast doch einen Dreck mitgebracht. Das hat die jeden Tag zu hören bekommen, von der Früh bis am Abend. Und die Frau Schwiegermutter, die Mutter vom Lukas, war am allerärgsten. Die hat die Jasmin behandelt, schlimmer als wie bei den Türken in Anatolien, das hab ich nämlich einmal im Fernsehen gesehen, wie da die jungen Frauen im Haus behandelt werden. Grad, dass ihr die Jasmin nicht hat die Füß waschen müssen. So war das. Und der Lukas hat nur den Mund gehalten und vor seiner Mutter gekuscht, damit nicht am End doch noch seine Schwester das Hotel kriegt. Nach zwei Jahren hat sich die Jasmin dann scheiden lassen. Jetzt steht sie oben in Gastein hinter der Bar.«

»Schlimm klingt das, was Sie da erzählen, Frau Kaserer«, sagte Pestallozzi. »Trotzdem, ich bin mir ganz sicher, dass Sie uns weiterhelfen können. Die Suse war doch Ihre Freundin.«

»Freundin? Na, so kann man das net nennen. Wir haben halt zusammen gearbeitet und zusammen gewohnt, weil's billiger ist. Aber Freundin ...« Die Kaserer klang trotzig, aber das Wasser stieg ihr dennoch in die Augen. Pestallozzi sah sich suchend um, dann entdeckte er eine Schachtel mit Abschminktüchern auf einem Regal, stand auf, holte die Schachtel und hielt sie der Kaserer unter die Nase.

»Danke!« Sie rupfte ein Tuch aus der Schachtel und schnäuzte sich. Pestallozzi setzte sich wieder und sah die junge Frau eindringlich an.

»Sie hat da was laufen gehabt«, sagte die Marion endlich. »Nix Fixes, so eine G'schicht halt. Mit einem, der immer wieder gekommen ist, aber keiner von da, von den Hiesigen. Sondern von draußen, irgendwo aus der Umgebung von Salzburg, glaub ich, hat sie einmal gesagt.«

»Und wie lang ist die schon gegangen, diese G'schicht?«

Sie zuckte mit den Achseln. »So seit dem Sommer, würd ich meinen. Nix Richtiges, die Suse war ganz bestimmt nicht verliebt. Aber der war halt was Besseres. Einer, der immer *Fräulein* gesagt hat, wenn er was wollte. Richtig ulkig.«

»Und wie hat er ausgeschaut? Wissen Sie vielleicht sogar seinen Namen?«

Achselzucken und Kopfschütteln. »So ein Älterer halt. Eine Brille hat er getragen und immer einen Anzug angehabt, sogar mit Gilet. Mir hätt er nicht gefallen, ganz bestimmt nicht. Aber der Suse hat es geschmeichelt, dass sich so ein feiner Pinkel für sie interessiert hat. Und dass er sie zum Essen eingeladen hat, einmal ganz nobel in die Kaiservilla. Dann haben sie, glaub ich, in Ischl übernachtet.« Sie zog eine neue Zigarette aus der Packung. »Aber der war das ganz bestimmt nicht. Das war so ein Braver, Biederer. Das kann ich mir nicht vorstellen.« Sie zündete die Zigarette mit einem kleinen billigen Wegwerffeuerzeug an und holte tief Luft. Pestallozzi rieb nachdenklich seine Hände. Er hätte der Marion Kaserer was über Nette, Brave, Biedere erzählen können, die Dinge mit Frauen und Kindern anstellten, dass sich einem der Magen umdrehte. Aber er holte nur seine Karte aus der Jackentasche und legte sie auf einen Turm aus leeren Pizzaschachteln.

»Frau Kaserer, wenn Ihnen noch irgendetwas einfallen sollte – und ich bin mir ganz sicher, dass Ihnen noch etwas einfallen wird – dann rufen Sie mich bitte an. Egal, wie spät es ist. Versprechen Sie mir das, ja? Es geht auch um Ihre eigene Sicherheit. Wir müssen den finden, der das der Suse angetan hat. Unbedingt!«

Sie sah ihn erschrocken an, aber das war ihm nur recht. Die Marion Kaserer musste aus ihrer Lethargie und ihrem Jammer geholt werden und wieder aufwachen und aufmerksam sein. Denn da draußen lief noch immer einer frei herum, dem diese junge Frau ganz bestimmt nicht gewachsen war und der er das Schlimmste ja noch gar nicht gesagt hatte.

»Die Suse war schwanger. Haben Sie das gewusst?«

Sie starrte ihn an mit riesengroßen Augen. »Schwanger? Die Suse? Davon hab ich nix gewusst. Das hat sie mir nicht gesagt! Aber, aber wieso …?« Nun schluchzte sie wirklich, die kecke Marion mit dem Schlampen-T-Shirt. Reste von Wimperntusche zogen schwarze Streifen über ihre Wangen, Rotz tropfte aus ihrer Nase. Sie wischte ihn mit dem Ärmel weg. »Dieses Schwein! Sie müssen den finden! Aber wieso hat sie mir nichts erzählt? Ich hätte ihr doch helfen können, ich hätte ihr …«

»Sie hätte es Ihnen ganz bestimmt gesagt«, sagte

Pestallozzi tröstend. Aber Suses Arbeitskollegin und Mitbewohnerin war für Trost nicht mehr empfänglich. Sie konnten sie nur in Ruhe lassen und hoffen, dass sie sich noch einmal melden würde. Und dass sie in Zukunft aufpassen würde.

Pestallozzi und Leo erhoben sich, ihre Gastgeberin blieb zusammengekauert sitzen. Sie nickten ihr zu und verließen die muffige Wohnung, Leo sog voller Erleichterung die frische Luft ein, als sie wieder vor dem zweigeschossigen Appartementhaus standen, das ziemlich einsam lag. Eine kurze Fahrbahn bog von der Bundesstraße zu der Lichtung ab, erst in großer Entfernung schimmerte durch die Bäume das nächste Anwesen. Hier war Suse möglicherweise am Abend nach der Gemeindeversammlung entlanggegangen, in der Dunkelheit, denn nur eine einzige Straßenlaterne stand vorn an der Kreuzung. Ob sie sich sicher gefühlt hatte? Oder war sie eilig auf das Haus zu gestapft und hatte sich immer wieder umgedreht? War ihr jemand nachgegangen? Oder entgegengekommen? Die Fragen wurden immer mehr. Sein Rücken schmerzte immer heftiger. Der Schnee fiel immer dichter.

»Und jetzt?«, fragte Leo.

»Jetzt fahren wir zu diesem Tankstellencafé, wo die Suse gearbeitet hat. Wie heißt der Pächter?«

»Richard Hallwang. Aber nennt sich nur Ricardo. Dem gehört auch das Espresso, wo wir im vergangenen Sommer gewesen sind. Aber das ist jetzt im Winter gesperrt, dafür betreibt dieser Ricardo einen Stand am Weihnachtsmarkt. Und eben das Café an der Tankstelle. Und eines drüben in Goisern. Der dürfte hier so eine Art King sein, der Ricardo Hallwang.« Leo grinste spöttisch.

»Dann wollen wir dem Herrn Hallwang einen Besuch abstatten.«

Die Bundesstraße war von nassem grauen Schnee bedeckt, die Autos schlichen wie schmutzige Käfer über den Hügel, der hinunter zur Tankstelle führte. Rot und gelb blinkte die Neonreklame durch die Flocken, unübersehbar selbst im Schneetreiben. Wie der Stern von Bethlehem, dachte Pestallozzi. Ein moderner Stern, der Wärme und Behaglichkeit verspricht. Aber er hätte unter diesem Licht nicht um Obdach bitten mögen.

An den Zapfsäulen warteten mehrere Autos, Leo parkte neben der Waschstraße. Sie gingen durch die gläserne Tür, die sich automatisch öffnete, und betraten den Tankstellenshop, der aussah wie überall auf der Welt. Regale voller Zeitschriften und Chipstüten, Tiefkühltruhen mit Eis und Hühnernuggets, hinten an der Wand die Kasse. Rechts führte eine Glastür in einen weiteren Raum mit rustikaler Einrichtung, die offenbar gemütliche Hüttenatmosphäre vorgaukeln sollte. Holztische und -stühle, eine lange Bar mit roten Lederhockern, aus unsichtbaren Lautsprechern dudelte Schlagermusik. Der Raum war leer bis auf einen jüngeren Mann, der hinter der Theke Gläser aus einer Geschirrspülmaschine räumte. Sie lehnten sich an den Tresen, Pestallozzi klappte seinen Ausweis auf.

»Chefinspektor Artur Pestallozzi, und das ist mein Kollege Leo Attwenger. Wir hätten gern mit Herrn Hallwang gesprochen.«

»Der ist nur kurz raus. Muss gleich kommen.« Der Angesprochene blickte betont cool drein. Sie waren offenbar bereits erwartet worden.

»Und Sie sind ...«

»I bin der Adi.«

»Ah ja.« Adi. Der Mann war ganz eindeutig nach 1945 geboren, Pestallozzi schätzte ihn auf nicht älter als 35 Jahre. Und er war auf den Namen Adolf getauft worden. Das erzählte eine Menge über seine Familie. Pestallozzi hatte in letzter Zeit öfter den Eindruck, dass Männer wieder Adolf hießen. Er fand das nur wenig erfreulich. Oder war er einfach zu empfindlich? Was konnte ein simpler Vorname dafür, dass vor mehr als einem Jahrhundert ein Säugling auf ebendiesen Namen getauft worden war. Und dann ein Kind geworden war. Ein junger Mann. Und noch später einer, der ...

Schritte ertönten in ihrem Rücken, ein Mann kam zur Tür herein, er streckte die Hand schon im Gehen aus. »Ah, die Herren von der Polizei! Habedieehre!« Richard Hallwang sah aus, als ob er soeben aus dem Fitness-Center kommen würde. Durchtrainiert und braungebrannt, ein blitzendes Lächeln im Gesicht. Gekleidet war er wie ein englischer Lord: Schnürlsamthose und Barbour-Jacke, der dunkelblaue Zopfpullover darunter war ganz sicher nicht aus Polyester. Er wies auf einen Tisch in der Ecke. »Passt der? Was darf ich Ihnen anbieten?«

»Gar nichts, vielen Dank!«

»Wirklich nicht? Schade! Adi, mir bringst einen grünen Tee, ja?«

Sie ließen sich an dem Tisch nieder, Pestallozzi lächelte. »Sie sind Teetrinker?«

»Kein Koffein und keinen Alkohol! Und schon gar keine Zigaretten! Bei dem Job muss man gesund leben, sonst bringt er einen um! Ich geh jeden Tag joggen, im Sommer lauf ich sogar rauf aufs Zwölferhorn. Und am Ironman am Wörthersee hab ich schon dreimal teilgenommen! Einmal war ich sogar Vierter in meiner Altersklasse!« Richard Hallwang grinste übers ganze Gesicht, sein Kellner stellte ein Glas mit dampfendem Wasser und Teebeutel vor ihn hin.

»Danke, Adi, kannst gehen! Und häng doch das Geschlossen-Schild an die Tür, sei so gut, ja?« Er wandte sich wieder seinen Besuchern zu. »Das ist Ihnen doch recht, nicht wahr?«

Pestallozzi nickte. »Sie wissen ja, weshalb wir da sind, Herr Hallwang. Was können Sie uns also über Ihre Angestellte Susanne Kajewski erzählen?«

Ihr jovialer Gastgeber wurde augenblicklich ernst. »Die Suse, tja, das war ein wirklich nettes Mädl. Furchtbar, ganz furchtbar, was da passiert ist. Aber ich befürchte, ich kann Ihnen beim allerbesten Willen nicht weiterhelfen. Sie hat für mich gearbeitet, das ist richtig. Aber das ist auch schon alles. Privat verkehre ich nicht mit meinen Kellnerinnen.«

»Aber sie hat doch in einem Appartement gewohnt, das Ihnen gehört, oder? Wo sie mit einer zweiten Angestellten von Ihnen, Frau Marion Kaserer, zusammengewohnt hat.«

»Genau. Das Appartement hab ich schon vor Jahren für meine Angestellten angeschafft, aus Steuergründen. Sie glauben ja nicht, wie einem sonst die Abgaben alles wegfressen. Deshalb hat meine Frau das auch vorgeschlagen, die ist ein echter Kapazunder in solchen Sachen. Und alles 100-prozentig legal, da kann das Finanzamt gern nachschauen.« Hallwang begann in einer Jackentasche zu nesteln. Er zog ein Lederetui hervor, klappte es auf und hielt es Pestallozzi hin. »Das da bin ich mit meiner Frau auf einem Empfang in Ischl beim Bürgermeister.« Frau Hallwang in Twinset und Perlenkette passte ganz hervorragend zu ihrem Gatten. Ein schönes Paar, so nannte man das wohl. Das sich bestimmt nicht mit kleinen Kellnerinnen abgab, jedenfalls nicht auf gesellschaftlicher Ebene.

»Sehr schön«, sagte Pestallozzi höflich. Leo äugte von der Seite auf das Foto. Was der für eine Show abzog, dieser Grünteefuzzi. Na, dem würde die Angeberei schon noch vergehen. Hallwang klappte das Etui wieder zu und steckte es in die Jackentasche zurück. Seine Nähe zum Bürgermeister hatte er hinlänglich dokumentiert, diskret und elegant. Er wirkte ziemlich zufrieden mit sich selbst.

»Sie können uns also nicht weiterhelfen?«

»Bedaure.« Hallwang sah so bekümmert drein wie ein Schuljunge, der völlig ahnungslos vor der Tafel stand. »Ich wüsste beim besten Willen nicht, wie.«

»Tja dann…«, Pestallozzi sah sich im Raum um, »dann werden wir wohl Ihre Gäste behelligen müssen. Und man hat mir gesagt, dass praktisch der ganze Ort hier einkehrt. Na ja, wenigstens der männliche Teil nach dem Tanken. Man kann also davon ausgehen, dass jeder hier Suse Kajewski gekannt hat. Also werden wir Proben aus der Mundhöhle von jedem Einzelnen entnehmen müssen für einen DNA-Test. Bei Ihnen würden wir gern anfangen. Natürlich nur, wenn Sie nichts dagegen haben.«

Leo fand es jedes Mal aufs Neue faszinierend, wenn Menschen unter ihrer Solariumsbräune blass wurden. Die sahen dann so teigig aus wie eine Semmel, die zu früh aus dem Ofen gekommen war. Wie der Hallwang *Ricardo* jetzt zum Beispiel. Der saß da und starrte den Chef an, endlich räusperte er sich. »Also, ich habe natürlich nichts dagegen. Ich habe nichts zu verbergen. Genauso wie meine Gäste, das kann ich Ihnen versichern, Herr Chefinspektor. Das sind lauter anständige Männer.«

»Suse Kajewski war schwanger.«

Hallwang sah aus, als ob er jetzt doch einen Schnaps brauchen könnte, aber er nahm nur völlig geistesabwesend einen Schluck vom heißen Grüntee. Bräunliche Tropfen kleckerten auf die Tischplatte.

»Schwanger? Die Suse?«

»Schwanger. In der zwölften Woche. Man wird mit dem Genmaterial den Vater nachweisen können. Egal, wie viele Proben wir nehmen müssen.«

Richard Hallwang tippte sich gegen die Stirn, als ob ihm ganz plötzlich ein Geistesblitz gekommen wäre. »Natürlich! Also, das kann nur dieser Brillenheini gewesen sein, der immer um die Suse herumscharwenzelt ist! Der war's! Jetzt fallt's mir wieder ein!«

Leo starrte ihn an. So einen Schmierenkomödianten wie den Hallwang hatte er noch nie erlebt! Und er hatte doch schon einiges zu sehen bekommen in seinem Job! Ganz abgesehen von diesem Schauspieler, auf den die Oma früher so abgefahren war. Der Doktor Brinkmann in der Schwarzwaldklinik! Aber der Hallwang war wirklich die Krönung, der glaubte doch nicht im Ernst, dass irgendjemand …

»Ein Mann mit Brille also? Der Gast hier war? Verstehe ich das richtig?« Pestallozzi sah sein Gegenüber unbeirrt freundlich an.

»Genau! Seit dem Sommer, würde ich sagen. Der ist so alle zwei Wochen vorbeigekommen, hat getankt und dann einen Kaffee getrunken. Und die Suse hat ihm gefallen, das war ganz eindeutig zu erkennen. Mich geht es ja nichts an, was meine Angestellten so treiben, ich misch mich da nicht drein. Aber Sie können gern den Adi fragen, der hat bestimmt auch ...«

Pestallozzi hob abwehrend eine Hand, Hallwang verstummte.

»Können Sie sich sonst noch an etwas erinnern?«

Hallwang lehnte sich zurück. Vielleicht war es ihm ja doch noch gelungen, das Allerschlimmste abzuwenden, die Erleichterung war ihm deutlich anzumerken! Jetzt musste er sein Wissen nur möglichst teuer verkaufen, damit sich dieser eisig freundliche Polizist besänftigen ließ. Und nicht wirklich dem ganzen Ort mit Staberln im Mund herumfuhrwerkte. Denn dann konnte er den Laden hier nämlich dichtmachen, das würden ihm die Dörfler nie verzeihen. Ricardo Hallwang schloss die Augen, um sein angestrengtes, pflichtbewusstes und konzentriertes Nachdenken zu verdeutlichen.

»An einen Chrysler.« Er öffnete wieder die Augen. »Genau, an einen weinroten Chrysler, so einen sieht man nämlich nicht oft bei uns, drum hab ich mir das gemerkt. Ich bin einmal draußen gestanden, wie der Brillenheini weggefahren ist. Und da hab ich sein Auto gesehen. Der ist so einen altmodischen Chrysler gefahren. Die werden ja gar nicht mehr erzeugt, glaub ich. Einen Cruiser. 100-prozentig. Hat gut zu ihm gepasst übrigens.«

»Und das Kennzeichen haben Sie auch erkennen können?«

Hallwang wiegte den Kopf. »Eine Salzburger Nummer. SL, ja genau. Salzburg Land. Mehr weiß ich beim besten Willen nicht. Es war schon spät und ich bin ...«

Ein Handy klingelte, Pestallozzi griff in die Brusttasche seiner Jacke. »Ja hallo?«

»Herr Chefinspektor?« Eine Frauenstimme.

»Ja?«

»Grüß Gott, hier spricht Melitta Strickler von der Telefonvermittlung in der Polizeidirektion. Wir haben gerade einen Anruf für Sie erhalten.«

Pestallozzi runzelte die Stirn. »Und warum wurde der nicht an mich weitergeleitet?«

»Weil der Anrufer nur einen Satz gesagt hat. Und dass ich den sofort an Sie weitersagen soll. Dann hat er aufgelegt, es war nämlich ein Mann. Der Anruf lässt sich leider nicht zurückverfolgen, er war zu kurz.«

Pestallozzi holte tief Luft, Leo und Hallwang beobachteten ihn interessiert.

»Frau Strickler, was sollen Sie mir ausrichten?«

»Dass die Suse zum Loibner ins Auto gestiegen ist. Genau das. Die Suse ist zum Loibner ins Auto gestiegen. Sagen Sie das diesem Inspektor Pestallozzi. Dann ist aufgelegt worden. Die Stimme war ganz normal, die hat völlig durchschnittlich geklungen. Ein Mann in mittleren Jahren, würde ich mal sagen. Tut mir leid, Herr Chefinspektor. Mehr weiß ich auch nicht.« Die Frau in der Telefonvermittlung klang ehrlich bekümmert.

»Vielen Dank, Frau Strickler. Sie haben wirklich ganz ausgezeichnete Arbeit geleistet. Ich werde mich sofort darum kümmern. Auf Wiedersehen!«

Pestallozzi steckte das Handy betont gelassen in die Jackentasche zurück und wandte sich wieder den beiden anderen am Tisch zu. »Also, ist Ihnen noch etwas eingefallen, Herr Hallwang?«

»Nichts, ganz ehrlich! Ich habe Ihnen alles gesagt, was ich weiß! Und wenn Sie mich mit glühenden Zangen zwicken, mehr weiß ich einfach nicht!« Ricardo Hallwang riskierte ein cooles Grinsen, Pestallozzi blieb gelassen.

»Das wird nicht nötig sein. Fürs Erste war es das. Aber wir kommen sicher wieder. Danke für Ihre Zeit!« Er stand auf, Leo erhob sich ebenfalls verblüfft. War's das schon? Sollten sie diesen schnöseligen Gernegroß nicht härter in die Mangel nehmen? Was für ein Anruf war das gewesen, den der Chef da entgegengenommen hatte? Frau Strickler? Noch nie gehört! Aber der Chef war ganz aufgeregt, auch wenn er keine Miene verzog. Ihn, den Leo, konnte er einfach nicht täuschen.

Sie gingen wieder nach draußen, der Kellner Adi stand vor dem Eingang zum Café wie ein Zerberus. Der Schnee fiel in nassen Klumpen, jeder Tropfen patschte hörbar auf ihren Jacken. Vermummte Gestalten machten sich neben den Zapfstellen an ihren Autos zu schaffen, ein Fernfahrer mühte sich mit Ketten ab. Offenbar musste er über den Pötschen-Pass nach Bad Aussee, man konnte ihn fluchen hören. Endlich saßen sie in ihrem eigenen Wagen, Leo stellte sofort die Heizung und die Scheibenwischer an. Wann würde der Chef von diesem ominösen Anruf erzählen? Manchmal ließ er sich ganz schön bitten.

»Das war eine Frau Strickler aus unserer Telefonzentrale«, sagte der Chef. »Es ist ein Anruf reingekommen, der sich nicht zurückverfolgen lässt. Eine Männerstimme. Angeblich ist die Suse zum Loibner ins Auto gestiegen.«

Leo blieb der Mund offen, aber nur eine Sekunde lang, dann klappte er ihn wieder zu. »Zum Loibner? Das ist doch dieser grantige Bauer, oder? Nach der Gemeindeversammlung?«

»Das hat der Mann nicht gesagt. Aber ich gehe mal davon aus, dass er uns genau das mitteilen wollte. Alles andere würde nur wenig Sinn machen. Also, zum Loibner.

Das ist der Hof unten am Weg zur Kapelle. Wo wir im letzten Sommer ...«

»Weiß Bescheid.« Leo startete und pflügte durch den Matsch, dass ein Mechaniker vor der Waschstraße bis zu den Knien bespritzt wurde. Zum Glück trug er einen bereits ölverschmierten Overall. Er gestikulierte trotzdem wütend hinter ihnen her, Pestallozzi schüttelte ärgerlich den Kopf. »Musste das sein?«

»'tschuldigung!«

Das Wetter und die Fahrverhältnisse waren so scheußlich, dass sogar Leo brav wie ein Lämmlein in der Kolonne dahinzuckelte. Pestallozzi ballte und streckte seine klammen Finger. Der Anruf gab den Ermittlungen natürlich eine völlig neue Wendung. Der Loibner sollte, könnte es gewesen sein? Pestallozzi sah wieder den Mann vor sich, den er im vergangenen Jahr befragt hatte. Ein aufmüpfiger, stacheliger Typ, der sich kein Blatt vor den Mund nahm. Rasch aufbrausend, ein Gerechtigkeitsfanatiker. Aber auch einer, der ein junges Mädchen erdrosselte? War er am Ende gar der Vater des ungeborenen Kindes von Suse gewesen? Und wie passte die Agota zu dieser Möglichkeit? Gehörten die beiden Fälle überhaupt zusammen? Oder gab es zwei Mörder in dieser Schneelandschaft, deren Spuren zugeweht wurden, als ob die weißen nassen Flocken ihre Verbündeten wären? Pestallozzi seufzte unhörbar. Vielleicht hätte er ja doch einen Tee trinken sollen in diesem Tankstellencafé. Aber einen Tee auf Einladung vom Ricardo Hallwang, serviert von einem Kellner namens Adi, vielen Dank. Lieber fröstelte er für den Rest des Tages, der sich sowieso schon wieder verabschiedete. Das graue Licht wich bereits einer dunkelgrauen Dämmerung, dabei war es nicht einmal

noch drei Uhr vorbei. Immer wieder leuchteten Bremslichter vor ihnen auf, Leo beugte sich gerade über das Lenkrad und blinzelte in das Gestöber. »Irgendwo da vorn rechts muss die Abzweigung kommen.«
Noch 200 Meter und sie holperten von der Bundesstraße auf einen breiten Weg, der in die Auffahrt zum Loibner-Hof überging. Der wuchtige Bau lag wie eine Trutzburg da, Geräte an der Hauswand waren von einer feuchten Schneeschicht überzogen, aber in dem Fenster neben der Eingangstür brannte Licht, und aus dem Kamin stieg Rauch auf. Irgendjemand war zu Hause und saß gemütlich im Warmen, knackte vielleicht Nüsse und hatte keine Ahnung, dass die Polizei im Anmarsch war. Der Loibner war jedenfalls kein Gegner, den man unterschätzen durfte. Leo spannte seine Muskeln an und holte tief Luft. Sie öffneten die schwere hölzerne Tür und traten in den kalten Flur, in dem es nach Milch und Käse roch, ein Wetterfleck hing an einem Haken, Gummistiefel und Kinderspielzeug aus buntem Plastik lagen auf dem Steinboden. Links führte eine Tür mit Butzenscheiben in die große Küche, daran konnte sich Pestallozzi noch erinnern. Er klopfte an und öffnete die Tür.

Und da saßen sie, der Loibner und seine Frau, die Hanni, auf der Küchenbank unter dem Herrgottswinkel. Sie knackten keine Nüsse, sondern sie starrten dem Chefinspektor und seinem Begleiter entgegen, als ob sie schon lange auf sie gewartet hätten. Die Loibner Hanni griff nach der Hand ihres Mannes. Einen Augenblick lang war es völlig still im Raum. Dann machte Pestallozzi einen Schritt in die Küche hinein und auf das Paar zu.

»Grüß Gott, Frau Loibner. Grüß Gott, Herr Loibner. Ich bin …«

»Mir wissen, wer Sie sind!«

Der Loibner war aufgestanden und machte eine unbeholfene einladende Bewegung zu den Stühlen, die an zwei Seiten um den Tisch in der Ecke standen, dann wandte er sich seiner Frau zu. »Machst uns einen Kaffee, ja? Oder lieber einen heißen Tee, Herr Inspektor?«

»Ganz recht, ein Tee wär uns lieber. Vielen Dank, Frau Loibner.«

Die Loibnerin stand auf und machte die paar Schritte durch die Küche zur Spüle, aber sie sah aus, als ob sie ihrem Mann nur ungern von der Seite weichen würde. Wasser floss in eine elektrische Kanne, dann holte die Loibnerin Häferln aus der Anrichte und Teebeutel aus einer Dose, dazu Kaffeeobers und eine Zuckerdose, stellte alles auf den Tisch und wartete dann, dass das Wasser zu kochen anfing. Der Loibner hatte sich wieder hingesetzt und starrte auf seine Hände, die so klobig und schwielig waren, dass es für eine Frau bestimmt nicht angenehm war, von ihnen gestreichelt zu werden. Endlich sprudelte das Wasser in der Kanne, und die Loibnerin übergoss die Säckchen mit Russischem Tee in den Bechern. »Hätten S` gern ein paar Keks dazu?« Aber Pestallozzi schüttelte nur den Kopf. Vielen Dank. Dann saßen sie alle wieder um den Tisch, Pestallozzi hielt das Häferl mit beiden Händen, Leo ließ den Teebeutel auf- und abtauchen.

»Sie wissen, warum wir da sind, Herr Loibner?« Pestallozzi sah den Mann ihm gegenüber ohne jede erkennbare Regung an. Es klang wie eine beiläufige Frage. Wird's noch lang so weiterschneien? Ist die Suse zu Ihnen ins Auto gestiegen? Haben Sie dann ...

»Also, wie war das mit der Suse?«

Der Loibner senkte den Kopf, seine Frau ergriff seine

Hand, die linke, schwielige, klobige Hand und streichelte ganz sanft darüber. Pestallozzi dachte, dass er selten so eine zärtliche Geste gesehen hatte. Die Loibner Hanni sah ihm ins Gesicht wie eine wütende Löwin. »Mein Mann hat sich nichts zuschulden kommen lassen. Ich kenn ihn seit 40 Jahren, seitdem wir zusammen in der Schul nebeneinander gesessen sind. Bei uns sind Sie an der falschen Adresse.« So, das war gesagt. Und jetzt könnt's wieder gehen, diese Aufforderung stand der resoluten Loibner Hanni deutlich ins Gesicht geschrieben, sie brauchte sie gar nicht auszusprechen. Aber so leicht war es eben nicht, das wussten sie alle am Tisch. Der Loibner seufzte schwer und zog seine Hand von der seiner Frau weg. »Ist schon gut, Hanni, lass gut sein. Die Herren von der Polizei tun nur ihre Arbeit.« Er sah Pestallozzi an wie ein Delinquent, der zu seinem letzten Weg bereit ist.

»Also, wie ist das gewesen mit Ihnen und der Suse, Herr Loibner?«, sagte Pestallozzi nochmals und ignorierte das wütende Funkeln der Loibner Hanni. »Die ist doch zu Ihnen ins Auto gestiegen nach der Gemeindeversammlung, oder?«

»Wohl, das ist sie. Ich hab ja extra angehalten, wie ich sie gesehen hab oben auf der Bundesstraße. Geschneit hat's wie verrückt, und das Dirndl hat doch nix angehabt. Nur so ein dünnes Jackerl, so ist die neben der Straße gangen, es hat ausg'schaut, als ob sie gleich der Wind wegwehen würd. Und zu dem Haus, wo fast alle Wohnungen dem Ricardo g'hören, ich mein, dem Pächter vom Tankstellencafé, dem Hallwang, war's noch mehr als ein Kilometer. Da bin ich halt stehengeblieben und hab gefragt, ob ich sie nicht mitnehmen soll. Die Suse ist auch gleich eingestiegen, die kennt mich ja. Ich meine, die hat mich ja gekannt. Wie alle da bei uns im Ort. Und dann hab ich sie oben an der Bundesstraße wieder aussteigen lassen. Die Einfahrt wollt ich nicht runterfahren, weil da war der Schnee schon seit Tagen nicht mehr geräumt, da wär ich nie und nimmer wieder raufgekommen. Die Suse ist ausgestiegen, und ich bin weitergefahren. So war das, so wahr mir unser Herrgott helfe.« Der Loibner schnaufte, so eine lange Rede hatte er schon ewig nicht mehr gehalten.

Pestallozzi nickte und kritzelte eigenartige Runen auf seinen Spiralblock. »Wieso sind Sie überhaupt der Suse begegnet? Das war doch gar nicht Ihre Richtung, vom Ort aus gesehen. Sie hätten doch in die andere Richtung fahren müssen, um nach Hause zu kommen!«

»Ich wollt noch zum Alois schauen, unserem Präparator. Der soll mir einen Auerhahn ausstopfen, da wollt ich sehen, wie weit der schon ist.«

»Das werden wir natürlich nachprüfen.«

»Das können S' gern, Herr Inspektor. Hanni, gib dem Herrn Inspektor die Nummer vom Alois!«

Aber die Loibnerin blieb stur sitzen, die hätte man schon wegsprengen müssen von ihrem Mann. Pestallozzi hätte beinahe gelächelt. Normalerweise rückten Ehefrauen in so einer Situation ein klein wenig ab, wenn ihre allerschlimmsten, allerheimlichsten Befürchtungen wahr wurden, und ihre Männer mit jungen Mädchen und noch Schlimmerem in Zusammenhang gebracht wurden. Aber die Loibner Hanni war aus einem knorrigen Holz geschnitzt. »Wie kommen Sie überhaupt auf meinen Mann?«

»Wir haben einen Anruf erhalten!«

Die Loibnerin explodierte beinahe. »Also, das kann nur die Kernerin gewesen sein, diese böse alte Fuchtel!

Die hängt doch ständig jedem was an! Fragen S' den Krinzinger, der hat alle Händ voll zu tun, weil die Kerner andauernd Anzeigen ...«

»Es war ein anonymer Anruf, aber der Anrufer war ganz eindeutig ein Mann!«

Die Loibnerin schnappte nach Luft. »Also, also dann kann es nur der ...«

»Frau Loibner«, sagte Pestallozzi ruhig, aber seine Stimme war eine Spur härter geworden, »hören Sie auf mit den Verdächtigungen! Jemand hat gesehen, wie die Suse zu Ihrem Mann ins Auto gestiegen ist, und hat uns das mitgeteilt. Zum Glück! Oder sehen Sie das wirklich anders? Wenn Sie sich vorstellen müssten, dass das Ihre Tochter gewesen ist, der das passiert ist. Und dass jemand etwas weiß, aber es lieber bei sich behält. Wie würden Sie dann reagieren?«

Die Loibnerin war blass geworden, sie presste die Lippen zusammen. Irgendwo tickte eine altmodische Uhr.

»Ich bin's nicht gewesen, Herr Inspektor«, sagte der Loibner endlich. »Der da hinter mir an der Wand und alle Heiligen sind meine Zeugen. Warum hätt ich denn der Suse so was antun sollen? Die hätt doch meine Tochter sein können! Sie glauben doch nicht, dass ich einer jungen Frau die Händ um den Hals leg und ...« Er verstummte.

»Die Suse war schwanger«, sagte Pestallozzi leise. »Und man wird die DNA von dem Fötus feststellen können. Deshalb ...«

»Meine DNA können S' haben! Auf der Stelle!« Der Loibner riss seinen Mund so weit auf, dass man im Gebiss sämtliche Plomben sehen konnte, die alle aus Amalgam waren, am Loibnerhof floss jeder ersparte Groschen in neues Gerät und Futter und Saatgut, nicht in Zahngold und Jacketkronen.

»Machen S' den Mund wieder zu«, sagte Pestallozzi. Er klang ziemlich müde. Der Loibner klappte den Mund wieder zu. So saßen sie da, und die Uhr tickte.

»Mein Mann ist einer, der sich gern überall unbeliebt macht«, sagte die Hanni Loibner plötzlich in das Schweigen hinein. »Der kann ganz schön anstrengend sein, das weiß niemand besser als ich. Aber er ist keiner, der anderen Frauen schöne Augen macht oder den Jungen hinterher scharwenzelt. Das tät ich mir auch verbieten. Appetit kannst dir überall holen, aber gegessen wird zu Haus, das hab ich ihm schon bei der Hochzeit gesagt. Und so funktioniert das bei uns seit über 20 Jahren. Mein Mann hat die Suse ein Stück im Auto mitgenommen, dann ist er zum Alois gefahren und dann ist er zum Abendessen heimgekommen. Einen Reisauflauf mit Kompott hat's gegeben. Und er hat es mir ja gleich erzählt, das mit der Suse. Und ich hab noch gesagt, dass die jungen Madeln heute alle deswegen solche Probleme mit dem Kinderkriegen haben, weil sie sich nie warm genug anziehen. Ich hab ja nicht wissen können, dass die Suse schon ...«

»Und warum haben Sie uns das alles nicht früher erzählt? Jede Minute ist wichtig, die wir rekonstruieren können, das muss doch auch Ihnen klar sein!«

Aber die Loibners hielten sich nur bei der Hand und sahen trotzig drein. Verständlich, keiner riss sich darum, in einen Mordfall verwickelt zu werden, noch dazu als Verdächtiger. Da hoffte und bangte man lieber, dass man nicht gesehen worden war, und blieb still auf der Küchenbank sitzen und muckste sich nicht, bis alles vorüber war. Oder bis eben die Polizei ins Haus hereingeschneit kam und man nicht anders mehr konnte, als mit der Wahrheit herausrücken. Wie oft hatte er das schon erlebt, dass kostbare Zeit vertan wurde, Spuren verwischt, falsche Schlüsse gezogen wurden. Nur weil einer den Mund nicht aufbrachte. Pestalozzi seufzte, dann schlug er mit der flachen Hand auf die Tischplatte, sogar die Loibnerin zuckte zusammen.

»Dann bedanke ich mich sehr herzlich für Ihre freundliche Mitarbeit«, sagte Pestalozzi und stand auf. Der Loibner sah betreten drein. Leo stand ebenfalls auf. Komisch, so sarkastisch kannte er den Chef gar nicht. Aber bei diesem Fall war der schon die ganze Zeit anders. So, so ... Pestalozzi nickte dem Ehepaar zu, sie verließen die Wohnküche und gingen durch den eisigkalten Flur hinaus ins Freie. Ein Misthaufen ragte in der Dunkelheit auf wie ein riesiger Maulwurfshügel. Jetzt, wo auf der Straße weniger Verkehr war, konnte man das Scheppern von Ketten aus dem Stall hören.

»Hätten wir dem Loibner nicht doch eine DNA-Probe abnehmen sollen?«, fragte Leo beinahe schüchtern.

Pestalozzi ließ den Blick über das Wohnhaus und den Stall wandern, über den Misthaufen und die rostigen Tonnen, die unter einem Vordach standen. »Der läuft uns schon nicht davon, der Loibner.«

Leo nickte. Allerdings, einen wie den Loibner konnte man sich beim besten Willen nur auf diesem Hof vorstellen. Und ganz bestimmt nicht in Brasilien oder sonstwo, wo Bankräuber und Mörder Zuflucht fanden. Ja, nicht einmal in Salzburg. Der würde hier hocken bleiben wie früher die Sturschädel in den Bauernkriegen und auf seine Häscher warten. Zu denen er, der Leo, nur ungern gehören würde. Denn der Loibner hielt dann bestimmt eine Mistgabel in der Hand. Das würde zu dem passen! Aber einer jungen Frau die Hände um den Hals legen, das ... Leo wurde plötzlich ganz aufgeregt: »Er hat nicht gewusst, dass die Suse mit ihrem Stirnband erdrosselt worden ist! Sondern er hat geglaubt, dass sie mit den bloßen Händen ...«

»Vielleicht hat er auch nur so getan, als ob er das nicht wüsste.«

»Hmm, hmm.«

*

Es war ein langer Tag gewesen. Die Heizung im Wagen erwärmte nur langsam ihre steifen Finger und kalten Füße, Pestallozzi rieb sich die Handgelenke. Hatten die früher auch so weh getan bei einem solchen Sauwetter? Wie begann eigentlich Rheuma?

Zum Glück war der Verkehr spärlich geworden. Wer jetzt nicht unbedingt rausmusste, der blieb lieber im Warmen. *Wer jetzt kein Haus hat, baut sich keines mehr. Wer jetzt allein ist, der bleibt es lang.* So oder so ähnlich. Von wem war dieses Gedicht nur? Von Rilke? Eines der wenigen, das ihm in der Schule gefallen hatte. Und das von Ringelnatz. *Ich habe dich so lieb, ich würde dir ohne Bedenken eine Kachel aus meinem Ofen schenken.* Komisch, was man sich merkte, nach so vielen Jahren.

Leo setzte zum Überholen an, offenbar war er bereits einem Nervenzusammenbruch nahe, weil sich der Wagen vor ihnen penibel an die Geschwindigkeitsbeschränkung hielt. »Warmduscher am Steuer«, zischte Leo, als sie den Golf überholten, Pestallozzi schüttelte ärgerlich den Kopf. Leo mit seinen gewagten Manövern, der würde sie beide noch einmal in ordentliche Schwierigkeiten bringen. Dem musste man einmal ...

Pling machte es in Pestallozzis Hinterkopf. Er beugte sich nach vorn und runzelte die Stirn. Was war es nur gewesen, woran hatte ihn diese Situation bloß erinnert? Leo und seine ...

»Leo, kannst du dich noch erinnern?«, sagte Pestallozzi und wandte sich dem Jüngeren zu. Seine Stimme klang plötzlich wieder so frisch und ausgeruht, dass Leo verblüfft den Kopf wendete. »Woran?«

»An diese Situation! Na du weißt schon! Das ist doch erst wenige Tage her! Wie wir diesen roten Wagen überholt haben, den du geschnitten hast, kannst du dich nicht erinnern? Wie wir zur Gemeindeversammlung gefahren sind! Das war doch ein Chrysler! Na, fällt bei dir der Groschen?«

Aber Leo schüttelte nur ratlos den Kopf. Er überholte so viele Wagen, er schnitt so viele von ihnen. So viele Fahrer ballten die Faust hinter ihm und schimpften seinem Heck hinterher. Wie sollte er sich da an einen einzelnen erinnern?

»Sorry, Chef«, sagte Leo, »aber ich weiß beim besten Willen nicht, was du meinst!«

»Schon gut«, sagte Pestallozzi, »es war nur so ein Gedanke.«

IV

Der Anruf kam zwei Tage später. Er hatte sich schon rasiert und einen Kaffee getrunken, löslicher Arabica aus dem Glas mit zwei Löffeln Zucker. Sehr gesund. Und jetzt stand er im Vorzimmer und zwängte sich in seinen alten Mantel, den der Leo immer mit schiefen Blicken bedachte, das hatte er sehr wohl bemerkt. Aber der zerknautschte Lappen war einfach so herrlich bequem, und seine Taschen steckten immer wieder aufs Neue voller Überraschungen: Büroklammern, extrascharfe Hustenzuckerln, Pflaster. Einmal hatte er im Herbst in der linken oberen Brustinnentasche eine eingerissene Kinokarte gefunden und sich beim besten Willen nicht erinnern können, dass er im vergangenen Jahr einen Film angeschaut hätte. Aber vielleicht war er ja auch nur im dunklen Kino gesessen und hatte gegrübelt, wie so oft. Wie eigentlich immer. Das Handy in der Sakkotasche brummte, er kramte danach und hielt es sich endlich ans Ohr. »Pestallozzi.«

»Herr Chefinspektor? Entschuldigen Sie, hoffentlich habe ich Sie nicht aufgeweckt! Hier ist die Marion, die Marion Kaserer. Aber Sie haben gesagt, dass ich Sie immer anrufen kann, zu jeder Tageszeit, und da hab ich mir gedacht, ich ...« Die junge Frau verstummte, ihre Stimme klang zaghaft und ängstlich, gar nicht mehr nach der kessen Person, die den Männern am See den Kopf verdrehte.

Pestallozzi hielt inne, einen Arm halb im Mantelärmel. »Guten Morgen, Frau Kaserer! Das ist überhaupt kein Problem, bitte glauben Sie mir! Ich bin schon seit über zwei Stunden wach und gerade auf dem Weg zur Arbeit. Ganz im Gegenteil, ich freue mich über Ihren Anruf. Ihnen ist bestimmt noch etwas eingefallen, nicht wahr?« Er versuchte, so freundlich und, ja, väterlich zu klingen wie nur irgendwie möglich. Der Kaserer Marion war etwas eingefallen, oder sie hatte sich doch noch entschlossen, etwas preiszugeben, das sie wusste. Aber sie war sich nicht ganz sicher und durfte auf keinen Fall verschreckt werden.

»Genau«, sie klang schon ein wenig selbstbewusster. »Ich hab mich noch an etwas erinnert. Ich denk ja die ganze Zeit über nichts anderes nach. Die arme Suse. Ich kann gar nicht mehr schlafen. Und da ist mir heute Nacht eingefallen, dass wir einmal über diesen Typ geredet haben, von dem ich Ihnen erzählt habe, na, Sie wissen schon, der mit der Brille. Und ich hab zur Suse gesagt, dass ich ganz ehrlich nicht verstehe, was sie an dem findet. Weil der echt so ein biederer Heini war und auch schon total viel älter, der war mindestens 45 oder so. Und die Suse hat gesagt, dass sie von den ganzen komplizierten Typen einfach die Schnauze voll hat. Ich meine, dass sie von denen genug hat. Und dass ihr gerade das Seriöse am Johannes so gefallen tut. Weil der so ein Netter ist, der sich auch total um seine Mutter kümmert. Die ist er nämlich immer besuchen gefahren nach Ischl, in irgend so ein teures Altersheim. Seniorenresidenz sagt man da ja jetzt dazu und nicht mehr Altersheim. Und immer, wenn der Johannes nach Ischl gefahren ist, alle 14 Tage, dann hat er bei uns getankt und einen Kaffee getrunken. Und so hat ihn auch die Suse kennengelernt. Das ist alles, was mir eingefallen ist. Mehr weiß ich auch nicht. Hoffentlich sind Sie mir jetzt nicht böse, dass ich Sie deswegen ...« Sie verstummte wieder, mit dieser zögerlichen, unsicheren Stimme, mit der so viele Frauen ihre Sätze ausklingen lassen.

Pestallozzi wagte kaum zu atmen. Endlich, endlich gab es eine konkrete, greifbare Spur. Johannes! Ein Mann von ungefähr 45 Jahren, der eine Brille trug, höchstwahrscheinlich einen weinroten Chrysler Cruiser mit SL-Kennzeichen fuhr und alle 14 Tage seine Mutter in einer noblen Seniorenresidenz in Bad Ischl besuchte. Das konnte natürlich eine Sackgasse sein, ein Rohrkrepierer. Aber ein Nerv von seiner Magengrube zu seinem Hinterkopf hinauf hatte zu vibrieren begonnen wie die Fernleitungen früher, auf denen die Spatzen saßen. Er holte vorsichtig Luft.

»Frau Kaserer, es ist unwahrscheinlich wichtig, dass Sie mich angerufen haben, um mir das zu erzählen. Damit helfen Sie uns wirklich weiter. Johannes hat dieser Freund von Suse also geheißen, da sind Sie sich ganz sicher, ja? Können Sie sich vielleicht doch noch an mehr erinnern? Hat Suse vielleicht einmal seinen Familiennamen erwähnt?«

»Sonst weiß ich nix mehr. Das ist alles.« Sie klang beleidigt, und er biss sich auf die Lippe. Verdammt, jetzt war er über sie drübergefahren in seinem blindwütigen Eifer. Aber sie hatten zwei Morde und keinen Anhaltspunkt bisher, nicht den allerkleinsten. Er hätte diese Marion abbusseln können, natürlich nur im übertragenen Sinn.

»Und das ist auch fantastisch viel, ganz ehrlich, Frau Kaserer«, sagte Pestallozzi. »Ich kann mich nur bedanken für Ihre Unterstützung und auch für die Zivilcourage, dass Sie mich angerufen haben. Das würde nicht jeder machen, Frau Kaserer.«

Sie schluckte hörbar, man konnte es über die Bergrücken bis nach Salzburg hören. »Danke. Mir ... mir geht es gar nicht gut.«

Er nickte, allein im Vorzimmer, halb in den Mantel hineingewurstelt. »Das kann ich Ihnen nachfühlen, Frau Kaserer, bitte glauben Sie mir. Und ganz ehrlich, wie sollte es Ihnen denn auch gut gehen nach allem, was passiert ist. Aber wir bleiben in Kontakt, ich rühre mich wieder bei Ihnen. Und, Frau Kaserer, bitte passen Sie gut auf sich auf, ja? Schaun Sie, dass Sie etwas in den Magen bekommen und tun Sie nicht nur rauchen. Ich weiß, ich klinge jetzt in Ihren Ohren wie ein alter Knacker, aber ich meine es wirklich ehrlich.« Denn er sah wieder das trostlose schmuddelige Appartement vor sich und die junge Frau, die auf dem ungemachten Bett saß und rauchte, mit abgesplittertem Lack auf den Nägeln. Servierin zu sein, das war bestimmt einer der allerhärtesten Jobs überhaupt. Die ständige blöde Anmache, der Rauch und der Lärm, und dann, wenn man keinen mit nach Hause nahm, die plötzliche Einsamkeit. Wo waren nur die Familien all dieser jungen Frauen, die immer öfter aus dem Osten kamen und Valentina und Aljona hießen statt Hedi und Babsi und Marion. Wo waren ihre Eltern, ihre Mütter?

Die Marion Kaserer klang auch gar nicht beleidigt wegen seiner Ermahnungen, sondern sogar getröstet. Offenbar war sie es nicht gewöhnt, dass man sich um sie Sorgen machte. Sie schniefte durch die Leitung. »Danke, Herr Chefinspektor. Ich pass schon auf mich auf. Und wenn mir noch was einfällt, dann ruf ich Sie an, versprochen. Ich werd mich auch noch umhören, vielleicht ...«

»Lieber nicht! Das überlassen Sie besser uns, ja?« Denn

das hätte ihm gerade noch gefehlt, eine junge Frau, die auf eigene Faust Ermittlungen anstellte und womöglich einem Mörder zu nahe kam. »Unbedingt, Frau Kaserer! Haben Sie mich verstanden, ja?«

»Schon gut.« Sie kicherte sogar. Mit Männern, die zu poltern begannen, konnte sie offenbar gut umgehen. »Auf Wiederschaun, Herr Chefinspektor.«

»Auf Wiederhören, Frau Kaserer.«

Sie legte auf, und er stand da wie ein Entfesselungskünstler im Zirkus, dem sein Trick völlig misslungen war. Pestallozzi schnaufte und kämpfte sich in den Mantel hinein, dann verließ er die Wohnung und knallte die Tür hinter sich zu. Endlich gab es konkrete Spuren, denen sie nachgehen konnten.

20 Minuten später verließ er den Aufzug im dritten Stock und wollte gerade in sein Zimmer hasten, als ihm die Dörfler entgegenkam. »Herr Chefinspektor, Sie sollen bitte zum Herrn Polizeidirektor Grabner kommen!«

»Gleich, gleich, ich muss erst noch …«

»Sofort! Bitte!« Die Gerda Dörfler stand da wie ein Lebkuchenmanderl in ihrer selbstgestrickten Trachtenweste und den Gesundheitsschuhen und starrte ihn flehentlich an. Offenbar hatte sie den Auftrag, ihn zum Grabner zu schleifen, auf der Stelle, tot oder lebendig. Pestallozzi musste schmunzeln, er konnte nicht anders.

»Ich komm ja schon. Was ist denn so wichtig?«

Sie sah ihn besorgt an, ja beinahe mitleidig. Die Dörfler hegte eine Schwäche für Pestallozzi, das wusste jeder im Haus. »Der Herr Doktor Woratschek sitzt im Büro vom Herrn Polizeidirektor, schon seit fast einer halben Stunde.«

Pestallozzis Lächeln gefror. »Dann wollen wir die

Herren nicht warten lassen.« Er zog sich im Gehen den Mantel aus und warf ihn achtlos zur Tür seines Büros hinein, dann fuhr er sich durchs Haar, das auch wieder geschnitten gehörte, ging durch den Gang und klopfte an die Tür vom Grabner.

»Herein.«

Grabner saß hinter seinem Schreibtisch, das fahle Winterlicht im Rücken, die Hände auf der polierten Platte ineinander verschränkt wie zum Gebet. Woratschek saß in dem Sessel davor, lässig den linken Fuß am rechten Knie abgelegt, ein Arm baumelte über die Lehne. Woratschek sah aus, als ob er sich gleich gut amüsieren würde. Wie ein Römer im Kolosseum bevor die Christen hereingebracht und den Löwen zum Fraß vorgeworfen wurden. Pestallozzi schloss die Tür und nickte zum Gruß, dann nahm er unaufgefordert auf dem Stuhl neben Woratschek Platz.

»Ah, Kollege Pestallozzi, da sind Sie ja! Gut, dann können wir anfangen!« Grabner hätte jetzt natürlich ein großes Getue veranstalten können, um sich an seinem Untergebenen abzuputzen und gut Wetter beim Woratschek zu machen. Wo stecken Sie denn, endlich tauchen Sie auf, wir sitzen hier schon seit einer Ewigkeit und warten auf Sie! All das hätte der Grabner sagen können und dem Woratschek dabei verschwörerisch zugrinsen und sich mit ihm auf ein Packl hauen. Aber der Grabner war eben ein feiner Kerl geblieben, auch unter dem Dreiteiler aus englischem Tuch und dem ganzen noblen Getue, das ihm seine Gattin, die Hofratstochter, mühsam angelernt hatte. Pestallozzi lächelte seinem Chef zu: »Gern!«

»Nun, Sie wissen ja, Pestallozzi, dass der Kollege

Woratschek extra aus Wien gekommen ist, um uns zu unterstützen.«

Woratscheks süffisante Miene wurde ein ganz klein wenig säuerlich. *Kollege* Woratschek? Und wo war sein Titel geblieben? Herr *Doktor Woratschek*, bitteschön! Tja, damit hatte sich dieser Grabner endgültig einen fetten schwarzen Minuspunkt eingehandelt auf seiner ganz persönlichen Liste, die von ihm, Doktor Clemens Woratschek, jeden Tag penibel auf den neuesten Stand gebracht wurde und auf die er nie vergaß, niemals. Ein paar, die ihm vor Jahren einmal dumm gekommen waren, verrotteten heute im hintersten Kammerl und wussten nicht, wieso. Ha!

»… würde ich Sie bitten, uns Ihre Überlegungen mitzuteilen.«

Grabner sah Woratschek an, der nahm endlich seinen Fuß vom Knie und damit eine höflichere Haltung an.

»Tja, leider hat man erst sehr spät daran gedacht, uns in Wien einzuschalten. Nach 24 Stunden sind auch die besten Spuren erkaltet, davon muss man nach neuesten Erkenntnissen ausgehen.«

So ein unfassbarer Topfen! Nach 24 Stunden ist die Spur kalt, damit fing jeder kleine Gerichtssaalreporter seine Geschichten an, und der Woratschek wollte ihnen das als sensationelle Erkenntnis verkaufen? Pestallozzi blickte zu Grabner, aber der sah drein, als ob er völlig gebannt und konzentriert wäre. Jedenfalls hielt er die Augen geschlossen, vielleicht machte er ja auch nur ein kurzes Nickerchen.

»Ich habe mir die Berichte angesehen, die bisher vorliegen, und musste zu meinem Bedauern feststellen, dass man bisher völlig darauf verzichtet hat, ein Täterprofil zu erstellen. So kommt man nicht weiter. Die Frau Minister hat mir in einem Vieraugengespräch vor meiner Abreise ausdrücklich zu verstehen gegeben, dass dieser Fall absolute Priorität besitzt. Denn ...«, an dieser Stelle legte Woratschek eine dramatische Pause ein, die offenbar seine Zuhörerschaft aus ihrem Dösen wecken sollte, »... es hat nicht nur das Büro des Herrn Kardinals größtes Interesse an seiner Klärung signalisiert, sondern sogar ...«, Woratschek blickte zur geschlossenen Tür und senkte die Stimme, Grabner öffnete endlich wieder seine Augen, »... allerhöchste Kreise in Rom. Deshalb ...«

»Und deshalb sind Sie auch hier, Kollege Woratschek«, unterbrach Grabner den Redefluss. »Wenn wir jetzt etwas konkreter werden könnten?«

Woratschek blickte eine Sekunde lang irritiert drein, dann fing er sich wieder. »Selbstverständlich, sehr gern. Ich wollte nur die Stimmungslage in Wien skizzieren. Aber nun zum Täterprofil. Erstens: Wir können davon ausgehen, dass es sich um einen männlichen Täter handelt. Um einen Mann im Alter zwischen 45 und 60, der ...«

Pestallozzi zog seinen Spiralblock aus der Jackentasche und angelte einen Kugelschreiber hervor, Woratschek sah es sichtlich mit Wohlgefallen. Endlich wurde er ernst genommen, und dieser verschnarchte Inspektor begann aufzuwachen. Dem offenbar das Glück hold war, aus welchen Gründen auch immer, denn nur so war es zu erklären, dass der die heikelsten Fälle der vergangenen Jahre gelöst hatte. Nun ja, natürlich nicht alle, aber mehr als die Hälfte und das sozusagen im Alleingang. Mit dieser schläfrig-höflichen Tour, die einen echt auf die Palme bringen konnte. Aber diesmal würde er ihn kleinkriegen. Clemens Woratschek zupfte an seinen Manschetten, eine

Geste, die er sich von Prinz Charles abgeschaut hatte, und dozierte weiter: »... einen Mann, der mit großer Wahrscheinlichkeit in seiner Kindheit Erlebnisse im Umfeld der Kirche hatte, die sich zu einem Trauma verfestigt haben. Und wir können, ja wir müssen davon ausgehen, dass vor nicht allzu langer Zeit ein Ereignis im Leben dieses Mannes stattgefunden hat, das wir als Auslöser für die beiden Taten ansehen können. Wobei ...«

Pestallozzi dachte angestrengt nach, dann begann er mit der ersten Linie. Als Kind hatte er einmal im Fernsehen einen Bericht über antike Tempelanlagen gesehen, und die Mäanderreliefs an den Wänden hatten ihn völlig fasziniert. Simple Linien und Ecken, die sich ineinander verzahnten und so weitergeführt werden konnten bis in alle Ewigkeit. Er liebte Mäander und zeichnete sie immer, wenn er nachdachte oder wenn er sich fürchterlich langweilte oder wenn er nicht aus der Haut fahren wollte, weil ...

»Kollege Pestallozzi«, sagte Grabner sanft, »wie lautet Ihr Kommentar zu diesen ersten Ausführungen vom Kollegen Woratschek?«

Pestallozzi klappte den Spiralblock zu. »Sie gehen also davon aus, dass beide Morde von ein und demselben Täter verübt wurden, sehe ich das richtig?«

»Unbedingt.« Woratschek entfernte eine Fluse von seinem Anzugbein.

»Aha. Aber ein Trittbrettfahrer wäre doch ...«

»Ich wiederhole es noch einmal, Herr Pestallozzi: Ein schwer traumatisierter Mann hat ein Ventil gefunden, um seinen Schmerz zu lindern. Kurzfristig. Denn die knappe Aufeinanderfolge der beiden Taten lässt befürchten, dass es schon bald wieder zu einer solchen Handlung kommen könnte. Vielleicht sind die Erinnerungen des Täters ja intensiv mit der derzeit herrschenden Jahreszeit verknüpft. Mit dem Advent, mit Weihnachten. Und durch ein Ereignis, von dem wir noch keine Kenntnis haben, ist es dem Täter nicht mehr länger möglich, seine seit Langem schwelenden Aggressionen zu steuern oder zu unterdrücken.«

»Das klingt außerordentlich interessant, Herr Doktor Woratschek. Und wie kommen Sie auf die Eingrenzung des Alters, die Sie genannt haben?«

Woratschek blickte wohlwollend auf Pestallozzi. »Nun, nach den Enthüllungen der letzten Zeit kann man davon ausgehen, dass die Altersgruppe der heute 45- bis 60-Jährigen am stärksten von pädagogischem Fehlverhalten in kirchlichen Institutionen betroffen ist. Ich könnte mir einen Zögling aus einem Internat in der näheren Umgebung vorstellen. Denn nach Beurteilung beider Fundorte müssen wir ganz eindeutig einen ortskundigen Täter in Erwägung ziehen.«

»Gewiss.«

Pestallozzi lehnte sich wieder zurück und verstaute Spiralblock und Kugelschreiber in seinem Sakko. Grabner schlug die Hände zusammen: »Ausgezeichnet! Dann können wir uns ja alle wieder an die Arbeit machen!«

Pestallozzi konnte sich ein Grinsen nicht verkneifen. Von welcher Arbeit sprach der Präsident da? Wollte er vielleicht gar sein warmes Büro verlassen und durch den Schnee stapfen und mürrische Einheimische befragen? Oder lieber auf der kalten Gerichtsmedizin Lisa über die Schulter schauen? Aber er durfte nicht ungerecht sein, Grabner hatte ihn heute wieder einmal zwischen allen

Klippen hindurchgelotst und einen Eklat mit diesem aalglatten Woratschek vermieden.

Sie erhoben sich alle drei, Woratschek blieb noch stehen, um Smalltalk zu pflegen. Pestallozzi verneigte sich knapp und verließ das Büro. Draußen auf dem Gang wäre er beinahe in Lisa Kleinschmidt gelaufen. »Hoppla, ja da schau her! Was machst denn du bei uns?«

Lisa sah drein wie ertappt, dann mussten sie beide lachen.

»Ich wollte einfach nur nachfragen, ob es irgendetwas Neues gibt. Ich war nämlich gerade im Haus, die Cordula besuchen. Ich habe auch schon mit dem Leo gesprochen.«

»Und hat er sich über meinen Wintermantel beschwert?«

Sie kicherte wie ein Schulmädchen, dann wurde sie wieder ernst. »Der Leo hat mir auch gesagt, dass du gerade in einer Besprechung mit diesem Woratschek bist. Und wie ist die gelaufen? Der soll ja ein echter Schleimer sein.« Diplomatisches Formulieren gehörte ganz eindeutig nicht zu ihren Talenten.

Er zuckte mit den Achseln. »Hätte schlimmer sein können. Wir wissen jetzt jedenfalls, nach wem wir fahnden müssen. Nach einem 45- bis 60-jährigen ehemaligen Internatszögling, der ein schweres Trauma aus seiner Kindheit mit sich herumschleppt. Und ortskundig ist!«

»Pfffhhhh ... du Ärmster! Wie hast du das nur ausgehalten?«

Ihr Mitgefühl tat ihm gut. Lisa verstand ihn und würde bestimmt ...

Woratschek verließ Grabners Büro. Er ging an ihnen vorbei mit einem maliziösen Lächeln, vor Lisa deutete er eine millimetertiefe Verbeugung an. Dann verschwand er im Kammerl vom Tobias Quendler, wo ihm der Grabner für die Dauer seines Aufenthaltes einen Schreibtisch hatte reinquetschen lassen, ein eleganter kleiner Verweis auf den Platz, der dem Woratschek in seinen Augen zustand.

Sie wandten sich wieder einander zu, beide grinsten.

»Und wie geht's immer so?«, fragte Pestallozzi.

Lisas Lächeln wurde schief. »Soso lala. Dieser Fall geht mir echt an die Nieren. Na ja, unsere beiden letzten Fälle, mein ich. Die Suse Kajewski und diese Agota. Ich hab schon mit der Cordula gesprochen, du weißt schon, die von der Kinderpornografie, weil ich einfach mehr über dieses Milieu wissen wollte, in dem sich die Agota wahrscheinlich bewegt hat. Und über Transsexualität. Und die hat mir ein paar Links gesagt, unter denen man sich informieren kann. Wenn du da immer weiterklickst, dann kommst du auf Seiten ...« Sie starrte auf ihre Schuhspitzen. »Ich sage dir, wir wissen gar nicht, was es alles gibt, Artur. Was man Kindern alles antut. In Thailand zum Beispiel gibt es eine Praktik, da wird ...« Sie biss sich auf die Lippen. »Ach was soll das. Warum soll ich dir von diesem ganzen Scheißdreck erzählen. Aber ich bekomme es einfach nicht aus meinem Kopf. Wir ersticken hier im Weihnachtskitsch, ich dreh bald durch, wenn ich mir noch lang diese ganzen Plastikrehlein und den Kunstschnee und die Weihnachtsmänner mit den ausgelatschten Turnschuhen anschauen muss, und dann gibt es da gleich daneben diese Parallelwelten, von denen wir überhaupt nichts wissen. Weil wir alle froh sind, wenn wir ...« Sie verstummte. Woratschek und der junge Quendler gingen vorbei, Woratschek dozierte ganz offenkundig über ein wichtiges Thema, der junge Quendler hing an seinen Lippen und nickte eifrig. Beim Aufzug blieben sie stehen, Woratschek sprach so laut, dass sie es einfach mitbekommen mussten.

»... überholte Methoden, mit denen man vielleicht bei der Fahndung nach einem Hühnerdieb Erfolg hat. Aber wir sind im 21. Jahrhundert angelangt, da ...«

Endlich kam der Aufzug, und das Duo schwebte davon, höchstwahrscheinlich in Richtung Cafeteria. Sie blickten ihnen schweigend nach, jeder Kommentar wäre reine Zeitverschwendung gewesen.

»Tja, ich muss dann sowieso«, sagte Lisa und griff nach der schweren Aktentasche, die sie während ihres Gesprächs auf dem Boden abgestellt hatte. »Und bitte entschuldige, Artur, dass ich dich so vollgelabert habe. Kommt nicht mehr vor! Beim nächsten Mal bin ich wieder lustig, versprochen!«

Aus irgendeinem Grund fanden sie das beide komisch.

*

Es gab drei weinrote Chrysler Cruiser mit Kennzeichen SL, auf die die Beschreibung vom Hallwang passte, die paar anderen waren zerbeulte Rostschüsseln. Der eine gehörte einem Beautydoc, der allerdings aus dem Schneider war (Leo grinste kurz über sein gelungenes Wortspiel). Der Doc verfügte nämlich über eine *Dependance* auf Mallorca, wo er während der Wintermonate ordinierte. Oder, besser gesagt, an faltigen Hälsen herumschnipselte und Busen aufpumpte. Die Tussis, die sich unters Messer vom Doc gelegt hatten, sahen hinterher alle gleich aus, wie seine Gattin nämlich, die aus allen Society-Magazinen lachte. Katzenaugen, aufgespritzte Lippen und Möpse wie Melonen. Gruselig, so eine würde ihm nie ins Bett kommen (Leo schüttelte sich unwillkürlich). Jedenfalls, der Beautydoc hatte ein wasserdichtes Alibi, seinen Chrysler hatte der nämlich nach Mallorca einfliegen lassen, ganz im Ernst.

Der zweite Cruiser gehörte einem Honorarkonsul von Belutschistan oder Tadschikistan oder so ähnlich (Leo biss in eine Leberkässemmel und wühlte mit der freien Hand in den Papierstapeln auf seinem Schreibtisch). Was das wohl für ein Job war? Honorarkonsul? Na ja, Schwielen holte man sich dabei bestimmt nicht. Obwohl, der Honorarkonsul lag schon seit drei Wochen mit Nierenversagen im Krankenhaus. Und sein Wagen stand in der Garage, einem Parkhaus vielmehr, und war nicht vom Fleck bewegt worden, das hatten die Aufnahmen aus der Überwachungskamera eindeutig ergeben. Blieb nur noch Nummer drei. Leo stopfte sich gedankenverloren das letzte Stück Leberkässemmel in den Mund. Dann äugte er in das leere Papiersackerl. Natürlich, die Ivica aus der Cafeteria hatte wieder einmal auf eine Serviette vergessen, und womit sollte er jetzt seine fettigen Finger abwischen, bitteschön? Na gut, die Jeans gehörten sowieso in die Wäsche, ein echter Kerl fackelte da nicht lang herum. Leo putzte sich gewissenhaft seine Finger ab, dann wandte er sich wieder dem Computer zu.

Johannes Steinfeldt, Suchfunktion, Pling. Also: Der Mann trug eine Brille. Eine randlose Brille, die sein Palatschinkengesicht allerdings auch nicht nennenswert verbesserte oder kantiger, sprich männlicher, machte. Was sollte so eine Junge, Hübsche wie die Suse Kajewski ausgerechnet an so einem ältlichen Milchbubi gefunden haben? Andererseits, hatte nicht auch ihre Freundin, die Kaserer Marion, sich gerade darüber gewundert?

Mag. Dr. Johannes Steinfeldt, geboren am 1. Februar 1967, Steuerberater. Mit eigener Kanzlei. Wohnhaft in Anif bei Salzburg, Schlossweg 3. Verheiratet mit Mag. Anita Steinfeldt, Mädchenname Nemcic, ebenfalls Steuerberaterin. Eine Tochter, Melanie, geboren am 14. Juni 1993, Studentin der Medizin in Wien.

Leo knackte aufgeregt mit den Fingerknöcheln. Das musste er unbedingt sofort dem Chef berichten. Aber die Tür zum Nebenzimmer war noch immer geschlossen. Leo stand auf und klopfte, nichts rührte sich. Er öffnete die Tür, aber das Zimmer von Pestallozzi war leer. Wo der nur steckte? Noch immer draußen am See beim Krinzinger? Leo ließ sich wieder auf seinen Drehsessel fallen. Was hatte der Chef ihm außerdem noch erzählt? Genau, von dem Anruf von der Kaserer Marion ganz zeitig in der Früh! Dass der etwas eingefallen war über diesen Typ, der die Suse angebaggert hatte. Dass der seine Mutter immer besuchen fuhr nach Ischl, in so ein nobles Seniorenheim. Leo knackte wieder mit den Fingerknöcheln. Endlich sah ihm der Chef einmal nicht über die Schulter. Dann begann er, auf der Tastatur zu hämmern.

*

Krinzinger hatte Gmoser unter irgendeinem Vorwand weggeschickt, und der war mit nur schlecht getarnter Erleichterung zur Tür hinausgeflitzt. Und jetzt saßen sie in diesem überheizten Büro mit dem grauen Kunstfaserteppich, der beinahe Funken sprühte, wenn man seinen Sessel verrückte, mit der Dieffenbachie, die auf dem Brettl über der Heizung langsam mumifizierte und dem glühendheißen Tee, der aus abgeschlagenen, oft benutzten Häferln vom Weihnachtsmarkt dampfte. Ab und zu schlürfte der Krinzinger am Tee und mümmelte einen Kürbiskern. »Vom Dokta verschriebn. Für die Prostata«, hatte er verschämt gemurmelt, als sein Gast den Teller entdeckt hatte. Pestallozzi hatte sich daraufhin ebenfalls eine Handvoll Kerne genommen, schaden konnten die auf keinen Fall. Und jetzt saßen sie da und lauschten dem Knacken der Heizung und dem Summen des Computers. Diese gestohlene Stunde war wie eine Insel im Stress. Den Leo hatte er im Büro zurückgelassen, eingedeckt mit sämtlichen Daten und möglichen Verknüpfungen, die sich rund um die tote Suse plötzlich aufgetan hatten. Der recherchierte gerade mittels Mausklick in einer Minute mehr als er, Pestallozzi, früher an einem ganzen Tag zuwege gebracht hatte durch mühsames Nachfragen, Telefonieren, von Tür zu Tür gehen, die alten Methoden halt. Die überholten Methoden, mit denen man im vergangenen Jahrhundert vielleicht bei der Fahndung nach einem Hühnerdieb Erfolg gehabt hatte! So hatte sich der Woratschek doch über ihn lustig gemacht. Dieser Woratschek, der ihm wie eine Laus im Nacken saß. Und plötzlich hatte er es in seinem Büro nicht mehr ausgehalten, er fiel dem Leo sowieso nur lästig mit seiner Ungeduld. Mit seinem ewigen »Na, hast schon was gefunden?« Dabei gab der Kerl wirklich sein Bestes und war ein so loyaler und feiner Kollege, wie man ihn sich nur wünschen konnte. Also hatte er sich ins Auto gesetzt und war hinaus zum Krinzinger gefahren, um ihm vom Ermittlungsstand im Fall Susanne Kajewski zu berichten. Dem ging der Mord an der Suse sichtlich an die Nieren. Irgendwie erinnerte ihn der tollpatschige Krinzinger, über den sich alle lustig machten und den alle unterschätzten, an einen Hirten, der seine Herde zu beschützen versuchte. Und irgendetwas hatte er auf dem Herzen. Einen Verdacht? Wegen der Suse? Oder wegen der Agota? Einmal hatte er schon geglaubt, dass der Krinzinger damit herausrücken würde, aber dann war der nur aufgestanden und hatte das Fenster gekippt, sonst hätte sie beide noch der Hitzschlag getroffen. Ein Auto fuhr gerade vorbei, man hörte die Schneeketten rasseln. Dann war es wieder still.

»Also für den Loibner leg ich meine Hand ins Feuer«, sagte der Krinzinger endlich. »Aber ich werd natürlich ein Auge auf ihn haben. Der entwischt uns schon nicht.«

Pestallozzi nickte zustimmend. »Und dampft uns nicht ab nach Jamaika.«

Sie mussten beide grinsen.

»Dort wollt ich immer hin, früher. Oder nach Hawaii«, sagte der Krinzinger, »wo der Detektiv mit dem Schnauzbart in diesem roten Superschlitten herumgefahren ist und lauter Schönheitsköniginnen hat beschatten müssen.«

»Magnum«, sagte Pestallozzi.

Krinzinger strahlte erfreut. Endlich einer, der ihn verstand. Seine Frau hatte immer nur mit den Augen gerollt, wenn er ihr von Magnum erzählt hatte. Und dass der schuld daran war, dass er, Gottfried Krinzinger, zur Polizei gegangen war. Aber er erzählte ihr eh schon lang nix mehr.

»Das waren noch Zeiten«, sagte Krinzinger versonnen.

Pestallozzi nickte.

»Wie man noch Aschanti gesagt hat statt Erdnüsse.«

»Oder Ananas statt Erdbeeren.«

»Oder Jugoslawien statt Serbien und Kroatien und Bosnien.«

»Genau.«

Auf der Straße hörte man Kinder lachen. 14.00 Uhr, die Schule war aus, und ganz offenkundig war eine Schneeballschlacht im Gang. Geschosse prallten dumpf gegen Anoraks und Kühlerhauben, Mädchen kreischten. Krinzinger schüttelte pflichtschuldigst den Kopf, aber man sah ihm an, dass er nicht ungern mitgemacht hätte. Dann entfernten sich die Stimmen wieder. Hoffentlich bleiben sie auf der Straße und laufen nicht ins Wäldchen oder runter zum See, dachte Pestallozzi. Denn man kann einfach nicht sicher sein, ob nicht noch ein ...

Krinzinger räusperte sich. »Habt's schon eine Spur wegen der Nonne?«

Pestallozzi senkte den Blick auf seine Hände, es wirkte wie ein Schuldeingeständnis. »Noch immer nichts. Wir tappen da echt im Dunkeln. Der Fall ist aber auch so verdammt ... so verflucht ... so ...« Er schwieg hilflos, dann blickte er wieder hoch. »Es war auch gar keine Nonne.«

»Na ja, ich mein halt die, die wir im Wald gefunden haben. Die, die untenherum ...« Krinzinger verstummte. »Das möcht man sich gar nicht vorstellen, wie das sein muss, in so einem Körper zu stecken«, sagte er nach einer Pause. Sie sahen sich nicht an.

»Magst noch einen Tee?«, fragte Krinzinger.

Aber Pestallozzi schüttelte nur den Kopf. »Wie schaut's denn jetzt aus mit diesem Schwarzarabien-Projekt? Wird das Hotel gebaut? Und hat der Turnauer den Zuschlag bekommen?«

Krinzinger zuckte mit den Achseln. »Das steht noch immer in den Sternen. Der Turnauer soll schon ganz fuchsteufelswild sein, hab ich gehört. Der hat selber ordentlich vorinvestiert und Reklame gemacht, und jetzt heizen ihm die anderen ein. Angeblich hat sogar der Bürgermeister Geld drin stecken. Und in so einem Hätschfonds, den ihm der Turnauer eingeredet hat. Na ja, unsereins kommt da gar nicht erst in Versuchung. Mit meinem Sparbuch wischt sich der Turnauer den Hintern ab.«

Sie nickten beide. Der Tee war ausgetrunken, nur ein paar Kürbiskerne und Kekskrümel lagen noch auf dem Teller aus Gmundner Keramik. Pestallozzi erhob sich. »Diese Pause hat mir wirklich gutgetan, dank dir, Friedl.«

»Fahrst zurück nach Salzburg?«

Pestallozzi holte sein Handy hervor, warf einen Blick darauf und schüttelte den Kopf. »Der Leo hat sich noch nicht gemeldet, ich lass den lieber in Ruhe arbeiten. Aber ich würde gern einmal bei diesem Turnauer vorbeischauen. Wo find ich den?«

Krinzinger stand ebenfalls eilfertig auf. »Um die Zeit erwischst ihn vielleicht noch im Büro, nachher ist er dann immer im Stamperl anzutreffen. Einfach am Shoppingcenter an der Bundesstraße vorbei und dann der Glaswürfel gleich rechts. Den kannst gar nicht übersehen.«

Pestallozzi trat hinaus in den klaren Winternachmittag und winkte zurück, Krinzinger salutierte zum Abschied. »Gruß an den Leo«, rief er noch, dann wurde die Tür sorgfältig geschlossen. Krinzinger hatte es gern hawaiianisch warm im Büro.

Wie hässlich die Welt allmählich wird, dachte Pestallozzi, als er langsam Richtung Ischl fuhr. Sogar hier in dieser wunderschönen Landschaft. Aber die Outletcenter und Shoppingmalls wurden eben gnadenlos auch mitten in die idyllischen Täler gepflanzt, und vielleicht war das ja nur gerecht. Warum sollten bloß die Städte im Beton versinken? Baumärkte und Matratzenlager, Schuhdiskonter und

Blumengroßhändler, Drive-In-Schnellimbisse und Tankstellen. An der Bundesstraße sah es längst aus wie in einem dieser Filme, in denen ein Gangsterpärchen auf der Flucht nach einem Bankraub quer durch ein trostloses Amerika fuhr. Was hätte er jetzt dafür gegeben, in einem Bankraub ermitteln zu dürfen und nicht ratlos auf schneeglatten Fahrbahnen durchs Salzkammergut schlittern zu müssen. Und immer so zu tun, als ob er die Weisheit mit dem Löffel gefressen und insgeheim schon längst den Mörder im Visier hätte. Denn das glaubten seine getreuen Kollegen im Präsidium natürlich von ihm. Und die andere Hälfte lauerte darauf, dass er endlich einmal auf die Schnauze fallen würde, dieser ewig coole Pestallozzi mit seinem Schweizer Vater, der in Wirklichkeit nur ein italienischer Buschauffeur gewesen war. Dem ein paar Ermittlungserfolge gelungen waren, die reines Glück gewesen waren und sonst gar nichts. Denn so redete man hinter seinem Rücken, er wusste es wohl.

Die Dämmerung wallte wie ein dunkelvioletter Schleier von den Hängen herab. Erste Leuchtreklamen flammten auf, der Nachmittagsverkehr hatte eingesetzt. Die Pendler fuhren von Bad Ischl nach Salzburg. Oder von Salzburg nach Bad Ischl. Und jedes Mal war es ein weiter Weg, fast eine Stunde, zweimal am Tag. Viel zu oft nickte einer hinterm Steuer ein oder ließ sich vor lauter Ungeduld zu einem Überholmanöver verleiten, das dann fatal endete – für ihn und die Entgegenkommenden. Das war auch eine Seite vom Leben auf dem Land.

Krinzinger hatte recht gehabt, der gläserne Würfel gleich nach dem Shoppingcenter war nicht zu übersehen. *Kresnik & Turnauer* stand in lagunengrüner Neonschrift quer über der schimmernden Fassade. Auf dem

Platz davor parkten geschätzte 50 Autos, mindestens. Die Belegschaft war also nicht im Stamperl und der Chef hoffentlich auch noch nicht. Drei der Abstellplätze waren mit einem Vordach versehen, zwei davon waren besetzt. Ein roter Golf und ein schwarzer BMW flankierten die Lücke in der Mitte. Verdammt, ich hätte fragen sollen, ob der alte Kresnik noch im Geschäft ist, dachte Pestallozzi. Dieser Schwiegervater vom Turnauer. Oder ob der schon alles übergeben hat. Ein bauernschlauer Baumeister und ein geschniegelter Schwiegersohn, der sich das einzige Töchterl geangelt hatte, das klang nach Zoff, nicht nur in den Fernsehschnulzen.

Er betrat die Eingangshalle, die bis zum Dach hinauf offen war, Grünpflanzen in riesigen Kübeln schufen eine Atmosphäre wie im Palmenhaus. Hinter einem Tresen aus Chrom und Glas saß eine junge Frau und lächelte ihm entgegen. Pestallozzi lächelte zurück.

»Guten Tag, Chefinspektor Pestallozzi aus Salzburg. Ich hätte gern Herrn Turnauer gesprochen.«

»Haben Sie einen Termin?«

Er schüttelte nur den Kopf. Diese Floskel hing ihm einfach zum Hals heraus. Die junge Frau tippte auf der Computertastatur herum, dann besprach sie sich via Headset offenbar mit der Sekretärin vom Chef. Das Ergebnis überraschte ihn nicht. Sie lächelte ihn wieder an.

»Herr Diplomingenieur Turnauer lässt bitten. Im zweiten Stock, der Aufzug ist gleich dort drüben.«

»Danke.«

Er schwebte in einer gläsernen Kabine in den zweiten Stock. Dort wurde er bereits erwartet, allerdings von einem jungen Mann statt von einer Frau. Pestallozzi registrierte es mit leiser Überraschung und Beschämung zugleich. Immer diese alteingefahrenen Muster und Erwartungen, die man einfach nicht aus dem Kopf bekam, auch wenn man sich noch so große Mühe gab.

»Hannes Fraunschuh, guten Tag. Ich bin der persönliche Assistent von Herrn Diplomingenieur Turnauer. Darf ich Sie bitten, weiterzukommen«, sagte der junge Mann. Seine Stimme klang nach guter Familie und teurer Schule, seine Schuhe waren handgenähte Budapester, das fiel Pestallozzi sofort ins Auge, als er dem persönlichen Assistenten vom Herrn Diplomingenieur folgte. Gut, dass Leo nicht dabei war, der hätte wieder mit den Augen gerollt und merkwürdige Geräusche von sich gegeben. Hannes Fraunschuh klopfte an eine Tür, die bereits offenstand, und machte eine einladende Bewegung, dann verschwand er lautlos.

Nikolaus Turnauer stand am Fenster, mit dem Rücken zum Raum, und telefonierte. Nun wandte er sich um und winkte Pestallozzi lässig zu. Er deutete auf eine schwarze Ledersitzgruppe, aber Pestallozzi blieb ungerührt stehen. »Du, ich muss jetzt aufhören«, sagte Turnauer. »Wir sehen uns dann später, ja? Bussi, baba.« Er steckte das Handy in seine Sakkotasche und kam mit ausgestreckter Hand auf Pestallozzi zu. »Herr Pestallozzi, nicht wahr? Chefinspektor, wenn ich meinen Assistenten richtig verstanden habe. Das ist ja eine Überraschung! Was kann ich für Sie tun?« Er deutete erneut auf die Sitzgruppe, und sie nahmen beide Platz.

»Ich bin leider sehr in Eile«, sagte Turnauer. »Also was darf's sein, Herr Chefinspektor? Wollen Sie vielleicht bauen? Oder sich eine Immobilie zulegen? Wir planen gerade ein Projekt drüben am Mondsee, erstklassige Lage. Die Maisonetten sind zwar schon alle weg, aber ein paar von den kleineren Einheiten wären noch zu haben. Ab 500.000 sind Sie dabei.« Turnauer räkelte sich im Lederfauteuil und zwinkerte seinem Besucher zu. Den Grimm und den Neid im Gesicht von kleinen Staatsbeamten zu sehen, war immer ein besonderer Spaß.

»Vielleicht ist es Ihnen ja entgangen, Herr Diplomingenieur Turnauer«, sagte Pestallozzi, er sprach betont leise und höflich, »da Sie ein so vielbeschäftigter Mann sind. Aber es hat hier in der allernächsten Umgebung zwei Morde gegeben. Deswegen bin ich hier. Und nicht, um mir eine Maisonette zuzulegen.«

Das Grinsen verschwand aus Turnauers Gesicht. »Natürlich weiß ich davon. Allerdings wüsste ich beim besten Willen nicht, weshalb Sie in dieser Angelegenheit zu mir kommen, Herr ... Herr Pestallozzi. Ich habe in der Zeitung davon gelesen, man bekommt das ja mit, aber beide Opfer sind mir gänzlich unbekannt. Deshalb ...«

»Auch Susanne Kajewski? Die hat immerhin im Café an der Tankstelle gearbeitet! Es würde mich doch wundern, wenn Sie da nie ...«

»Jaja, kann schon sein. So eine dralle, kleine Blonde, oder? Mit diesem furchtbaren Akzent, doch, an die kann ich mich erinnern. Aber es ist mir noch immer nicht klar, weshalb Sie zu mir kommen.«

»Wir fragen eben nach. Da und dort.« Pestallozzi sah sich in dem großzügigen Raum mit den Glasfronten um, durch die das graue Licht der Dämmerung sickerte. Im Sommer musste es hier so luftig und strahlend hell wie in einem Cockpit sein. In der Ecke gegenüber stand ein penibel aufgeräumter Schreibtisch, nur ein Notebook war aufgeklappt, und eine Telefonanlage blinkte. Eine Installation aus silbernem Draht war der einzige Schmuck in diesem Büro, in das der Mann im Lederfauteuil ganz vorzüglich passte mit seinem anthrazitglänzenden Anzug und dem gegelten Haar, das sich im Nacken kringelte, mit der nonchalanten Art, mit der er nun gerade seine Fingernägel betrachtete. Ein glitschiger Fisch, den man nur schwer zu fassen bekam.

»Wie weit ist eigentlich das Hotelprojekt gediehen, das in der Gemeindeversammlung besprochen wurde?«, fragte Pestallozzi.

»Ahhh, daher kenne ich Sie! Sie sind neben dem Krinzinger gesessen, stimmt's?« Turnauer begann zu strahlen, als ob er einen alten Schulfreund ganz unverhofft wiedergetroffen hätte. »Wusste ich's doch, dass mir Ihr Gesicht irgendwie bekannt vorkommt! Das Hotel? Das wird gebaut!«

»Das steht schon fest?«

Turnauer machte eine wegwerfende Handbewegung. »Es ist doch überall das Gleiche, diese Betschwestern sind auch nicht anders als alle anderen. Die wollen so viel rausholen wie nur irgend möglich für ihre paar sauren Wiesen. Ganz besonders die Oberin, das ist wirklich ein zähes Weib. Aber das wird schon. Noch dazu, wo die das Geld brauchen wie einen Bissen Brot. Wenn da nicht bald renoviert wird, dann bröselt denen ihr schönes Kloster unterm Hintern weg. Und im Übrigen sind wir natürlich nicht im Geringsten auf so ein einzelnes Projekt wie dieses Hotel angewiesen. Ganz im Gegenteil, wir sind gerade dabei, nach Asien zu expandieren. Erst vorletzte Woche bin ich für eine Präsentation auf einen Sprung in Shanghai gewesen. Mit dem Hannes Fraunschuh, den haben Sie ja schon kennengelernt. Der hat zwei Jahre lang Sinologie gemacht neben dem Bachelor in Wirtschaftswissenschaften. Tüchtiger Bursche, der bringt's noch zu was. Das war übrigens genau zu dem Zeitpunkt, wie diese Nonne ...«

Die Tür wurde einen Spaltbreit geöffnet, ohne dass jemand angeklopft hätte, Turnauer sah ärgerlich drein. »Ja, was gibt's denn?«

Eine Frau steckte den Kopf herein, sie sah aus wie eine freundliche, unauffällige Mitarbeiterin. »Niki, du vergisst doch nicht, dass wir eingeladen sind?« Dann entdeckte sie den Besucher und nickte ihm zu. Turnauer wedelte mit der Hand. »Darf ich vorstellen? Herr Pestallozzi, Chefinspektor. Meine Frau Brigitte.«

Pestallozzi stand auf und machte eine Verbeugung. Brigitte Turnauer sah erschrocken drein. »Ein Chefinspektor? Aber wieso denn?«

»Nichts, gar nichts.« Turnauer sah nun sichtlich ungeduldig auf seine Armbanduhr. »Ich komm gleich runter zu dir. Aber Gigi, bring uns vorher noch zwei Espresso, ja? Sei so lieb.«

Brigitte ›Gigi‹ Turnauer-Kresnik stand unschlüssig da. Keine angenehme Situation, von seinem Ehemann vor Fremden wie ein Stubenmädel vom Room-Service behandelt zu werden. Wie eine Demonstration seiner Macht. Pestallozzi empfand ihr Unbehagen und wehrte ab. »Das ist wirklich nicht nötig, vielen Dank. Wir können unsere Unterhaltung auch ein anderes Mal fortsetzen, nicht wahr, Herr Turnauer? Jetzt möchte ich Sie beide aber nicht länger aufhalten. Auf Wiedersehen.« Und er verließ das Büro, ehe sein verdutzter Gastgeber sich noch hochrappeln und ihm die Hand schütteln konnte.

Unten im Foyer nickte er der jungen Frau zu und wollte schon hinaus auf den Parkplatz, dann fiel ihm seine Frage von vorhin wieder ein. Er ging zurück und beugte sich über den futuristisch gestalteten Tresen. Es musste sich saukalt und ungemütlich anfühlen, den ganzen Tag dahinter verbarrikadiert zu sein. Wie in einem Iglu. Noch dazu trug die junge Frau nur eine Seidenbluse in Lagunengrün, mehr bekam er von ihr nicht zu sehen. Und aufgeklebte Fingernägel mit Strasssteinchen, aber die wärmten ja wohl kaum. Er lächelte ihr zu: »Ist Herr Kresnik, der Seniorchef, im Haus?«

»Der ist in Kanada. Zur Jagd.«

»Ah ja. Danke. Auf Wiedersehen.«

Auf dem Parkplatz brachte der eisigkalte Wind sofort seine Augen zum Tränen. Er stapfte zum Skoda und musste sich beinahe waagrecht gegen die Böen stemmen, um nicht umgeweht zu werden. Was für ein Wetter! Er irrte umher wie ein Polarforscher, der seinen Kompass verloren hatte. Denn dieser Tag hatte ihn keinen Schritt weitergebracht. Obwohl, der Turnauer hatte auf ihn gewirkt, als ob er betont cool über irgendetwas hätte hinwegplaudern wollen. Was der wohl wusste? Eine ganze Menge bestimmt. In diesem Metier musste man *Präsentationen* organisieren, die in Wirklichkeit nichts anderes waren als Orgien auf Firmenkosten. Man musste trinkfest sein und Kontakte knüpfen können. Schleimen können, so würde das der Leo ausdrücken. Ob der wenigstens vorangekommen war?

Er war schon fast in Fuschl, als sein Handy vibrierte. Pestallozzi nestelte es mit noch immer klammen Fingern aus seiner Sakkotasche hervor. »Ja?«

»Chef, schaust du noch vorbei? Ich hab da was gefunden!«

Pestallozzi stieg aufs Gas, Matsch spritzte unter den Reifen vom Skoda weg, der Wagen vor ihm lenkte erschrocken nach rechts. Nur gut, dass ihn der Leo nicht sehen konnte.

*

Anif also. Der nobelste Vorort von Salzburg. Wo sich die Schickeria bei den Prominentenwirten traf, wo die großen Villen standen. Wo Karajan begraben lag auf dem Dorffriedhof beim Kircherl, in einem ganz schlichten Grab. Im Tod war er endlich bescheiden geworden, wie so viele, die zuvor geherrscht hatten mit eiserner Hand. Und der Karajan hatte über Salzburg geherrscht, viele Jahre lang, wie früher die Erzbischöfe. Und er hatte den Ruhm und den Reichtum der Stadt gemehrt, das musste man ihm schon lassen. Da konnte man auch ein Auge zudrücken und nobel darauf vergessen, dass der Karajan in seinen jungen Jahren gleich zweimal in die NSDAP eingetreten war. Aus lauter Sorge, dass die erste Anmeldung vielleicht verschlampt worden sein könnte. Und auch später hatte er nie einen Funken von Reue gezeigt über diese Haltung. Ganz im Gegenteil. Ich würd's genauso wieder machen, hatte er kühl einem Interviewer geantwortet, viele Jahre später. Und der Karl Böhm erst, der andere Dirigent. Der so grauenvolle Briefe an den ›Führer‹ geschrieben hatte, in denen er die Juden …

»Chef?«

Leo sah ihn an, erwartungsvoll um Lob heischend, ein bisschen verunsichert. Wo sich der Chef wohl wieder einmal hingebeamt hatte in Gedanken?

Pestallozzi holte tief Luft, dann war er zurück im Polizeipräsidium an der Alpenstraße, in Leos Büro, wo es nach Pizzaschnitte roch.

»Super gemacht, ehrlich«, sagte Pestallozzi. Leo versuchte, bescheiden dreinzuschauen, es gelang ihm nur mäßig. Dann blickten sie beide wieder auf den Computer, wo ein schönbrunnergelbes Anwesen mit grünen Fensterläden fast den ganzen Bildschirm ausfüllte. *Residenz Luisenhof* stand in goldener Schnörkelschrift darüber und in der Zeile darunter: *Ihre schönsten Jahre haben gerade erst begonnen.* In diesem Schwurbelton ging es dann weiter. *Genießen Sie die prachtvolle Umgebung und die luxuriöse Atmosphäre unseres Hauses. Unser Personal ist Tag und Nacht für Sie da. Wählen Sie täglich aus drei verschiedenen Menüs, die schonend und salzarm nach den neuesten Erkenntnissen der Bioküche von unserem Chefkoch zubereitet werden. Entspannen Sie in unserer angeschlossenen Wellnesslandschaft*, blablabla. Ein Altersheim für reiche Knacker, da konnten die auf ihrer Website um den heißen Brei herumreden so viel sie wollten. Aber vom Feinsten.

»Die nehmen dort 4.500 Euro im Monat«, sagte Leo beinahe ehrfürchtig. »Kannst du dir das vorstellen, Chef? Und das ist nur die unterste Kategorie, das hat mir diese Tussi vom Empfang erklärt. Dafür bekommt man bloß ein Zimmer mit Bad. Wenn man eine Suite haben will, so heißt das dort, wie im Hotel, dann legt man noch einmal einen Tausender drauf. Und für die Dachwohnungen mit Terrasse, also da muss ich mich einfach verhört haben. Das gibt's doch nicht, wer hat denn so viel Geld, wenn er alt ist?«

Pestallozzi zuckte mit den Achseln. Unwichtig. Aber die entscheidende Frage war von Leo geklärt worden, der hatte wirklich ganze Arbeit geleistet, während er selbst nur den Tag vertrödelt hatte.

»Und du bist dir ganz sicher, dass deine Gesprächspartnerin unseren Mann gemeint hat?«

Leo nickte. »Hundertpro. Die alte Steinfeldt wird jeden zweiten Mittwoch von ihrem Sohn besucht. Am Tag vorher geht sie immer zum Friseur am Kurpark. Und wenn ihr Johannes kommt, müssen die aus der Küche jedes Mal extra einen Mohnstrudel für ihn backen, weil er den so gern isst. Die alte Steinfeldt muss ein echter Drachen sein, da bin ich mir ziemlich sicher. Das hat man der Stimme von der Rezeptionstussi richtig angemerkt. Obwohl die sich natürlich bedeckt gehalten hat. War nur so mein Eindruck.«

Er tippte auf die Tastatur, und ein großformatiges Porträt von Dr. Johannes Steinfeldt erschien. Inhaber der Steuerberatungskanzlei Steinfeldt & Steinfeldt gemeinsam mit seiner Frau, 45 Jahre alt, eine Tochter, wohnhaft in Anif.

»Arme Sau«, sagte Leo.

Pestallozzi war verblüfft. »Wie kommst du denn darauf?«

Leo zuckte mit den Schultern. »Weiß auch nicht. Aber der sieht doch aus, als ob er noch nicht viel Spaß im Leben gehabt hätte.«

Sie starrten auf den Bildschirm. In der Tat, Steinfeldt sah aus wie einer der Zahnärzte aus den Werbespots für Gebissreiniger. Ein blasser, unscheinbarer Brillenträger, den man sofort wieder vergaß. Und ausgerechnet mit dem sollte sich die Suse eingelassen haben? Die hübsche, freundliche, dralle Suse? Was hatte ihre Mitbewohnerin, die Marion Kaserer, erzählt? Dass die Suse genug gehabt hatte von den komplizierten Typen, von denen man immer nur ausgenutzt wurde. Und dass es sie gerührt hatte, dass ihr Verehrer seine alte Mutter besuchen fuhr. Mit so fürsorglichen Männern hatte sie wohl eher selten zu tun gehabt. War sie deshalb zu vertrauensselig geworden? Suse, wo bist du da hineingeraten, dachte Pestallozzi.

»Übermorgen soll er wieder kommen«, sagte Leo, »immer am frühen Nachmittag. Er hat den Besuch bei seiner Mutter noch kein einziges Mal versäumt, in drei Jahren nicht.«

»Dann werden wir auf ihn warten«, sagte Pestallozzi. »Aber nicht in diesem Luisenhof, sondern auf der Bundesstraße, ich muss mir noch genau überlegen, wo. Der soll wirklich vollkommen überrumpelt sein.«

»Und das willst du wirklich riskieren? Dass wir bis übermorgen warten? Sollen wir nicht gleich hinaus nach Anif fahren?«

Aber Pestallozzi schüttelte den Kopf. »Der läuft uns nicht weg. Alles, was der noch hat – vorausgesetzt, er war es wirklich – das ist sein festgefügtes Leben, sein Alltag. Der muss jetzt einfach weitermachen, als ob nichts geschehen wäre. Das ist seine einzige Chance. Aber gib auf alle Fälle eine Meldung an die Flughäfen hinaus.« Leo nickte. Restlos überzeugt schien er allerdings nicht.

Was für eine Parallele zum Loibner, dachte Pestallozzi. Zwei Verdächtige, die von ihren Bindungen und Verpflichtungen festgekettet waren. Der eine auf seinem Hof, auf dem er sich abrackerte, der andere in seinem noblen Leben in Anif. Nur, dass er den Loibner für unschuldig hielt. Der war einzig wegen seiner Hilfsbereitschaft in die Sache hineingeschlittert, und er, Pestallozzi, würde ihn dafür nicht brandmarken für den

Rest seines Lebens. Aber der andere, dieser Steinfeldt ...
Das Kribbeln war wieder da, endlich. Pestallozzi hätte am liebsten mit den Fingern geknackt so wie Leo. Das Gefühl von Taubheit, von Ratlosigkeit, das ihn in den vergangenen Tagen gelähmt hatte, war endlich vorbei.

»Gut gemacht!« Er klopfte Leo auf die Schulter und stand auf. Die Rückenschmerzen waren fast verschwunden. Oder hatte er sich einfach nur daran gewöhnt? »Bis morgen dann!« Er nickte dem jüngeren Kollegen zu, der hochzufrieden mit sich und der Welt dasaß, und ging in sein eigenes Zimmer. Es war ein langer Tag gewesen. Er griff nach seinem Mantel, der wie ein feuchter Lappen über dem Sessel hing. Sobald dieser Fall gelöst war, würde er sich einen neuen Mantel kaufen, heiliges Ehrenwort! Auch wenn er das Einkaufen von Kleidung und Schuhen hasste wie die Pest! Weshalb er sich ein paar Modelle zugelegt hatte, die er in regelmäßigen Abständen einfach nachkaufte, ohne lang herumprobieren zu müssen. Schwarze Jeans und gestreifte Hemden, schwarze Mokassins. Drei graue Sakkos zum Wechseln. Als seine Lieblingshemden im vergangenen Jahr plötzlich nicht mehr angeboten wurden, war das eine mittlere Katastrophe gewesen. Ob er sich einen neuen Mantel im Internet bestellen sollte? Er ließ die Tür zu seinem Büro zufallen und ging zum Aufzug.

Und da stand er, der Woratschek. Pestallozzi schloss eine Zehntelsekunde lang die Augen, aber der Woratschek ließ sich nicht ausblenden.

»Ah, Kollege Pestallozzi! Ich habe bereits am Nachmittag beim Herrn Polizeidirektor nachgefragt, ob es endlich Neuigkeiten gibt. Er hat sehr bedauert, dass offenbar ...«

Pestallozzi drückte auf den Abwärtsknopf. »Wir kommen voran.«

»Darüber würde ich aber gern auf dem Laufenden gehalten werden, Herr Kollege. Auch gibt es neue Erkenntnisse von meiner Seite, nachdem ich mir noch einmal sehr sorgfältig die bisherigen Unterlagen angesehen habe. Die eher *dürftigen* Unterlagen, um es offen auszusprechen. Ich würde Sie deshalb morgen in mein Büro bitten.«

Was für ein Angeber! In sein Büro! Damit konnte ja wohl nur das schrankgroße Zimmer vom jungen Quendler gemeint sein, in das man den Woratschek dazu gezwängt hatte. Endlich kam der Aufzug. Pestallozzi machte einen Schritt nach vorn, Woratschek blieb zurück. Offenbar verspürte er wenig Lust auf eine gemeinsame Fahrt ins Erdgeschoss, ein ausnahmsweise sympathischer Zug von ihm. Aber eine letzte Ansage im Befehlston musste natürlich sein: »Also dann, Kollege. Morgen Vormittag bei mir.«

Pestallozzi wandte sich um und neigte den Kopf. Das konnte alles heißen. Selbstverständlich, Herr Doktor! Aber gern, Kollege! Leck mich, Woratschek!

Die Tür surrte zu, und er fuhr hinunter. Von der Mordkommission ins normale Leben sozusagen. Zwei müde Streifenpolizisten trotteten vorbei und salutierten, der Kollege von der Anmeldung winkte ihm zu. »Na, gemma noch auf einen Punsch?«

Pestallozzi lächelte und schüttelte den Kopf, dann stand er draußen auf der Alpenstraße. Einen Punsch trinken, was für eine Idee! Andererseits, warum eigentlich nicht? Denn was war die Alternative? Nach Hause fahren und sich eine Dose Sardinen und ein Bier aufmachen? Die Nachrichten aufdrehen und sich wieder einmal grün und blau ärgern über den ganzen Müll, der aus dem Kistl quoll und einem nur die eigene Hilflosigkeit unter die Nase rieb?

Ein Streifenwagen hielt beinahe vor seinen Schuhspitzen, der Mann am Beifahrersitz ließ das Fenster hinunter: »Können wir Sie ein Stück mitnehmen, Herr Chefinspektor?«

Pestallozzi zögerte, aber nur einen Moment lang: »Fahrt's ihr in die Stadt? Dann könnt's mich irgendwo bei der Staatsbrücke rauslassen! Aber nur, wenn es keine Umstände macht!«

»Das passt schon. Wir müssen sowieso zu einem Raufhandel bei der Müllner Kirche!«

An der Ecke zur Linzergasse ließen sie ihn hinaus, dann preschten sie weiter, er sah ihnen nach. Ein Raufhandel bei der Müllner Kirche, das konnte einfach eine b'soffene G'schicht sein, die sich rasch schlichten ließ. Oder aber ein brutaler Kampf, bei dem die Kollegen Kopf und Kragen riskierten. Immer öfter wurden in letzter Zeit Polizeibeamte tätlich attackiert, wurden bespuckt, getreten, gebissen und verletzt, bekamen im schlimmsten Fall sogar ein Messer in den Bauch. Das war den Zeitungen dann höchstens eine kleine Notiz im Chronikteil wert. Pestallozzi sah dem Wagen nach, dann stellte er den Kragen hoch und ging über die Staatsbrücke hinüber in die Altstadt, durch die kleine Gasse hinauf zum Alten Markt. Das Gedränge wurde immer dichter. Am liebsten hätte er umgedreht. Ein Punsch nach Büroschluss, was für eine Schnapsidee! Grölende Jugendliche mit blinkenden Plüschgeweihen auf dem Kopf verstopften die Judengasse, vor dem Dom wurde es beinahe beängstigend. Pestallozzi wurde geschubst und eingezwängt, es roch nach Wein und Schnaps, aus allen Richtungen schienen Weihnachtslieder zu klingeln und zu scheppern. Er zwängte sich zwischen zwei Standeln hinaus aus dem Menschenstrom und atmete tief durch. Wenigstens ein paar Maroni wollte er sich noch gönnen und dann nach Hause fahren. Eine Dose Sardinen und eine Flasche Bier erschienen ihm plötzlich als verlockende Köstlichkeit. Er erstand ein Stanitzel beim Maronibrater vor dem Dom, die Maroni waren so heiß, dass er sich beinahe die Finger verbrannte. Er pustete ärgerlich darauf.

»Herr Pestallozzi? Was für eine Überraschung!«

Er drehte sich um, die Stimme der Frau hatte sich mühelos über den Lärm rundum erhoben, obwohl sie nur leise und spöttisch gesprochen hatte. Sie hatte ihn schon bei ihrem ersten Treffen an eine Katze erinnert, es fiel ihm ganz unvermutet wieder ein. Im letzten Sommer, als er sie gemeinsam mit Leo einvernommen hatte. Na ja, von einer Einvernahme hatte man nicht wirklich sprechen können. Eher von einer Unterhaltung, die am Anfang skeptisch und abwägend von beiden Seiten geführt worden und dann immer ehrlicher geworden war. Und schon damals hatte sie ihn an eine Katze erinnert, mit ihren trägen und plötzlich wieder raschen Bewegungen, mit ihren schrägen, dunkel umrandeten Augen. Jetzt im Winter, in einem dunkelgrünen Umhang mit pelzverbrämter Kapuze, sah sie aus wie eine der Katzen aus diesem Musical, in das ihn seine Exfrau vor zig Jahren in Wien geschleppt hatte. *Cats*, genau. Und die Katzen hatten dämliche Namen wie Grisabella oder so ähnlich getragen. Die hier heute Abend und ihm direkt gegenüber hieß Henriette Gleinegg, und er fand sie zu seiner eigenen Überraschung einfach umwerfend. Er hielt das dämliche Maronistanitzel in der Hand und verbeugte sich so lässig wie möglich: »Guten Abend! Die Überraschung ist auf meiner Seite! Eine sehr angenehme Überraschung übrigens!« Du lieber Himmel, was laberte er da bloß daher? Und wohin jetzt mit den Maroni? In die Taschen von seinem unmöglichen ausgebeulten Mantel, der an ihm hing wie ein Putzlappen? Henriette Gleinegg sah ihm ungerührt bei seinen unbeholfenen Manövern zu. Endlich hatte er die Maroni verstaut. Oder hätte er ihr eine anbieten sollen? Natürlich, was für ein …

»Vom Glühwein hier kann ich nur abraten«, sagte die Gleinegg mit ihrer heiseren Stimme. Genau, sie hatte ja geraucht wie ein Schlot. »Das ist nur so ein picksüßes Gesöff. Aber der Ingwerpunsch ist halbwegs trinkbar.« Sie sah ihn an, ihr Gesicht war beschattet von der übergroßen Kapuze. Rund um sie beide tobte die Vorhölle vom Weihnachtsmarkt.

»Darf ich Sie vielleicht auf einen Ingwerpunsch einladen?«, fragte er steif.

Sie grinste und nickte. Na endlich, das war ja eine schwere Geburt, so ein Flirt mit diesem Pestallozzi. Er konnte das nur zu deutlich in ihren Augen lesen. Die übrigens wie damals tiefdunkelgrau umrandet waren. Und eine durchsichtige Bluse hatte sie getragen, und 100 schmale Goldreifen hatten an ihren Armgelenken geklingelt. In seinen Ohren war noch immer so ein Klingeln. Sie bahnten sich einen Weg durch die Menge, er versuchte, den Kavalier zu spielen und sie vor den ärgsten Remplern zu beschützen, aber es war ein sinnloses Unterfangen. Endlich standen sie vor einer der Holzhütten, eingekeilt zwischen Menschen, aus deren Mündern Schnapsfahnen quollen. Er bestellte zwei Ingwerpunsch und balancierte sie über die Köpfe hinweg, dann standen sie sich gegenüber. Sie ließen die Henkelbecher aneinander klirren, nur ganz sachte, dann tranken sie beide. Der Punsch brannte durch seine Kehle in seinen Magen hinab, er begann augenblicklich zu schwitzen. Klaro, er hatte ja heute noch nichts gegessen außer einem vertrockneten Croissant in der Früh. Wunderbar, gleich würde er zu lallen beginnen. Ein Schmalzbrot mit viel Zwiebeln drauf wäre jetzt die Rettung gewesen, aber das konnte er der Frau, die ihm so knapp gegenüberstand, nicht antun. Auch wenn sie sich sowieso in den nächsten Minuten voneinander verabschieden würden, eine Henriette Gleinegg musste ganz bestimmt zu einem Wohltätigkeitspunsch oder ins Konzert oder zu sonst einem Abendessen mit ihren hochnoblen Freunden.

»Ein Schmalzbrot mit Zwiebeln wäre jetzt nicht schlecht. Was meinen Sie, Herr Chefinspektor?« Sie grinste ihn an, er grinste zurück, so hocherfreut und ertappt, dass sie beide lachen mussten wie Schulkinder. »Na dann, bin gleich zurück!«

Er boxte sich zum nächsten Standl durch, wo es Langos und Pommes und Schmalzbrote gab, eroberte zwei davon und kehrte damit zurück wie ein Kreuzritter aus dem Morgenland. Sie stürzten sich beide auf seine Beute, Schmalz ließ ihre Lippen glänzen, Zwiebelringe mussten mit den Fingern nachgestopft werden. »Entschuldigung«, mümmelte Henriette Gleinegg mit vollem Mund, »aber ich habe seit dem Vormittag nichts mehr gegessen. Ich war halb am Verhungern! Schmeckt fantastisch, finden Sie nicht?«

Er konnte nur nicken. Allerdings, so wunderbar hatte es ihm schon lang nicht mehr geschmeckt. Irgendetwas musste sein mit diesem Schmalzbrot, eine ganz besondere Rezeptur. Allerdings, der viele Zwiebel … Und wenn sie sich von ihm vielleicht erwartete, dass er sie zum Abschied küssen würde? Nur ganz dezent natürlich auf die Wangen. Aber vor Weihnachten schien das allgemein üblich zu sein, selbst zwischen Fremden, und diese Henriette Gleinegg war bestimmt keine von den Zimperlichen! Verdammt, hätte er sich nur ein Liptauerbrot bestellt.

»Na, am Grübeln?«

»Oh, nein, Verzeihung! Ganz bestimmt nicht in Ihrer Gegenwart!«

Und jetzt, worüber sollte er jetzt Konversation machen?

»Wie geht es Ihnen denn eigentlich? Und Ihrem Bruder? Hat er sich schon erholt?«

Ihr Gesicht verdüsterte sich sofort, verdammt. Was für indiskretes Zeug er da aber auch daher schwätzte. Er würde sich möglichst bald aus dem Staub machen, das war ihr sicher nur recht.

»Die Familie lassen wir besser außen vor«, sagte Henriette Gleinegg. »Es geht übrigens allen gut, danke der Nachfrage. Aber heute Abend möchte ich an nichts denken. Nur genießen.« Es sollte wohl kokett klingen, aber es kam ziemlich traurig rüber. Er berührte ihren Arm, einfach so, er war über sich selbst erstaunt. »Dann wollen wir das in die Tat umsetzen«, sagte Pestallozzi. Sie sah ihn an, der Spott war aus ihren Augen verschwunden.

Wie schön der Schnee doch fiel und alles zudeckte. Nur ein paar Schritte hinter den Buden am Dom wurde die

Welt leise und bedächtig, selbst die Touristen setzten ihre Schritte vorsichtig in die weiße Decke über dem Asphalt. Flocken tanzten vom Himmel und deckten alles zu, Verbotsschilder und den Müll der Stadt, mögliche Spuren, die einer hinterließ. Aber es war ihm egal, wenigstens in dieser klirrend kalten Stunde. Aus einer fernen Ecke wurde der Gesang von Kinderstimmen zu ihnen herübergeweht, sie konnten die kleinen Künstler, die bestimmt für einen guten Zweck unterwegs waren, nicht sehen, aber sie lächelten beide. Henriette Gleinegg hatte noch kein Wort gesagt, seitdem sie den Lärm vom Weihnachtsmarkt hinter sich gelassen hatten. Aber irgendwo auf dem Weg hinunter zur Getreidegasse hatte sie nach seinem Arm gegriffen und sich untergehakt. Es war ein seltsam angenehmes Gefühl, mit einer Frau Arm in Arm zu gehen, er merkte plötzlich, wie sehr er solche Kleinigkeiten in seinem Leben vermisste, aber es sich nie eingestehen würde, er war schließlich kein Jammerer.

»Ist es Ihnen unangenehm?«, fragte die Frau neben ihm. Er schüttelte nur den Kopf. So stapften sie dahin, der Schnee in den kleinen Gassen war noch nicht geräumt worden, er ging ihnen fast bis zu den Knöcheln. Und was jetzt? Wohin sollten sie sich wenden? Er sah sich unauffällig um und merkte, wie sich das wunderbar angenehme Gefühl schon wieder verabschiedete. Wohin ging man mit einer Henriette Gleinegg, die natürlich nur die allerbesten Lokalitäten gewohnt war? Vorn an der Getreidegasse gab es den ›Goldenen Hirsch‹, das berühmteste und teuerste Lokal von Salzburg. Sollte er sie dorthin einladen, ganz lässig? Oder lieber auf ein Bier ins Müllner Bräu? Er holte tief Luft. »Hätten Sie vielleicht Lust auf eine heiße Suppe? Im Goldenen Hirsch? Oder lieber ein Bier und eine Brezen im Bräustübel?« Geschafft. So, jetzt war sie am Zug.

Henriette Gleinegg war stehengeblieben, sie blickte sich um, als ob sie sich erst orientieren müsste. Dann sah sie Pestallozzi an. »Ich weiß nicht so recht. Eigentlich habe ich für heute Abend genug von dem Trubel. Aber auf meiner Terrasse ist es nicht ungemütlich. Ich habe ein paar Feuerkörbe aufgestellt und einen Scotch könnte ich Ihnen auch anbieten. Oder ein Budweiser. Nur mit selbstgebackenen Keksen kann ich leider nicht dienen.« Es war bestimmt spöttisch gemeint, aber ihre Stimme klang angespannt, als ob sie gerade eine Prüfung bestehen müsste. Auf ihre Terrasse also, die er nur einmal im Sonnenlicht gesehen hatte, als er sie zum Tod ihres Vaters befragt hatte. Dort musste es jetzt wirklich wunderschön sein, mit dem Blick über die Salzach und hinüber zu den Bergen, die bestimmt weiß vor dem Nachthimmel schimmerten. Warum eigentlich nicht? Er hatte schon so lang keinen guten Whiskey mehr getrunken, er hatte schon so lang nicht mehr mit einer Frau geflirtet. Und wenn sich mehr daraus ergeben sollte? Warum denn nicht? Zur Hölle mit seinen ewigen Bedenken!

»Warum nicht?«, sagte Pestallozzi. »Sehr gern.«

»Allora! Steht Ihr Auto hier irgendwo in der Nähe?«

»Bedaure. Das parkt vor der Polizeidirektion draußen an der Alpenstraße.«

»Dann müssen wir ein Taxi nehmen. Mein Wagen parkt drüben auf der anderen Seite beim Mirabellgarten, das ist mir jetzt einfach zu weit.«

Sie ergatterten sogar ein Taxi unten an der Brücke, es war einfach ein magischer Abend. Die kurze Fahrt saßen sie nebeneinander und sahen zum Fenster hinaus, jeder auf seiner Seite. Was sie jetzt wohl dachte? Der Fahrer beäugte sie im Rückspiegel. Was der wohl von ihnen dachte?

Vor ihrer Villa bezahlte er den Fahrer und hielt ihr die Tür auf, dann folgte er ihr durch den Park zum Eingang an der Seitenfront des Gebäudes. Die Galerie im Erdgeschoss wurde nur von Spots erleuchtet, die ein einziges blutrotes Gemälde zum Leuchten brachten. Sie fuhren hinauf in den ersten Stock und redeten noch immer nichts, Henriette Gleinegg tippte einen Code in die Tastatur neben der Tür und ging voran, Lampen mit gedämpftem Schein flammten in den Ecken auf. Der Raum sah noch immer so großzügig und einladend aus wie damals im Sommer. Nur die Geweihe an der Wand waren verschwunden, von denen lässig Hüte und Schals gebaumelt hatten. Und über die riesige Wohnlandschaft waren pelzgefütterte bunte Decken gebreitet, die so dick gewirkt waren wie Flickenteppiche. Es sah ein bisschen aus wie in einem Berberzelt. Sehr gemütlich.

Sie ging zu der Anrichte an der Längsseite des Raumes, wo ein Tablett mit Flaschen und Gläsern stand, und griff nach einer Flasche, die sie einladend schwenkte. »Scotch? Oder vielleicht doch ein Bier?«

»Ein Whiskey wäre wunderbar. Ohne alles bitte.«

Sie kicherte, als ob er einen Witz gemacht hätte. Dann reichte sie ihm sein Glas, sie hatte großzügig eingeschenkt. Sie prosteten sich zu und nahmen jeder einen tiefen Schluck. Wohlbehagen und Wärme breiteten sich in seinem Körper aus, er lächelte ihr zu, sie lächelte zurück.

»Musik?«

»Gern.«

Sie drückte ein paar Knöpfe, und eine Stimme erfüllte den Raum, die ihm nur allzu bekannt vorkam. Genau, das war doch dieser knollennasige Italiener, auf den die Frauen so abfuhren. Er musste grinsen, der Whiskey stieg ihm offenbar bereits in den Kopf.

»Mögen Sie Paolo Conte nicht?«

»Doch, doch, ich liebe ihn.« Das war eindeutig zu dick aufgetragen, sie zwinkerte ihm amüsiert zu. »Ich kann gern etwas anderes auflegen!«

»Nein, nein, Paolo Conte ist ganz wunderbar.«

»Na gut. Jetzt müssen Sie aber meine Terrasse bewundern.«

Sie schob die schweren cremefarbenen Vorhänge zurück, öffnete die Glastür, und sie traten hinaus in die kalte Luft. Die Salzach glitzerte im Licht der Straßenlaternen vom gegenüberliegenden Ufer, die Bergrücken dahinter lagen da wie Ungeheuer auf dem Sprung. Beinahe hätte er spontan den Arm um ihre Schulter gelegt, im letzten Moment pfiff er sich zurück. Sie trug nur einen schwarzen Pullover, den Umhang hatte sie schon beim Aufsperren einfach von den Schultern gleiten lassen.

»Schön, nicht wahr?« Sie sah ihn an. Er nickte. »Und kalt. Sie haben zu wenig an, wir sollten wieder hineingehen.« Sie lächelte. »Das ist noch schöner.« Er sah sie fragend an, sie lächelte zurück. »Dass Sie so fürsorglich sind.«

Sie gingen wieder ins Zimmer, das mehr einem schummrigen Saal glich, mit all den Farben und Lichtern, die über die Wände tanzten. Henriette Gleinegg schloss die Tür und zog die Vorhänge zu. Die Welt blieb draußen. Und sie beide standen hier und hatten keine Lust auf Spielchen. Dafür waren sie zu erwachsen. Zu alt. Und zu müde.

»Artur, nicht wahr?«, sagte Henriette Gleinegg. Ihre Stimme klang gar nicht mehr amüsiert, sondern fast so schüchtern wie die eines jungen Mädchens. Er nickte.

»Möchtest du auch den oberen Stock sehen?«

Er stellte das Glas ab, sie griff nach seiner Hand, und dicht nebeneinander gingen sie zu der Treppe, die sich wie ein Schneckengehäuse unters Dach hinaufwand. Er folgte ihr über die Stufen, es wurde immer dunkler.

»Ich mache kein Licht«, sagte Henriette Gleinegg.

Es war ihm nur recht.

*

Und endlich war es Mittwochnachmittag. Sie standen auf der kleinen Lichtung gleich neben der Bundesstraße, wo im Sommer die Hütte aufgebaut war, bei der man den knusprigsten Steckerlfisch im ganzen Seenland bekam. Jetzt war es einfach ein matschiges Stück Land, an dem die Kolonnen vorbeifuhren. Schräg gegenüber blinkten die Lichter der Tankstelle, es herrschte das übliche geschäftige Treiben. Vermummte Gestalten hasteten von den Zapfsäulen hinein in die Helligkeit des Shops und des Cafés, der Ricardo Hallwang machte wieder einmal ein gutes Geschäft. Noch dazu, wo jetzt so viele kamen, die sich mit wohligem Gruseln an der letzten Arbeitsstätte dieser ermordeten jungen Frau umsehen wollten. Jetzt, nachdem der erste Schreck vorüber war und der Klatsch und der Tratsch wieder einsetzten. Diese Suse, die hatte es doch faustdick hinter den Ohren gehabt. Eine ganz ausg'schamte Person war das gewesen, vor der kein Ehemann sicher gewesen war. Genauso wie diese Marion. So redeten die Leute, der Krinzinger hatte es ihnen ehrlich entrüstet berichtet. Das Madl ist nicht einmal noch unter der Erd, schon werfen's mit Dreck auf sie! Der Krinzinger hatte auch schon mehr Freude an seiner Arbeit gehabt.

Ein Lastwagen donnerte vorbei, dann herrschte für ein paar Augenblicke beinahe Stille. Leo knackte mit den Fingerknöcheln, Pestallozzi sah zur Tankstelle hinüber. Nur einer würde dort ganz bestimmt nicht anhalten, heute nicht und nie wieder. Der würde auf die Fahrbahn starren, ohne nach links oder rechts zu blicken. Aber das Grauen würde ihm im Nacken sitzen. Und dann würde er den noblen Luisenhof betreten müssen und seine Mutter auf beide Wangen küssen und den frischen Mohnstrudel hinunterwürgen. Plaudern und lächeln und wieder nach Hause fahren. Plaudern und lächeln. In seiner Kanzlei die Kunden empfangen. Mit der Tochter telefonieren. Und in zwei Wochen wieder über diese Straße fahren. Manches Mal, dachte Pestallozzi, war das ganz normale Leben bestimmt die ärgste Strafe. Der Alltag, den man weiterführen musste nach einer Tat, mit der man die äußerste Grenze überschritten hatte. Wenn man wusste, wozu man fähig war. Und trotzdem musste man …

»Wie lang braucht denn der«, motzte Leo. Der Steinfeldt war vor einer dreiviertel Stunde in Anif losgefahren, das hatten die Kollegen durchgegeben. Da konnte er natürlich noch nicht hier sein, schon gar nicht bei diesem Wetter. Außerdem pflegte Dr. Johannes Steinfeldt ganz bestimmt einen anderen Fahrstil als ein gewisser Leo Attwenger. Aber Pestallozzi war zu angespannt, um seinen Kollegen darauf hinzuweisen. Er zuckte nur mit den Achseln, dann starrte er wieder in das Grau des Nachmittags hinaus. Wann hatten sie zum letzten Mal einen

Sonnenstrahl zu sehen bekommen? Es fühlte sich an wie vor 100 Jahren.

Und dann tauchte er auf, so plötzlich, dass sie beide zusammenzuckten. »Schnapp ihn dir«, sagte Pestallozzi. Leo nickte mit schmalen Lippen, startete und fädelte sich in den Verkehr ein, zwei Wagen hinter dem weinroten Chrysler. Sie hatten nicht viel Zeit, nur fünf Minuten, dann kam schon die Grenze zum nächsten Bundesland. Sie mussten ihn unbedingt vorher stellen, sonst gab es Papierkrieg und Kompetenzgerangel mit den Kollegen. Und sie wussten auch schon, wo, die Stelle war einfach ideal. Ein Weg, der zu einer Jausenstation abbog, die jetzt im Winter geschlossen war. Leo ließ das Seitenfenster herab und klatschte das Blaulicht aufs Dach, worauf der Wagen vor ihnen sich augenblicklich einbremste. Sie überholten ihn und einen schlammbespritzten Kastenwagen, dann waren sie auf gleicher Höhe mit dem Chrysler, zum Glück war in diesem Abschnitt Überholen erlaubt und die Bundesstraße breit genug für ihr gewagtes Manöver. Der Mann im Chrysler starrte mit aufgerissenen Augen herüber, Pestallozzi deutete nach rechts. Leo fuhr voran, die Wagen touchierten beinahe, dann kamen beide auf der Abzweigung zur Jausenstation zum Stehen. Einen Moment lang rührte sich nichts. Welches Herz klopft jetzt wohl am lautesten, dachte Pestallozzi. Dann stieg er aus und ging die paar Schritte zu dem Mann hinüber, der im Chrysler sitzengeblieben war. Sein Gesicht war so bleich, als ob er soeben einen Unfall mit Überschlag überlebt hätte. Das Lenkrad hielt er noch immer umklammert. Pestallozzi klopfte an die Scheibe. Die Scheibe surrte hinab.

»Darf ich Sie bitten …«

»Was ist los?« Die Stimme des Mannes klang schrill vor Aufregung. »Ich habe mir nichts zuschulden kommen lassen. Die Geschwindigkeitsbegrenzung wurde von mir ganz eindeutig eingehalten, also weshalb ...«

»Ich bin Chefinspektor Artur Pestallozzi. Hier ist mein Ausweis, wenn Sie sich vergewissern wollen. Könnte ich bitte Ihre Papiere sehen?«

Der Mann starrte um sich, man sah ihm die fieberhaften Überlegungen an, die durch seinen Kopf schwirrten. Rückwärtsgang einlegen und davonbrausen? Oder cool und überlegen tun? Auch wenn ihm das nur schwer gelingen würde. War es vielleicht wirklich nur eine Verkehrskontrolle? Hoffnung glomm in seinen Augen auf. Er beugte sich nach rechts und öffnete das Handschuhfach und begann zu kramen, endlich reichte er Pestallozzi die Papiere. »Hier bitte. Ich weiß zwar nicht, was das soll, aber ...«

»Wenn ich Sie bitten dürfte, auszusteigen, Herr Doktor Steinfeldt!«

Der letzte Rest von Farbe wich aus dem Gesicht des Mannes. Dieser Polizist hatte noch nicht einmal einen Blick in die Papiere geworfen und wusste doch schon seinen Namen. Auch der zweite Mann war nun aus dem Skoda gestiegen und hatte sich neben seinem Kollegen aufgepflanzt. Steinfeldt öffnete die Tür und rappelte sich hoch, hektische Flecken hatten sich auf seinen Wangen gebildet, er rang um Fassung. »Ich möchte doch sehr um Aufklärung bitten. Ich bin ...«

»Wir wissen, wer Sie sind und wohin Sie wollen.«

»Ausgezeichnet. Dann möchte ich nämlich ...«

»Sie sind auf dem Weg nach Ischl, um Ihre Mutter zu besuchen, nicht wahr? Aber heute sind Sie gar nicht in dem Café dort drüben an der Tankstelle eingekehrt. Weshalb eigentlich?«

»Ich weiß nicht, was das soll und was Sie das angeht. Wenn Sie mir endlich erklären würden, weshalb Sie ...«

»Ich bin gerade dabei. Also: Sie waren in diesem Café in den vergangenen Monaten doch recht häufig zu Gast. Und haben sich dabei mit einer der jungen Frauen, die dort arbeiten, nun ja, angefreundet. Kann man das so sagen, Herr Doktor Steinfeldt?«

»Ich habe keine Ahnung, wovon Sie sprechen. Ja, es mag sein, ich habe hin und wieder dort getankt. Und mir vielleicht sogar einen Kaffee gekauft. Ist das ein Verbrechen?«

»Das ist natürlich kein Verbrechen, da haben Sie schon recht. Aber diese junge Frau ist erdrosselt worden, Sie haben doch bestimmt davon gelesen oder in den Nachrichten gehört. Susanne Kajewski.«

»Bedaure. Ich lese nur den Wirtschaftsteil. Und zum Fernsehen habe ich beim besten Willen keine Zeit.«

»Dann würde ich Sie höflichst ersuchen, uns zur Tankstelle zu begleiten. Dort warten nämlich der Pächter des Cafés sowie einer der Kellner und die ehemalige Mitbewohnerin von Frau Kajewski. Sie haben doch Zeit für eine kurze Gegenüberstellung? Damit wir die Frage aus der Welt schaffen können.«

Aber Dr. Johannes Steinfeldt rührte sich nicht. Nur wenige Meter entfernt auf der Bundesstraße preschten die Wagen vorbei, die Lichter flackerten auf und verschwanden wieder. Es hatte erneut zu schneien begonnen, die Schultern ihrer Sakkos und von Steinfeldts Wintermantel waren schon ganz nass. Hinter ihnen begann der Wald, dunkel und verästelt. Und sie standen hier, drei Männer, zwei gegen einen, der wusste, dass er verloren hatte. Alle Sätze, die jetzt noch kamen, waren nur Geplänkel, nur ein Scheingefecht. Ein paar Minuten, und alles würde nie wieder so sein, wie es gewesen war. Das schöne Leben der Familie Steinfeldt, die Villa in Anif, die Kanzlei, das behütete Leben der Tochter. Einen Moment lang fühlte Pestallozzi beinahe Mitleid mit seinem Gegenüber. Aber sofort fiel ihm wieder Suse ein. Auch für sie hatten wenige Minuten gereicht. Dann war sie tot gewesen. Und das Kind in ihr.

»Die Gegenüberstellung können wir uns also ersparen, wenn ich Ihr Zögern richtig deute?«, fragte Pestallozzi. Der Mann schwieg. Er sah nicht aus, als ob er jemals wieder zu sprechen gedachte. Aber dann tat er es ja doch nach einer ewiglangen Minute. »Ich möchte meinen Anwalt sprechen«, sagte Steinfeldt.

Leo rollte mit den Augen. Wenn er für diesen dämlichen Satz jedes Mal einen Euro bekommen würde, wäre er in ein paar Jahren ein reicher Mann. Denn den hatte mittlerweile jeder kleine Taschendieb im Repertoire. *Ich möchte meinen Anwalt sprechen!* Wie in den amerikanischen Serien! Die Leute sahen einfach zu viel Fernsehen! Im wirklichen Leben nämlich …

»Selbstverständlich«, sagte Pestallozzi. »Das ist Ihr gutes Recht, und Sie können das sofort in Anspruch nehmen, wenn wir im Präsidium sind. Aber eines möchte ich Ihnen vorher noch sagen, und hören Sie mir gut zu, Herr Doktor Steinfeldt. Susanne Kajewski war schwanger, Ende des dritten Monats. Die DNA des Fötus wird gerade ermittelt. Bereits ermittelt wurde die DNA der Hautfetzen, die wir unter den Fingernägeln der Toten gefunden haben. Frau Kajewski dürfte sich mit großer

Vehemenz zur Wehr gesetzt haben. Es besteht nun die Möglichkeit, dass die DNA dieser Hautfetzen und des Fötus übereinstimmen. Und es besteht weiters die Möglichkeit, dass ebendiese DNA mit Ihrer übereinstimmt. Dass also Sie, Herr Doktor Steinfeldt, der Vater des ungeborenen Kindes von Frau Kajewski sind und dass Sie es waren, mit dem sie eine handgreifliche Auseinandersetzung vor ihrer Ermordung hatte. Das werden wir in den nächsten Tagen mit absoluter Sicherheit wissen. Und wenn dem so sein sollte ...«

Pestallozzi hielt inne. Steinfeldt hatte sich auf der Kühlerhaube des Chrysler abgestützt, er stand so gekrümmt da, als ob heftige Magenschmerzen über ihn gekommen wären.

»... dann kann ich Ihnen nur dringend empfehlen, uns bei der Aufklärung zu unterstützen. Denn das würde in jedem Fall eine positive Auswirkung auf die künftigen ...«

»Es war Notwehr! Reine Notwehr!« Steinfeldt kreischte beinahe, Schweiß stand auf seiner Stirn. »Ich musste mich doch zur Wehr setzen!«

»Gegen eine Frau, die um mindestens einen Kopf kleiner war als Sie?«

»Sie haben doch keine Ahnung ...« Steinfeldt nahm seine Brille ab und wischte sich über die Stirn. Leo wippte einmal kurz auf und nieder, aber Pestallozzi nahm keine Notiz davon. Ihnen allen war saukalt, ihre Schuhe standen in Pfützen aus Matsch, der Schnee floss in ihre Hemdkragen hinein. Aber das hier musste zu Ende gebracht werden. So wie jetzt würde der Mann, den sie in der Zange hatten, nie wieder sprechen. Beichten. Sich alles Grauen von der Seele reden.

»Sie wollte mich erpressen mit ihrer Schwangerschaft. Ich war auch sehr wohl bereit, nun ja, meinen Teil zu leisten, ihr entgegenzukommen. Aber ihre Vorstellungen waren einfach grotesk.« Steinfeldt setzte die Brille mit einer fahrigen Bewegung wieder auf. Er schien sich etwas beruhigt zu haben, die Resignation setzte ein. Das entscheidende Eingeständnis war gemacht worden, jetzt kam das lange Feilschen um jedes Wort und seine Bedeutung, teure Staranwälte würden daran beteiligt sein. Aber hier im Dunklen sprach nur Steinfeldt, und Pestallozzi hörte ihm zu.

»Sie hätte alles kaputtgemacht«, sagte Steinfeldt.

»Eine junge Frau, mit der Sie ein Verhältnis begonnen haben? Wollen Sie uns wirklich weismachen, dass *Sie* das Opfer waren?«

Steinfeldt machte eine müde Handbewegung. »Das werden Sie mir bestimmt nicht glauben. Weil Sie das schon tausendmal gehört haben, nehme ich an. Aber es war das erste Mal, das allererste Mal in meinem Leben, dass ich mich auf so eine Sache eingelassen habe. Ein Verhältnis. Eine Affäre. Mit einer jungen Frau, die kaum älter war als meine Tochter. Wenn ich daran zurückdenke, wie das alles passiert ist ...« Er schwieg und schien nachzusinnen. »Sie war nicht wie die anderen Kellnerinnen, wenn Sie wissen, was ich meine. Sondern sie war so eine ... so eine Nette. War immer so freundlich, wenn sie mir meinen Kaffee gebracht hat. Einmal habe ich ihr erzählt, dass ich nach Ischl zu meiner Mutter fahre. Und sie hat mir erzählt, dass ihre Mutter schon tot ist. Und dass sie aus Schwerin kommt und Heimweh hat, besonders vor Weihnachten. Der andere Kellner hat das nicht gern gesehen, wenn wir uns unterhalten haben, das habe ich sehr wohl bemerkt. Und deshalb habe ich sie dann einmal zum Essen eingeladen, ganz spontan. Und dann ...« Er verstummte wieder.

Und weil die Suse so eine Nette, Liebenswerte war, hast du ihr zuerst ein Kind angehängt und sie dann umgebracht, dachte Pestallozzi. Aber das sprach er natürlich nicht aus. Stattdessen sagte er: »Aber es war doch gar nicht Ihr Tag, um nach Ischl zu fahren, oder, als Sie die Susanne Kajewski zum letzten Mal getroffen haben?«

Steinfeldt wirkte irgendwie aus dem Konzept gebracht. »Nein, allerdings nicht. Aber Susi, äh, ich meine Frau Kajewski, hat schon bei unserem letzten Treffen so seltsame Andeutungen gemacht. Dass unsere Beziehung eine völlig neue Wendung nehmen könnte. Ich habe das natürlich nicht ernst genommen, aber später, zu Hause ist mir dieses Gerede einfach nicht mehr aus dem Kopf gegangen. Ich hatte zu diesem Zeitpunkt sowieso schon die allerärgsten Gewissensbisse meiner Familie gegenüber. Und da habe ich ein Zeitfenster genutzt, um bei ihr vorbeizuschauen. Ich wollte reinen Tisch machen und diese unglückselige Affäre, in die wir da beide hineingestolpert waren, beenden. In bestem Einvernehmen natürlich. Frau Kajewski hat mir von dieser Gemeindeversammlung erzählt, zu der sie gehen wollte. Ich habe nachher auf sie gewartet, kurz vor der Abzweigung zu ihrem Wohnhaus, da ist eine Busstation, und dahinter habe ich geparkt. Ich habe gesehen, wie Frau Kajewski aus einem Passat ausgestiegen ist und den Weg runtergehen wollte. Also bin ich ihr nachgefahren, und sie ist zu mir ins Auto gestiegen. Aber ich wollte auf keinen Fall mit ihr in diese Wohnung gehen, die sie mit einer Kollegin gemietet hat. Gehabt hat, meine ich.« Er verstummte wieder.

»Weiter«, sagte Pestallozzi sanft.

»Dann …« Steinfeldt schien angestrengt nachzudenken, gleich würde er auf Filmriss plädieren. Aber dann entschloss er sich doch, weiterzureden. »Wir sind zum Bad unten am See gefahren, die Susi hat gesagt, dass dort jetzt garantiert niemand ist. Und dass wir ungestört sind. Weil sie mir etwas ganz Wichtiges sagen muss.«

»Und dann hat sie Ihnen gesagt, dass sie schwanger ist.«

Steinfeldt nickte. »Ich habe zuerst geglaubt, ich höre nicht recht. Das war wie in einem schlechten Film. Ich meine, man kann doch heutzutage annehmen, dass eine moderne junge Frau Vorkehrungen trifft! Oder etwa nicht?« Er sah die beiden Polizisten Zustimmung heischend an, aber die reagierten nicht. Nur Leo zog den Rotz hoch.

»Ich habe dann sofort angeboten, dass ich für alles aufkomme. Für eine Abtreibung, meine ich. Ich wollte doch nicht, dass sich diese junge Frau ihr ganzes Leben verbaut.«

»Sehr anständig von Ihnen.«

»Nicht wahr? Sehen Sie das auch so? Aber sie ist plötzlich total ausgerastet! Und hat zum Herumschreien begonnen! Dass sie offenbar wieder nur für das eine gut genug war, sie hat da ein sehr hässliches Wort verwendet, und dass sie sich nicht so abspeisen lässt. Und wenn ich nicht auf ihre Bedingungen eingehe, dann würde sie alles meiner Frau erzählen. Es war wie ein Albtraum. Sie hat dann eine völlig absurde Summe genannt, für die sie eventuell mit sich reden ließe. Ich habe ihr gesagt, dass ich mich nicht erpressen lasse und sie sich einen anderen Dummen suchen soll. Daraufhin hat sie sich umgedreht, wir sind da nämlich unten am Wasser gestanden, und wollte davonrennen. Sie ist dann gestolpert. Ich bin zu ihr hin und wollte ihr aufhelfen, aber ich habe vor lauter Aufregung, es war ja auch völlig dunkel, das Band erwischt, das sie um den Hals gehabt hat. So ein Stirnband. Es war einfach ein total unglückseliger Reflex. Die Frau Kajewski hat so ein komisches Geräusch gemacht, so ein Gurgeln, wie wenn man sich übergeben muss. Es war ein völliges Durcheinander im Finstern. Dann war sie plötzlich ganz still und ist so schlaff geworden. Es war ein Unfall! Ein Unfall! Das müssen Sie mir glauben, *bitte*!«

»Und der Rosenkranz?«

Steinfeldt zuckte mit den Achseln. Er sah um Jahre gealtert aus. »Den habe ich aus dem Auto geholt und ihr in die Hand gedrückt. Es war eine Geste, die mir einfach ... einfach passend erschienen ist.«

»Ah ja, eine Geste für das Opfer. Sehr schön. Es könnte natürlich auch sein, dass Sie bereits mit dem Vorsatz gekommen sind, sich Ihre schwangere Geliebte vom Hals zu schaffen, und schlauerweise einen Rosenkranz dabei hatten, um den Verdacht auf denjenigen zu lenken, der eine junge Frau aus dem Kloster getötet hat. Nicht schlecht, Herr Doktor!«

»Was denken Sie von mir? Ich habe doch nie im Leben vorsätzlich gehandelt! Es war ein Unfall, das habe ich Ihnen genau beschrieben! Ein Unfall mit tödlichem Ausgang, zu meinem allergrößten Bedauern. Einen Rosenkranz habe ich außerdem seit vielen Jahren immer im Handschuhfach.« Steinfeldt schwankte zwischen Empörung und Selbstmitleid. Pestallozzi hatte plötzlich eine regelrechte Vision: Dr. Johannes Steinfeldt auf der Anklagebank vor den Geschworenen, flankiert von seinen

Anwälten. Ein hochangesehener Bürger, Ehemann und Familienvater. Ein guter Christ, der sich ganz bestimmt am Sonntag in der Kirche sehen ließ. Der nur ein einziges Mal vom rechten Weg abgekommen war, verführt von einem jungen Luder. Denn die Anwälte würden nichts unversucht lassen, Suse nachträglich in den Dreck zu ziehen. Am liebsten hätte er dem Steinfeldt eine zwischen die Zähne gelangt, sodass es den in den Gatsch gepfeffert hätte. Aber er sagte nur: »Herr Doktor Johannes Steinfeldt, ich verhafte Sie wegen Verdacht des Mordes an Susanne Kajewski. Wir bringen Sie jetzt in die Polizeidirektion nach Salzburg.«

»Und mein Wagen?«

»Um den werden sich die Kollegen kümmern.«

Sie schlurften zum Skoda wie drei müde alte Männer. Vor dem Einsteigen bekam Steinfeldt von Leo Handschellen verpasst, zu seiner offenkundigen Entrüstung. »Ist das wirklich notwendig?« Pestallozzi nickte nur und wies ihm den Platz auf der Rückbank zu. Leo startete, wendete und sie fuhren zurück, durch das Schneetreiben, das Pestallozzi allmählich wie ein Gruß aus der Hölle vorkam.

»Für den Mord an dieser anderen Frau, der aus dem Kloster, habe ich übrigens ein absolut wasserdichtes Alibi, falls Sie mir den auch unterschieben wollen«, ließ sich Steinfeldt vernehmen. »Da bin ich mit meiner Frau in Wien gewesen, zu Besuch bei unserer Tochter. Wir waren im Musikverein, Maurizio Pollini hat gespielt, anschließend haben wir mit Freunden zu Abend gegessen. Im Sacher. Sie können das gern nachprüfen.«

»Wie schön für Sie. Und für Ihre Gattin und Ihre Tochter natürlich auch«, sagte Pestallozzi, er drehte sich nicht um. Steinfeldt verstummte, es blieb still im Wagen, bis sie in Salzburg waren.

*

Grabner war bester Laune, jovial und aufgeräumt. Am liebsten hätte er für sich und Pestallozzi ein Schnapserl eingeschenkt, aber das ging natürlich auf gar keinen Fall, mit diesem Ungustl von Woratschek vis-à-vis. Aber einen kleinen triumphierenden Unterton in seiner Stimme gestattete er sich: »Nun, Kollege Pestallozzi, da sind wir ja einen Riesenschritt vorangekommen, ich gratuliere. Übrigens auch dem Kollegen Attwenger, Sie haben seinen Anteil an den Ermittlungen sehr beeindruckend dargestellt. Den Burschen werden wir im Auge behalten müssen, der macht sich langsam. Aber das habe ich schon immer vermutet. Nun ja, wie gesagt, ein sehr schöner Erfolg. Und die Version von der Notwehr, die kann sich der Herr Steinfeldt in die Haare schmieren, ich habe schon mit unserer Frau Staatsanwältin telefoniert. Den werden auch die Anwälte aus Wien nicht mehr herauspauken können. Der einzige Wermutstropfen ist natürlich, dass wir noch immer den unaufgeklärten Mord an dieser Agota Lakatos haben. Weil es nun doch zwei Täter gibt, ganz im Gegensatz zu Ihrer Einschätzung, Herr Woratschek.« Grabner machte eine kleine Drehung und lächelte Woratschek milde und verzeihend zu.

Clemens Woratschek funkelte Grabner und Pestallozzi an: »Wenn man sich mir gegenüber kooperativer verhalten hätte, dann wäre es nicht zu dieser Unstimmigkeit in meiner Theorie gekommen. Dann hätte ich ganz bestimmt schon von Beginn an ...«

Pestallozzis Handy vibrierte in der Sakkotasche, er holte es so diskret wie möglich hervor und warf einen Blick darauf. Henriette, Schmach und Schande. Er hätte sich natürlich längst schon bei ihr melden müssen, egal wie es mit ihnen beiden weitergehen würde. Alles andere war unhöfliches Machogehabe, das wusste jeder Mann. Aber die Verhaftung von Steinfeldt hatte einfach all sein Denken gebündelt. Heute noch würde er zurückrufen. Oder allerspätestens morgen. Er steckte das Handy wieder in die Sakkotasche und wandte sich Woratschek, der inzwischen ungebremst weiterschwadronierte, mit seinem sanftesten Blick zu.

»... eine absolut unprofessionelle Vorgangsweise, wenn Sie mir diese Bemerkung gestatten.« Woratschek hatte mittlerweile einen richtig roten Kopf bekommen. »Andere Abteilungen wissen meine Unterstützung sehr wohl zu schätzen und sind damit auch höchst erfolgreich. Nur hier ...«

»Na na, Kollege Woratschek, jetzt wollen wir aber die Kirche im Dorf lassen, nicht wahr?« Der alte Grabner konnte überraschend machtbewusst lospoltern, das hatten sie alle schon erlebt, nur der Woratschek noch nicht. Pestallozzi unterdrückte ein Grinsen.

»Immerhin habe ich Ihnen sogar einen eigenen Schreibtisch zuweisen lassen, damit Sie sich hier bei uns vor Ort in die Ermittlungen einklinken können. Und was ist dabei herausgekommen? Wenn Kollege Pestallozzi Ihre abstruse Einmanntheorie weiterverfolgt hätte, wäre dieser Steinfeldt gar nicht erst in Verdacht geraten, und wir hätten noch immer zwei unaufgeklärte Fälle. Zwei! Also wollen wir hier nicht zu sehr auf den Putz hauen, Herr Doktor Woratschek, nicht wahr?«

Grabner lehnte sich zurück und schnaufte. Sein Zorn verrauchte zum Glück genauso schnell, wie er hochflackerte, allerdings wusste auch das der Woratschek noch nicht. Der saß da und schluckte hörbar, Pestallozzi empfand beinahe Mitleid. Er hatte es sein ganzes Leben lang gehasst, wenn in seiner Gegenwart Menschen zusammengestaucht wurden. Schon in der Schule. Und später dann beim Bundesheer, sämtliche Schwulenhasser des Landes schienen dort Unterschlupf gefunden zu haben, er hatte übelste Schimpftiraden miterleben müssen. Und selbst wenn es ein Ekel wie den Woratschek traf, verabscheute er eine solche Szene.

»Wir sollten vielleicht weitermachen.« Pestallozzi sah Grabner an.

»Ausgezeichnete Idee! Damit wir diesen scheußlichen Fall noch vor Weihnachten vom Tisch haben! Kollege Pestallozzi, Sie werden den Kollegen Woratschek mit allen notwendigen Informationen versorgen und bestmöglich unterstützen, ist das klar? Ich möchte keine Beschwerden mehr hören, von keiner Seite! So, das wär's. An die Arbeit, meine Herren!«

Grabner wedelte eine unsichtbare Mücke fort, Woratschek erhob sich steif und stelzte zur Tür hinaus. Pestallozzi folgte ihm. Draußen blieben sie stehen, zwei Kollegen gingen vorbei und beäugten sie diskret aus den Augenwinkeln.

»Haben Sie vielleicht Zeit für ein Gespräch?«, fragte Pestallozzi, diese höfliche Floskel schien ihm in diesem Moment einfach unumgänglich.

»Bedaure, nein. Aber Sie können mir Ihre Unterlagen gern auf den Schreibtisch legen.« Woratschek war wieder ganz der Alte. Ein Ungustl vom Scheitel bis zur

Sohle. Auch recht. Pestallozzi blickte ihm nach, wie er im Zimmer vom Quendler verschwand. Dann stand er da und kratzte sich am Ohr. Und jetzt? Seine Eroberung anrufen? Welche Eroberung, bitteschön? Die Henriette Gleinegg hatte ihn abgeschleppt, aber hallo! Oder wollte er sich mit dieser Version nur aus der Verantwortung stehlen? Welche Verantwortung denn? Sie hatten beide ihren Spaß gehabt, und nicht zu knapp, ihm wurde jetzt noch heiß, wenn er an manche Momente dachte. Also weshalb ...

»Na, hat euch der Grabner zusammengefaltet, dich und den Woratschek? Oder seid's am Ende gar das neue Dreamteam?« Der Habringer war stehen geblieben und grinste ihn an, aber auf eine nette Art. Pestallozzi grinste schief zurück. »Das hat sich ja schnell herumgesprochen.«

Der Habringer senkte die Stimme. »Weißt eh, Artur, wir stehen hinter dir. Und sonst, wie läuft's sonst? Das mit dem Steinfeldt war ja eine runde Sache. Aber wie kommst mit den Betschwestern voran?«

Pestallozzi unterdrückte ein Seufzen. »Das wird schon. Ist halt eine zähe Angelegenheit.«

Der Habringer nickte so langsam und bedeutsam, als ob er schon oft mit Betschwestern zu tun gehabt hätte. Dann tippte er sich gegen die Schläfe und schlurfte davon. Pestallozzi sah ihm nach. Ein ausgesprochen angenehmer Mensch, der Habringer, er hätte ihm die Wahrheit sagen sollen, nämlich: Ich habe keine Ahnung, wer die Agota Lakatos erstickt hat. Ich weiß nicht einmal, welche Fragen ich stellen soll. Aber das hätte ja seinen Ruf als *Großer Zampano* verletzt. Er war eben auch nicht besser als der Woratschek. Ein eitler Geck.

Sein Handy vibrierte, Pestallozzi erschrak beinahe. Lisa. Auch das noch. Wieso hob er jetzt nicht ab? Wegen der vorletzten Nacht? Was hatte die mit seiner Kollegin zu tun? Und überhaupt? Das nervtötende Vibrieren hörte auf, endlich. Und er war ein solcher Feigling.

V

Die Welt wird silbern, dachte Leo. Früher, da hat sich der Advent viel wärmer und gemütlicher angefühlt. Wie die Lichter überall in den Straßen und in den Fenstern noch so altmodisch golden waren und nicht so bläulich glitzernd wie seit ein paar Jahren. Komisch, was ihm in letzter Zeit für Sachen durch den Kopf gingen. Obwohl, die silbrigkalte Weihnachtsbeleuchtung war sogar dem Krinzinger aufgefallen, der hatte nämlich darüber gejammert. Oder war es die Mama gewesen? Egal, eine ältere Person halt. Aber bedeutete das etwa am Ende, dass auch er, Leo Attwenger, der coolste Beamte der Salzburger Mordkommission und überhaupt, allmählich älter wurde? Vorgestern zum Beispiel war er in seinem Lieblingscoffeeshop gewesen, um sich einen Cappuccino Grande mit Vanilla-Topping reinzuziehen. Und was hatte die hübsche Braut hinterm Tresen da zu ihm gesagt? »Grüß Gott«, ganz im Ernst, statt »Hallo«! Na gut, die brauchte wahrscheinlich eine Brille. Aber die Anzeichen mehrten sich, dass auch …

Der Chef neben ihm rührte sich, endlich. Der saß nämlich seit Salzburg da wie ein Gipsbuddha und redete kein Wort, und jetzt waren sie bald knapp vor Wien. Jetzt mussten sie nur noch die richtige Abfahrt erwischen, runter zur ungarischen Grenze. Und dann dieses Kaff mit dem unaussprechlichen Namen finden, Möschömöschmarosch oder so ähnlich. Wo diese Nonne ihre wohltätige Klosterfiliale aufgezogen hatte und sich um *gefallene Mädchen* kümmerte, so nannten die das doch. Und wo diese Agota hergekommen war. Zum Glück gab es keine Grenzstationen mehr, an denen man von übellaunigen Zöllnern gepiesackt werden konnte. Wo früher Stacheldraht und Wachtürme gewesen waren, da rauschte man jetzt einfach durch, die älteren Herrschaften konnten das noch immer nicht fassen. Sogar der Chef war gestern ganz nachdenklich vor der Karte von Zentraleuropa gestanden, als sie kurz über die Reiseroute gesprochen hatten. An diesen Grenzen sind Menschen gestorben, hatte der Chef gemurmelt und den Kopf geschüttelt. Ich war noch in der Schule, aber ich kann mich gut daran erinnern, viel zu gut. Und, weißt du noch, Leo, wie unser Außenminister damals den Stacheldraht zerschnitten hat?

Er hatte natürlich genickt, aber sich auch sein Teil gedacht. Genau, und dann waren die Grenzen geöffnet worden, und seither kamen die Probleme wie Heuschrecken angeschwärmt. Die Kollegen vom Raubdezernat konnten ein Lied davon singen. Von den Einbrüchen und Banküberfällen und den Rentnern, die eins übergezogen bekamen, wenn sie von der Bank nach Hause tapperten. Und kaum ein Täter hieß mehr Gustl oder Anton. Dafür waren sie bitterarm und hungrig und kamen von weit her. Und hatten bestimmt keine schöne Kindheit gehabt und nie ein Weihnachten mit Tannenbaum und Geschenken, das sah man ihren Gesichtern an. Aber die Brutalität nahm zu, und die Leute fürchteten sich, auch die Oma und die Tante Fini. Und die Politiker spuckten ihre vorgestanzten Worthülsen aus. Es wurde kälter rundum, nicht nur wegen der silbernen Lichter. Leo zog die verspannten Schultern hoch und drehte an der Heizung, der Chef sah ihn prompt erstaunt an. »Ist dir kalt? Das kenn ich ja gar nicht von dir!«

»Die Scheiben laufen sonst an.«

»Aha.«

Zum Glück mussten sie sich jetzt beide auf den Weg konzentrieren. Nach Bergen und Hügeln war die Landschaft nun so flach wie ein Bügelbrett, es lag kaum mehr Schnee auf den Feldern. Der Himmel hing bleigrau über ihnen und ging am Horizont in braunen Matsch über. An den Häusern entlang der Straße bröckelte der Verputz, jede zweite Halle schien ein Outletcenter zu sein. Sie passierten einen pompösen Kreisverkehr, überholten einen rostigen Tiertransporter, und dann waren sie auch schon in Ungarn. Der erste Ort kam gleich nach der Grenze, ein endlos langer, unaussprechlicher Name auf einem grünen Schild.

»Igen heißt Ja«, sagte Leo. »Das hat mir der Habringer erzählt.«

»Ich weiß«, sagte Pestallozzi. Sie versuchten, ein paar Witze über Ungarisch zu machen, aber dann ließen sie es wieder bleiben. Irgendwie war heute kein Tag für Späßchen. Zwischen Häusern, die oft nur Hütten waren mit schwarzen Ofenröhren, aus denen der Rauch quoll, standen protzige bonbonfarbene Villen, von Mauern und schmiedeeisernen Zäunen umgeben und bewacht von scharfen Hunden. Die Schilder mit zähnefletschenden Schäferhunden neben den Toren waren jedenfalls unmissverständlich. Leo fiel eine Reportage ein, die er einmal im Spätabendprogramm gesehen hatte. Über österreichische Rentner, die es sich in Ungarn und noch weiter östlich gut gehen ließen, sich mit ihrer kleinen Pension ein Haus samt Garten leisten konnten und eine junge Frau dazu. Leo schüttelte sich, Pestallozzi sah ihn von der Seite an: »He, du wirst mir doch nicht krank?« Aber Leo schnaubte nur.

Ihr Ziel, Möschömöschmarosch oder so ähnlich, entpuppte sich als erstaunlich adrette Kleinstadt. Sie fuhren durch einen Vorort mit gepflegten Gärten, dann kamen die ersten Ampeln und schließlich der Hauptplatz, der in eine gepflasterte Fußgängerzone mit den obligaten Blumenkübeln und Gartenbänken mündete. Quer über die Fußgängerzone waren Lichterketten gespannt, über die roten Ziegeldächer ragte ein Kirchturm in den Winterhimmel. Sie parkten den Skoda in einer Seitengasse, Verbotsschilder waren keine zu entdecken. Im Erdgeschoss machte sich jemand an den Spitzengardinen zu schaffen, Leo hätte der neugierigen Person gern den Stinkefinger gezeigt, eine international verständliche Geste, aber der Chef sah heute wieder mal ziemlich streng drein, also ließ er es bleiben.

Das Büro von Schwester Annunziata sollte gleich neben der Kirche sein. Sie stapften durch die Fußgängerzone, eisiger Wind pfiff ihnen entgegen, kein Mensch saß auf den Bänken oder bummelte an den Schaufenstern vorbei. Drogerieketten und Supermärkte wie zu Hause säumten die breite Straße, ein riesengroßes Plakat wies auf Deutsch den Weg zu einer Zahnklinik. Ein smarter braungebrannter Doktor im weißen Kittel lachte inmitten seines Teams, die Assistentinnen sahen alle aus wie Schönheitsköniginnen. Leo befühlte seinen hintersten Backenzahn rechts oben mit der Zungenspitze. Den sollte er sich einmal anschauen lassen. Aber übernahm die Krankenkasse eigentlich auch ...

»Da vorn müsste es sein!« Der Chef wies mit dem Kinn auf ein ebenerdiges Haus, das von einem windschiefen Zaun umgeben war. Die Oberin hatte ihnen den Weg beschrieben, der Chef hatte nur geistesabwesend zugehört, aber jetzt steuerte er das ebenerdige Haus so entschlossen an wie ein Navi. Der Orientierungssinn von Artur Pestallozzi war legendär, Leo folgte ihm ohne zu zögern.

Sie betraten das Haus durch ein hölzernes Tor, von dem gerade der letzte Rest von kornblumenblauem Lack absplitterte, und standen in einem breiten gepflasterten Gang, der zum anderen Ende hin offen war, es war hier drinnen kein Grad wärmer als draußen. Das Haus umschloss offenbar einen Innenhof, eine Schaukel hing schlaff von einem kahlen Baum. Von links waren Kinderstimmen zu hören und eine junge Frauenstimme, die schimpfte, aber nur ein bisschen, das konnte man sogar in der fremden Sprache verstehen. Pestallozzi klopfte an die Tür und öffnete sie, sofort verstummten die Stimmen. Kinder saßen auf einem Teppich, in einem schwarzen Eisenofen brannte ein Feuer. Die Haare der meisten Kinder waren struppig, als ob sie schon lang keinen Kamm mehr gesehen hätten. Sie hatten fast alle knallrote Backen, die wie von Kälte verbrannt wirkten, bei den meisten hatte sich der Rotz aus der Nase zu Schorf über den Lippen verkrustet. Ihre Pullover und Hosen waren entweder zu klein oder zu groß, löchrig waren sie allesamt. Die junge Frau, die zwischen ihnen saß und ein Buch in der Hand hielt, sah einen Moment lang so erschrocken drein, dass Leo einen Schritt zurück machte. Du lieber Himmel, sie waren doch keine Räuber! Oder noch Schlimmeres! Die junge Frau hatte sich jedenfalls blitzschnell erhoben, jetzt stand sie vor ihnen und hielt das Buch gegen die Brust gepresst, die Kinder drängten sich in ihrem Rücken zusammen. Die junge Frau redete heftig auf Ungarisch, sie deutete mit einem Arm zur Tür, nicht einmal der Chef schien sie beruhigen zu können.

»Wir möchten gern zu Schwester Annunziata«, sagte Pestallozzi, er betonte den Namen laut und deutlich und verwünschte sich insgeheim, dass er sich nicht wenigstens ein paar Brocken in der fremden Sprache zurechtgelegt hatte. Köszönöm hieß danke, das war alles, was er wusste. »Köschönöm«, sagte Pestallozzi, die junge Frau hielt verdutzt inne. Pestallozzi schenkte ihr sein strahlendstes Lächeln, Leo grinste möglichst nett. »Schwester Annunziata«, sagte Pestallozzi noch einmal und hob dazu beschwichtigend beide Hände, die junge Frau holte tief Luft und schien sich ein wenig zu beruhigen. Eine kleine Zopfmamsell hinter ihr riskierte ein schüchternes Lächeln.

»Wir wollen nur ...«, sagte Pestallozzi, aber in diesem Moment schlug eine Tür auf der anderen Seite des Ganges, und sie wandten sich alle um. Eine Klosterschwester in weißer Tracht kam auf sie zu, sie wirkte so energisch und entschlossen, dass sich Leo unwillkürlich straffte. Mit der war nicht gut Kirschen essen, das sah man auf den ersten Blick. Die Schwester trug eine graue Strickweste über ihrer Tracht, unter dem langen Rock sahen bei jedem Schritt schwarze Schuhe hervor, die so klobig wirkten wie schwere Arbeitsstiefel.

»Sind Sie ...«, hob Pestallozzi an, aber der Drache in Weiß ließ ihn gar nicht erst zu Wort kommen.

»Ich bin Schwester Annunziata, und dort drüben ist mein Büro. Hat Ihnen unsere ehrwürdige Mutter denn nicht erklärt, wo Sie mich finden? Und wieso war das Tor offen und nicht abgesperrt?«

Sogar dem Chef blieb die Spucke weg, sie standen beide da wie die Schulbuben. Aber die Schwester hatte sich bereits der jungen Frau zugewandt und redete heftig auf sie ein, während sie zum Tor wies. Die junge Frau hielt schuldbewusst den Kopf gesenkt und nickte nur. Das schien die bestmögliche Verhaltensweise gegenüber Schwester Annunziata zu sein. Endlich hatte die Gardinenpredigt ein Ende, und Schwester Annunziata schien sich wieder ihrer Gäste zu entsinnen. »Folgen Sie mir«, lautete ihr barsches Kommando.

Sie dackelten hinter ihr drein und betraten das kalte Eckzimmer schräg gegenüber, für das *Büro* eine geradezu hochstaplerische Bezeichnung war. Ein Holztisch, auf dem sich Papierstöße, ein Klappkalender und Dosen mit Kugelschreibern, Gummiringerln, Heftklammern und Pflastern befanden. Ein Stuhl dahinter, einer davor sowie eine Art Fußbank an der Wand. Von der Decke baumelte eine Glühbirne ohne Schirm. In der Ecke hing Christus am Kreuz. Sehr gemütlich.

»Bitte«, sagte Schwester Annunziata zu Pestallozzi und wies auf den Stuhl vor dem Tisch, sie selbst setzte sich dahinter. Von Leo nahm sie keine Notiz, auch gut. Pestallozzi deutete auf die Bank, und Leo ließ sich zögerlich darauf nieder, das Holz knarzte und ächzte, Schwester Annunziata zog eine Braue hoch. Endlich saßen sie alle drei, Leo nur auf einer Pobacke.

Ein harter Brocken, dachte Pestallozzi. Allerdings möchte ich mir auch nicht ausmalen, was die Frau hinter dem Tisch schon alles gesehen und erlebt hat. Und wie viele Drohungen übelster Art sie bereits hat wegstecken müssen. Es war ja schon ein Knochenjob, im Westen in einem Frauenhaus zu arbeiten. Aber sich hier, hinter der Grenze, um junge Frauen zu kümmern, die Kontakt zum Rotlichtmilieu hatten, das war schlicht und einfach lebensgefährlich.

»Es tut uns aufrichtig leid, dass wir so hereingeplatzt sind«, sagte Pestallozzi. »Ich kann Ihren Groll gut verstehen.«

Die Frau hinter dem Schreibtisch sagte kein Wort, endlich deutete sie ein Nicken an. Ein richtiges Mannweib, dachte Leo. Normalerweise umgab Klosterschwestern ja immer so eine Art Aura, mit ihrem gütigen Lächeln und diesem ganzen sanften Getue. Aber die hier sah aus, als ob sie einem jederzeit ein Knie in die Weichteile rammen könnte. Leo ruckelte unbehaglich auf der wackligen Bank herum.

»Wir haben uns noch gar nicht vorgestellt«, säuselte der Chef gerade weiter. »Ich bin Chefinspektor Artur Pestallozzi von der Mordkommission Salzburg, und das ist mein Kollege Leo Attwenger. Ich denke, Sie wissen, weshalb wir hier sind.«

Schwester Annunziata sah ihn an, als ob sie ihn gerade zum ersten Mal richtig wahrnehmen würde. Pestallozzi ließ die Musterung über sich ergehen. Das Gesicht seines Gegenübers war wettergegerbt wie das einer Bäuerin. Schwester Annunziata war 54 Jahre alt, das wusste er bereits, und dass sie aus Lienz in Osttirol stammte und mit 30 Jahren in den Orden eingetreten war. Eine Spätberufene, hatte die Oberin gesagt. Das sind oft die Besten. Die sich umgesehen haben draußen in der Welt und ganz bewusst das Leben hinter sich zurücklassen, das sie sich aufgebaut haben. In der Stimme der Oberin hatte unüberhörbar Respekt mitgeschwungen. Und noch etwas … Besorgnis?

»Die Kinder da draußen«, sagte Pestallozzi. »Führen Sie auch einen Kindergarten?«

Sie schien eine Zehntelsekunde lang überrascht. Ganz eindeutig hatte sich Schwester Annunziata schon zurechtgelegt, was sie ihnen über Agota Lakatos zu berichten gedachte. Wie viel sie überhaupt preisgeben wollte. Andere Fragen waren nicht erwünscht, das war ihr deutlich anzumerken.

»Ganz recht. Seit zwei Jahren.«

»Es war bestimmt nicht leicht, hier diese Art von Institution aufzubauen. Sie kümmern sich ja in erster Linie um junge Frauen, hat mir Ihre Oberin gesagt. Bieten Sie auch ganz konkret Schutz an in Ihrem Haus?«

»Nur im äußersten Notfall. Ich gehe hinaus, an bestimmte Orte, und spreche die Frauen an. Versuche, mit ihnen in Kontakt zu kommen. Ich kann nur Informationen und weiterführende Hilfe anbieten. Aber wir sind kein Frauenhaus.«

»Das klingt trotzdem sehr eindrucksvoll. Und Ihre Arbeit wird bestimmt von vielen nicht gern gesehen. Hat man Sie schon einmal bedroht?«

Sie sah ungeduldig drein. So viel Aufheben um ihre Person, wo doch so viel Arbeit zu tun war. Fünf Minuten noch, dann würde Schwester Annunziata ärgerlich werden, allerspätestens.

»Das ist schon vorgekommen. Aber das gehört dazu. Man muss es einfach ignorieren.«

»Wie sind Sie eigentlich dazu gekommen, sich in diesem Milieu zu bewegen? Ist das nicht eher ungewöhnlich für eine Ordensschwester?«

»Ganz und gar nicht. Unser Orden kümmert sich seit jeher um Menschen, die am Rand der Gesellschaft leben.«

»Aber Sie ganz persönlich? Was hat Sie dazu bewogen, sich für diesen Weg zu entscheiden? Ich meine, Sie hätten ja auch Marmelade einkochen können wie Ihre Mitschwestern. Was hat Sie hierher geführt?«

»Es hat sich so ergeben.«

»Ah ja.«

Sie war es nicht gewohnt, über sich selbst zu sprechen, das war ihr deutlich anzumerken. Schweigen senkte sich über das kalte Zimmer. Schwester Annunziata sah zum Fenster hinaus, aber dort war nur die getünchte Kirchenmauer. Dann richtete sie den Blick auf Pestallozzi. Der sah sie an, neugierig, freundlich, forschend.

»Meine Mutter war Prostituierte«, sagte Schwester Annunziata. Es war plötzlich so still im Raum, dass Leo meinte, sein Herz schlagen zu hören. Die Frau sah wieder zum Fenster hinaus, sie schien durch die getünchte Wand hindurchzusehen.

»Ich habe erst nach der Schule durch einen Zufall erfahren, wer meine Mutter war, sie ist damals schon tot gewesen. Sie hat mich zur Adoption freigegeben, gleich nach der Geburt. Jahre später bin ich in unseren Orden eingetreten. Das hat nichts mit meiner Herkunft oder meiner Geschichte zu tun gehabt. Vor bald zehn Jahren bin ich dann hierhergekommen, um einer ungarischen Schwester zur Seite zu stehen, und bin dageblieben. Vielleicht wollte ich ja etwas zurückgeben. Mich bedanken, wenn Sie so wollen. Dafür, dass ich gerettet worden bin. Von unserem Herrn. Und von meiner Mutter. Wer weiß, wo ich gelandet wäre, wenn sie mich nicht weggegeben hätte.«

Das war eine lange Rede für Schwester Annunziata gewesen, man merkte es ihr deutlich an. Das Eis war noch nicht getaut, aber es hatte einen winzig kleinen Sprung bekommen, wie wenn die Sonne im Frühjahr nur lang genug auf eine bestimmte Stelle am Ufer scheint. Leo senkte ganz vorsichtig auch seine zweite Pobacke auf die Bank herab. Pestallozzi kramte seinen Spiralblock hervor und blätterte darin. Schwester Annunziata hatte die Hände gefaltet.

»Und Agota?«

»Agota Lakatos habe ich nicht besonders gut gekannt, da muss ich Sie leider enttäuschen.«

»Trotzdem haben Sie sich ganz offenkundig sehr für sie eingesetzt und haben sogar erreicht, dass sie nach Österreich ins Ordenshaus kommen durfte. Weshalb?«

Die Oberin, also die Chefin von Schwester Annunziata sozusagen, hatte ihm größtmögliche Unterstützung bei der Aufklärung des Todes von Agota Lakatos versprochen. Und eine entsprechende Instruktion an Schwester Annunziata zugesagt. Aber würde sich die Frau ihm gegenüber diesem Befehl auch beugen? Pestallozzi wartete ab, so schwer es ihm fiel. Es blieb ihm auch gar nichts anderes übrig. Die Schwester in der weißen Tracht war seine einzige Chance, in diesem vertrackten Fall einen Schritt weiterzukommen.

»Konnten Sie sich denn überhaupt mir ihr verständigen?« Er versuchte, ihr einen Weg zu bahnen.

»Sie hat leidlich Deutsch gesprochen, wie fast alle hier. Nach und nach dann immer besser, durch die Kunden natürlich. Ihre Familie ist aus Rumänien gekommen, aus Siebenbürgen. Dort sprechen viele noch immer ein altmodisches Deutsch. Dorthin ist die Lakatos-Familie im vergangenen Jahr auch wieder zurückgekehrt.«

Ungarn. Rumänien. Siebenbürgen. Es kam ihm vor, als ob dieser Fall ihn immer tiefer in den dunklen Wald locken würde, wie in den schaurigen Märchen, die er als Kind nie hatte lesen oder hören wollen. Und er musste endlich ein Ende vom Wollknäuel finden, das sie alle wieder hinausführen würde.

»Was ist passiert?« Er würde hier sitzen bleiben, bis sie zu reden anfing. Bis sie auf ihren Sesseln festgefroren waren. Bis der Christus von der Wand fiel. Sie sah ihn an, als ob sie seine Gedanken lesen, seine Entschlossenheit spüren würde. Dann holte Schwester Annunziata tief Luft. »Agota Lakatos hat für Ferdinand Oslip gearbeitet, einen Österreicher, dem Diskotheken, Fitnessklubs und zwei Hotels gehören. Natürlich nicht offiziell, sondern als stillem Teilhaber. Jeder kennt ihn hier unter dem Namen Ferri. Herr Oslip ist einer der größten Zuhälter diesseits der Grenze. Er organisiert Transporte von Frauen bis hinauf nach Amsterdam. Das Übliche, die Frauen werden als Kindermädchen oder Putzfrauen angeworben und finden sich dann in einem Bordell wieder, wo sie die angeblichen Spesen abarbeiten müssen. Wer nicht pariert, dem wird damit gedroht, dass die Familie zu Hause zur Rechenschaft gezogen wird, viele der Frauen haben ja kleine Kinder zurückgelassen. Aber der Herr Oslip macht sich natürlich nicht selbst die Hände schmutzig mit solchen Methoden, ganz im Gegenteil, der ist ein sehr angesehener Mann. Herr Oslip spendet gern und großzügig für wohltätige Zwecke. Im vergangenen Jahr hat er eine alte Mühle hier zu einem Kulturzentrum umbauen lassen, zur Eröffnung sind sogar Politiker aus Wien und Budapest gekommen.« Sie bemühte sich sichtlich um einen sarkastischen Ton, aber die Bitterkeit in ihrer Stimme war nicht zu überhören.

»Und Agota Lakatos wollte nicht mehr für ihn arbeiten?«

Sie schüttelte den Kopf. »Das war es nicht.«

Was war es dann, hätte er am liebsten geschrien. Aber so würden sie nicht weiterkommen. Und andererseits, sie sprachen hier in so ruhigem Tonfall über Ungeheuerlichkeiten, da brauchte es wohl Zeit.

»Was war es dann?«, fragte Pestallozzi, es klang beinahe beiläufig.

»Ihr kleiner Bruder ist im März vor einem Jahr von einem Auto angefahren und getötet worden. Das habe auch ich erst sehr viel später erfahren. Die genauen Hintergründe sind bis heute nicht geklärt worden. Auf einem Parkplatz vor dem Shoppingcenter drüben am Autobahnzubringer Richtung Wien. Aber es gibt natürlich Wichtigeres als den Tod eines Kindes aus einer Romafamilie. Der Fall ist zu den Akten gelegt worden, nicht einmal die lokalen Zeitungen haben länger als einen Tag darüber berichtet.«

»Glauben Sie, dass ...«

Draußen auf dem Gang öffnete sich eine Tür, das ganze Haus schien plötzlich von Kinderstimmen erfüllt. Füße trappelten vorbei, offenkundig gab es ein Gerangel, dann war die junge Frau zu vernehmen. Sie saßen alle drei da und lauschten, es war wie ein Atemschöpfen mitten in der Anstrengung. Dann entfernten sich die Stimmen wieder, wurden leiser, das hölzerne Tor wurde wenig sanft zugedrückt. Dann war es still. Pestallozzi machte keine Anstalten, die Stille zu unterbrechen, schon gar nicht mit einer weiteren Frage, einem weiteren Nachbohren. Schwester Annunziata hatte zu reden begonnen, jetzt würde sie es auch zu Ende bringen.

»Soviel man weiß, dürfte ihr Bruder in der Früh getötet worden sein«, sagte Schwester Annunziata. »Und am Abend desselben Tages ist Agota Lakatos in einem Hinterzimmer von City Lights, das ist eine Diskothek auf der Straße nach Sopron, mit einem Messer auf Ferdinand

Oslip losgegangen. Seine Leibwächter haben sie natürlich sofort überwältigt. Aber sie dürfte ihn doch geringfügig verletzt haben, das habe ich später von anderen Mädchen erfahren. Oslip muss völlig überrascht gewesen sein, kein Mensch wagt es hier, die Hand gegen ihn zu erheben. Zwei Tage später ist Agota dann vor unserem Haus gesessen. Sie hat sich gerade noch herschleppen können, so haben sie sie zugerichtet. Wir haben ihre Wunden gereinigt und verbunden und ihr eine Schlafstelle zur Verfügung gestellt. Sie hat zwei Wochen gebraucht, bis sie wieder halbwegs auf den Beinen war.«

Im Zimmer war es fast so kalt wie damals im Schnee, als er zum ersten Mal in das Gesicht geblickt hatte, das ihn an alte Ikonen erinnert hatte oder an Frieda Kahlo. Er mochte sich nicht vorstellen, was Agota Lakatos alles widerfahren war, was ihrem Körper angetan worden war in ihrem kurzen Leben. Und trotzdem hatte sie noch Kraft und Wut besessen, war sie nicht völlig abgestumpft gewesen wie so viele andere, die ein ähnliches Schicksal hatten. Bald nach dem Zusammenbruch des Ostblocks war er als junger Spund einmal gemeinsam mit einem älteren Kollegen über Budweis nach Wien gefahren, nach einem Seminar in Prag. Und am Straßenrand knapp vor der Grenze waren die Mädchen gestanden, Kinder noch, mit unendlich müden Gesichtern, aufgetakelt und angemalt, und hatten versucht, mit obszönen Gesten die vorbeifahrenden Männer zum Anhalten zu bewegen. Am Wochenende kannst hier nur im Schritttempo fahren, hatte der Kollege aus Retz ihm erzählt, wegen dem er diesen Umweg gemacht hatte. Das ist hier das ganz große Geschäft, der *Babystrich*. Um 1000 Schilling kriegst sogar einen Säugling. Und was macht man dann mit einem Säugling? Das hatte er eigentlich fassungslos und spontan fragen wollen, aber sich im letzten Moment auf die Zunge gebissen. Denn das hatte er einfach nicht wissen, sich nicht vorstellen wollen. Den Babystrich hinter der tschechischen Grenze gab es schon lang nicht mehr, jedenfalls nicht auf der Straße. Säuglinge bestellte man jetzt übers Internet.

Draußen vor dem Fenster hatte es zu schneien begonnen, der Winter schien sie zu verfolgen quer übers Land. Leo schaute schon ganz verfroren aus, nur die Schwester schien von der Kälte nichts zu bemerken. Aber war es nicht auch in den meisten Kirchen immer kalt?

»Haben Sie von Agotas körperlicher Beschaffenheit gewusst«, fragte Pestallozzi. Er hörte selbst, wie gestelzt das klang, aber welche anderen Worte hätte er einer Klosterschwester gegenüber wählen sollen?

»Wir haben sie auch schon früher verarztet. Noch bevor sie für Oslip gearbeitet hat. Mit Agota ist niemand sanft umgegangen.«

»Und Sie haben es nicht für nötig erachtet, Ihre Oberin über diese ... diese Besonderheit zu informieren?«

Sie wirkte zum ersten Mal aus der Fassung gebracht. »Wir ... die Situation war einfach nicht ...« Sie holte tief Luft. »Ich habe in diesem Haus tagtäglich mit Gewalt zu tun. Gegen Frauen, gegen Kinder. Einer der Clanchefs hier hat seine Zehen tätowiert. Und wissen Sie, was da steht, Herr Pestallozzi? Auf seinen Zehen? Wasch mir die Füße, Frau! In einer solchen Welt leben die Menschen hier, jeden Tag, von klein auf. Man gewöhnt sich daran, man gewöhnt sich an alles. Fast an alles. Aber rund um Agota hat sich damals eine solche Atmosphäre von Verzweiflung aufgebaut, dass ich einfach eine Entscheidung treffen musste. Ich wollte eine winzig kleine Chance für sie. Für diesen Menschen. Unsere ehrwürdige Mutter hat in ihrer Güte mein Anliegen verstanden und einen Ausweg angeboten. Wir alle haben gedacht, dass es ihr helfen würde. Ich habe Agota seither jeden Tag in meine Gebete eingeschlossen. Und es war eine der schlimmsten Stunden für mich, als ich von ihrem Tod in Kenntnis gesetzt wurde.«

Sie hatte keinen Vorwurf ausgesprochen, aber ihre Worte fühlten sich wie ein Messer im Fleisch für ihn an. Im Elend einer Roma-Siedlung mochte die Gewalt gegen Agota begonnen haben, im düsteren Imperium des Ferdinand Oslip war die Schraube angezogen worden, aber zu Tode gekommen war sie bei ihm zu Hause, mitten im Lichterglanz der Adventzeit, mitten im Überfluss. Am liebsten wäre er aufgesprungen und zurückgefahren. Diesen Fall musste er klären, und wenn es ihm den allerletzten Schlaf rauben würde.

»Glauben Sie, dass Oslip auf ihre Spur gekommen ist? Und dafür gesorgt hat, dass ...«

Schwester Annunziata schüttelte den Kopf, beinahe ärgerlich über seine Frage. »Was hätte er denn zu befürchten gehabt? Von einer Zigeunerin, noch dazu mit dieser Vergangenheit? Das können Sie sich aus dem Kopf schlagen. Der Herr Oslip hat eine weiße Weste!«

»Aber Sie haben sich doch ganz bestimmt Gedanken gemacht. Wer kommt Ihnen da in den Sinn, in welche Richtung denken Sie?«

»Ich habe keine Ahnung. Und ich habe viel nachgedacht, das können Sie mir glauben.«

»Könnte es sein ...«, er zögerte, dann sprach er weiter, »... dass irgendjemand aus Ihrem Kloster, eine andere

Schwester vielleicht, die Anwesenheit von Agota Lakatos mit ihrer sehr speziellen Vergangenheit als so ... so unpassend empfunden haben könnte, dass ...«

»Niemals!« Sie funkelte ihn an. »Dieser Gedanke ist völlig abwegig, ja geradezu niederträchtig. Sie haben offenbar nicht die geringste Ahnung, was das Zusammenleben in einer Ordensgemeinschaft ausmacht, Herr ...«

»Pestallozzi. Es tut mir wirklich leid, wenn ich Ihre Gefühle verletzt habe. Das war nicht im geringsten meine Absicht, bitte glauben Sie mir. Aber Sie müssen auch verstehen, dass ich in meiner Arbeit schon die unglaublichsten Wendungen erlebt habe. Alles ist möglich, so banal das klingen mag. Auch das Unvorstellbare.«

Sie schnaubte nur. Das Unvorstellbare war für Schwester Annunziata täglich Brot. Die Unbefleckte Empfängnis, die Auferstehung, das Jüngste Gericht. Und da kam er daher mit seinen hässlichen Verdächtigungen und wollte die dann mit hohlen Redewendungen beschönigen. Bei Schwester Annunziata hatte er verschissen, das dachte sich der Leo ganz bestimmt in diesem Augenblick. Falls er nicht schon völlig erfroren war. Pestallozzi steckte den Spiralblock wieder weg, seine Finger waren so steif, dass ihm beinahe der Kugelschreiber entglitt.

»Dann möchte ich mich für das Gespräch bedanken. Gibt es vielleicht noch irgendeinen Aspekt, den wir beachten sollten?«

Aber sie schüttelte nur abermals den Kopf, es war vergebliche Liebesmüh.

»Darf ich Ihnen meine Karte geben, falls Ihnen doch noch etwas einfallen sollte.« Er nestelte umständlich eine Karte mit abgeknickten Ecken und einem Kaffeefleck hervor, seine letzte, und legte sie auf den Tisch. Schwester Annunziata nickte gnädig. Sie standen alle drei auf, er und Leo umständlich, mühsam, von der Kälte ganz steif, nur ihre Gastgeberin schien von der Temperatur im Raum völlig ungerührt. Sie hatte ihnen nicht einmal einen heißen Tee angeboten, das fiel ihm erst jetzt auf. Aber es erschien ihm passend und nicht einmal unfreundlich. Tee trinken, das war für Schwester Annunziata einfach nur Schnickschnack.

Im Gang draußen war es so kalt wie in Sibirien. Die Tür zu dem Zimmer, in dem die Kinder gespielt hatten, war nur angelehnt, Schwester Annunziata schloss sie mit einem ärgerlichen Ruck: »So geht die ganze Wärme verloren. Wir verbrauchen sowieso schon viel zu viel Holz.«

»Ist das ein Klosterkindergarten?«

Sie warf ihm einen Blick von der Seite zu. »Wir fragen nicht nach der Konfession, falls Sie das meinen. Die Kinder kommen aus der Umgebung, manche müssen wir jetzt im Winter abholen, weil sie keine Schuhe haben. Bei uns kriegen sie eine warme Mahlzeit, und wir versuchen ihre Eltern zu bewegen, sie später dann in die Schule zu schicken. Das ist nicht unbedingt üblich hier.«

Das glitzernde Wien mit seinen prachtvoll geschmückten Nobeleinkaufsstraßen war gerade mal 40 Minuten entfernt, über die Autobahn. Aber für die Familien, aus denen diese Kinder kamen, musste es wie ein Weg zum Mond sein. Trotzdem versuchten es immer mehr oder schickten wenigstens ihre Kinder. Die mussten dann durch die überfüllten U-Bahnen ziehen, mit einem Pappbecher in der Hand, und die alten Lieder singen, die im Gedränge nur als lästig empfunden wurden. Am Abend klimperten dann ein paar Münzen in den Bechern, aber das half den Kindern auch nicht weiter. Oder den Müttern, die bei eisigkaltem Wind auf den Gehsteigen saßen, mit einem Säugling im Arm und bettelten. Denn immer stand nur ein paar Meter entfernt ein Aufpasser und behielt sie im Auge, dass ja kein Cent irgendwo in den Kittelfalten verschwand. In der Welt der Armut und der Ausbeutung hatten die Männer das Sagen, ob sie nun ein Ferdinand Oslip waren oder ein kleiner Ganove mit einer Selbstgedrehten zwischen den Fingern. Aber die Frau in der weißen Tracht unter der grobgestrickten grauen Weste und mit den klobigen Schuhen stemmte sich dagegen auf ihre ganz persönliche Weise, die bestimmt nicht die seine war, mit Beten und dem Heiland am Kreuz. Doch sie versuchte es wenigstens, so viele sahen nur weg oder füllten vor Weihnachten ein paar Erlagscheine aus und fühlten sich dann gleich besser. Wie er selbst zum Beispiel. Pestallozzi sah die Klosterschwester Annunziata an. »Kommen Sie zurecht?«

Sie nickte nur und öffnete das Tor, von dem der Winter gerade die allerletzten Reste vom kornblumenblauen Lack knabberte. Leo schniefte ganz jämmerlich in seinem Rücken, nie hatte er ein Taschentuch dabei.

»Wo finden wir diesen Parkplatz«, fragte Pestallozzi.
»Auf dem ...«
»Sie müssen nur stadtauswärts Richtung Grenze fahren, dann kommt gleich rechts die Shopping City. Unübersehbar. Aber Sie werden natürlich keine Spuren oder Zeugen mehr finden.«

»Das ist mir klar. Ich will mir auch nur ein Bild machen.«

»Na dann.« Sogar Schwester Annunziata schien jetzt die Kälte zu spüren. Sie verschränkte die Arme vor der Brust und verbarg ihre blauroten Finger in den Achsel-

höhlen. Aber vielleicht wollte sie ja auch nur einen Händedruck vermeiden, er war noch immer völlig unsicher, was der Knigge für den Umgang mit Ordensfrauen vorsah. »Nochmals vielen Dank für die Zeit, die Sie sich genommen haben«, sagte Pestallozzi. Er verneigte sich, Schwester Annunziata nickte nur und hatte sich offenbar dagegen entschieden, ihnen ein Kreuzzeichen oder einen segensreichen Spruch mit auf den Weg zu geben. Das Tor schloss sich hinter ihnen, und sie stapften zum Wagen zurück. An der ersten Ecke nach der Kirche blieb Leo plötzlich stehen. »Tut mir echt leid, Chef, ehrlich. Aber ich muss noch einmal zurück, ganz kurz nur, bin gleich wieder da.« Und er flitzte davon, Pestallozzi sah ihm kopfschüttelnd nach. Dieser Leo, manches Mal war er so ein schusseliger Tollpatsch! Was er jetzt wohl wieder vergessen hatte? Oder musste er aufs Klo? Na ja, Schwester Annunziata würde sich bestimmt sehr freuen, wenn sie noch einmal belästigt wurde, ihr säuerliches Gesicht war für den Leo wohl Strafe genug. Jetzt kam er auch schon wieder angerannt, eingehüllt in Atemwölkchen, die Hände in den Manteltaschen vergraben. »'tschuldigung!«
»Schon gut«, brummte Pestallozzi.
Der Skoda stand noch immer da, zum Glück ohne Strafmandat an der Windschutzscheibe und ohne Parkkrallen an den Reifen. Leo war wieder ganz der Alte und winkte ausgelassen zu dem Fenster mit der Spitzengardine, Pestallozzi ließ sich schwer auf den Beifahrersitz fallen und blickte auf seine Armbanduhr. In einer halben Stunde hatten sie einen Termin bei den Kollegen von der örtlichen Polizei mit einer Dolmetscherin, die eigens angefordert worden war. Und zu diesem Parkplatz wollte er auch noch. Und ein bisschen herumstrolchen, einfach

so, und sich diese kleine Stadt anschauen, die eine Etappe gewesen war auf der langen Reise von Agota Lakatos aus dem kalten Siebenbürgen bis ins punschdampfende, goldfunkelnde Salzkammergut. Wo jemand ihrem Leben, ihrem Atmen, ihrem Zorn und vielleicht auch ihren Ansätzen von Hoffnung ein Ende gesetzt hatte.

»Fahr los«, sagte Pestallozzi. Leo wusste nicht so recht, wohin. Aber er gab Gas, dass der Motor aufheulte und die wenigen Menschen auf der Fußgängerzone ihnen nachblickten.

*

Es war so kalt, dass er kaum die Ziffern auf der Tastatur vom Bankomat antippen konnte, so steifgefroren waren seine Finger. Der eisige Wind blies unaufhörlich, dabei waren es noch fast zwei Wochen bis Weihnachten, die wirklich kalten Tage würden erst anbrechen, nach Neujahr, im Jänner und im Februar. Er steckte die Scheine ein, 300 Euro, Peanuts. Aber dem Oslip hatte er schon zweimal 15.000 auf ein Konto in Liechtenstein überweisen müssen. Und was soll ich draufschreiben, hatte er gefragt, er, der immer so korrekt und übervorsichtig war. Schreibst halt Spesen, hatte der Oslip geantwortet, sein Grinsen hatte man sogar durchs Handy hören können. Oder was dir sonst einfallt. Wichtig ist nur, dass das Geld kommt. Weißt eh, in so einer Sache muss man viele Münder stopfen. Und er hatte stillschweigend bezahlt und hatte nicht gewagt, auch nur irgendeine Frage zu stellen. Wie ist das Ganze ausgegangen? Was ist mit dem Buben passiert? Hat seine Familie Nachforschungen angestellt? Der Oslip hatte ihm die ganzen entsetzlichen Folgen vom

Hals geschafft, und dafür würde er zahlen, bis in alle Ewigkeit. Denn der Oslip würde noch oft anrufen, darüber brauchte er sich keine Illusionen zu machen. Wie lang das noch gutgehen würde? Bis jetzt hatte seine Frau nichts entdeckt, aber seine unbeholfenen Transaktionen würden auffliegen, allerspätestens bei der nächsten Buchprüfung. Und welche Geschichte sollte er ihr dann erzählen? Die Wahrheit? Wie alles angefangen hatte damals in diesem ungarischen Kaff? Dass er sich doch nichts hatte zuschulden kommen lassen? Außer ...

Er war unten am See angelangt, ganz in Gedanken versunken, wo nur mehr wenige Hütten standen. Die Händler saßen dick eingemummt hinter ihren Pyramiden aus eingeschweißtem Speck und Früchtestollen. Und die Krippe mit den geschnitzten Figuren stand hier, Maria und Josef und die Hirten, die aussahen wie Holzfäller. Der Trog, auf den sie alle blickten, war mit Zweigen und Zapfen gefüllt, erst am 24. würde der kleine Jesus vom Herrn Pfarrer hineingebettet werden. Und endlich würde Stille einkehren.

Er sah zur Laterne hinaus, deren Schein sich in den dunklen Wellen spiegelte. So viele hatte er gekannt, die nicht gewartet hatten, bis der Sensenmann sie endlich fand, sondern die selbst ein Ende gemacht hatten. Aber das war keine Lösung. Nicht für ihn. Er wollte nur weg von hier. Sie sollten ihn endlich holen kommen und wegbringen von den Gesichtern, in die er nicht mehr schauen, von den Gesprächen, die er nicht mehr ertragen konnte. Damit die Ereignisse ein Ende fanden, die sich aneinander fädelten wie eine dunkle Kette, seitdem er in Ungarn gewesen war. Wo alles so trügerisch harmlos begonnen hatte. Ein Kongress eben, wie schon so viele, an denen er teilgenommen hatte. Diesmal in Budapest. *Entwicklung von überregionalen Konzepten für Ganzjahresdestinationen in Ungarn, Österreich und Slowenien.* Wie großkotzig das klang. Alle waren sie dagewesen, die Bürgermeister und Hotelmanager und Tourismusdirektoren, die Architekten und Werbefritzen, von denen sich jeder Aufträge erhoffte, sogar zwei Minister, die gleich nach den Eröffnungsreden und dem Galadiner wieder abgereist waren. Und er wäre am liebsten mitgefahren. Am Abend hatte es dann das unvermeidliche *gemütliche Beisammensein* gegeben. Die Bar in dem 5-Sterne-Hotel, in dem sie alle logierten, war zum Brechen voll gewesen mit Männern, die sich benahmen wie Maturanten in Bodrum, und mit Nutten. Schon bald waren die ersten Paare verschwunden unter den anfeuernden Zurufen der angeheiterten Meute an der Theke. Einer hatte sich ganz besonders hervorgetan: Ferdinand Oslip, *Hotelier* nach eigenen Angaben. Runden hatte der geschmissen und jedem auf die Schulter geklopft. Und irgendwann war er mit dem Vorschlag herausgerückt, die *Freunde* aus Salzburg sollten nach Ende vom Kongress doch noch auf einen Abstecher bei ihm vorbeischauen, irgendwo in so einem Ort an der Grenze, natürlich als seine Gäste. Die anderen waren gleich ganz begeistert gewesen, der Hermann und der Luigi und der Othmar, und ihm war nichts anderes übriggeblieben als mitzumachen, um nicht als Spaßverderber dazustehen. Dann waren sie in diesem Kaff gelandet, und die Hotelanlage vom Oslip hatte sich als grelle Diskothek mit angeschlossenem Motel entpuppt. So was würd ich gern auch bei euch aufziehen, hatte der Oslip gesagt und schon wieder Champagner kommen lassen. Der Hermann hatte sich zweifelnd am Ohr gekratzt, und ihm selbst war ganz schlecht geworden. So was brauchten sie bestimmt nicht im Salzkammergut, so einen halbseidenen Zirkus. Aber dann hatte der Oslip für Stimmung gesorgt, das konnte der wirklich. Essen vom Feinsten, serviert von Thai-Mädchen in hautengen schillernden Gewändern. Dem Luigi waren fast die Augen aus dem Kopf gefallen. Und nachher ab in die Disko. Die anderen hatten sich mit Champagner zugeschüttet und die ölglänzenden Frauenkörper angestarrt, die sich um Stangen räkelten und vor ihnen die Beine spreizten. So eine Dunkle, Herbe war an der Bar gestanden, der Oslip hatte den Arm um sie gelegt und ihnen allen zugegrinst. Das ist die Luna, die ist was ganz Spezielles, so was habt's ihr bestimmt noch nicht gesehen! Na, wer traut sich? Aber so durchgeknallt war dann nicht einmal der Luigi gewesen. Die Drinks waren immer härter geworden, nur er selbst war beim Bier geblieben. Der Luigi hatte ihn angegrinst. Jetzt sei doch locker, unsere Weiber zu Haus wissen eh von nix. Dann hatte der Luigi wieder auf Nippel und gepiercte Muschis geglotzt, und er war hinausgegangen. Durch einen langen schmalen Gang, an den Toiletten vorbei. Dann war er endlich draußen gestanden an der frischen kühlen Luft in einem Hof, in dem gerade Paletten mit Getränkedosen von einem Lastwagen abgeladen wurden. Männer hatten stillschweigend mit Zigaretten im Mundwinkel gearbeitet, und Buben waren herumgestanden, Kinder noch, die längst ins Bett gehört hätten. Einer von den Buben hatte so Lockerln gehabt und ein richtiges Engelsgesicht wie die Ministranten an Fronleichnam zu Hause, das hatte man sogar durch den Schmutz gesehen. Und dann war plötzlich der Oslip neben ihm gestanden. Na, ist nix Passendes für dich dabei gewesen, hatte der Oslip gefragt und grinsend zurück zu dem Lärm und der Musik gedeutet. Er hatte nur den Kopf geschüttelt und zu dem Buben geschaut. Und plötzlich war es ganz still geworden zwischen ihm und dem Oslip. Einander erkennen, so hieß es doch in der Bibel dafür, was ein Mann und eine Frau miteinander machten in der Nacht. Der Pfarrer im Religionsunterricht vor vielen Jahren war ganz verlegen geworden, als sie über diese Stelle bei Adam und Eva gestolpert waren. Einander erkennen. Und der Oslip hatte ihn erkannt, er fand bis heute kein anderes, kein passenderes Wort für das, was sich auf diesem Hinterhof zugetragen hatte in weniger als einer Minute. Ah, so ist das, hatte der Oslip gesagt und wenigstens nicht mehr gegrinst. Na dann. Und er hatte dem Buben gewunken, und der war gekommen, schüchtern und aufgeregt zugleich. Der Oslip hatte eine Magnetkarte aus der Sakkotasche gezaubert und auf das Motel gegenüber gedeutet. Nimmst dir eins von den Zimmern im obersten Stock, ich sag Bescheid. Und morgen früh bringst ihn zurück. Aber dass noch alles dran ist, hörst mich? Dazu hatte der Oslip schon wieder gegrinst. Eines von den Mädchen war hinter ihnen aufgetaucht, aber der Oslip hatte sie mit einer Handbewegung zurückgescheucht. Und er selbst war dagestanden und hatte ein Gefühl gehabt, als ob sein ganzer Körper glühen würde. Er hätte sich auf der Stelle umdrehen und weggehen müssen und vorher noch dem Oslip vor die Füße spucken. Das wäre die einzig anständige Möglichkeit gewesen. Das wusste er heute und das hatte er damals gewusst. Aber er war dagestanden und hatte nur an eines gedacht. Dass es seine einzige Chance war, einmal im Leben, weit weg von allen und allem. Einmal wahr machen, wovon er träumte, was ihn quälte jede

Nacht. Er hatte nach der Karte gegriffen, der Oslip hatte etwas zu dem Jungen gesagt, und dann waren sie zu dem Motel gegangen, er und das Kind.

Am nächsten Morgen war er dagelegen und hatte den schlafenden Buben betrachtet. Der hatte noch immer die Fernbedienung für den riesigen Flachbildschirm in der Hand gehalten wie die Stunden vorher, als er ihn nur gebadet und gestreichelt hatte. Mehr war nicht passiert, er war doch kein Schwein, kein pädophiles Monster. Und die ganze Zeit über hatte der Junge auf den Bildschirm gestarrt, als ob er gar nicht da wäre und nicht merken würde, was mit ihm geschah.

Um acht Uhr hatte er das Kind geweckt. Um zehn wollten sie sich für die Heimfahrt treffen, er und die anderen, nach dem Frühstücksbuffet, bei dem der Hermann wieder alles kahlfressen und auch noch heimlich Marmeladepackerln einstecken würde für zu Hause, der kannte da keinen Genierer. Aber vorher wollte er noch irgendetwas für den Buben tun, von dem er nicht einmal den Namen wusste, er hatte jedenfalls auf keine seiner Fragen reagiert. Bei der Anreise war ihm dieses riesige Shoppingcenter aufgefallen gleich nach der Autobahnabfahrt. Wo es alles gab, sämtliche Ketten waren vertreten, auch dieser amerikanische Spielzeugkonzern mit dem bunten Plastikkrempel. Dort wollte er für den Buben etwas kaufen, und vielleicht ein paar Pullover und ein Paar Schuhe dazu. Auch wenn das natürlich ein idiotisches Vorhaben war, aber er wollte es unbedingt tun, dem Buben *etwas Gutes tun*. Also hatte er sich angezogen und dann den Buben geweckt, der hatte eine Sekunde lang ganz erschrocken dreingeschaut, aber dann war er zum Glück ruhig geblieben. Und sie waren zu dem Shoppingcenter gefahren, ein Wahnsinn, eine Schnapsidee, wenn ihn der Luigi oder der Hermann gesehen hätten, was war ihm da nur eingefallen! Noch heute wurde ihm ganz heiß und kalt, wenn er daran dachte. Und das Verhängnis hatte seinen Lauf genommen wie in der Bibel. Der Parkplatz vor dem Shoppingcenter war noch fast leer gewesen, er hatte den Wagen abgestellt und nach hinten zu seiner Jacke gegriffen. Und in diesem Moment hatte der Junge die Tür auf seiner Seite aufgerissen und war hinausgesprungen und losgerannt wie ein Verrückter, als ob der Teufel hinter ihm her gewesen wäre. So bleib doch da, hatte er ihm nachgeschrien, ich will dir doch nur ... Und dann war das Kreischen und Quietschen von Bremsen zu hören gewesen, ein Knall und ein Splittern, ein weißer Kastenwagen war hinter der Hecke zum Stehen gekommen, die die Fahrbahn von den Stellflächen abgrenzte. Er war dagesessen, Stimmen waren laut geworden, aus dem Eingangsbereich vom Shoppingcenter waren Menschen gelaufen. Und dann hatte er wieder den Motor gestartet und war ganz langsam losgefahren, korrekt und bedachtsam, hatte den Blinker bei der Ausfahrt gesetzt und war zum Motel zurückgefahren. Wie in Trance. Die anderen waren schon beim Frühstück gesessen, der Hermann und der Luigi und der Othmar. Und der Oslip. Der hatte ihm entgegengegrinst. Na, da ist ja einer gar nicht aus den Federn gekommen! Er hatte sich einen Kaffee geholt und dann den Oslip am Büffet abgepasst. Kann ich dich einen Moment sprechen? Aber immer, hatte der Oslip gezwinkert. Und dann hatte er dem Oslip das Wenige erzählt, das es zu erzählen gab. Und der Oslip hatte nicht mehr gezwinkert. Sondern telefoniert, zweimal, auf Ungarisch. Und dann hatte sich der Oslip wieder zu ihm umgedreht.

Ich bring das für dich in Ordnung. Aber das wird natürlich was kosten. Natürlich, hatte er gesagt, jetzt hatten ihm die Knie schon so gezittert, dass er geglaubt hatte, er würde gleich umkippen, die anderen hatten bereits herübergeschaut. Was ist mit dem ... hatte er fragen wollen, aber der Oslip hatte nur unwirsch den Kopf geschüttelt. Die wissen noch nichts Genaues. Und das ist jetzt auch nicht mehr dein Problem. Fahr nach Hause und rühr dich nicht, verstanden? Du hörst von mir.

Dann waren sie nach Hause gefahren, er und der Hermann, der Othmar fuhr beim Luigi mit. Der Hermann hatte zum Glück fast die ganze Zeit geschnarcht. An der Autobahnraststätte überm Mondsee hatten sie sich alle noch einmal getroffen und einen Kaffee getrunken, die Stimmung war auf einmal ziemlich gedrückt gewesen. Schon ein schräger Vogel, der Oslip, hatte der Hermann gesagt. Die anderen hatten genickt. Also, den brauch ma wirklich nicht bei uns, hatte der Othmar gesagt. Was hast denn so lang mit ihm geredet beim Frühstück, hatte der Luigi gefragt. Ich hab eine Tante dort in der Gegend, hatte er gesagt, die hab ich nicht erreichen können. Und da hat der Oslip für mich nachgefragt. Er war von sich selbst erstaunt gewesen, wie leicht ihm das Lügen fiel. Dann waren sie alle nach Hause gefahren und hatten den Ausflug zum Oslip vergessen. Oder wenigstens nie mehr davon geredet, wenn sie sich trafen. Waren ja auch meist die Frauen dabei.

Er stand noch immer da und starrte auf die leere Krippe, wo das Jesuskind liegen würde, das so vielen Trost brachte. Auch denen, die über die Kirche und den Glauben immer nur spotteten. Aber wenn sie dann krank wurden oder der Tod an die Tür klopfte, dann kamen ihnen die Geschichten vom Himmel und vom Ewigen Leben plötzlich gar nicht mehr so komisch vor. Und von der Vergebung, die für jeden möglich war. Aber nicht für ihn, denn er hatte sich der allerschlimmsten Sünde schuldig gemacht. Er war nicht nur ein erbärmlicher Feigling gewesen, damals auf dem Parkplatz, sondern er hatte einen Menschen getötet, mit seinen eigenen Händen. Aber, Herr im Himmel, warum war sie auch ausgerechnet …

Eine schwere Hand krachte auf seine Schulter, es riss ihm beinahe das Herz entzwei vor Schrecken. Der Vizebürgermeister stand grinsend hinter ihm, offenbar hatte er schon einen Punsch intus. Oder auch zwei. »Na, schaust beim Kripperl vorbei? Wirst uns doch nicht fromm werden auf deine alten Tag!« Er schluckte, dann grinste er zurück: »Vielleicht bin ich halt ein Spätberufener!« Sie lachten, der Atem gefror vor ihren Mündern.

*

Sie waren zurück aus Ungarn, und jeder hatte sich in sein Zimmer verzogen. Pestallozzi saß am Schreibtisch und starrte zum Fenster hinaus, Leo brütete nebenan über dem Bericht, der an die Gerda Dörfler abzugeben war, zwei Tage Auslandsaufenthalt mussten protokolliert und die Ausgaben penibelst angeführt werden, auch wenn die Landesregierung gerade ein paar Hundert Millionen Steuergeld verzockt hatte, einfach so, manche munkelten sogar von einer Milliarde. Aber wenn zwei kleine Beamte ein paar Hundert Euro zu verrechnen hatten, dann musste das bis auf den Cent genau aufgelistet und gegengezeichnet und bewilligt werden: Kilometergeld und das billige Motel, in dem sie für eine Nacht abgestiegen waren, mit den schmuddeligen Tapeten und dem obligaten Münzeinwurf neben dem Fernseher für Pornos, die man sich spät in der Nacht reinziehen konnte. Na ja, wenigstens waren die Badezimmer picobello gewesen. Dort hatten sie sich aufs Ohr gehaut nach ihrem Besuch bei den ungarischen Kollegen, die eisig höflich gewesen waren, aber keinen Zweifel daran gelassen hatten, dass sie auf ihre Fragen gut verzichten konnten. Auch wenn die Dolmetscherin, eine füllige, attraktive freundliche Frau, ihr Bestes getan hatte, um diesen Umstand zu verschleiern und eine verbindliche Atmosphäre zu schaffen. Immerhin hatten sie erfahren, dass ein Anton Lakatos, zehn Jahre alt höchstwahrscheinlich, die Familie hatte keine Papiere vorweisen können, am 19. März des vergangenen Jahres auf dem Parkplatz vor dem Shoppingcenter Süd angefahren worden und drei Stunden später im Krankenhaus verstorben war. Der Lenker des Wagens, ein Lieferant für das Restaurant des Shoppingcenters, hatte sofort angehalten und zu helfen versucht, aber die Kopfverletzungen des Kindes waren zu schwer gewesen. Der Lieferant, sein Beifahrer sowie zwei weitere Zeugen hatten übereinstimmend ausgesagt, dass der Junge direkt in den Wagen gelaufen war. Was er auf dem Parkplatz zu suchen gehabt hatte, konnte nicht ermittelt werden. Gegen den Lenker war kein Verfahren eingeleitet worden, auch die Familie des Opfers hatte keine Probleme gemacht. Von dem Verbrechen an einer Agota Lakatos habe man erfahren, aber keinen Zusammenhang mit dem tödlichen Unfall des Buben gesehen. Lakatos hießen viele hier, aber eine Agota Lakatos war gänzlich unbekannt. Ob sie für Ferdinand Oslip gearbeitet haben könnte? An dieser Stelle hatte sich der älteste der drei ungarischen Kollegen, die ihnen gegenübergesessen waren, sogar ein Lächeln gestattet. Kein freundliches allerdings. Und er, Pestallozzi, hätte ihm so gern gesagt, dass er wusste, wie idiotisch diese Frage war, aber dass er sie einfach stellen musste. Und es war gewesen, als ob der ungarische Kollege seine Gedanken gelesen hätte. Er war plötzlich nicht mehr zynisch gewesen, sondern nur mehr müde und resigniert. Wenn sie etwas über Herrn Oslip wissen wollen, dann sollten Sie Ihre Kollegen in Wien fragen, hatte die freundliche Dolmetscherin übersetzt. Herr Oslip verfügt über ausgezeichnete Kontakte und wird eine Auskunft zu jeder Frage geben können, die Sie ihm stellen. Und ein Alibi für jede Minute an jedem Tag, der hinter uns liegt. Dem war nicht allzu viel hinzuzufügen gewesen. Sie waren aufgestanden und hatten sich verabschiedet, die freundliche Dolmetscherin hatte sie noch hinausbegleitet. »Wir tun hier wirklich, was wir können«, hatte sie gesagt. »Aber die Probleme werden immer größer. So viele kommen, so viele junge Frauen wollen nur ...« Sie hatte hilflos mit den Schultern gezuckt.

Dann waren sie noch ein bisschen herumgefahren, hinaus an den Stadtrand, wo die Straßen immer ärmlicher wurden und schließlich nur mehr Baracken standen. Kinder und Hunde spielten im Morast, eine Frau hängte Wäsche auf, Männer waren keine zu sehen. Dann waren sie ins Motel gefahren und hatten irgendwie die Nacht überstanden, sogar der Leo hatte urschlecht geschlafen, wie er am nächsten Tag beim Frühstück mit höllisch scharfer Wurst und Spiegeleiern berichtet hatte. Und jetzt waren sie zurück, und er ließ den Leo schuften und tat selbst nichts anderes, als Vermeidungsstrategien anzuwenden und bis zur Perfektion zu verfeinern. Wenn er den Woratschek nur von Weitem sah, bog er schon ins Stiegenhaus ab oder schneite zum verdutzten Habringer hinein. Wenn das Handy klingelte oder vibrierte, checkte er angespannt die Nummer. Und wenn es die Henriette war, dann ließ er es klingeln, wegdrücken wäre einfach zu unhöflich gewesen, und schwor sich, dass er in der nächsten halben Stunde zurückrufen würde. Aber immer kam ihm etwas dazwischen, er musste etwas im Internet recherchieren oder sich die Hände waschen oder endlich einmal seine Schreibtischladen nach dem verlegten USB-Stick durchsuchen. Vermeidungsstrategien eben, angeblich gab es sogar schon eine ganze Latte an Literatur zu dem Thema. Pestallozzi seufzte und starrte zum Fenster hinaus. Das Handy klingelte, er zuckte zusammen und griff danach. Er würde einfach den Anruf entgegennehmen, ohne vorher aufs Display zu schauen. Dann sollte ein gütiger Gott entscheiden, oder wer auch immer. »Pestallozzi!«

»Artur?« Ihre Stimme klang so atemlos, als ob sie gerannt wäre, beinahe hätte er sie nicht erkannt. »Es tut mir leid, wenn ich dich störe, entschuldige bitte.« Lisa. Lisa Kleinschmidt. Henriette Gleinegg hätte sich nie entschuldigt, auch wenn sie ihn um Mitternacht aus dem Schlaf gerissen hätte. Lisa sprach weiter, ohne eine Antwort abzuwarten. »Aber ich wollte es dir sagen. Ich gehe ins Kloster. Nur für ein paar Tage. Meine Mutter passt auf die Kinder auf. Ich muss einfach weg. Weg von allem. Abstand gewinnen. Die Gundula bekommt ein Kind. Kannst du dir das vorstellen? Ausgerechnet jetzt vor Weihnachten hat ihnen der Georg das sagen müssen! Dem Max und der Miriam! Halleluja! Ich kann einfach nicht mehr! Ach was, natürlich kann ich! Aber ich brauche zwei Tage für mich ganz allein, verstehst du das? Ich habe schon mit der Oberin gesprochen. Die wollte am Anfang Zicken machen wegen dem traurigen Geschehen und so. Aber ich bin hartnäckig geblieben. Ärztin mit Familie, Burnout, blablabla. Und jetzt darf ich kommen. Morgen schon. Vielleicht kann ich mich ja sogar ein bisschen umhören. Ich wollte es dir einfach sagen.« Ihre Stimme erstarb, die Erschöpfung war ihr sogar über die Entfernung anzuhören.

»In welches Kloster? Doch nicht etwa …«

»Doch, natürlich. Du hast mir doch selber davon erzählt, dass die auch Gäste für Einkehrtage aufnehmen. Das ist mir eingefallen, wie …«

»Lisa, das ist eine totale Schnapsidee, entschuldige bitte. Aber wir stecken mitten in …«

»Na und? Was hat denn das mit mir zu tun? Und der Gundula? Ein Kind der Liebe, dass ich nicht lache! Oder nein, besser speibe! Entschuldige! Die Gundula und Mutter! Wo sie den Max immer ankeppelt, wenn er nur …«

Er saß da und hatte das Gefühl, als ob ihm dieser Fall endgültig entgleiten würde. Wie die Quecksilberkügelchen aus einem zerbrochenen Thermometer. Aber andererseits: Nur aus dem Chaos entsteht neue Ordnung. Oder neue Erkenntnis. Oder so ähnlich jedenfalls. Das hatte ihnen ihr Chemieprofessor am Gymnasium immer gepredigt, der Krimpelstetter, dem sämtliche Versuche spektakulär misslungen waren. Einmal war ihm der Bunsenbrenner …

»Artur, hörst du mir überhaupt zu?«

»Natürlich höre ich dir zu! Und ich kann nur wiederholen, dass ich es für einen ausgemachten Unsinn und für gefährlich obendrein halte, ausgerechnet jetzt in diesem Haus irgendwelche Einkehrtage absolvieren zu wollen. Kannst du nicht Urlaub in einer Therme machen?«

»Oh ja! Urlaub in einer Therme, super Idee! Mit Dampfkammer und Fangopackungen.« Ihre Stimme klang so schneidend, wie er es nie für möglich gehalten hätte. »Na ja, danke, Artur. Wir hören wieder voneinander.« Und sie beendete das Gespräch. Er hielt das Handy in der Hand, es fühlte sich an wie ein feuchter Klumpen. Frauen! Wie anstrengend die doch waren. Heute war so ein Tag … er wäre am liebsten selbst ins Kloster gegangen.

*

Das Tor schloss sich hinter ihr mit einem dumpfen Knall. Die Schwester, die sie in Empfang genommen hatte, ging voran, ohne sich nach ihr umzusehen. Es war kein allzu freundliches Willkommen gewesen, aber dies war ja auch kein Hotel, wo das Personal fürs falsche Lachen bezahlt wurde, sondern ein Ort, an dem sie sich Stille und Frieden erhoffen durfte und sonst gar nichts. Die Stimme von Miriam gellte ihr noch immer im Ohr. *Die Gundula bekommt ein Baby, damit du es nur weißt!* Ihre Tochter hatte ihr das entgegengeschleudert wie einen Fehdehandschuh! Und ihr eigenes Gesicht war ganz weiß geworden, das hatte sie gespürt, gewusst, auch ohne Spiegel. Wann war aus ihrer Tochter nur ihre Feindin geworden?

Sie gingen durch einen langen, kalten Gang, der mit rosenfarbenen Steinfliesen belegt war. Die Schuhe der Schwester hatten offenbar Kreppsohlen, die nur ein leises Quietschen verursachten. Sie selbst trug Winterstiefel mit Absätzen, die peinlich klackten. Wenigstens kam es ihr so vor. Dann waren sie am Fuß einer steinernen Treppe angelangt und stiegen hinauf, an Ölgemälden und den Ranken einer Efeutute vorbei, die sich über die weißgekalkten Wände schlängelte. Flügeltüren begrenzten den ersten Stock zu beiden Seiten. Die Schwester wies auf die Tür zur Rechten. »Dahinter beginnt unsere Klausur, also der Teil des Hauses, den zu betreten Gästen nicht gestattet ist.« Sie ging weiter, ohne eine Antwort abzuwarten. »Gewiss«, hörte sich Lisa murmeln und sah erwartungsvoll auf die Tür zur Linken. Ob sich dort ihr Zimmer befinden würde? Aber die Schwester stieg bereits wieder eine Treppe hoch, die erheblich steiler war als die vorige und in fensterloser Düsternis zu enden schien. Sie waren unter dem Dach angelangt, nur mehr ein schmaler Gang führte an drei Türen vorbei. Die Schwester öffnete die erste und blieb stehen, Lisa zwängte sich mit ihrer Reisetasche an ihr vorbei. Was sollte sie jetzt sagen? Oh, sehr schön, vielleicht? Das Zimmer sah aus wie die Kammerln, in denen sie während ihrer Ausbildung zur Medizinerin in den diversen Krankenhäusern und an den verschiedenen Abteilungen übernachtet hatte. Ein Bett mit Tischchen und einer Lampe, eine Kommode, eine Garderobe an der Wand. Ein riesengroßer Schrank in der Ecke gleich neben der Tür. Und natürlich ein Kruzifix an der Wand, jemand hatte eine Rispe trockener Ähren hinter den gekreuzigten Jesus gesteckt.

»Oh, sehr schön!«, sagte Lisa. »Nur, äh, gibt es auch, also ich meine, gibt es auch eine Toilette und eine Dusche hier oben? Oder muss ich …?« Sie sah sich schon mitten in der Nacht durch dieses kalte Haus wandeln. Keine sehr erfreuliche Aussicht. Auf einen Bademantel hatte sie nämlich vergessen, weil sie wie von der Tarantel gestochen einfach ein paar Slips und Pullover und ihre Zahnbürste in die Tasche geworfen hatte.

Die Schwester wies auf den riesigen Schrank: »Da finden Sie alles. Vor zwei Jahren sind nachträglich Toiletten und Waschgelegenheiten in die Gästezimmer eingebaut worden.«

Danke, ihr Jungfrauen im Himmel! Lisa lächelte die Frau im bodenlangen weißen Kleid voller Erleichterung an, aber die bewegte keine Miene. Ihre Augen waren von Brillengläsern verdeckt, die mindestens einen Zentimeter dick sein mussten. Ob Klosterschwestern eigentlich Kontaktlinsen tragen durften?

»Vielen Dank für Ihre Begleitung«, sagte Lisa. Sie kam sich plötzlich wieder so unsicher vor wie als Studentin, wenn sie den Stationsschwestern gegenüber gestanden war. Manche waren richtige Drachen gewesen. Diese hier hätte gut auf eine Interne gepasst oder auf eine Urologie, wo sie die Männer herumkommandieren konnte. »Ich, äh, werde dann ...«

»Falls Sie an der Vesper teilnehmen wollen, so beginnt diese um 18 Uhr. Es steht Ihnen natürlich frei. Abendessen ist anschließend um 18 Uhr 45.«

»Oh, also ich glaube, ich werde heute lieber auf meinem Zimmer bleiben. Nur wenn das ...«

»Selbstverständlich.« Die Schwester neigte den Kopf und rauschte davon, ein paar Mal war noch das Quietschen ihrer Schuhsohlen zu hören, dann war es völlig still. Lisa Kleinschmidt schloss die Tür und ließ sich aufs Bett fallen. Wie viele Frauen lebten eigentlich in diesem Haus? Sie hätte Artur fragen sollen. Aber den hatte sie ja nur angeblafft wie eine Furie. Obwohl, auch Artur war in den letzten Tagen irgendwie verändert gewesen.

Hatte nicht zurückgerufen, was doch gar nicht seine Art war. Oder bildete sie sich das nur ein? War sie wirklich so ein Sensibelchen, wie ihr Exmann sie immer geneckt hatte? Na ja, wenigstens am Anfang, am Schluss hatte er sie dann meistens nur mehr eine hysterische Zicke genannt.

Sie stand auf und machte zwei Schritte zum Fenster. Der Blick ging in einen Innenhof, in dem sich zusammengesunkener Schnee auf Büschen und zwei Behältern, offenbar Mülltonnen, türmte. Eine Krähe versuchte auf dem Sims gegenüber zu landen, aber sie rutschte immer wieder ab und endlich gab sie auf und flatterte davon. Lisa sah ihr nach, wie sie hinter dem eisig funkelnden Dach verschwand. Sie war noch nicht einmal eine Stunde in diesem Haus und schon fühlte sie sich wie von der Umwelt abgeschnitten. Wie die Schwestern das nur aushielten? Die Bräute Christi? Wenigstens waren sie heutzutage alle freiwillig im Kloster, hoffentlich! Und nicht so wie früher, als unverheiratete Töchter einfach in Klöster abgeschoben worden waren. Und den Rest ihres Lebens mit Beten und Sticken ausfüllen mußten.

Unten im Hof schlug eine Tür zu, dann erschien langsam eine Schwester, die gebeugt und schleppend ging. Sie trug einen Kübel zu den Mülltonnen, von denen sie eine mühsam öffnete, der Schnee fiel in Brocken zur Erde. Die Schwester stülpte den Kübel über die Tonne und klopfte auf seinen Boden, dann klappte sie den Deckel der Mülltonne wieder zu und ging den Weg zurück. Doch nach wenigen Schritten blieb sie plötzlich stehen und blickte zum Fenster des Gästezimmers hoch, Lisa machte erschrocken einen Schritt zurück wie ertappt! So ein Unsinn, sie ärgerte sich über sich selbst. Warum sollte sie nicht am Fenster stehen und hinausschauen dürfen? Denn etwas anderes war ja wohl kaum möglich in dieser Dachbodenkammer, in der es natürlich keinen Fernseher gab, ja nicht einmal ein Radio. Ihr eigenes Notebook hatte sie zu Hause gelassen, gratuliere, und auf Lesestoff hatte sie genauso vergessen wie auf ihren Bademantel. Wunderbar, gut gemacht, Frau Kleinschmidt!

Sie blickte auf ihre Uhr. Vier Uhr vorbei, und sie hatte keine Ahnung, wie sie die Zeit bis zum Schlafengehen verbringen sollte. Ob man einfach durchs Kloster schlendern und sich ein bisschen umsehen konnte? Irgendwie fehlte ihr der Mut dazu. Ob sie zu Hause anrufen sollte? Nein, besser nicht, der Max würde dann bestimmt weinerlich werden und ihr das Herz schwer machen. Obwohl er sich so auf die Freilassing-Oma gefreut hatte. Sie würde lieber ihre paar Pullover auspacken und sich dann ein wenig ausruhen, wozu war sie sonst an diesen weltfernen Ort gekommen?

Um 20 nach vier hielt sie es nicht mehr länger aus. Sie tippte auf ihr Handy und lauschte dem Freizeichen. Endlich wurde abgehoben.

»Ja, werisda?« Der Max, verflixt, der zum Glück richtig vergnügt klang. Aber gleich würde er zu quengeln beginnen, wenn er ihre Stimme hörte.

»Hallo, mein Großer. Ich bin's, die Mama. Geht's dir auch gut? Wo ist denn die ...«

»Die Oma macht gerade Schinkenfleckerln. Und ich darf fernsehen. Baba, Mama!«

Gepolter war zu hören, dann bekam offenbar ihre Mutter den schnurlosen Apparat in die Hand gedrückt.

»Ja Lisa, bist du das? Wie geht es dir, Kind?«

»Danke, Mama, wirklich gut! Du machst gerade Schinkenfleckerln? Ich bin so froh, dass du Zeit gehabt hast, wirklich! Was treibt denn Miriam? Hoffentlich benimmt sie sich halbwegs und macht dir keine ...«

»Ooch, wir zwei kommen prima miteinander aus, mach du dir keine Sorgen, Kind! Die Miri sitzt gerade in ihrem Zimmer und lernt für irgendeine Prüfung am Freitag. Und der Max ist sowieso ein Goldstück. Aber du, ich muss jetzt wieder zum Herd, ja? Pass gut auf dich auf, Kind, und komm mir erholt zurück. Wir denken an dich!«

Am liebsten hätte sie das Handy in die Ecke geschleudert. Sehr aufbauend, sie wurde ja geradezu glühend vermisst! Sie hockte sich wieder auf die grobe kratzige Bettdecke und zog die Beine an. Dann ließ sie sich langsam zur Seite kippen. Sie würde nur für ein paar Minuten die Augen zumachen, solch einen Luxus am Nachmittag hatte sie sich schon lang nicht mehr gegönnt. Aber ihre Augen waren ja schon zu. Und die Decke war gar nicht kratzig, sondern roch irgendwie vertraut, wie die Decken damals in den Stockbetten am Schulschikurs. Als sie sich zum ersten Mal über eine schwarze Abfahrt getraut hatte. Ein Fenster im Hof schlug zu, aber Lisa hörte es nicht mehr.

Als sie erwachte, war es finstere Nacht. Und sie lag noch immer in Rock und Pullover auf dem Bett, unglaublich! So etwas war ihr schon seit vielen Jahren nicht mehr passiert. Sie tastete nach ihrem Handy und starrte auf die Zeitangabe. 05 Uhr 20, das konnte nur ein Scherz sein! Sie hatte über zwölf Stunden lang geschlafen! So tief und fest wie ein sattes Baby. Sie zog die zerwühlte Decke fester um sich. Wann es hier wohl Frühstück gab? Und wo? Sie war so überstürzt und kopflos in dieses Abenteuer gestartet, fast trotzig, ganz besonders nach der Reaktion von Artur, der sie behandelt hatte wie ein Schulmädchen. Aber jetzt war sie hier gelandet und würde das Beste aus diesen zwei Tagen machen. Weiter unten im Haus wurden leise Geräusche hörbar, Türenschließen und ein Trappeln von Füßen. Es klang so sachte wie das Huschen von Mäusen. Sie setzte sich im Bett auf und rieb sich die Augen, dann machte sie im Finstern die zwei Schritte zum Fenster. Das Kloster lag in tiefer Dunkelheit, nur zwei hohe Bogenfenster im gegenüberliegenden Trakt waren erleuchtet, warmes Licht flackerte hinter den Scheiben, ganz eindeutig von Kerzen. Sie entriegelte das Fenster, das sich zum Glück öffnen ließ, und beugte sich hinaus in die kalte, klare Luft. Leiser Gesang wehte über den Innenhof bis zu ihr hinauf unters Dach. Lisa schloss für einen Moment die Augen. Sechs Uhr früh! Es war so unwirklich, so friedvoll, als ob sie noch immer träumen würde. Dann verriegelte sie das Fenster wieder und begab sich in das nachträglich eingebaute sogenannte Badezimmer. Sogar eine Dusche war da, sie ließ das warme Wasser über ihren Rücken prasseln.

40 Minuten später schlich, nein, ging sie tapfer durch das Stiegenhaus hinunter auf der Suche nach dem Frühstücksraum. Oder wie auch immer man das hier nannte! Die Doppeltür zur Klausur war fest verschlossen, und natürlich hätte sie für ihr Leben gern einen Blick dahinter geworfen! Wie kindisch, kaum war eine Sache verboten, so wurde sie auch schon interessant! Denn was sollte sich hinter der Tür anderes verbergen als ganz gewöhnliche Zimmer, die von Frauen bewohnt wurden? Die bestimmt auch nur …

Beinahe wäre sie in die junge Schwester hineingerannt, die eine metallglänzende Kanne trug. »Oh, Verzeihung!«

»Tut mir leid!« Die junge Schwester knickste mit hochrotem Gesicht, dann riskierte sie einen kurzen Blick, ehe sie wieder zu Boden blickte. »Wir haben im Refektorium für Sie gedeckt! Wenn Sie bitte mit mir kommen würden!«

Sie folgte der jungen Schwester durch den langen Gang im Erdgeschoss bis ans Ende, um eine Ecke, dann öffnete die Schwester eine dunkelbraune geschnitzte Doppeltür, und sie betraten das *Refektorium*. Wie bei Harry Potter, dachte Lisa und war einen Moment lang in Versuchung, zu kichern. Aber dieser Heiterkeitsanfall ging rasch vorüber. Ein Dutzend Frauen saß an zwei Tischen längs der Wände, ihre weißen Kleider waren wie helle Tupfer vor der dunklen Wandvertäfelung. Ein riesiger Kronleuchter schwebte von der Decke, der Saal mündete in eine Art Podium, zu dem zwei Stufen führten. Auf dem Podium standen ein leerer Sessel, ein Pult und eine Stehlampe. Die junge Schwester knickste wieder, deutete auf ein Gedeck, das ganz am Ende des rechten Tisches aufgelegt war, und eilte zum Kopfende des Tisches, wo sie begann auszuschenken.

»Guten Morgen«, sagte Lisa. Ein paar Schwestern wandten sich ihr für einen Augenblick zu, ein Gesicht lächelte sogar. Die Schwester mit den dicken Brillen zog die Augenbrauen hoch. Dann senkten alle wieder den Blick auf ihre Teller. Niemand sprach, nur das leise Klirren von Besteck und Tassen war zu hören. Lisa nahm Platz und inspizierte ihr Frühstück. Zwei Scheiben dunkles Brot, ein Stück Butter und ein Klacks Marillenmarmelade. Die junge Schwester hatte ihre Tasse bereits mit Tee aufgefüllt. Sie hätte so gern einen Kaffee gehabt, schwarz mit Zucker, aber es war völlig klar, dass es eine grobe Unhöflichkeit gewesen wäre, darum zu bitten. Selber schuld, warum war sie nicht in eine Therme gefahren, wie Artur ihr das so sehr ans Herz gelegt hatte! Da würde sie jetzt vor einem Frühstücksbuffet mit Speck und Eiern und Obstsalat stehen, statt hier …

Sesselrücken hatte eingesetzt, einige Schwestern hielten die Hände wie zum Gebet gefaltet, andere begannen gerade, sich zu erheben. Lisa stopfte sich rasch noch einen ordentlichen Bissen Marmeladenbrot in den Mund und trank Früchtetee hinterher. Wer weiß, wann sie hier wieder etwas in den Magen bekommen würde. Sie bückte sich, um einen Krümel aufzuheben, dann blickte sie wieder hoch. Eine Frau war vor ihrem Platz stehengeblieben, sie trug eine Schärpe um die Mitte ihres weißen Habits, der Drache mit den dicken Brillen stand unmittelbar hinter ihr.

»Sie sind also unser Gast«, sagte die Frau. »Wir haben am Telefon miteinander gesprochen. Ich hoffe, dass Sie sich bei uns wohlfühlen und die kurze Zeit zur Regeneration nützen können. Schwester Benedikta hat Ihnen ja bereits das Haus gezeigt.«

Das musste also die Oberin sein, und der Drache hieß demnach Benedikta. Lisa schluckte und lächelte. »Ja, vielen Dank. Die Ruhe tut mir wirklich gut. Aber ich würde mich auch gern … gern etwas nützlich machen und nicht nur entspannen. Wenn das irgendwie möglich ist.«

Nun lächelte auch die Oberin. »Ich befürchte, Sie werden sich mit der Stille und Abgeschiedenheit, die unser Haus bietet, zufriedengeben müssen. Üblicherweise kommen unsere Gäste im Sommer, dann ist es leichter, sie in den Tagesablauf einzugliedern. Aber vielleicht findet sich ja eine kleine Aufgabe für Sie. Arbeit hilft nicht nur dem Körper, sondern auch dem Kopf, um zur Ruhe zu kommen. Da haben Sie ganz recht, wenn Sie das so empfinden.«

Sie neigte den Kopf und verließ gemessenen Schritts das Refektorium, Lisa hätte beinahe geknickst. Dann folgten paarweise die Schwestern, die meisten sahen zu Boden, einige wenige riskierten einen kurzen Blick auf den Gast, eine alte Schwester lächelte. Die junge Schwester war zurückgeblieben und hatte begonnen, das Geschirr auf ein Tablett zu schlichten.

»Kann ich helfen?«, fragte Lisa. Aber die Schwester schüttelte nur den Kopf und flüsterte ein leises »Danke«. Auch gut. Lisa nickte ihr zu und machte sich zurück auf den Weg in ihre Dachkammer. Den Vormittag vertrödelte sie auf ihrem Bett und mit einem Spaziergang durch die kalten Gänge. Auf einem Tisch gleich neben dem Refektorium lagen Broschüren, die von fernen Missionsstationen berichteten und vom Leben längst verstorbener Heiliger, von jungen Männern, die sich zu Priestern berufen fühlten und von Kuppeln, die restauriert wurden. Es war ein Blick in eine Welt, die ihr so fern war wie der Mond. Dann stieg sie wieder die Stufen in den ersten Stock hinauf, wo die Ölgemälde wie Fenster voller Düsternis und Pein an der Wand hingen. Bleiche Körper, von Speeren durchbohrt und von blutigen Striemen bedeckt, bärtige Männer, die zum Himmel flehten. Auf einem der Bilder war ein kleines Bündel zu sehen, das auf einem Tisch lag, Menschen knieten davor. Lisa trat einen Schritt näher.

Der Schmid Blasius hat im Jahre 1518 des Herrn sein todtgeborenes Kind gebracht und auf den Altar gelegt, und nachdem alle zur Mutter der Gnaden um Hilfe gerufen, bekam das todte Kind die schönste Farbe und wurde unter Läutung der Glocken getaufet.

Sie stand schaudernd davor. Was für Aberglauben diese armen Menschen doch beherrscht hatte! Ein Kind, das durchs Beten wieder lebendig geworden war!

»Traurig, nicht wahr?«, sagte eine Stimme neben ihr. Lisa erschrak so sehr, dass sie beinahe aufgeschrien hätte. Diese Schwestern mit ihren verdammten lautlosen Sohlen! Die Frau schien ihr Erschrecken aber zum Glück nicht bemerkt zu haben, sie sah ebenfalls auf das Bild. »Damals durften totgeborene Kinder nicht in geweihter Erde begraben werden. Also hat man sie auf den Altar gelegt, und wenn der Pfarrer Mitleid gehabt hat, dann hat er so getan, als ob das Kind noch leben würde. Dann konnte es getauft und anschließend auf dem Friedhof begraben werden.«

Sie lächelte Lisa an. »Aber Sie sind nicht zu uns gekommen, damit ich Ihnen solche Geschichten erzähle, oder? Mittagessen ist in einer halben Stunde im Refektorium, Sie wissen ja, wo das ist. Heute gibt es Kürbissuppe, wenn mich mein Geruchssinn nicht täuscht. Hoffentlich tut die Agnes nicht wieder zu viel Ingwer hinein, das vertragen die meisten von uns nicht. Aber die Agnes kann ganz schön eigensinnig sein, wenn's ums Kochen geht.« Sie lachte wieder und nickte Lisa zu, dann nahm sie die letzten beiden Stufen hinauf in den ersten Stock mit einem Satz und mit gerafftem Rock. Lisa starrte ihr verblüfft nach. War das am Ende gar eine Erscheinung gewesen?

Die Kürbissuppe war einfach köstlich. Ziemlich scharf, aber einfach köstlich. Lisa blies auf ihren vollen Löffel. Wer wohl diese Schwester Agnes war, die so fantastisch kochen konnte? Und niemand lobte ihr Gericht, alle hielten die Köpfe gesenkt und aßen schweigend. Ein bisschen Musik wäre nicht schlecht, dachte Lisa. Es muss ja kein Schlagergedudel sein. Aber diese Mönche mit ihren Chorälen sind doch sogar in der Hitparade.

Eine Schwester vom oberen Ende der Tafel war aufgestanden und betrat nun das Podium. Sie nahm die zwei Stufen hinauf so sittsam wie möglich, aber es war ganz eindeutig diejenige, die vorhin so keck ihren Rock gerafft hatte. Die Schwester öffnete ein Buch, alle legten die Löffel zur Seite, Lisa tat es ihnen schweren Herzens nach. Jetzt kam offenbar eine Lesung, hoffentlich wurde die schöne Suppe nicht kalt.

Des Menschen Tage sind wie Gras, er blüht wie die Blume des Feldes. Fährt der Wind darüber, ist sie dahin, der Ort, wo sie stand, weiß von ihr nichts mehr.

Die Stimme der Schwester hatte so wohltönend geklungen, als ob sie auch eine schöne Singstimme haben würde. Aber die Melancholie des Textes hatte sie nicht mildern können. Lisa riskierte einen Blick rundum. Alle griffen wieder zu den Löffeln, die Schwester klappte das Buch zu und verließ das Podium. Sie aßen zu Ende, dann wurde die Tafel aufgehoben, und der Auszug der Schwestern aus dem Refektorium begann. Lisa stand ebenfalls auf, gerade rechtzeitig, denn die Oberin hielt schon wieder vor ihrem Platz an.

»Sie wollten sich doch ein wenig nützlich machen, nicht wahr? Dafür wäre heute Nachmittag eine gute Gelegenheit. Unsere Schwester Benedikta feiert morgen Geburtstag, und Schwester Agnes will eine Überraschung vorbereiten, für die sie Hilfe in der Küche braucht, wie sie mich gerade hat wissen lassen. Wäre das etwas für Sie?«

»Gern. Sehr sehr gern!«

»Wunderbar!« Die Oberin schritt weiter, der Zug der Schwestern folgte ihr. Und welche war jetzt Schwester Agnes? Und wo war die Küche? Hallo, kann mir jemand ... Aber Lisa pfiff sich selbst zurück. Alles würde sich finden zur rechten Zeit. Das fromme Leben rings um sie schien bereits Wirkung zu zeigen.

*

Leo knackte mit den Fingerknöcheln. Im neuen Jahr würde er damit aufhören, versprochen! Denn es war ihm eigentlich schon bewusst, wie sehr er seiner Umgebung damit auf die Nerven fiel. Der Mama und der Oma. Dem Chef. Und sogar den meisten Frauen, manche zuckten regelrecht zusammen, wenn er sein urtypisches Geräusch, das Knacken eben, von sich gab. Wie diese Cordula heute wieder in der Cafeteria, aber die schien überhaupt ein ungenießbarer Brocken zu sein. Immer so düster und schlecht drauf, nie ein Lächeln im Gesicht. Na ja, selber schuld, was hatte sie sich auch zur Kinderpornographie gemeldet, der schlimmsten Abteilung überhaupt. Dort würde er, Leo, nie und nimmer seine Brötchen verdienen wollen, da könnte der Präsident mit dem dreifachen Lohn und einem Orden jedes Jahr winken. No, mille grazie!

Leo Attwenger starrte auf den flimmernden Computerbildschirm. Zwei Wochen hatte er noch, dann musste er seinen guten Vorsatz in die Tat umsetzen. Dann war Silvester. Und bis dahin sollten sie auch diesen Hundling endlich überführt haben, der die Agota erstickt und einfach wie eine leere Coladose im Wald hinter dem Weihnachtsmarkt entsorgt hatte. Eine echte Provokation. Hunderte Menschen mussten an dieser Böschung vorbeigekommen sein, der Trubel war bis an die Ränder des Wäldchens gebrandet, und mittendrin war diese Tote gelegen. Er selbst hatte sie ja damals gar nicht zu Gesicht bekommen, sondern hatte Wache geschoben und die Gaffer in Schach gehalten. Aber der Gmoser hatte es ihm später unter vier Augen erzählt. Wie er neben der Leiche stundenlang im Wald gestanden war, im Mondschein, und von ferne hatte man die Leute lachen gehört. Der Gmoser nahm jetzt immer Baldrianperlen zum Einschlafen.

Und den Mörder, den eiskalten, der das getan hatte, hatten sie noch immer nicht. Und alle schauten auf den Chef und erwarteten sich wie üblich ein Wunder von ihm. Aber der Chef war diesmal anders. Sonst waren die Erwartungen immer an ihm abgeprallt, als ob er sie gar nicht bemerken würde. Das hatte den Chef irgendwie so … so unverwundbar gemacht. Aber diesmal … Der Chef zeigte Wirkung. Richtig dünnhäutig war der geworden. Und manches Mal so sarkastisch. So richtig zynisch. So bitter. Was da wohl dahintersteckte?

Leo knackte mit den Fingerknöcheln. Er würde richtig froh sein, wenn er diese blöde Angewohnheit endlich los sein würde im nächsten Jahr. Nur jetzt konnte er einfach noch nicht damit aufhören. Denn da war so ein Kribbeln, das ihm schon seit Tagen zu schaffen machte. Der Chef brauchte Hilfe. Seine Hilfe. Das stand fest. Und da war noch etwas … Schon seit Tagen ließ es ihn nicht los. Irgendetwas hatten sie übersehen. Eine Verbindung, die direkt vor ihren Augen auf und ab tanzte. Wie diese Männchen, auf die man bei den Jahrmarktsbuden zielen konnte. Mit ihren grinsenden Gesichtern.

Dieser Ferri Oslip, von dem die Schwester Annunziata und die ungarischen Kollegen erzählt hatten, der war doch *Hotelier*, jedenfalls offiziell. Und auf dem Grundstück vom Kloster, diesem *Schwarzarabien*, sollte ein *Hotel* gebaut werden. Vom Architekten Turnauer. Wo war der Schnittpunkt? Wo liefen all die Linien zusammen? Irgendwo mussten die sich doch getroffen haben, so viele Hinweise und Spuren, und alle hatten sie irgendwie mit *Hotel* zu tun.

Leo holte tief Luft, dann gab er den ersten Suchbegriff ein. Er vergaß sogar, mit den Fingerknöcheln zu knacken.

*

Natürlich hatte sie die Küche gefunden. Und diese Schwester Agnes, der sie helfen sollte, bei was auch immer. Hoffentlich bei einer simplen Verrichtung, denn komplizierte Rezepte waren nicht gerade ihr Ding. Die Gundula konnte ja angeblich ganze Wildschweine braten, aber sie selbst war froh, wenn ihr der Sugo zu den Nudeln nicht anbrannte. Lisa Kleinschmidt sah erwartungsvoll-nervös die kleine alte Frau an, die ihr entgegenlächelte. »Sie sind also die Frau Doktor, die bei uns zu Gast ist? Und Sie wollen mir wirklich beim Äpfelschälen helfen?«

»Beim Äpfelschälen?« Sie sah so erleichtert drein, dass sie beide lachen mussten.

»Wohl. Ich mach für morgen einen Apfelstrudel. Da muss man ganz schön viel schälen für so viele Leut. Der Teig ist schon fertig, der muss jetzt nur noch rasten, bevor ich ihn auszieh.« Die kleine alte Frau, die ihr schon im Refektorium zugelächelt hatte und die also Schwester Agnes war, deutete auf einen Teigklumpen, der seidig glänzend auf einem bemehlten Tischtuch lag, ein zweiter Knödel wartete auf einem Brett daneben. »So, fangen wir an. Die Jonathan hab ich schon vorbereitet.« Sie wies auf zwei Körbe voll rotbackiger Äpfel, die auf der Anrichte standen. »Dazu nehmen Sie am besten das kleine spitze Messer. Eine Schürze kriegen Sie auch noch von mir. Und immer schön dünn schälen, ja?«

Sie standen nebeneinander beim Arbeiten, Lisa gab ihr Allerbestes, um die Äpfel gleichmäßig zu schälen. Säuerlicher Duft stieg von dem saftigen Fruchtfleisch hoch. Sie reichte die Äpfel an Schwester Agnes weiter, die sie in dünne Scheiben schnitt. »Ich fang jetzt mit dem Ausziehen an«, sagte die Köchin nach einer Weile. Sie ging zu dem Teigklumpen und drückte ihn mit ein paar energischen Bewegungen ihrer Handballen platt, dann begann sie so vorsichtig und konzentriert wie eine Restauratorin an ihm herumzuzupfen. Immer größer und flacher wurde der Teig, immer dünner, wie ein vanillegelber See, der sich langsam von der Tischmitte hin zu seinen Rändern ergoss. Lisa sah voller Faszination zu. »Nicht aufs Schälen vergessen«, mahnte Schwester Agnes, die über den Tisch gebeugt stand, aber es klang freundlich und nicht wie ein Verweis. Lisa machte sich wieder an die Arbeit. Und endlich kam ein Gefühl wie Weihnachtsfrieden über sie. Flocken tanzten vor den Fenstern, der Herd summte. Getrocknete Kräuter hingen an einer Stange von der Decke und drehten sich sachte in der warmen aufsteigenden Luft. Es roch nach Äpfeln und ganz schwach nach Zimt. Wenn so das Leben im Kloster war, dann konnte man sich eigentlich ganz gut vorstellen, weshalb …

»So, den ersten werden wir jetzt füllen«, sagte Schwester Agnes. Sie beträufelte den nun hauchdünnen Teig mit zerlassener Butter aus einem blauen Emaillepfännchen. Dann ging sie zum Herd und wollte die schwere gusseiserne Pfanne holen, in der geröstete Brösel glänzten, aber Lisa kam ihr zuvor. Die Brösel wurden auf dem Teig verteilt, dann die Apfelscheiben. Rosinen wurden großzügig darüber gestreut, schließlich Zucker und Zimt. Das glaubt mir niemand, dachte Lisa. Dass ich hier in einer Klosterküche stehe und einer alten Schwester zuschaue, wie sie einen Strudel macht. Völlig verrückt. Total abgehoben. Schwester Agnes rollte den Teig samt Fülle mit raschen geschickten Bewegungen zusammen, dann musste Lisa das große Blech aus dem Backofen unter die Tischkante halten. Schwester Agnes ruckelte am Tischtuch und plopp, da lag er, der Apfelstrudel. Lisa grinste so stolz, als ob sie ein Neugeborenes in den Armen halten würde, dem sie soeben selbst in die Welt geholfen hatte. Der Strudel wurde in den Ofen verfrachtet.

»Jetzt machen wir eine kurze Pause«, sagte Schwester Agnes, »dann kommt der nächste dran.« Sie tranken beide ein großes Glas Wasser, Lisa hatte gar nicht bemerkt, wie durstig sie geworden war in der Hitze dieses Gewölbes.

»Haben Sie Kinder?«, fragte Schwester Agnes.

Lisa nickte. »Zwei. Die Miriam ist bald 16, und der Max ist fünf. Der kommt nächstes Jahr in die Schule und kann es schon gar nicht mehr erwarten.«

»Und Ihre Kinder sind jetzt wo?«

Es hatte nicht wie ein Vorwurf geklungen, aber Lisa empfand es so. Sie hatte sowieso schon ein schlechtes Gewissen, weil sie einfach abgehauen war, da brauchte ihr nicht auch noch diese Betschwester mit dummen Bemerkungen kommen. Die hatte selbst nie eine Familie am Hals gehabt mit den vielen großen Problemen und all den vielen kleinen Sorgen, die einen täglich auffraßen, wenn man allein war. Was ging das diese Schwester an?

»Meine Mutter ist gerade bei ihnen«, sagte Lisa, der trotzige Ton ihrer Stimme war unüberhörbar.

»Ich stelle mir das unglaublich schwer vor, was ihr Frauen da draußen jeden Tag leistet«, sagte Schwester Agnes. »In die Arbeit gehen und Verantwortung tragen. Und dann einkaufen und nach Hause kommen und den Haushalt machen, die Wäsche und das Kochen und alles, was so anfällt. Denn ich glaube einfach nicht, dass die Männer wirklich mithelfen, auch wenn das immer in den Zeitungen steht. Und sich dann noch um die Kinder kümmern müssen, Zeit haben, zuhören, trösten, pflegen, wenn sie krank sind. Wie schafft ihr das nur alles, ihr modernen Frauen?«

»Ooch, das geht schon«, murmelte Lisa. Aber sie hatte auf einmal so einen Knödel im Hals. Am liebsten hätte sie losgeheult. »Man schafft das schon irgendwie. Nur manchmal, dann wird es einfach zu viel. Jetzt vor Weihnachten. Alle rennen nur mehr wie die Verrückten herum. Alles muss funktionieren, alle sollen glücklich sein. Ich gebe mir solche Mühe, aber manches Mal ...« Sie verstummte.

»Sie sind bestimmt eine gute Mutter«, sagte Schwester Agnes nach einer Weile. »Zweifel und Müdigkeit gehören zum Leben dazu. Aber Sie haben genug Kraft, das merkt man Ihnen an, auch wenn Sie so ein schmales Menschlein sind. Der Herrgott wird Sie behüten, Sie und Ihre Kinder, so gut er kann. Und ich werde für Sie beten.«

Dann machten sie sich an den zweiten Strudel. Endlich wuchteten sie ihn gemeinsam ins Rohr, wo schon der erste schmurgelte und brutzelte. Es roch betörend. Lisa strich sich eine Haarsträhne hinters Ohr, sie fühlte sich so zufrieden wie schon lang nicht mehr.

»Morgen fahren Sie wieder nach Salzburg zurück?«, fragte Schwester Agnes. Sie hatte sich am Tisch abgestützt. Kochen für 15 Personen zweimal am Tag, das war harte körperliche Arbeit.

Lisa nickte. »Morgen Nachmittag. Spätestens.« Sie hatte plötzlich solche Sehnsucht nach ihren Kindern, dass sie am liebsten auf der Stelle losgefahren wäre. Mit diesem guten Gefühl im Bauch. Mit der Miriam würde sie sich zusammensetzen und reden, na ja, es wenigstens versuchen. Vielleicht konnte sie ihrer großen Tochter ja klarmachen, was für ein Gefühl das war, wenn der Mann, den man geliebt hatte, wieder Vater wurde. Und vielleicht würde die Miriam ihr dann erzählen, was sie ...

»Sind Sie eigentlich praktische Ärztin?«, fragte Schwester Agnes, »oder Kinderärztin? Das würde gut zu Ihnen passen.«

Still war es im Haus. Nur der Ofen knackste ab und zu. Lisa holte tief Luft. »Nein, ich bin Gerichtsmedizinerin. Ich seziere Menschen und untersuche die Ursache ihres Todes.«

Schwester Agnes sah ihr forschend ins Gesicht. »Das ist sicher kein leichter Beruf.«

Lisa nickte wieder. »Aber man gewöhnt sich daran. Es ist ein befriedigendes Gefühl, wenn man den Hinterbliebenen eine Antwort auf ihre Fragen geben kann. Nur manchmal ...« Sie verstummte. Artur hatte sie ausdrücklich davor gewarnt, ja ihr geradezu verboten, irgendwelche Fragen zu stellen. Wir können noch immer nicht ausschließen, dass jemand aus dem Kloster dieser Agota gefolgt ist, hatte er beinahe gebrüllt. Also lass die Finger von Nachforschungen auf eigene Faust, hast du mich verstanden? Dann hatten sie beide wütend das Gespräch beendet. Aber jetzt stand sie hier, und diese freundliche alte Schwester sah so teilnahmsvoll in ihr Gesicht. Was sollte schon groß passieren, außer dass sie vor die Tür gesetzt wurde? Lisa sah Schwester Agnes an. »Manchmal lässt mich ein Fall einfach nicht los. In der vorletzten Woche ist diese Agota Lakatos, die aus Ihrem Kloster gekommen ist, auf meinem Tisch gelegen. Und seither muss ich immer wieder an sie denken. Was ihr wohl zugestoßen ist. Ganz zum Schluss, meine ich. Denn diese Agota ist schon als Kind misshandelt worden, das hat die Obduktion ihres Körpers eindeutig ergeben. Und jetzt bekomme ich sie nicht mehr aus meinem Kopf.« Sie verstummte. Ob das wirklich eine gute Idee gewesen war, sich so weit vorzuwagen? Egal, jetzt war es zu spät für einen Rückzieher. Still war es im Raum, nur der glühend heiße Herd knisterte. Die Küche war einen langen Weg vom Haupthaus des Klosters entfernt, daran musste Lisa plötzlich denken. Das hatte sie vorhin nicht bedacht, wie weit weg die anderen waren. Kein Laut aus diesem Raum würde nach oben dringen, kein Rufen, kein Schreien. Das spitze kleine Messer, mit dem sie Äpfel geschält hatte, lag dicht neben der Hand von Schwester Agnes, die klein und alt war, aber sicher immer noch eine kräftige Frau, die täglich für eine ganze Gemeinschaft aufkochte. Lisa fühlte, wie ihr der Schweiß aus allen Poren brach.

»Ja, die Agota«, sagte Schwester Agnes leise, wie zu sich selbst, »die habe ich gekannt.«

*

Der Anruf kam am frühen Abend. Sie lagen nebeneinander, schläfrig, wohlig erschöpft. Unter einer Decke, die federleicht war, aber trotzdem so angenehm warm auf der Haut. Seine eigene Steppdecke kratzte immer wie ein alter Fäustling. Die Frau kuschelte sich mit geschlossenen Augen an ihn. Schon seit fast einer Stunde hatte sie keine Zigarette mehr geraucht. Für dich gebe ich noch meine letzten Laster auf, hatte sie gelacht, als er das vorhin lobend erwähnt hatte, und war ihm durchs Haar gefahren. Aber das wollte er doch gar nicht! Dass sie irgendetwas für ihn aufgab! Du lieber Himmel! Er war doch überhaupt nur gekommen, um ihr zu sagen, dass es keinen Platz in seinem Leben für eine neue Beziehung gab. Und dass er auch gar keine Zeit dafür hatte. Natürlich hatte er damit nicht einfach so herausplatzen können. Also hatten sie zuerst einen Scotch miteinander getrunken, wie beim letzten Mal. Dazu hatten sie Musik gehört, wie beim letzten Mal. Eine Frauenstimme, die er nicht gekannt hatte. So eine rauchige, verführerische, die ihn ganz schläfrig gemacht hatte. Oder war es der Scotch gewesen? Und dann waren sie im obersten Stockwerk gelandet, wie beim letzten Mal. Diesmal hatte Henriette sogar Licht gemacht, eine kleine Nachttischlampe mit rotem Schirm, deren warmes Licht ihren nackten Körpern geschmeichelt hatte. Und er war aufs Neue erstaunt darüber gewesen, wie seidig zart sich die Haut dieser Frau anfühlte, die bestimmt kein junges Mädchen mehr war. Schon lang nicht mehr. Und dennoch …

Das Handy in seiner Jackentasche läutete irgendwo auf dem Fußboden. Die Frau neben ihm gab ein Geräusch wie Seufzen von sich, aber er rollte sich von ihr weg, kämpfte sich aus dem Bett und tappte zu seiner Jacke hin.

»Pestallozzi.«

»Artur, du musst unbedingt kommen. Ich habe mit einer von den Schwestern gesprochen, mit der Agnes, die ist für die Küche zuständig, wir haben einen Apfelstrudel miteinander gemacht, ganz im Ernst, und dann habe ich ihr von der Agota erzählt. Dass ich Gerichtsmedizinerin bin und sie bei mir ...«

Lisa! Lisa, die aus dem Kloster anrief, diese Verrückte! Er sah sich im dämmrigen Licht des Schlafzimmers um, die weiße Tür führte ins Badezimmer, wie er seit seinem letzten Besuch wußte. Pestallozzi ging darauf zu, splitterfasernackt, das Handy gegen sein Ohr gepresst. Er betätigte den Schalter neben der Tür und gleißend helle Spots flammten auf, endlich. Eine Wanne wie ein riesiger Zuber aus schneeweißem Porzellan stand mitten im Raum von Spiegeln umrahmt, Armaturen funkelten, ein Ficus Benjamin ging bis zur Decke. Er setzte sich auf den nächstbesten Hocker aus Chrom und weißem Leder und lauschte der aufgeregten Stimme.

»... und dann hat sie mir gesagt, dass sie einen Mann gesehen hat, der nur Stunden, bevor sie verschwunden ist, mit der Agota geredet hat. Und dass die Agota vollkommen aufgelöst war. Und dass sie ...«

»Und weshalb hat sie das nicht uns erzählt, diese verdammte Schwester Agnes?« Er spürte, wie die Wut in ihm hochstieg, am liebsten hätte er das Handy gegen einen der Spiegel geschmettert. Er hätte diese heuchlerischen Fuchteln viel härter in die Zange nehmen müssen. Er hätte ...

»Weil sie einfach anders tickt, verstehst du? Sie wollte die Agota beschützen und sie nicht noch mehr Gerede aussetzen. Aber sie hat darauf vertraut, dass der da oben schon alles richtig lenken wird. Und wie ich dann gekommen bin, hat sie das für ein Zeichen gehalten. Und mit mir geredet.«

»Die Schwester Agnes.« Er versuchte, die Bitterkeit aus seiner Stimme zu verbannen.

»Genau.«

»Und hat sie noch weitere Hinweise für uns? Nur falls der da oben es gestattet, natürlich.«

»Ach, Artur, ich verstehe dich ja. Aber sie hat es ganz bestimmt nicht böse gemeint, glaub mir. Ja, sie hat den Mann erkannt, sagt sie.«

Er stand langsam auf. »Erkannt?«

»Ja, das heißt, nicht so, wie du jetzt vielleicht glaubst ...« Sie verstummte, und er stand da und ballte die freie Hand zur Faust.

»Also es ist so. Die Schwester Agnes hat mir gesagt, dass dieser Mann ausgeschaut hat wie der Heilige Nepomuk. Weil der hat auch so ...«

Lisa war übergeschnappt! Ihm wurde heiß und kalt. Die wirkte ja schon seit Längerem so überlastet und gehetzt, und jetzt hatte es offenbar eine echte Fehlzündung in ihrem Kopf gegeben. In diesem Kloster. Er musste sie da rausholen und zu ...

»Artur? Bist du noch da?«

»Doch, doch, natürlich. Ich möchte dich nur ...«

»Artur, ich bin nicht übergeschnappt! Weil das denkst du dir ja jetzt gerade, ich kenne dich doch. Aber verstehst du nicht? Für die Schwester Agnes hat dieser Mann einfach ausgeschaut hat wie der Heilige Nepomuk! Die lebt in einer Welt, da denkt man auf diese Art. Die hat noch kein Handy und keinen Computer wie die Oberin. Für die ist es ganz normal, dass sie so einen Vergleich zieht.

Der Mann hat ausgeschaut wie der Heilige Nepomuk in der Kapelle im Schatten hinter Goisern. Wo früher immer die Knappen aus den Bergwerken ihre Bittgottesdienste abgehalten haben.«

Und endlich begriff er. »Du meinst ...«

»Genau. Die Agota hat total erbittert auf einen Mann eingeredet, der ausgeschaut hat wie der Heilige Nepomuk in der Kapelle im Schatten. Draußen vor dem Kloster. Die Schwester Agnes hat das nur für einen Augenblick mitbekommen, weil gerade so viele Touristen im Laden waren. Dort hat ihr die Agota nämlich ausgeholfen an diesem Freitag. Sie wollte sie auch noch fragen, was da passiert ist. Aber am nächsten Morgen war sie schon verschwunden.«

»Ich verstehe. Lisa, du musst unbedingt ...«

»Genau, ich muss jetzt aufhören. Die Vesper fängt gleich an, und da will ich heute dabei sein. Die Schwester Agnes hat gesagt, dass sich alle freuen würden, wenn ich komme. Na ja, bis auf diese Benedikta, die schaut immer drein, als ob sie gerade auf eine Zitrone gebissen hätte.«

»Aber ...«

»Tschüss, Artur. Mach dir keine Sorgen, ja? Morgen bin ich wieder zurück, versprochen. Und fahr vorsichtig. Du fährst doch jetzt zu dieser Kapelle, nicht wahr? Also dann!«

Die Verbindung wurde unterbrochen, er stand eine Zehntelsekunde lang wie betäubt da. Dann sprintete er los. Zurück ins Schlafzimmer und hinein in die Klamotten. Die Frau im Bett hatte sich auf ihre Unterarme gestützt und sah ihm dabei mit einem ironischen Lächeln zu. »Das ist ja wie im Kino«, sagte Henriette Gleinegg.

»Der Kommissar lässt seine Geliebte im zerwühlten Bett zurück und begibt sich auf Verbrecherjagd.«

»Tut mir leid.« Er beugte sich über sie und drückte einen kurzen Kuss in ihr Haar, das nach Parfüm und der Hitze der vergangenen Stunde roch. Dann raste er davon, die geschwungene Treppe hinab und aus dem Haus hinaus, durch den Park zu seinem alten Volvo, der unter einem Alleebaum parkte. Hoffentlich würde der anspringen, bei dieser Kälte! Aber alles lief glatt, er startete und wendete, zum Glück war der Tank voll. Ob er den Leo benachrichtigen sollte? Andererseits, die Geschichte klang so unglaublich, allmählich beruhigte er sich wieder und bekam einen klaren Kopf. Eine alte Klosterschwester, die bestimmt schon schlecht sah, hatte einen Mann gesehen, noch dazu aus großer Entfernung, der angeblich aussah wie der Heilige Nepomuk. Na Prost! Diesem Hinweis würde er lieber ganz allein nachgehen, davon brauchte niemand etwas zu wissen, nicht einmal der Leo.

Hinauf nach Hof und weiter nach Fuschl. An St. Gilgen und Strobl vorbei. Weiter Richtung Ischl. Die Tankstelle und das Café vom Hallwang waren wie gleißende Ufos in der Finsternis. Die Stelle, wo sie sich den Steinfeldt geschnappt hatten. Dann kam auch schon Bad Ischl, aber er nahm die Umfahrung und ließ die Stadt hinter sich, wo eine alte Frau in einer hochnoblen Seniorenresidenz saß und auf ihren Sohn wartete, der nie wieder kommen würde. Lauffen, die alte Bergwerkssiedlung. Das düstere, tiefe Tal, in dem er sich immer ein wenig unbehaglich fühlte, wenn er durchpreschte. In dem sein Handy immer Probleme mit dem Empfang hatte. Und natürlich rief Leo ausgerechnet an dieser Stelle an.

»Ja, Leo, was gibt's?« Er presste sich das Handy ans Ohr.

»Chef, du musst … kommen. Ich bin da auf … gestoßen. Also, der Oslip hat doch mit Hotels zu tun, in Un… Und weißt du, dass es da im Vorjahr einen … gegeben hat? In Budapest? Und weißt du, wer da noch dabei war? Du … es nicht! Einen Tag, bevor der Bruder von der Agota …« Leos Stimme drang nur in Fetzen zu ihm, jetzt war sie ganz weg. Er umklammerte das Handy so fest, dass es ein Wunder war, dass es nicht in Stücke brach.

»Leo, ich kann dich nicht hören! Aber ich fahre gerade zu einer Kapelle hinter Goisern. Zur Kapelle im Schatten. Ich habe nämlich auch einen Hinweis bekommen. Klingt irgendwie seltsam, aber ich schau einfach mal hin. Zur Sicherheit. Wir sehen uns dann im Präsidium, okay?« Er warf das Handy auf den Beifahrersitz, höchstwahrscheinlich hatte auch Leo ihn nicht verstehen können. Egal, jetzt würde er die Sache durchziehen, und sich dann um die Neuigkeiten kümmern, die Leo da herausgefunden hatte. So viele Spuren, irgendwann musste doch eine einfach mal zum Täter führen, Herr da oben, der du uns angeblich Zeichen gibst! Beinahe hätte er laut gelacht.

Goisern tauchte auf und blieb zurück, schon zeichneten sich mattschwarz die Bergriesen ab, die es zu überwinden galt, wenn man hinüber nach Aussee wollte. Aber irgendwo hier musste vorher noch die Abzweigung zu dieser Kapelle kommen, schon so oft war er daran vorbeigefahren, an einem Schild, dem er nie die geringste Bedeutung beigemessen hatte. Da, da war es, Pestallozzi stieg auf die Bremse, dass der Volvo beinahe ins Schleudern geriet, aber zum Glück war gerade wenig Verkehr auf der Bundesstraße. Die Abzweigung war in Wirklichkeit nur ein schlammiger Weg, der hinunter zum Flussbett der Traun führte. Der Volvo rumpelte dahin, Pestallozzi fluchte lautlos. Wenn er jetzt hängenblieb! Dann würde er zum Kloster zurücklaufen und diese Schwester eigenhändig ... Die Kapelle tauchte zwischen kahlen Bäumen auf, sie sah aus wie einer dieser Scherenschnitte, die man in den Auslagen der Antiquitätenläden manchmal sah. Schwarze Äste und ein schwarzes spitzgiebeliges Dach vor einem weißschimmernden Hintergrund. Er parkte den Wagen knapp vor der Tür und stieg aus, seine Schuhe versanken sofort im Morast. Und augenblicklich wurde ihm sein Fehler bewusst: Die Kapelle war natürlich verschlossen, bumfest zu, die Tür verriegelt, und die beiden Fenster glotzten ihn an wie trübe Bullaugen. Er griff ins Handschuhfach und holte eine Taschenlampe heraus, dann ging er auf das nächstliegende Fenster zu und leuchtete hinein. Aber es war vergebliche Liebesmüh. Die Scheiben starrten vor Schmutz und waren außerdem noch vergittert, der Raum dahinter blieb düster und gab sein Geheimnis nicht preis. »Scheißdreck, verdammter!« Er fluchte nun laut und ungeniert, es hörte ihn sowieso keiner in dieser Ödnis. Ob er den Pfarrer herbestellen sollte mit den Schlüsseln? Und hier stehen und warten? Vielen Dank, da klemmte er sich lieber noch einmal hinters Steuer und holte den Hochwürden höchstpersönlich ab.

Er ließ sich wieder ins Auto fallen und fuhr den Weg zurück bis nach Ischl und weiter zum See, dort bog er von der Bundesstraße ab und fuhr hinunter zum Kirchenplatz. Das Kirchenschiff war ganz eindeutig erleuchtet, leiser Gesang drang an sein Ohr. Er sah auf die Uhr. 19 Uhr vorbei. Wovon hatte Lisa da gesprochen? Von einer Vesper? Ob das so eine Art Andacht war? Er öffnete die Kirchentür und ließ sie wieder zufallen, ein paar alte Frauen drehten sich erschrocken um und starrten ihn an, dann sahen sie wieder nach vorn zum Herrn Pfarrer. Der beugte gerade das Knie vor dem Altar, die Frauen murmelten irgendein Gebet, in dem die *Heilige Mutter* vorkam. *Heilige Mutter, bitte für uns.* Dann stimmten alle ein Lied an, und endlich verließ der Pfarrer den Kirchenraum, durch eine Tür ganz hinten, zwei Ministranten folgten ihm. Pestallozzi hastete durch das Kirchenschiff, eine alte Frau bekreuzigte sich. Er stieß die Tür auf, einer der Ministranten half dem Pfarrer gerade, sein besticktes weißes Chorhemd über den Kopf zu ziehen.

»Herr Pfarrer, ich muss Sie dringend sprechen«, sagte Pestallozzi. »Ich brauche Ihre Hilfe, wir müssen zur Kapelle draußen in Goisern, zur Kapelle im Schatten. Es geht um den Fall Agota Lakatos. Ich muss das Innere der Kapelle sehen.«

Die Ministranten starrten ihn an. Der Pfarrer, Darius hieß er, genau, war nur einen Moment lang verblüfft. Dann nickte er den beiden Buben zu: »Thomas, Bernhard, ihr sorgt mir dafür, dass hier alles gut abgeschlossen wird. Ich werde den Herrn begleiten. Herr …«

»Pestallozzi. Chefinspektor Artur Pestallozzi aus Salzburg.«

»Genau. Ich habe Sie schon mehrmals bei uns im Ort gesehen.«

Der junge Pfarrer griff nach seiner Jacke, die über einer Stuhllehne hing, dann holte er einen schweren Schlüsselbund aus einer Schublade. Sie verließen die Kirche diesmal durch eine Seitentür, Pfarrer Darius setzte sich auf den Beifahrersitz.

»Ich bin schon dort gewesen«, sagte Pestallozzi. »Aber die Tür war versperrt.«

Der Mann neben ihm seufzte. »Das ist leider unumgänglich geworden. Früher sind die Gotteshäuser für alle offen gewesen, zu jeder Tageszeit. Aber der Vandalismus und die Diebstähle nehmen solche Formen an, selbst hier auf dem Land. In der Stiftskirche drüben hinterm Mondsee ist erst im Sommer eine gotische Madonna gestohlen worden, die hat jemand am helllichten Tag einfach aus der Sakristei getragen. Und unsere schöne Kirche ist mit Farbe besprüht worden, wir mussten eine eigene Kollekte veranstalten, um die Ausbesserungsarbeiten zu finanzieren. Traurige Zeiten sind das.« Er seufzte wieder. Wenigstens bekam er nicht mit, dass sie gerade sämtliche Geschwindigkeitsbeschränkungen durchbrachen. Vorbei an Ischl und an Goisern, runter von der Bundesstraße, über den schlammigen Feldweg bis zur Kapelle zurück, die sogar am Tag offenbar im Schatten lag. Jetzt war nur tiefe Dunkelheit rundum. Pestallozzi hielt die Taschenlampe, der Pfarrer suchte nach dem richtigen Schlüssel. Endlich passte einer und drehte sich quietschend im Schloss. Die Tür ging auf, und sie betraten den eiskalten Raum. Bänke und ein schlichter Altar, ein gekreuzigter Jesus. Dunkle Gemälde an den Seitenwänden. Der Geruch von kaltem Weihrauch hing in der Luft.

»Ich suche den Heiligen Nepomuk«, sagte Pestallozzi. »Hier soll irgendwo ein Gemälde von ihm hängen.«

Pfarrer Darius sah unsicher drein. »Ich war noch nicht allzu oft hier. Zweimal habe ich eine Messe im Freien gelesen und einmal ein junges Paar getraut. Aber ich habe einfach noch nicht die Zeit gefunden, mich eingehender mit der Innenausstattung zu beschäftigen. Ich habe drei

Gemeinden zu betreuen. Der Heilige Nepomuk würde jedenfalls hierher passen. Der hilft gegen Hochwasser und Überschwemmung.«

»Hat dieser Nepomuk irgendein bestimmtes Merkmal? Woran erkennt man den eigentlich?«

Der Pfarrer starrte Pestallozzi an. »Den Heiligen Nepomuk? Das ist einer der bekanntesten Märtyrer überhaupt! Er wurde gequält und ertränkt und ist dann …«

Draußen vor der Kapelle wurde ein Motorengeräusch immer lauter, ein Wagen kam eindeutig näher. Pestallozzi ließ die Taschenlampe über die Wände der Kapelle flackern, viel zu schnell, aber die Ungeduld zerriss ihn fast. Brüchige Gemälde in uralten Rahmen, Goldreste glänzten im Licht auf und versanken wieder in der Dunkelheit. Und dann sah er ihn. Den Heiligen Nepomuk. Zunächst nur einen Körper, der bis zu den Hüften im Wasser stand, kindlich gemalte Wellen umspielten sein blaues Gewand.

Draußen vor der Kapelle wurde eine Wagentür zugeschlagen, jemand kam die wenigen Schritte durch den Matsch angelaufen. »Chef«, rief eine vertraute Stimme. »Du musst unbedingt …«

Die Taschenlampe beleuchtete endlich das Haupt des Heiligen Nepomuk. Das Licht tanzte über sein Gesicht, so sehr zitterte die Taschenlampe in Pestallozzis Hand. Der Märtyrer sah zum Himmel hoch, ein Lächeln umspielte seine Lippen, fünf Sterne umkränzten seinen Kopf. Eine Hand streckte sich ihm aus den Wolken entgegen.

»Aber das ist doch …« Pfarrer Darius verstummte.

»Chef, endlich kann ich dir …« Leo war neben ihn getreten, er keuchte und starrte auf das Bild. »Aber das ist doch, das ist doch dieser …«

Still wurde es in der Kapelle, totenstill. Sie standen da wie drei müde Pilger, die am Ende einer langen Reise angekommen waren. Nur der Heilige Nepomuk lächelte. Sein Haar kringelte sich zu kurzen Löckchen, sein braunfleckiges Gesicht schien wie von der Sonne gegerbt. Der Heilige Nepomuk auf diesem alten Gemälde sah aus, als ob er gern über die Felder und durch die Auen gewandert wäre mit einem Hund an seiner Seite. Wie der freundliche Mann, der bei der Gemeindeversammlung das Wort ergriffen hatte. Diese Schwester Agnes hatte das ganz richtig erkannt.

*

Leo, der Krinzinger und Pestallozzi kamen über die verschneite Straße und hielten auf das Vier-Sterne-Hotel *Fraunschuh* zu. Es war noch nicht einmal halb acht in der Früh, aber das ganze mächtige Haus war bereits hell erleuchtet. Weihnachtliche Glitzergirlanden schmückten das Dach, aus vielen der Fenster hinter den Holzbalkonen drang warmer Schein, der Wintergarten funkelte bis weit in den verschneiten Garten hinaus.

»Dort geht's zur Wellnesslandschaft, und da drüben ist immer das Frühstücksbuffet aufbaut.« Krinzinger deutete auf den Wintergarten wie ein eifriger Fremdenführer, aber seiner Stimme war die Müdigkeit anzuhören. Die halbe Nacht waren sie zusammengesessen und hatten diesen Fall gedreht und gewendet. Der Pfarrer war auch dabei gewesen. Und der Krinzinger hatte vom Öttinger erzählt, der gemeinsam mit seiner Frau, der Irmi, das Hotel führte. Aber das Hotel gehörte ganz allein der Irmi, die hatte den Laden hochgebracht, den sie als kleine Frühstückspension von ihren Eltern übernommen hatte. Hatte gleich ordentlich Kredite aufgenommen und dazu gebaut, das *Fraunschuh* war heute einer der Topbetriebe in der Region. Nur Kinder hatten sie keine, die Irmi und der Schorsch.

Fraunschuh, hatte Pestallozzi an dieser Stelle gefragt, so heißt doch auch der Assistent vom Turnauer, oder? Genau, hatte der Krinzinger genickt, das ist der Neffe von der Irmi. Der soll ja auch einmal den Betrieb übernehmen. Wenn ihm der dann nicht schon zu mickrig ist, der Hannes ist ja so ein Großgoscherter geworden, das hat er sich von seinem Chef abgeschaut, diesem Lackaffen. Aber es könnt eh sein, dass es bald gar nix mehr zu erben gibt. Weil offenbar hat sich die Irmi ab einem gewissen Zeitpunkt ganz schön übernommen mit den Fremdwährungskrediten, und jetzt können's kaum mehr die Raten zahlen. Was man halt so hört. Na ja, wenigstens hat der Schorsch sein Einkommen als Umweltreferent, der ist bis hinaus nach Wien hochangesehen, angeblich war er einmal sogar als Staatssekretär im Gespräch. Aber er hat das falsche Parteibuch gehabt.

Dann hatte der Krinzinger wieder Tee gekocht, obwohl ihnen der schon zu den Ohren herauskam. Und der Leo hatte noch einmal von seinen Recherchen berichtet. Dass der Öttinger im März vor einem Jahr an diesem Tourismus-Kongress in Budapest teilgenommen hatte, genau wie drei andere Hotelbesitzer aus der Gegend. Der Öttinger war allerdings als Experte für Umweltfragen und Naturschutz dort gewesen, hochoffiziell. Nach Ende vom Kongress waren der Öttinger und die drei anderen dann noch mit einem gewissen Ferdinand Oslip mitgefahren zu dessen Hotel an der Grenze, das in Wirklichkeit nur eine Art besseres Stundenhotel war. Am nächsten Tag in der Früh war der kleine Bruder von der Agota Lakatos, Anton Lakatos, von einem weißen Lieferwagen erfasst worden und drei Stunden später gestorben. Und der Öttinger und die drei anderen waren zurück nach Hause gefahren, es gab nicht die geringste Querverbindung zu dem Unfall. Mit zwei von den drei Hotelbesitzern hatte der Leo gestern noch geredet, der dritte, ein gewisser Ludwig ›Luigi‹ Kirchbachler, lag gerade im Krankenhaus. Herzinfarkt, schon der zweite. Jedenfalls, die beiden anderen hatten ausgesagt, dass dieser Oslip sie eingeladen hatte, weil er ein Projekt fürs Salzkammergut besprechen wollte, aus dem allerdings nichts werden würde. Nein, am Öttinger war ihnen nichts aufgefallen, der war gewesen wie immer, ein bissl reserviert halt. Und eine Tante hatte er zu kontaktieren versucht. Mehr wussten sie auch nicht, bedaure sehr, Herr Inspektor! Das alles hatte der Leo berichtet, und sie hatten ziemlich lang über diesen Neuigkeiten gegrübelt.

Dann hatte sich Pestallozzi an den Mann zu seiner Rechten gewandt: »Haben auch Sie etwas in dieser Sache zu erzählen, Herr Pfarrer?« Aber der Pfarrer hatte nur den Kopf geschüttelt: »Selbst wenn ich etwas wüsste, so wäre ich an das Beichtgeheimnis gebunden, das wissen Sie doch. Ich kann Ihnen aber versichern, dass Herr Öttinger nie das Gespräch mit mir gesucht hat.«

Damit hatte sich der Pfarrer verabschiedet, und sie hatten auf ihren unbequemen Sesseln fröstelnd auf die Morgendämmerung gewartet. Der Krinzinger hatte irgendwann zu schnarchen begonnen, und der Leo hatte ganz im Ernst versucht, eine Runde durch den eiskalten, stockfinsteren Ort zu joggen, war aber sehr rasch wieder zurückgekommen. Und jetzt stapften sie mit hochgezogenen Schultern auf das Vier-Sterne-Hotel *Fraunschuh* zu, der hartgebackene Schnee knirschte und quietschte unter ihren Schuhen.

Sie nahmen die Stufen hinauf zum Glasportal, das von einer Girlande aus künstlichen Tannenzweigen umrahmt war. Pestallozzi betrat als Erster das Foyer, aber dann wandte er sich zum Krinzinger um, der einen zögerlichen Schritt nach vorn machte. Sie standen in einer warmen, hellerleuchteten Halle, ein roter Teppich führte zur holzgetäfelten Rezeption, Geweihe und Ansichten vom See in goldenen Rahmen schmückten die Wände. Vor einem offenen Kamin waren Sofas und Lehnsessel gruppiert, Grünpflanzen schirmten eine Leseecke ab. Gegenüber führte eine breite Treppe in den ersten Stock, links ging es offenbar zum Frühstücksraum, es klang, als ob sich bereits ziemlich viele Gäste um das Buffet drängen würden. Ein Kellner trug gerade ein Tablett voll silberner Kännchen heraus. Er erblickte die Neuankömmlinge und blieb unentschlossen stehen, aber eine Frau rauschte bereits an ihm vorbei und kam ihnen entgegen, eine höchst elegante Erscheinung, selbst um diese frühe Tageszeit. Sie trug die Haare in einem dunklen kleinen Knoten am Hinterkopf zusammengefasst wie eine Ballerina, dazu ein Dirndl aus Brokat mit einem seidigen Fransentuch, das im Mieder festgesteckt war. Ihr Gesicht war perfekt geschminkt, das registrierten sogar die drei Männer, Granatschmuck schimmerte um ihren Hals und an ihren Ohrläppchen. Ihr Lächeln war so professionell wie das einer Eisprinzessin. »Darf ich fragen …«

»Servus, Irmi«, sagte der Krinzinger. »Wir müssten den Schorsch sprechen.«

Die Frau lächelte, nur ihre Augen wurden schmal. »Der wird jeden Moment herunterkommen, der hat nämlich am Vormittag einen Termin bei der Landesregierung in Salzburg. Aber ich wüsste gern ...«

»Das passt schon!«

Irmgard Öttinger, die Chefin vom Vier-Sterne-Hotel *Fraunschuh*, war es nicht gewöhnt, so knapp abgefertigt zu werden, das sah man ihr deutlich an. Doch sie lächelte noch immer, dann drehte sie sich zu dem Kellner um, der wie angewurzelt im Türrahmen stand. »Was ist, Mario? Steh da nicht herum! Tisch 7 wartet auf den Speck! Also Abmarsch!« Der junge Kellner flitzte davon, Irmgard Öttinger hob bedauernd die Schultern: »Das Personal heutzutage, einfach eine Katastrophe! Aber man muss froh sein, wenn man überhaupt noch Leute bekommt.« Sie zögerte einen Moment, dann wies sie mit einer anmutigen Geste hinüber zum Kamin: »Darf ich Sie vielleicht bitten, kurz Platz zu nehmen? Mein Mann wird bestimmt ...«

»Vielen Dank, das ist nicht mehr nötig«, sagte Pestallozzi und sah zur Treppe hin, alle folgten seinem Blick. Ein Mann im dunklen Trachtenanzug kam gerade die Stufen herab, seine Schuhe glänzten, sein Gilet mit den Silberknöpfen saß tadellos, sein Gesicht war frisch rasiert. Er nestelte am Verschluss seiner Aktentasche herum, dann sah er auf und erblickte die kleine Versammlung, die auf ihn wartete. Kein Muskel zuckte in seinem Gesicht. Irmgard Öttinger machte ihm einen Schritt entgegen: »Georg, diese Herren wollen dich ...« Aber der Mann ging einfach an ihr vorbei.

»Grüß Gott, Herr Öttinger«, sagte Pestallozzi. »Wir hätten ein paar Fragen an Sie.« Er vermied es bewusst,

Wörter wie *Chefinspektor* oder *Mordkommission* auszusprechen, sie alle erregten sowieso schon mehr Aufsehen als ihm lieb war. Gäste aus dem Frühstücksraum starrten neugierig zu ihnen herüber, die jungen Frauen an der Rezeption tuschelten miteinander. Irmgard Öttinger lächelte nicht mehr, sondern hatte hochrote Flecken auf ihrem Hals.

»Ich komme mit Ihnen«, sagte Georg Öttinger.

»Wir können auch gern hier in ...«

»Ich komme mit Ihnen.«

»Selbstverständlich, wenn Ihnen das lieber ist.« Pestallozzi zögerte einen Moment. Er wollte dem Mann die Möglichkeit geben, sich von seiner Frau zu verabschieden, aber der blickte nur starr geradeaus. »Nun gut, dann darf ich Sie bitten, mit meinen Kollegen ...«

Sie nahmen ihn in die Mitte, der Krinzinger und der Leo, und führten ihn durch das weihnachtlich geschmückte Glasportal und die Stufen hinab. Die Halle schien mittlerweile voller Menschen zu sein, die atemlos diese Szene verfolgten. Aber Pestallozzi sah nur die Frau, die dastand mit ineinander verkrampften Händen, eine Ader pochte an ihrem Hals. Er nickte ihr zu, bevor er den anderen folgte. Das war alles, was er für sie noch tun konnte.

*

In der Zelle roch es so fürchterlich nach Kloreiniger, aber das war auch schon das Einzige, was ihn störte. Er war endlich allein, nur das zählte. Es war erst fünf Uhr, aber man hatte ihm schon ein Tablett mit dem Abendessen hineingereicht. Zwei Scheiben Brot, Wurst und Käse, ein süßsaures Gurkerl. Und ein Becher Früchtetee. Ab und zu nahm er einen Schluck vom Tee, der schmeckte wie Red Bull mit Kandisin. Beim Verhör hatte es Kaffee und Mineralwasser gegeben, alle waren ausnehmend höflich gewesen. Und waren es auch geblieben, als er schon nach wenigen Sätzen aufgehört hatte, ihre Fragen zu beantworten. Denn die wichtigste von allen hatte er ohne zu zögern bejaht. Ja, ich habe diese Agota Lakatos erstickt. Warum? Darauf hatte er nur den Kopf geschüttelt. Woher haben Sie Agota Lakatos überhaupt gekannt? Aus Ungarn? Und ihren Bruder? Anton Lakatos? Was haben Sie mit dem zu tun gehabt? Aber er war nur mehr dagesessen und hatte eisern geschwiegen. Und dieser Chefinspektor hatte ihn ebenso schweigend betrachtet wie ein aufgespießtes Insekt, während der Jüngere wieder und immer wieder nachgebohrt hatte. Schließlich hatten sie ihn in diese Zelle gebracht. Und er konnte zum ersten Mal an diesem Tag den Kopf in den Nacken legen und die Augen schließen. Anton. Anton hatte der Junge also geheißen. Anton. Er sah wieder das Gesicht dieser Verrückten vor sich, wie sie ihn angeschrien hatte. *Was hast du mit meinem Bruder gemacht? Was hast du mit meinem Bruder gemacht?* Zuerst vor dem Klosterladen, wohin er mit den Holländern gefahren war, die jedes Jahr im Advent kamen und dann unbedingt Marmeladen von den Schwestern kaufen mussten für zu Hause. Also war er mit diesem lästigen Pack raufgefahren zum Kloster und hatte draußen gewartet. Und plötzlich war diese Verrückte herausgekommen, eine Schwester offenbar, und war an ihn herangetreten, viel zu dicht. Was hast du mit meinem Bruder gemacht? Ganz leise hatte sie das zuerst geflüstert und dann immer lauter. Mit so einer heiseren fremden Stimme. Er hatte sie nur angestarrt. Und auf einmal war die Erinnerung in ihm hochgestiegen: an den Lärm und an den Rauch und an die Stimmen in dieser Disco vom Oslip. Und an diese Dunkle, Herbe an der Bar, um die der Oslip so grinsend den Arm gelegt hatte. Das ist die Luna, die ist was ganz Spezielles, na, wer traut sich? Aber was sollte die Nutte vom Oslip mit dieser Schwester zu tun haben? Und ganz langsam war es ihm gedämmert, aber es war wie ein grotesker Albtraum gewesen. Ich kann alles erklären, ich erzähle dir alles, hatte er geflüstert und diese Schwester oder was auch immer an den Armen gepackt. Noch heute Abend, ich warte hier auf dich. Die hatte ihn angesehen, als ob sie ihn töten wollte, dann war sie ins Kloster zurückgegangen. Und am Abend hatte er auf sie gewartet, im Schneetreiben, das immer dichter wurde. Endlich war sie angehuscht gekommen und zu ihm ins Auto gestiegen, er hatte Gas gegeben, bevor der Zirkus aufs Neue losgehen konnte. Hinter Schwarzarabien war er auf eine Lichtung gefahren und hatte ganz ruhig das Gespräch anfangen wollen. Wieso sie überhaupt auf ihn kam, er hatte doch keinerlei … aber diese Wahnsinnige hatte schon wieder zu schreien begonnen, gegen seine Brust geschlagen und sich in seine Joppe gekrallt. Was hast du mit meinem Bruder gemacht? Was hast du mit meinem Bruder gemacht? So hören Sie mir doch zu, hatte er gefleht, Sie verwechseln mich. Aber es war sinnlos gewesen, das Toben hatte kein Ende genommen, diese Frau war so stark gewesen, der Schweiß war ihm aus allen Poren hervorgebrochen, beinahe hatte er schon um sein Leben zu fürchten begonnen. Und dann hatte er plötzlich das Kissen in der Hand gehabt, das seit ewigen Zeiten auf der Rückbank seines

Autos herumkugelte, seine Mutter hatte das einmal für ihn bestickt. *Komm gut heim.* Das hatte er dieser Furie mit aller Kraft aufs Gesicht gedrückt, damit endlich Ruhe war. *Damit endlich Ruhe war.* Sie hatte um sich getreten und ihn noch einmal voll getroffen, dann war es endlich still gewesen. Er hatte auf die Uhr geschaut, alles war ihm so unwirklich erschienen. So musste es sein, wenn man bekifft war. Noch 40 Minuten bis zur Eröffnung vom Weihnachtsmarkt. Er hätte die zusammengesunkene Gestalt am liebsten bei der offenen Tür hinausbugsiert, aber dann war ihm eingefallen, dass sich der Turnauer immer da herumtrieb in Schwarzarabien. Also war er losgefahren, mit der zusammengesackten Gestalt neben sich. Flocken waren über die Fahrbahn gewirbelt, der Präparator Alois war ihm entgegengekommen und hatte zum Gruß aufgeblinkt, er hatte zurückgeblinkt. Dann war er schon fast am Ortsanfang gewesen, das ganze Ufer hatte geleuchtet von den Feuerkörben, und er war zum Wäldchen abgebogen. Einfach so. Wenn ihm einer begegnet wäre ... aber es war ihm niemand begegnet. Er hatte die Frau aus dem Wagen gezerrt und durch den Schnee, wie im Fieber, alles war ihm egal gewesen. Dann hatte er sie mitten zwischen den Bäumen abgelegt, sie hatte ausgeschaut, als ob sie nur schlafen würde. Ihm war ganz angst und bang geworden. Die war doch hoffentlich tot? Dann war er nach Hause gerast und hatte die Lodenjoppe gegen die Hirschlederne getauscht und war sich mit nassen Händen übers Gesicht gefahren. Er hatte ausgeschaut wie schwerkrank. Dann war er die paar Schritte zum Hauptplatz gegangen, wo schon die anderen gewartet hatten. Na, warst lumpen, hatte der Othmar gefragt, und alle hatten gegrinst. Und er hatte die erste Runde springen lassen. Der Bürgermeister hatte seine Rede gehalten, dann war der Rummel so richtig losgegangen. Und er hatte gewusst, dass nur ein paar Dutzend Schritte weiter diese Tote lag. Und dann ...

Georg Öttinger sah sich um. In so einem Raum würde er also die nächsten Jahre verbringen, vielleicht sogar den Rest seines Lebens. Das würde ihn nicht umbringen. Denn er hatte ja seine Träume. Und seit heute sogar einen Namen dazu. Anton. Georg Öttinger legte den Kopf in den Nacken und schloss die Augen.

VI

Roswitha, jüngste der Schwestern vom Heiligsten Herzen Mariä, lag mit ausgestreckten Armen auf dem Boden der Kapelle, ihre Stirn berührte die eisig kalten Steinfliesen. Die Mutter Oberin sah solch eine demütige Andachtshaltung nicht gern, sie hatte Schwester Roswitha sogar schon einmal mit einem sachten Verweis bedacht. »Wir müssen nicht im Staub liegen, um Gott zu gefallen, mein Kind.«

Aber heute konnte sie einfach nicht anders, Schwester Roswitha berührte die kalten Fliesen mit ihren offenen Handflächen, es fühlte sich an wie Trost. So viel war auf dieses Haus eingestürmt in den vergangenen Wochen, nie wieder würde es sein wie zuvor. Auch wenn sich alle bemühten, den normalen Alltag mit Gebet und Arbeit weiterzuführen, unter der Oberfläche summte es wie in einem Bienenstock. Schwester Gabriela, die sich so viel einbildete auf ihre Stimme, weil sie immer die Lesung zum Mittagsmahl und zum Abendessen halten durfte, wollte sogar nach Ungarn gehen, in dieses Haus der Schwester Annunziata, und mithelfen. Das hatte sie ganz deutlich vernommen, als sie an der Tür der Mutter Oberin ... nun ja, vorbeigegangen war. Als ob den Frauen dort noch zu helfen gewesen wäre. Die waren an das Böse angestreift und nie, nie wieder würden sie sich reinwaschen können. Und diese ... diese Dunkle, die zu ihnen ins Kloster gekommen war und nichts als Unruhe und schließlich sogar den Tod mit sich gebracht hatte, die sollte auf dem kleinen Friedhof hinter dem Kloster begraben werden. Schwester Roswitha ballte die Fäuste und presste die Stirn gegen die Fliesen. Die Mutter Oberin hatte ihnen das gestern mitgeteilt, nach der Vesper. Sie waren alle mit gesenktem Kopf im Kreis gesessen. Und niemand hatte eine Widerrede gewagt, niemand! Nicht einmal Schwester Benedikta, die bloß die Lippen zusammengepresst hatte. Nur sie selbst hatte das Wort ergriffen, zum allerersten Mal in dieser Runde. »Wird dieses Grab nicht unseren Frieden stören?«, hatte sie zu sagen gewagt, eigentlich hatte sie es mehr geflüstert. Aber die Mutter Oberin hatte sie sehr wohl verstanden, und die anderen auch. Alle hatten sie angestarrt, manche ablehnend, aber ein paar auch mit einem Ausdruck von Überraschung im Gesicht. »Dieses Grab wird uns an die Welt draußen erinnern«, hatte die Mutter Oberin gesagt, »und an das Leid, das manche ertragen müssen in ihrem kurzen Leben. Es wird uns zu Demut anhalten.« Dann hatte sie den Kopf gesenkt, und sie alle hatten das Vaterunser gebetet.

Die Kälte war wie eine Reinigung, die ihren Körper kühlte. Denn sie fand einfach keine Ruhe, keinen Frieden. Doch so erging es vielen in der Kirche, davon hatte ihr Pater Anselm erzählt, als sie ihre langen Gespräche geführt hatten. So viele waren abgestoßen von den Forderungen einiger Verirrter. Priester sollten heiraten dürfen, Geschiedene die Kommunion empfangen, Menschen, die durch Hurerei krank geworden waren, sollten nicht länger ausgeschlossen bleiben. Aber so viele andere, die in diesen schamlosen Zeiten schweigen, sehnten sich nach Zucht und Ordnung. Auch das hatte Pater Anselm gesagt. Unsere Zeit wird kommen, hatte er gesagt. Schwester Roswitha presste die Stirn gegen die eisig kalten Fliesen.

Die Mutter Oberin war alt, und sie selbst war jung. Ihre Zeit würde kommen.

*

Der Kellner Adi stand hinter der Bar und zapfte fünf große Weihnachtsbock für die Runde, die im Erker saß und lärmte. Die *Fidelen Zillertaler* jodelten. Und die Kinder von der Familie, die mit ihren Schischuhen alles volltröpfelte, bewarfen sich gerade mit Pommes. Die Suse war in so einem Chaos immer unerschütterlich freundlich geblieben, und er hatte ihr dabei zugesehen, wie sie servierte und abservierte und kassierte und sich die Männer vom Leib hielt. Auf so eine nette Art, bei der keiner das Gesicht verlor, ganz im Gegenteil, die Suse hatte immer schöne Trinkgelder eingestreift. Bis der eine gekommen war, dieser Geck, dieser Gockel. Und die Suse war richtig aufgeblüht, weil ein *Gentleman* ihr Komplimente machte. Aber er, der Adi, hatte gewusst, dass das nicht gut enden würde. Was ist, gehst am Wochenende mit mir ins Kino, hatte er die Suse an einem Freitag gefragt, aber die hatte nur den Kopf geschüttelt. Danke, Adi, lieb von dir, aber ich hab schon was vor. Macht nix, hatte er gesagt. Und sich gedacht, dass er einfach warten würde. Und dann würde er die Suse trösten und vielleicht …

Splitter flogen über die Teller mit Ketchup und Pommes, pickiges Cola floss über den Tisch. Die junge Mutter war aufgesprungen und hatte ein Kind im rosa Anorak am Arm gepackt, das gleich zu heulen anfangen würde. »Geht schon in Ordnung«, sagte der Adi. Er bückte sich nach dem Kübel und dem Bodentuch. Er hätte die Suse auch mit dem Kind von einem anderen genommen. Aber jetzt war es zu spät, ihr das zu sagen.

*

Das Haus war endlich zur Ruhe gekommen. Um elf Uhr hatte der alte Herr Tichy von nebenan den Fernseher abgedreht, um halb eins war das Paar aus dem oberen Stockwerk nach Hause gekommen und hatte noch ordentlich herumgepoltert. Dann war es still geworden. Nur ein paar Zecher aus dem Beisl ums Eck waren noch über die Straße getorkelt und hatten den vorbeifahrenden Autos hinterher gegrölt. Und jetzt hörte man ab und zu eine Sirene aus der Ferne. Kollegen vom Streifendienst, die zu einer Rauferei fuhren, oder die Rettung, die zu einem Unfall raste.

Zwei Uhr vorbei, Pestallozzi lag da mit verschränkten Händen über der Brust. Wie aufgebahrt, hatte seine Schwester Moni immer gespottet, als sie noch ein Zimmer miteinander geteilt hatten. Mit einem Stockbett, er oben, logo, er war ja auch der Ältere gewesen. Und schon damals hatte er nicht schlafen können und war stundenlang wach gelegen und hatte den Geräuschen der Welt gelauscht, die so ganz anders waren als bei Tag. Und hatte nachgedacht. Pestallozzi griff nach seinem Handy und sah auf die blinkenden Ziffern. 02:58. In drei Stunden würde er aufstehen, vorher machte das keinen Sinn, er saß dann nur herum und fröstelte und grübelte. Wie die Geschichte mit der Henriette weitergehen sollte, zum Beispiel. Bis jetzt hatte zum Glück noch keine Menschenseele eine Ahnung davon, nicht einmal der Leo. Denn die Kommentare konnte er sich nur zu gut vorstellen, die dann die Runde machen würden! Was Lisa dazu sagen würde? Er wälzte sich unruhig auf die Seite. Wenigstens war die wohlbehalten von ihrem Klosterabenteuer zurückgekommen, und auch in ihrer kleinen Familie schien Weihnachtsfriede eingekehrt zu sein. Na ja, wenigstens ein brüchiger halt, hatte sie ihm am Handy berichtet, und irgendwie so distanziert und kühl geklungen. Auch gut. Und mit der Oberin hatte er telefoniert, und die hatte ihm erzählt, dass Agota Lakatos auf dem Friedhof des Klosters begraben werden sollte, mit ausdrücklicher Billigung vom Herrn Kardinal. Dann hatten sie noch ein paar Abschiedsworte gewechselt, freundlich vorsichtig, wie um zu prüfen, ob das Eis auch tragen würde. Grüßen Sie mir Ihren jungen Kollegen, hatte die Oberin gesagt. Schwester Annunziata lässt sich sehr herzlich für die Spende bedanken. Für welche Spende, hatte er verblüfft gefragt. Nun, Ihr Kollege ist offenbar noch einmal zurückgekommen, hatte die Oberin geantwortet, wie Sie damals in Ungarn waren, und hat Schwester Annunziata einen Schein überreicht. Für die Kinder, hat er gesagt. Grüßen Sie mir diesen jungen Mann, und der Herr möge Sie beide behüten.

Der Leo. Irgendwo hatte er einmal diesen Satz gelesen: Es gibt keine Liebe, es gibt nur Taten. Der hatte ihm gut gefallen, aber er hatte ihn natürlich nicht weiter beherzigt. Und ausgerechnet der Leo hatte genau diese Worte wahr werden lassen. Pestallozzi setzte sich auf und nahm einen tiefen Schluck aus der Mineralwasserflasche, die neben seinem Bett auf dem Fußboden stand. Dann klopfte er den Polster auf und legte sich wieder hin. Schon fast vier, die Nacht war beinahe überstanden. Zweimal 15.000 Euro hatte der Öttinger an den Oslip überwiesen, das hatte die

Überprüfung der Konten erbracht. Der Öttinger sagte schon seit Tagen kein Wort mehr, und der Oslip hatte nur gegrinst, als ihn die Kollegen aus Wien befragt hatten. Das ist die Anzahlung für ein Projekt, über das wir beide, der Herr Öttinger und ich, damals in Budapest gesprochen haben. Ist das strafbar? Dann war er aufgestanden und aus dem Büro hinausspaziert. Einen wie den Oslip würden sie kaum je zu fassen kriegen. Der hatte seine Entourage aus Staranwälten um sich und war mit Politikern per du, die ein kleiner Inspektor nur aus dem Fernsehen kannte. Aber wenigstens saß der Öttinger in seiner Zelle. Und der Grabner war hochzufrieden. Und der Krinzinger wirkte irgendwie erleichtert, als ob ihm heimlich ein Stein von der Seele gepoltert wäre. Draußen vor dem Fenster begann es bereits ganz sachte zu dämmern, Artur Pestallozzi schloss die Augen. Einen Herzschlag lang nur wollte er sich vorstellen, dass es einen Himmel gäbe. Für Suse Kajewski, für Agota Lakatos und ihren kleinen Bruder, den Anton. Und endlich schlief er ein.

ENDE

*Weitere Krimis finden Sie auf den
folgenden Seiten und im Internet:
www.gmeiner-verlag.de*

Marlene Faro
Blutiger Klee
978-3-8392-1288-2

»Ein spannender Roman, der atmosphärisch von einer schönen Landschaft und ihren Bewohnern erzählt.«

Ein alter Mann wird vor einer Wallfahrtskapelle mitten im berühmten Salzkammergut getötet. Das Opfer gehörte zum Adel, der in Österreich zwar längst abgeschafft ist, aber immer noch über Macht verfügt. Chefinspektor Artur Pestallozzi und Gerichtsmedizinerin Lisa Kleinschmidt begeben sich auf eine Spurensuche, die sie weit zurück in die Vergangenheit des idyllischen Ortes und der einflussreichen Familie führt. Verblüffenderweise scheint niemand Interesse an der Klärung des Falles zu haben.

Wir machen's spannend

Unsere Lesermagazine
2 x jährlich das Neueste aus der Gmeiner-Bibliothek

Alle Lesermagazine erhalten Sie in Ihrer Buchhandlung oder unter www.gmeiner-verlag.de.

24 x 35 cm, 32 S., farbig; inkl. Büchermagazin »nicht nur« für Frauen

10 x 18 cm, 16 S., farbig

GmeinerNewsletter
Neues aus der Welt der Gmeiner-Romane

Haben Sie schon unsere GmeinerNewsletter abonniert?

Monatlich erhalten Sie per E-Mail aktuelle Informationen aus der Welt der Krimis, der historischen Romane und der Frauenromane: Buchtipps, Berichte über Autoren und ihre Arbeit, Veranstaltungshinweise, neue Literaturseiten im Internet und interessante Neuigkeiten.

Die Anmeldung zu den GmeinerNewslettern ist ganz einfach. Direkt auf der Homepage des Gmeiner-Verlags (www.gmeiner-verlag.de) finden Sie das entsprechende Anmeldeformular.

Ihre Meinung ist gefragt!
Mitmachen und gewinnen

Wir möchten Ihnen mit unseren Romanen immer beste Unterhaltung bieten. Sie können uns dabei unterstützen, indem Sie uns Ihre Meinung zu den Gmeiner-Romanen sagen! Senden Sie eine E-Mail an gewinnspiel@gmeiner-verlag.de und teilen Sie uns mit, welches Buch Sie gelesen haben und wie es Ihnen gefallen hat. Alle Einsendungen nehmen automatisch am großen Jahresgewinnspiel mit attraktiven Buchpreisen teil.

Wir machen's spannend